绿 宝 石
Fall into your light

桃花映江山

（中）

白鹭成双
Bai Lu Cheng Shuang
著

江苏凤凰文艺出版社

第十九章 挨饿

姜桃花和南王一出府,秦解语瞬间就不镇定了:"又出去?!"

还真没把"避嫌"二字放在心上啊,爷是怎么想的,竟然就允了?!梅照雪微微一笑,剪了枝花插进瓶子里,道:"姜氏与南王姻缘未成,是被爷夺爱。爷对他们宽容一些也是正常的。但爷心里是守着底的,只让姜氏出去半个时辰。"

"那又怎么样,还不是让她出去了?"秦解语不高兴得很,撇着嘴道,"这要是出去了就别回来才好呢!"

捏着花的手一顿,梅照雪看了她一眼,垂眸想了想。

一出相府,姜桃花瞬间觉得神清气爽,上了马车就忍不住对南王道:"多谢您,这些日子妾身在府里都快被闷坏了。"

穆无瑕看着她,眼神清澈,说道:"姜姐姐好像真的惹丞相生了不小的气。"

"他脑子有问题。"姜桃花脱口而出,随即瞧见小王爷脸上惊愕的神情,连忙缓和了语气道,"他莫名其妙就生气了,妾身当真很无辜。"

"丞相最近是有些不正常,"仔细想了想,穆无瑕疑惑地道,"听闻朝堂上还跟人争执起来,脾气大得很。"

姜桃花摸了摸下巴,道:"妾身只知道女人每个月有那么几日会很烦躁,没想到相爷也会。"

"哦?"穆无瑕好奇地看着她,"女人是为什么烦躁?"

"没什么,您还是别问了。现在咱们要去哪儿?"姜桃花干笑,伸手掐了自己一下。面前这个还是小孩子呢,她在胡说八道什么?

穆无瑕茫然地看着她,又看了看窗外:"你既然想散心,那就让车夫围着国都绕半圈吧,半个时辰也差不多。"

"好。"姜桃花点头,看着他的目光里忍不住又多了点慈祥,"妾身给王爷的枕头,王爷记得用,很舒服的,也不扎人,中药外头还裹了荞麦皮。"

南王微微一愣,看了看她,语气有些古怪地道:"你是不是真的把本王当弟弟了?"

"恕妾身冒犯,"姜桃花低头,"但是您实在……让人很想好好照顾。"南王虽然长着星眸剑眉,但到底还没长开,有些孩子的稚气,又总是挺直腰杆,一副大人的样子,像极了她弟弟长玦。

穆无瑕错愕地看了她两眼,又低头看了看自个儿,嘟囔道:"你可真奇怪……"

别人都觉得他脾气古怪、很凶的,也就只有她看见他会觉得想疼爱、照顾。不过……摸摸手里的枕头,他抿唇,这种被人当弟弟疼爱的感觉,真是久违了。

车行得很快,因为国都较大,就算只在半座城里绕一绕,也需要挺长的时间。姜桃花掀开帘子看向外头,发现前头好像是贫民窟,眼前有不少衣衫褴褛的人,端着破碗四处躺着、靠着,跟内城里繁华的景象截然不同。

"这就是大魏国都的伤口。"她旁边的小王爷低声道,"朱门酒肉臭,路有冻死骨。主城里的人,才不会管外头的人饿死了多少,当官的还会去父皇面前吹嘘盛世繁华,这些人从来就没被当成人看。"

姜桃花一愣,有些感慨,不由得问他:"王爷心善,可有在这些地方开粥棚施舍?"

"没有。"

啥?姜桃花有些意外,转头看着他:"为什么?"

她还以为以小王爷这种善良的人一定会做这种事。

"粥棚救一时,救不了一世;救数十人,救不了全天下的人。"穆无瑕抿唇,脸上的线条紧绷起来,眼神格外炙热,"想救他们,得坐上皇位才行。"

姜桃花心中一震,下意识地伸手捂住了他的嘴,跟做贼似的四处看了看:"您疯了?这样的话落进别人耳里可怎么得了?"

穆无瑕眨了眨眼,拉开她的手道:"这里没外人,我声音不大,有什么要紧?"

"王爷连妾身也不防备?"姜桃花指了指自己的鼻尖,瞪大眼看着他,"妾身与您相识也不久,您怎么就这么肯定妾身不会说出去?"

穆无瑕歪了歪脑袋,一脸天真地问:"你会说出去吗?"

"……不会。"姜桃花无奈道。

"那不就得了。"他微微一笑,道,"我看人很准的,什么人是好人、什么人是坏人,心里都清楚,你不用担心。"

这倒是,姜桃花轻轻点头。比起景王那种睁眼瞎,南王年纪虽小,却的确会识人。就凭他对沈在野又亲近又防备的态度,也知道这小王爷绝非池中之物。

不过皇位……夺嫡之路向来凶险,这孩子不愿沿着沈在野铺的路走,那前头又会是什么东西在等着他?

马车离贫民窟越来越近了,他们本是打算从这里借道过去,然后回相府。但他们这马车,一看就知道里头坐的是皇亲贵胄,街边躺着的贫民瞧见了,自然纷纷站了起来,跟着车走。

"不太妙啊。"姜桃花被四周射过来的视线吓得放下了车帘，皱眉对外头的车夫道，"快些穿过去！"

"是。"车夫应了，使劲一策马，马车便飞奔起来。

南王一愣，正想问怎么了，却感觉前头的马好像撞到了什么东西，发出砰的一声闷响。

车夫勒马，车旁的护卫也都紧张起来，有人去前头看了，回来禀告道："王爷，撞着人了。"

穆无瑕瞳孔一缩，当即掀帘下马。姜桃花皱眉，也只能跟着下去。

马前有人被撞出去老远，嘴里不停地吐着血。车夫吓得脸都白了，跟在南王身后道："王爷，这人是突然蹿出来的，小的勒不住马……"

穆无瑕大步走上前去看，旁边的侍卫勉强将汹涌而至的贫民隔开，给他留出一块空地。

被撞的人是个跟他差不多大的男孩儿，脸上脏兮兮的，眼里也没什么神采，边吐血边挥手想抓他衣角，却被旁边的护卫拦住了。那孩子抬头看向穆无瑕，目光触及他头上的金冠和一身锦衣华服的时候，眼里的神色像汹涌的海水，充满羡慕和不平，张嘴呜哇呜哇地说着什么。

姜桃花抿唇，低下身子凑近他一些，问道："你想说什么？"

"他……看起来是个有钱人。"男孩儿又庆幸又带着些恨意，"撞死了我，就要给我母亲一两银子，否则……否则我做鬼都不会放过他的！"

穆无瑕心中十分震惊，也蹲下来愤怒地看着他："你跑出来撞马，就为了这一两银子？！"人命这么不值钱吗？他是和自己差不多年纪的人啊，却只值一两银子？穆无瑕很无奈。

大概是被穆无瑕这脸色吓着了，男孩儿软了语气，小心翼翼地道："那就半两吧，或者……给……给我妹妹两个馒头吃……"

姜桃花心里一震，转头看了看穆无瑕，发现他眼眶都红了，伸手捏着那男孩儿的手腕问："你母亲和妹妹在哪里？"

男孩儿一愣，好像松了口气，又吐了口血，勉强挣扎着想继续说。穆无瑕盯着他的嘴，却见那惨白开裂的嘴张合了两下，手里捏着的木柴一样的手腕突然垂了下去。

姜桃花倒吸一口凉气，连忙捏了捏他的脉。可是，已经没有动静了。四周都是贫民吵嚷的声音，穆无瑕脑子里却是一片空白，愣愣地看着面前这人，许久都没动，也没说话。

姜桃花抿唇，有些担忧地喊了他一声："王爷？"

可能是脚蹲麻了，穆无瑕想起身，却跌坐在地上，半晌才看着她，呆呆地问了一句："为什么他死了，我却活得这么好呢？"

"因为您是王爷，天子之子，而他只是平民，或者说是贱民。"姜桃花伸手将南王扶起来，眼里也有波浪翻滚，最后却只是笑着说了一句，"王侯将相，就是天生的贵族啊。"

穆无瑕身子微抖,眼神复杂地看了姜桃花好一会儿,没敢再瞧地上的尸体,只朝旁边的侍卫吩咐:"将他葬了,找到他的母亲和妹妹,一人给两个馒头!"说完,他便拉着姜桃花回到马车上。

外头的贫民愤怒了,有人大喝:"皇家的人就是没把咱们当人,这都撞死人了,才给几个馒头?!"

"草菅人命的东西!你们会遭报应的!"

有人开始捡了石子儿往马车上砸,车身、车顶上都是一阵乱响。

姜桃花看了南王许久,轻声道:"王爷真是让妾身敬佩。"

"有什么好敬佩的?"穆无瑕的手依旧在发抖,"敬佩本王用四个馒头抵掉一条人命吗?"

"是。"姜桃花点头。

穆无瑕皱眉,眼里带着血丝看向她。姜桃花微微一笑,像是安慰一样柔声道:"若您真赔他一两银子,恐怕以后想撞贵人家马的贫民就更多了,死的人也更多,王爷做法冷血,心却无比温柔。"

小王爷喉咙一紧,眼神突然脆弱起来,他张了张嘴想说什么,最后却还是别开了头。头一次有人理解他。为什么跟他们不一样的想法,就一定要被认为是错的呢?他没有错,以后总会一点点向沈在野和父皇证明,他真的没有错。

贫民暴怒,马车寸步难行,车外的护卫急忙道:"王爷,属下去衙门找人来救驾吧?"

"别。"穆无瑕皱眉,"去相府找人即可。"去衙门找人,那就是京兆尹管辖国都不利,这些贫民没一个会有好下场。

护卫一顿,还是领命去了。

姜桃花听着车身上下被打砸的声音,抱着胳膊笑道:"王爷可真是宽厚、善良。"

"不知者无罪。"穆无瑕垂眸,"只是连累了你。"

姜桃花摇摇头,笑道:"这样的经历倒是挺新奇的。"

半个时辰早就过了,不过今日来这么一遭,就算她回去晚了,沈在野应该也不会责怪她吧?

报信的侍卫将话传给了相府的门房,门房没去临武院,倒是飞快地让人禀告了凌寒院。

"这可真是出门没看皇历。"秦解语站在凌寒院的院子里,眼珠滴溜溜地转,"不用告诉爷,让护院带些人赶过去就是了。"

"是。"家奴应了,躬身退下。

姜桃花是申时出的门,现在已经快到酉时了。她一个时辰未归,违背了相爷的吩咐,回来可有家法要受了。

临武院。

沈在野看了看时辰，问湛卢："还没回来？"

湛卢低头，道："爷息怒，姜娘子与王爷关系一向亲近，也许多玩了一会儿。"

亲近？沈在野冷笑，扯来旁边放着的一本家规册子直接扔在湛卢面前："你翻翻看上面写的什么。"

这哪还用看啊，他都会背了。湛卢叹道："姜娘子在您这里一向就没守过这东西，您以前也没同她计较……"

"所以就惯成了她这无法无天的样子！"沈在野揉了揉眉心，不悦地道，"你去门口守着，等她回来，立马把人关进静夜堂。"

湛卢一愣："又关？"

抬头看他一眼，沈在野想了想，点头道："也对，上次关了也没见她有什么觉悟，这次不仅关，连白菜豆腐都别给了，饿两天再放出来！"

"……是。"

先前还担心府里是不是克扣姜娘子的膳食，如今又是这位主子自己不给人家饭吃，他到底在想什么？湛卢抿唇，不管怎么说，还是按自家主子的吩咐去办。

天色有些暗了，姜桃花和穆无瑕在贫民窟里堵了许久才被相府的人救出来。两人在相府门口作别，姜桃花笑眯眯地看着南王道："您回去不用多想，继续做您想做的事情吧。"

穆无瑕手里捏着车帘，深深地看了她一眼，认真地点头。

马车走了，姜桃花也就转身准备进府，可刚进侧门，湛卢就带着人过来，将她架了起来。

"怎么了？"姜桃花被吓了一跳，皱眉看着他，"这又是干什么？"

"姜娘子，得罪了。"湛卢低着头道，"相爷心情不佳，说您犯了家规，要让您去静夜堂思过两日。"

哈？姜桃花很不能理解："我又犯什么家规了？"

"违背相爷的吩咐，就是犯了家规。"湛卢小声给她解释，"您今日的行为，都是在跟爷对着干。"

姜桃花低头想了想，觉得好像是这么回事：毕竟他没让自己去花园，但是她去了；看样子他本不想让她出府，她也出了。说好半个时辰回来，结果也回来晚了。但这些都是有原因的啊，他不能不分青红皂白，全部怪在她身上吧？

"我能当面跟爷解释一番吗？"姜桃花问。

湛卢摇头，挥手就让人将姜桃花关进了静夜堂。

大门上锁，里头一个人都没有，上次好歹还有青苔啊，但这次青苔还在争春阁，可能都不知道她被关进来了。沈在野真是一个不可理喻的人！

姜桃花觉得很委屈，蹲在院子里撇撇嘴，差点哭出来。

她今天已经很惨了，好吗？只是毕竟比南王大，当着小孩子的面也不敢露怯。

但那些石头砸在马车上、从车帘缝隙飞进来打在身上的时候，她真是吓了个半死。自己好歹是官里长大的，哪里见过这种阵仗？

本来想着回来被沈在野骂一顿也好，只要骂了之后能抱抱她、安慰一下她，她就可以原谅他，既往不咎了。可是，别说抱了，他连她的面都不肯见，又把她关了起来！

鼻子红红的，眼睛也红红的，姜桃花伸手抱着自个儿碎碎念："没事的，没事的，他是坏人，咱们不跟他计较……咒他今儿晚上睡觉着凉、高热不退、噩梦连连！"

"阿嚏！"临武院的沈在野打了个喷嚏，皱眉看着湛卢问，"人关进去了？"

"关进去了，大门已经锁上，不会有人去送吃的。"湛卢说着，小心翼翼地打量了自家主子两眼，"真的要关两天吗？两天不吃东西，姜娘子怕是要饿坏的。"

"我就是一直对她太温柔了，所以才导致她如今这种骑到我头上来的架势。"沈在野不悦地道，"就两天而已，饿不死人，两天一到你记得去开门就好了。"

"是。"湛卢应道。

背后莫名地感觉身子发冷，沈在野眯着眼看了看外头。那女人现在肯定在骂他吧？他感觉到了。

争春阁里一片慌乱，青苔听到自家主子被关的消息，想也不想就要往静夜堂冲。旁边几个丫鬟连忙拉住她，皱着眉道："姐姐使不得！这府里规矩森严，您若是硬来，不仅自己会遭罪，更会连累主子的！"

青苔气得直发抖，瞪着她们道："就让咱们主子被关在那里？"

"这也是没办法的事，除非爷心软，否则谁也没权力放主子出来。"小丫鬟连连摇头，将她按在椅子上，"你少安毋躁吧，说不定爷关上主子一天，就提前放出来了。"

丞相会心软？青苔皱眉，想了想也冷静下来。她的确帮不上什么忙，也不能硬来，只能盼着沈在野念起自家主子的好，让她少受点罪。

姜桃花这事儿一出，府里就热闹了。凌寒院和守云阁的人都是喜上眉梢，小声嘀咕着爷的恩宠无常，终于轮到姜氏遭殃了。

而温清阁的顾怀柔却坐不住了，就算姜桃花三番五次跟她强调，不能在爷面前替她说好话，然而第二天，等沈在野下朝回府，顾怀柔还是在门口堵住了他。

"爷，姜氏何辜？您怎么就将她关起来了？"迎上沈在野，顾怀柔皱着眉道，"她那般喜欢您，您怎么忍心惩罚这么重？"

喜欢他？沈在野笑了，深深地看了顾怀柔一眼："你还是在自己院子里待着吧，别人的事情就莫要插手了。"

"可是……"顾怀柔跟着他走了两步，"爷难道不知道这院子里是什么情况吗？姜氏是遭人陷害的，您既然那般宠爱过她，现在怎么就不肯相信她呢？"

沈在野脸上没了笑意，淡淡地道："怀柔，这院子里无论是你还是她，都是一样的，不管怎样宠爱过，不该相信的时候，我都绝对不会相信。"

顾怀柔心中一震，呆愣地看着他，不免有些感慨。她步子停了下来，无声地看着沈在野远去，心里拔凉拔凉的。

一路回去临武院，经过静夜堂的时候，沈在野步子稍顿，问了湛卢一句："没人给她送吃的吧？"

"回主子，没有。"

垂了眼眸，沈在野点头，继续往前走。

静夜堂里是有被子的，姜桃花尚算舒服地睡了一觉，醒来的时候肚子就咕咕直叫了。

她从昨儿傍晚开始就没吃东西，这会儿饿得前胸贴后背，忍不住就起身去敲门："有人吗？有早膳吗？"

没人理她。事先湛卢也没说不会给她饭吃，所以姜桃花就乖乖地回去等着了，想着就算是白菜豆腐，到了时候他们也会送来的。

结果这一等，她就从清晨等到了下午。

眼前一片花白，姜桃花连生气都没力气了。沈在野这心狠手辣的玩意儿，看来是压根儿没打算给她东西吃！她上辈子肯定是杀了他全家，不然这辈子他哪儿来的这深仇大恨？先前的恩爱都是喂狗的，她再也不想看见他了！

窝在被子里，姜桃花聪明地选择睡觉，以保存仅剩的体力，抵抗饥饿。入睡的时候，她诅咒了沈在野九九八十一句，像做一个虔诚的法事，做完了才陷入梦乡。

也不知道是不是那些诅咒真的生效了，次日一起来，沈在野就有些头疼，应付了早朝，回府就有些发高热。

"您这是感染了风寒。"湛卢担忧地道，"让大夫来开些药，先休息一会儿吧。"

"无妨。"沈在野白着脸，手上还拿着折子，说道，"最近朝中事务繁多，没空生病，让它自己好吧。"

还有不吃药能自己病好的？湛卢心里直嘀咕。

沈在野不是想硬撑，是实在没什么办法。上次帮景王的事情暴露了，瑜王似乎对他颇为不满。但他毕竟是想拉拢自己的，所以也没下什么狠手，只给他制造了些麻烦。这些麻烦说大不大，说小也不小，总得让他费点力气才能处理好。

这都得怪到姜桃花身上吧，等抓住那传递消息的丫鬟芙蕖，他定然要让她俩一起吃不了兜着走！

湛卢也不劝了，直接出去让大夫开药方，熬了药再送进去。书房里人来人往，不少官员登门，沈在野也就再也没去想静夜堂里的那人。

姜桃花迷迷糊糊醒来的时候，天已经黑了。手软脚软，压根儿不想动弹，可她还是爬出门去看了看，想着万一沈在野良心发现，给她送点吃的呢？事实证明沈毒蛇是没有良心的，院子里空空荡荡，只有杂草和冷风。

现在已经没什么饿的感觉了，就是头晕而已。但是她很渴啊，想喝水，找了许久才在后院找着一口井，但是她连把水桶拉上来的力气都没了。

挣扎了许久，姜桃花坐在井边直哭，边哭还边把眼泪往嘴里引，争取不浪费半点水。

这哭声可能是太凄惨了，黑夜里不知是什么东西被她吸引了过来，蹲在屋顶上看了她许久，下来伸手就帮她打了一桶水上来。

姜桃花愣了愣，不管三七二十一，先低头喝水，喝够了才准备看看是谁这么好心帮她。

然而，不等她看清，那一身黑衣的人竟然踏着井台飞上屋顶，悄无声息地消失了。

姜桃花目瞪口呆，看看天再看看井台上的水桶，忍不住小声嘀咕："难道是老天爷看不下去了，派了神仙来救我？"

不管怎么样，能喝到水就是很幸福的事情。她干脆一鼓作气喝饱一点，然后继续回去睡觉。

黑衣人无声无息地在相府房顶上穿梭，最后落在沈在野的书房里。

"回来了？"沈在野咳嗽了两声，疲惫地看着他道，"查到了吗？"

"查到了。"徐燕归伸手扯了面巾，笑吟吟地看着沈在野，"这回可查出了个大事，你肯定得好好奖励我。"

"拿来吧。"沈在野垂着眸子道，"你燕归门功劳一向很大，奖励自然不会少。"

徐燕归挑眉，丹凤眼里满是戏谑："不如把争春阁里的那个美人儿奖励给我？"

脸色唰地一沉，沈在野抬头看着他："你活腻了？"

"哎，你不是不喜欢吗，给我又有什么关系？"徐燕归啧啧两声，揶揄道，"方才路过静夜堂，看她可怜兮兮的，又饿又渴，连井水都打不上来，坐在那儿直哭呢。你不会疼惜人，不如交给我啊。"

沈在野冷哼一声，皱眉道："那是她自找的！你也别再打她的主意。她跟这院子里其他人不一样，你应付不来。"

"真小气。"徐燕归撇嘴，顺手交上一大沓的纸，"你要查的事情都在上头，该怎么用怎么用，我没有意见。跑了一天，累死个人了，我就在你院子睡了啊。"

"自便。"沈在野伸手接过他给的东西，认真地看了起来。

可是，没看一会儿沈在野就走了神，想了一会儿，他起身打开门："湛卢。"

"你去厨房——"话没说完又顿住，沈在野有点犹豫，自己要是出尔反尔，那女人以后岂不是更不把他当回事了？

不等他说完，湛卢就拍着胸脯保证："爷放心，厨房里没有任何人敢往静夜堂送东西！奴才都吩咐过了，连争春阁那边也一并下了令。"

沈在野神色复杂地问了一句："姜氏身边那个功夫甚好的丫鬟，你也管得住？"

"这个，奴才一早想到了！"湛卢道，"已经让人告诉过她，若是她敢往静夜堂送吃的，您会更加严惩姜娘子。奴才想，以她的忠心，定然不敢送了！"

考虑得可真周到啊，沈在野看了他两眼，似笑非笑地道："你是越来越懂我的心思了。"

"主子过奖！"湛卢一本正经地道，"只要是主子的吩咐，奴才一定会拼尽全力！"

该拼的时候不拼，不该拼的时候瞎拼！沈在野咬牙，伸手将门关上，坐回书桌后头继续看东西。不送就不送吧，反正也就最后一天了，让她饿着好了。

天刚蒙蒙亮的时候，静夜堂的院子外头好像有什么动静。

姜桃花起身，披了衣裳好奇地出去，就看见有白花花的东西从院墙上头飞过来，落在地上。竟然是个馒头！

眼睛一亮，姜桃花连忙跑过去捡起来。馒头上虽然沾了点灰，但还是热乎的，谁这么好心竟然给她送吃的？

"青苔？"她试探性地喊了一声。

外头没回答，人可能已经走了。拍拍馒头上的灰，姜桃花咽了咽口水，正准备吃，却顿住了。来历不明的东西，真的能吃？这院子里牛鬼蛇神那么多，谁知道会不会有人趁她饿得不行了来下毒啊？浑身的器官都戒备起来，姜桃花将它放在桌上仔细观察。

有毒，还是没毒？她拔下头上的银簪擦了擦，小心地戳进馒头里，银簪拔出来，没变黑。能吃！姜桃花眼睛都绿了，拿起来正要往嘴里塞，却沮丧地想起，师父说过，这世上很多的毒是连银针都试不出来的。

还是不能吃！

热腾腾的馒头在桌上慢慢变凉，姜桃花有气无力地趴在旁边，看得眼泪直流。她真的很饿，只是想吃点东西而已，谁当好人又不留名姓啊？好歹告诉她能不能吃，也不至于让她比没馒头吃还痛苦啊！

已是午时，整个院子里又开始飘散饭菜香。姜桃花委屈地盯着桌上那来历不明的馒头，心里默默数着还有几个时辰才能出去。

结果，院子外头又有动静了。

院墙上吊了个竹篮子下来，姜桃花接着一看，是两道小菜，并一碗饭。她一看就口水直流。

然而，她的第一反应还是抓着那绳子问外头的人："是谁？"绳子一松，人又跑了。

这年头都流行做好事不留名？愤怒地看着这两盘子菜，姜桃花低头就在泥地里刨了一个坑，边哭边把饭菜埋了。

一瞬间她突然明白那些文人说的"相见不如怀念"是什么意思了，看见饭菜，比看不见更痛苦，反正她都不能吃，眼不见还心不烦呢。

晚上的时候，姜桃花开始精神恍惚了，坐在井台上喝着水，呆呆地望着月亮。

又有黑影从她头顶闪过，落在她旁边。姜桃花侧头，看了看那扮相十分像刺客的人，也不害怕，就问他："你是嫦娥吗？"

徐燕归："……"

这人一看就是饿傻了，谁见过一身黑的嫦娥，还是个男人，怎么说也该是吴刚啊。

他伸手递给她一个馒头，低声道："我有点看不下去了，给你吃。"

姜桃花微微一愣，眼睛里仿佛亮起两盏明灯，眼神灼灼地看着他："你昨天帮我打了水，今天肯定不是要毒死我的，对不对？"

"为什么要毒死你？"徐燕归被她这眼神看得心里一跳，忍不住轻笑，"没人舍得让你死的。"

她选择相信这个人！姜桃花咽了口唾沫，接过馒头，张嘴就是一大口。她眼里流下了幸福的泪水："我真的快饿死了……"

就没见过比她更惨的，小模样长得可人，眼泪汪汪的更是惹人怜惜。要是换了别的身份，徐燕归肯定是要拥进怀里好好疼惜一番的。

可惜，沈在野已经下了不能碰的禁令。

"你是谁啊？"嘴里咬着馒头细细嚼着，姜桃花这才想起来问了面前这人一句。

徐燕归耸肩道："路过这里而已，何必相识？"

"该不会是来刺杀沈在野的吧？"姜桃花眨眼，双手捏着馒头，跟小老鼠似的边啃边打量他，"看打扮也是个刺客，昨儿没得手？"

徐燕归微微挑眉，看着她问："你希望我得手？"

"身为相府的侧室，我怎么会希望你杀了相爷呢？"姜桃花笑了笑。

徐燕归一愣，正想说她被这么对待，竟然还对沈在野一往情深，可真是难得。结果他话还没说出来，就听得她下一句道："打个半死不活的就好了，我不介意守活寡。"徐燕归一个没忍住，笑出了声，声音在静谧的夜里显得格外清晰。

外头巡逻的护院恰好经过，当即就斥了一声："什么人！"

徐燕归连忙敛了声息，深深地看了姜桃花一眼，立刻消失在夜色里。护院打开门进来瞧，就只看见姜娘子一人坐在井台上，幽怨地看了他们一眼："还不许我笑了？"

"……打扰了。"

姜娘子是被关傻了吧？怎么笑得跟个男人似的？护院疑惑道。

姜桃花翻着白眼看他们关上门，慢慢将馒头吃完，喝了两口井水回屋睡觉。一个馒头虽然不能吃饱，却能稍微垫垫肚子，让她终于不用在梦里都不停地找吃的了。

等到天亮，就是她能被放出去的时候。

沈在野没来，只让湛卢带着青苔将姜桃花送回争春阁。

"主子，"一看见她，青苔的眼泪就掉个不停，"饿坏了吧？奴婢给您准备了吃的。"

"嗯，好。"姜桃花笑了笑，拍着她的背安慰道，"有什么好哭的，两天没吃东西而已，正好我也不饿，腰还能瘦些呢。"

青苔哭得更凶了："您本来就瘦，好不容易长了些肉，如今这么一饿，都快没了！"

"哪有那么夸张。"姜桃花轻笑，"你别把你家主子想得那么惨，我挺好的，回去先沐浴更衣，然后好好吃个饭就行了。"

青苔抿唇，狠狠地瞪了旁边的湛卢一眼。

到了争春阁，她一摔门就将他关在了外头，然后忙前忙后地伺候姜桃花沐浴吃饭。

湛卢摸摸鼻子，颇感无辜，直接回去复命了。

"这下她该知道这府里的规矩有多严了吧？"沈在野漫不经心地翻着手里的册子，"等休息好，让她过来请安。"

"是。"湛卢转头想走，似乎想起了什么事情，又回来道，"这府里不知是谁给静夜堂里送了馒头，今日奴才去看的时候那馒头还放在姜娘子的桌上。"

沈在野微微一顿，头也不抬地问："既然送了，她怎么没吃？"

"奴才也不知道，一口都没动。"

眼眸里暗光流转，沈在野轻笑一声，揉了揉自己的眉心。他怎么忘了，那女人戒备心那么重，怎么可能随意吃来路不明的东西。罢了，出来都出来了，没饿死就成。

洗了澡，喝了细粥，姜桃花好生打扮了一番，就像什么也没发生过一样，去临武院给沈在野见礼。

"两日的思过，可悟出了什么？"沈在野问。

姜桃花垂着眸子，脸上挂着笑："这相府里爷是老大，一切由爷说了算，任何人不得违逆。"

"还有呢？"

"妾身以后会更加小心，不会掉进别人的圈套，也会更守尊卑规矩。"

"还有呢？"

深吸一口气，姜桃花闭着眼睛道："妾身愚钝，还有什么请爷指教。"

打量她两眼，沈在野抿唇。这人大概是真生他的气了，浑身都是紧绷着的，再也没了先前那股子活泼劲儿。不过，是她做错事在先，还能怪他对她狠了不成？

"过来。"

"是。"姜桃花应着，走到他旁边的椅子上坐下。

沈在野皱眉："你这是对我耍脾气？"

"爷何出此言？"姜桃花很茫然，终是抬头看了他一眼，"妾身又做错了什么？"

沈在野微微一愣，沉默不语。

先前他叫她过来，这人都会高高兴兴地扑进他怀里，跟只猫咪一样蹭来蹭去的。现在他倒是让她明白规矩了，自己怎么反倒不习惯了？

"既然懂规矩了，那就好好守着吧。"将手收回来，沈在野不悦地道，"你还该明白的是，既然已经在我相府里了，就莫要想着为别人出力做事搭关系。我眼睛里揉不得沙子。"

姜桃花古怪地看他一眼，问："妾身给谁出力了？"

"自己做过的事情都不记得了？"沈在野皱眉，眼神凌厉地看着她，"那晚我从外头回来，就只撞见过你一个人，还千叮咛万嘱咐让你不要说出去，结果呢？"

"结果怎么了？"姜桃花一脸莫名其妙，"妾身也没同人说过啊，连青苔都不知道。"

没说过？沈在野冷笑："所以那晚的消息是自己长了脚飞出去的？"

姜桃花皱眉，看了他半晌才道："爷最近对妾身这么狠，该不会以为是妾身走漏了消息，所以在报复妾身吧？"

扫了她两眼，沈在野觉得有些不对劲。是她演技高超，还是中间有什么误会，为什么她看起来像是当真什么都不知道的样子？

姜桃花脸上的笑意不达眼底，她恭敬地看着他道："虽然爷说什么就是什么，但这等黑锅，妾身还是不想背的。妾身在相府，完全仰着爷的鼻息过日子，是有多想不开才会跟爷对着干，把明显只有妾身一人知道的消息传出去？妾身还不想那么早死。"

"这也是我没想明白的地方，所以让人去查了，目前不曾有消息。"沈在野抿唇，靠在椅背上看着她，"我相信过你一次，但就是这一次的相信，付出的代价不小。"

"爷说笑了。"姜桃花眯了眯眼，"咱俩都是相互防备着的，都知道对方比贼还精。您所说的相信，也不过是您自己的判断，觉得妾身没有理由出卖您，并不是当真相信妾身。若当真相信妾身，您就不会一出事问也不问便怪在妾身头上了。"

这话没说错，沈在野垂眸不语。他们之间，的确是谁也不会毫无保留地相信谁，所以一旦出了什么事，他定然会拿她是问。有时候她的心思和谋算，他不一定能看清楚，故而怀疑的程度也更深。但这次，真的是他冤枉她了吗？

"爷信妾身也好，不信也罢，反正罚也罚过了，以后您再多防着妾身一些便是。"姜桃花面带讥诮地一笑，屈膝行礼，"争春阁里比静夜堂里日子好过，爷既然一直担心妾身会做什么对您有害的事，不如直接将妾身关在里头，有吃有穿就行。"

"姜桃花，"沈在野不悦地道，"你何必跟我赌气？"

"妾身没有赌气。"姜桃花一脸无辜地道，"妾身的命都捏在您手里，哪儿来的胆子？只是给您出个主意罢了，您听也好，不听也罢，想必都有您自己的打算。妾身就先告退了。"说完，她看也不看他，转身就出了门。

沈在野脸上有些难看，闷头生了半天的气，看着空荡荡的屋子，问了湛卢一句："心中有气的不该是我吗？她这是饿出脾气来了？刚才没吃饭？"

湛卢低头道："听说吃了两碗粥、两碟菜，应该是饱了。"

"给肉了吗？"

"给了的。"

都吃了肉了还这么大火气？沈在野皱眉，十分不能理解。

"相爷。"外头有人进来禀告，"有人把芙蕖带回来了。"

沈在野心里一跳，连忙起身去前堂。

芙蕖很尽力地逃了，从那日清晨传了消息去瑜王府就知道会出事，所以收拾包袱便躲去了乡下。她以为有自家主子护着，还躲得这么远，肯定不会被找到。结果她还是低估了相爷手下的实力，东躲西藏了几天，她还是被人逮住，揪回了相府。

芙蕖跪在前堂，浑身发抖，看见沈在野的靴子在自己面前出现，整个人直接趴在地上："相爷饶命！"

沈在野眸色微动，坐下来看着她，微笑着问："你这是做了什么不得了的事了，竟然一上来就让我饶命？"

"奴婢该死！"芙蕖连连磕头，声音都颤抖着，"奴婢也是迫不得已，还请相爷宽恕。"

"你说吧。"沈在野道，"若是这个'迫不得已'能说服我，那我便不怪你了。"

真的？芙蕖一喜，连忙道："奴婢的一家老小都还在段府，有些事情奴婢一旦知道，必定是要跟段府的人说的，所以……那晚撞见爷出府，不知爷去了哪里，也就跟他们说了说。"

"撞见？"沈在野瞳孔微缩，眼神陡然凌厉起来，"你在哪里撞见的？"

"就……就在海棠阁门口。"芙蕖低头道，"奴婢本来是按照主子的吩咐去给爷送药的，奈何海棠阁的人不让进，奴婢就一直躲在角落里。没想到……"

沈在野眼神冰凉，侧头看了湛卢一眼，后者砰的一声跪了下去："奴才该死！"当时谁也没想到那么晚了角落里会藏着人，他也没太注意，的确是大意了。

沈在野抿唇，深吸了一口气，瞪着芙蕖道："你既然是撞见的，为何段氏却说是有人告诉你的？"

"是奴婢的错……奴婢怕惹上什么麻烦，就跟主子说是别人说的。主子倒是什么也不知道，还让奴婢保守秘密……但，奴婢实在是身不由己。"

湛卢听得眉心直跳，忍不住抬头看了自家主子一眼。完蛋了，当真冤枉姜娘子了。

271

沈在野的神色还算镇定，就是眼神有些恐怖。他盯了芙蕖好一会儿，对湛卢道："把她带下去吧。"

"是。"湛卢应了，起身就将芙蕖抓了起来。

只听见"带下去"三个字，没听见别的处罚，芙蕖心里还一阵狂喜，以为丞相真的要放过她，边走还边低头行礼："多谢相爷！"

沈在野冷笑，看着她消失在门口。没一会儿湛卢就回来了，低头道："处理妥当了。"

"嗯。"沈在野坐着没动，手里捏着腰上的玉佩摩挲着，像是在想什么事。

湛卢瞧了他两眼，小心翼翼地开口："爷，既然咱们冤枉姜娘子了，您是不是该过去看看？"

"我不算冤枉她。"沈在野闷声道，"她的确做错了不少事，去花园见南王不算错吗？回来得那么晚不算错吗？我已经很仁慈了吧？"

湛卢看了他两眼，小声道："奴才已经问过了，先前的确是有丫鬟去争春阁传话，所以姜娘子才去花园的。至于晚归……爷当真不去问问是什么原因吗？"

沈在野黑了半边脸，抬头看他："你没事管那么多干什么？"

"奴才该死。"湛卢尿了，连忙闭嘴，站在一边不说话了。

前堂安静下来，沈在野垂着眸子想了许久，伸手摸了摸自己的额头。

第二十章 道歉

片刻之后,争春阁。

"什么?病了?"姜桃花挑眉看着来传信的湛卢,"病得厉害吗?"

湛卢一脸焦急地道:"很厉害。爷从前天起身子就不舒服,也没让大夫好生诊治,现在又发了高热。"

"太好了!"姜桃花激动地鼓掌。

什么叫报应,什么叫天意!她的诅咒还是有用的,病死他活该!

一屋子的人都错愕地看着她,满脸震惊。旁边的顾怀柔赶紧伸手拽了拽姜桃花的衣袖,笑着对湛卢道:"姜娘子这是高兴有机会去照顾爷了,瞧瞧,一时都忘记心疼爷病了呢。"

湛卢干笑两声,心想,他又不瞎,姜娘子这是发自内心地高兴啊,眼睛都亮了!

姜桃花轻咳两声,端正了仪态,微笑着看着他道:"爷病得这么厉害,看见我肯定会病得更厉害,为了爷的性命着想,还是请顾娘子过去吧。"

顾怀柔一愣,瞪眼道:"你傻啊?爷一罚你,院子里的人可都在看笑话呢。这上好的翻身机会送上门,你还不抓紧?"

姜桃花无辜地眨眼,道:"我怕我控制不住表情,太高兴了,爷会生气的,到时候又挨一顿罚,那才划不来呢!"

顾怀柔觉得又好气又好笑:"爷是对不住你,可你也不能这样啊,到底是要在后院里过日子的。"

理是这个理,但她就是很生气,气得暂时不想看见他。

"姜娘子,您还是快些过去吧。"湛卢无奈地道,"爷说了让您伺候,旁人也替不了。"

姜桃花撇撇嘴,问:"不去有什么后果?"

"有的。"湛卢低头道,"爷说,不去就尝药,所有苦药一样两份,您在这院子里先喝完,确定没问题了,那边再让爷喝,并且爷吃什么,您就吃什么。"

算他狠!病人只能吃清粥小菜,她好不容易有肉吃,凭什么要陪他受罪啊?姜桃花眯了眯眼,笑吟吟地道:"好的,我们还是过去照顾爷吧,免得他病入膏肓了,还得让这一院子的人守寡。"

这是担心还是诅咒啊？湛卢听得头皮发麻，也不敢吭声，引着这位主子连忙去临武院。

沈在野在床上躺着，脸色不太好看。姜桃花进去的时候，本来心情还有些不爽，一看到他干裂的嘴唇，立马感觉心理平衡了。

"爷，"她软绵绵地喊了一声，坐在床边，嘴巴都快咧到耳根了，"您没事吧？"

沈在野斜了她一眼，有气无力地道："你觉得我这像是没事？"

"那妾身就放心了！"

"你说什么？"

"没，妾身是说，这样一来，妾身定然要好生照顾您了。"姜桃花微微一笑，伸手替他拉了拉被子，看了一眼刚端上来的药碗，"先喂您喝药吧？"

沈在野勉强起身靠在床头，瞥了她两眼："你表情好歹收敛一点，露出哪怕一丝担心的神情。"

"妾身一直很担心爷啊。"姜桃花撇撇嘴，指了指自己水汪汪的眼睛，"您看，都要担心哭了。"

这是笑出来的眼泪吧？

沈在野抿唇，神色复杂地看着面前这张脸。要不是自己先做错了事，现在他绝对不会忍着，一定会把她扔出去！不说有多心疼自个儿吧，好歹做做样子，也别这么高兴啊，他还没死呢！

"爷，来，张嘴。"舀了一勺药，姜桃花表情担忧地往他嘴里塞。

沈在野一脸嫌弃地看着她，张口去含药，冷不防被烫得打了一个激灵。"姜桃花！"舌头又痛又麻，沈在野压着脾气咬牙切齿地道，"让你喂药，不是让你把药往我嘴里塞就可以了，要吹凉！吹凉，你明白吗？"

姜桃花无辜地眨眨眼，耸肩："大夫不是常说，药凉了药性就会减弱吗？爷还是趁热喝了吧。"

"你喝一口我看看？"沈在野眯眼，"趁热。"

姜桃花嘿嘿笑了两声，轻声哄道："爷听话，药是病人喝的，正常人喝了对身子不好。您先把这碗喝完吧。"

敢叫他听话？真当他是几岁孩子不成？沈在野心中气不打一处来，盯着那碗黑乎乎的药，心里得不断安抚自己才能压下怒火。

一勺药递过来，沈在野皱眉，深吸一口气含进嘴里，手上用力一扯，将姜桃花整个人拉过来，低头就吻了上去。

药从他嘴里渡过来，又苦又烫，激得姜桃花下意识地就将碗丢了，伸手推他。

沈在野冷笑一声，抬起头舔了舔自己的嘴唇，睨着她道："你喝得下去吗？"

姜桃花恼怒地道："谁爱喝你口水啊，中毒了怎么办！"

屋子里安静了一会儿，沈在野眯了眯眼："你说什么？"

姜桃花一顿，坐直了身子小声道："妾身不是那个意思，妾身是觉得，爷病着呢，万一传染给妾身怎么办？"

"身为相府的娘子，你没有与我同甘共苦的觉悟？"沈在野挑眉。

"那你有本事先与我同甘共苦啊。"姜桃花翻了个白眼，小声嘀咕，"我受罪的时候，您哪儿去了？好吃好喝地过着，分明是有甘你尝，有苦我吃，当谁傻呢！"

沈在野一愣，扫了她一眼。

姜桃花生气的时候一张脸鼓鼓的，像个包子，让人忍不住就想伸手去戳。想做就做，他真的伸手戳了戳，软绵绵的，很有弹性。这一碰着，他的眼神就柔软下来，朝她张了张手臂："桃花，过来。"

姜桃花满含戒备地看他两眼，不仅没过去，反而往后坐了坐："爷有话好好说！"

"趁着我还好好说话的时候，过来。"

"……哦。"姜桃花挪了挪身子，勉强朝他靠过去一些，眼神跟盯着坏人似的，看得沈在野又好气又好笑。

他伸手将她整个人抱进怀里，低头将下巴搁在她肩上，轻声说了一句："别生我的气了。"

乍听这话，不知怎的，姜桃花觉得委屈极了，眼泪跟泉水一样汩汩地冒了出来，吧嗒吧嗒地落在他肩上，她却咬着牙一声没吭，倔强地梗着脖子。他想罚她就罚她，想让她不生气她就得不生气，凭什么啊？

"明天府里有贡品送过来，听说有西域的上等羊肉，还有很多好看的绸缎、首饰，都送去你院子里好不好？"

"不要！"

"那给你加月钱好不好？连着争春阁里的丫鬟一起加。"

"不要！"

"那……"沈在野有些没辙了，他本就不是会哄女人的人，更不愿意跟女人道歉。他都做到这份儿上了，她还想怎么样啊？

姜桃花抽抽搭搭了一会儿，抹了泪珠就要推开他。可这人的手臂竟然跟铁打的似的，怎么推都推不动。

"妾身还要继续伺候爷用药呢。"姜桃花撇嘴，"您这样一直抱着妾身，耽误了喝药，万一病死了，是算妾身的问题还是算您自个儿的？"

沈在野哭笑不得，只好松开她，没好气地道："你巴不得我死？我死了对你有什么好处？"

"活着也没什么好处。"小声嘀咕了这么一句，姜桃花拔腿就跑，开门让外头的人重新熬药，然后坐在桌边，离沈在野远远的，生怕他冲过来揍自己。

沈在野揉了揉眉心，颇为头疼，低笑了一声，道："刚喝了药，嘴里苦，你拿点蜜饯过来。"

姜桃花神色古怪地看他一眼，道："您上次不是还嫌妾身给您塞的蜜饯难吃吗？"

"那我现在觉得好吃了，行不行？"

"行！"姜桃花点头，从袖子里摸出两颗梅干塞他嘴里，"您是老大，您说什么都行！"

沈在野张嘴含了梅干，扫了一眼她的袖子："你随身带吃的？"

后退一步，姜桃花道："这府里没有规定妾身身上不能带吃的吧？"

"过来。"沈在野勾了勾手指。

姜桃花抿唇，挣扎了半天，还是坐回床边，捂着袖口问："爷有什么吩咐？"

沈在野懒得同她废话，伸手就将她的手扯了过来，拎着袖袋一阵翻腾。一个个油纸包跟下雨似的掉了出来，打开一看，鸡腿、猪肉脯、花生、馒头、点心、梅干……什么都有。

姜桃花连忙扑上去把油纸包都拿了回来，盯着他道："妾身就随意带了点，没别的！"

这还叫随意？都能吃上两三天了吧？沈在野失笑，心里又觉得堵得慌，伸手把她拎到面前来，十分认真地道："以后不会关着你不给饭吃了。"

姜桃花点头，手上动作不停，将一个个油纸包塞回了袖袋。

"我是说真的，不会饿着你了，你不用带这么多吃的。"沈在野抿唇，"以后你想吃什么就跟管厨房的说，山珍海味都有人给你做。"

姜桃花看他一眼，继续点头："多谢爷。"

沈在野微恼，翻身就将她压在床上，狠狠地吻上她的唇。手掐着这人的腰，他明显感觉她瘦了些。

才两天而已啊，她怎么跟饿了两个月似的，倒真让他觉得愧疚了。姜桃花皱着眉，承受着他的蹂躏，眼神里满是担忧。

沈在野没管她，快一个月没跟她亲近了，怎么也得先吻个够本。等喘不上气的时候，他才抬头睨着她问："你想说什么？"

姜桃花微微喘气，面上泛起桃红色，眼里水光潋滟，当真是诱人极了。然而她一开口说的是："爷压着吃的了！妾身都能感觉到点心被压碎了！"

他能掐死她吗？怒气都快控制不住了！他就没见过这样会惹他生气的女人，气氛已经变好了，她就不能说点应景的话？

姜桃花心疼地扒拉开袖袋，想看看点心碎成什么样子了。沈在野却伸手就将她外袍扯了，嫌弃地道："有什么好在意的，几块点心而已。"

"那是妾身刚做的桃花饼！"姜桃花很愤怒，"爷从来不知道珍惜别人的辛苦成果！"

沈在野轻笑一声，低头道："你的桃花饼里全是蔷薇花，该叫蔷薇花饼吧？也不知道你这名字怎么取的。"

"那是妾身亲手做的饼，所以叫桃花饼，你管里头是什么花呢！"姜桃花忍不住顶嘴。

可是，刚说完，她就好像意识到了什么，抬眼看向身上的人。

沈在野的眸子是深黑色的，很好看，里头像是有一汪暖暖的湖水，将她一点点地围住。两人靠得很近，呼吸都融在一起，姜桃花还想生气，可一时间竟然气不起来了。

沈在野一笑，温柔地睨着她道："你怎么知道我从来不珍惜别人的辛苦成果？"

要是没吃过，从外头看，哪里看得出桃花饼里是蔷薇花？姜桃花抿唇，小声哼哼两下，浑身的刺总算是顺了一些，闭嘴不作声了。

沈在野低头，轻轻亲着她的嘴唇，像是安抚一样，等姜桃花彻底放松了，他才卸下温柔的伪装。

也算是小别胜新婚，姜桃花这回没跟他客气，该抓就抓，该咬就咬，疼起来了跟只小狼崽子似的咬着他的肩膀不松口。

意外的是，沈在野这回总算没再威胁她，任由她咬着抓着，也没吭声。恍惚间，姜桃花觉得，沈在野好像从一条狠毒的蛇变成了温顺的绵羊。

情浓之时，姜桃花忍不住出了声，脑子不太清醒的时候，好像听人在自己耳边说了一句："错怪你了。"

姜桃花心里一振，睁开眼，有些茫然地看着他。

沈在野抿唇，表情平静得像是根本没开过口一样，趁她走神，卷着她就又赴巫山。

姜桃花撇撇嘴，绷着脸很想继续端一下架子，可到底是在床上，不是她把沈在野弄得神魂颠倒，就是沈在野夺了她的理智。而这次沈在野使诈，一句话让她没回过神，这一场仗她就输了。

天还亮着，湛卢站在门外，听着里头的动静，轻咳两声，将其他人统统都带了出去。

他先前还担心主子搞不定姜娘子呢，现在看来，自家主子也是无师自通，掌握了让女人最快消气的办法。

厉害！

然而他不明白的是，姜桃花这么容易消气不是因为沈在野床上功夫好，而是因为他还没重到要她生天大的气的地步。毕竟两人只是合作，她被冤枉了，吃了苦头，只要他认识到是他错了，给点补偿就行了，日子自然还是要继续过下去的。

重要的是，姜桃花觉得沈在野的补偿应该很丰厚。

天快亮的时候，沈在野低头睨着自己胸前耷拉着的小脑袋，伸手拨弄了两下："别睡，我还有话没问完。"

"什么？"姜桃花半睁着眼，一脸困意地看着他。

"你同南王到底是怎么回事？"沈在野微微皱眉，道，"还送他枕头？"

姜桃花打了个哈欠，掩着唇，嘟囔："他跟我弟弟很像，照顾一下也只是寻常事。前些时候在府里闲着没事做，就给他绣了个枕头。"

没事做怎么不给他也绣一个？她就算是把南王当成弟弟，这也太过分了点吧？沈在野很生气。

瞧着面前这人微微阴沉的脸，姜桃花轻嗤了两声："妾身还没喊委屈呢，那日与南王在街上被贫民围堵，没见爷有半句安慰话，反而直接把妾身丢去了静夜堂饿肚子。好歹您也敬重南王，不看僧面看佛面——"

"等等。"沈在野眯眼，"你说什么围堵？"

姜桃花微微一顿，挑眉："您该不会忘记了吧？就是妾身晚归那次，南王的马车经过贫民窟，撞死了个小孩子，被贫民围住了。您不是还派了人去救我们吗？"

沈在野眼神里暗潮翻涌，摇了摇头："我不知道这件事。"他要是知道，也不至于生气关人。

姜桃花错愕，呆呆地看了他好一会儿，才道："原来这相府之中也有不归爷管的地方。"

南王派人回丞相府找人的时候，沈在野是在府里的，然而他竟然没得到消息，护院却是去了的，那又是谁在中间指挥？

"窝大了，难免有别的鸟叼来的草。"沈在野抚弄着姜桃花的头发，漫不经心地道，"我若是大事小事都管得滴水不漏，那大概便要像诸葛孔明一样劳累而死了。既然有人搞了鬼，那拎出来处置了也就是了。"

"爷要以什么借口处置下人啊？"姜桃花蹭了蹭他，好奇地道，"人家背后肯定也是有主子的，一般的借口弄不死，太严重的借口又没有。"

"这个就交给湛卢去操心了。"沈在野伸手，将她的脑袋放到自己的臂弯里，闭上眼睛道，"咱们休息一会儿吧。"

"哦。"姜桃花乖巧地点头，抱着他的腰身闭上眼。

然而，没一会儿她就反应了过来，撑起半个身子瞪着身边这人道："这样说来，爷又冤枉了妾身！"

沈在野闭着眼睛装死："过去的都过去了。"

"这话应该由受害者来说，您没有立场！"姜桃花微怒，抬脚就跨到他身上，企图用体重压醒他，"您怎么就不动脑子想想呢，妾身这么聪明的人，能干这么多傻事吗？"

"谁知道呢。"沈在野伸手掐着她的腰，半睁开眼，"你再压着我，待会儿可别求饶。"

姜桃花脸上一红，感觉又好气又好笑："你理亏还耍流氓！"

已经理亏了，不耍流氓怎么办啊？沈在野抿唇，感受着手里这不盈一握的腰身，眸色微沉，翻身就又将她压在了下头。

姜桃花咬牙，一边推着他一边跟上战场似的喊口号："您能控制妾身的身子，控制不了妾身的心！这事儿没完，妾身不会轻易善罢甘休的！"

沈在野微微一笑，也不言语，张口就咬住了姜桃花的嘴唇，痛得她嗷嗷直叫。

徐燕归难得穿了常服出来，正打算来临武院找人呢，却见湛卢坐在院子门口捂着耳朵。

"怎么了这是？"

湛卢抬头，一见是他，连忙行礼："徐门主，主子现在有事，不便见客。"

"他还能有什么事是连我都不能见的？"徐燕归挑眉，刚笑了一声，就听见主屋里隐隐约约传来的令人销魂蚀骨的声音。

他自然知道里头发生了什么。想想这院子里沈在野会碰的人，徐燕归挑眉："姜娘子在里头？"

湛卢惊讶地看他一眼，点头："是。"

"他待她，不觉得太不一般了吗？"徐燕归抿唇，神色有些严肃，"先前他自己说的话，也都不记得了？"

沈在野自己说过，不会跟大魏的任何女人有肌肤之亲，因为人非草木，一旦有夫妻之实，难免会动些感情，影响判断。他的作用是至关重要的，只会将所有人当棋子，绝不会因为女人误事。

"话是那么说，"湛卢想了想，"可是姜娘子是赵国人。"

徐燕归："这有区别吗？都不是什么能放心动情的女人。"

"奴才也不知道该怎么说。"湛卢抿唇，很认真地抬头看着徐燕归，"但姜娘子一来，主子身上多了不少人味儿，也常常会笑了。奴才觉得没什么不好。"

"你们主仆这行为，早晚会惹大麻烦。"徐燕归摇了摇头，转身就走，"我去查查姜娘子的情况吧，只是赵国有点远，可能要等一两个月了。"

湛卢恭敬地颔首，目送他远去。

相府里的各位主子还没高兴多久，一夕之间，姜桃花竟然又得宠了！而且这一次，爷像是要补偿她，什么好东西都往争春阁送，时不时就让人做一大桌子菜，然后陪姜氏一起吃。

"夫人，这是爷送给您的红珊瑚树。"小丫鬟恭敬地让人将一盆珊瑚树抬进凌寒院。

梅照雪头也没抬，淡淡地道："多谢爷赏赐。"丫鬟应了，躬身退下。

旁边的秦解语颇感新奇地看着那红珊瑚树，赞叹道："这可是个宝贝啊，一瞧就知道价值不菲。爷如此厚待，夫人怎么一点也不高兴？"

梅照雪轻笑了一声，道："别人院子里送来的东西，又不当真是爷的心意，我有什么好高兴的，随意找个地方摆了也就是了。"

秦解语微愣，伸手指着丫鬟离开的方向："她不是说是爷送来的吗，什么叫别人院子里的？"

"你还看不明白吗？"梅照雪微微抬眼，"那丫鬟是争春阁的人，这珊瑚树多半是爷送给姜氏的，姜氏怕盛宠之下得罪我，所以拿这个来讨好我。"

秦解语心里一惊，瞪大眼看着红珊瑚树说道："这种极品宝物，爷不给您，反而给姜氏？这是什么道理，难不成她才是夫人？咱们后院里的人还没死完呢！"

"男人啊，一旦宠起一个女人来，那就是万千宠爱于一身，哪里还会管别的呢？"梅照雪叹息，"咱们姜娘子也真的是很厉害，以后这夫人的位置说不定当真要给她来坐呢。"

"那怎么行！"一拍扶手，秦解语怒了，"她凭什么？"

梅照雪微微一笑，看了她一眼："你别光生气，想点办法出来才是。"

秦解语一顿，低头想了想，眼眸微亮："是不是马上要到品茶会了？"

梅照雪点头，目光温和地道："这次不知又是谁会得兰贵妃喜爱。不过说起来，咱们院子里有资格进宫的，今年又多了一位。"

秦解语会意，妩媚地一笑，捏着帕子就往外走。

"品茶会？"姜桃花看着顾怀柔，疑惑地问。

"是兰贵妃办的，一年一次，各家贵妇进宫沏茶品茶的风雅聚会。"顾怀柔很严肃地道，"你最好提前花点心思准备一下，当今兰贵妃独得盛宠，能得她的喜爱，只有好处，没有坏处。"

"我们这种侧室也能去？"姜桃花挑眉。

顾怀柔点头："这盛会是不分正室侧室的，只要你是三公九卿家的女儿，都可以参加。娘子是赵国公主，自然也是有资格的。"

"这样啊。"姜桃花点头，"那你知道兰贵妃喜欢什么茶吗？"

"没人知道。"顾怀柔神色古怪地道，"每年选出来的茶都不一样，咱们夫人为了得她青睐，已经练了一年多的茶艺，可心里多半也是没有底的。"

这么难搞？那她去凑个热闹就好了，根本不用企图得到兰贵妃的喜欢，因为上次见面，好像气氛就不太对劲，要她喜欢自己，有点难吧。

府里各方各院好像都开始为即将到来的品茶会做准备了，姜桃花去库房里选茶，迎面就遇见了段芸心。

段芸心柔柔地朝她行了平礼，微笑着道："几日不见，娘子的气色好了不少。"

"过奖。"姜桃花颔首回礼，捏了一包茶问，"段娘子想选什么茶？"

"我不太会泡茶，也只是去凑个热闹罢了。"段芸心微笑着道，"不过听说兰贵妃喜欢苦茶，我自然要选苦一些的。"

姜桃花挑眉，点了点头，寒暄两句之后就带着青苔走了。

段芸心神色未动，慢悠悠地将茶选好，才看了她离去的方向一眼。

"顾娘子都说不知道兰贵妃的口味，她这又是什么意思？"姜桃花打了个寒战，一边搓着胳膊一边嘀咕，"为什么每次跟她靠太近，我都觉得浑身发凉呢？"

青苔点头，小声道："奴婢也觉得段娘子古里古怪的，瞧着让人感觉不舒服。她的话，您还是别信为好。"

"我自然不会信。"姜桃花撇嘴，"要说关于兰贵妃的事，能信的人只有一个。"

"谁？"

"沈在野。"

青苔咋舌，颇感意外地看着她："您打算去问相爷？"

"我脑子又没被门夹,都说了只是去凑个热闹,又怎么会专门为这个去惹毒蛇不高兴?"姜桃花翻了个白眼,捏着茶包道,"回去随意准备准备就行了。"

泡茶,她不是很精通,但好歹学过,应付一下不成问题。她正想着呢,前头的小道上就起了些动静。

湛卢带着人押了个门房模样的家奴正往临武院走。姜桃花一愣,转头就想回避,结果动作不够快,湛卢的声音已经在远处响起:"姜娘子,爷请您也过去一趟。"

姜桃花嘴角微抽,直觉告诉她,这去了可能没什么好事。被押着的人十有八九跟先前隐瞒消息不报的事有关,然而,她也没什么借口躲避。

回过身,姜桃花笑了笑,带着青苔就往他们那边走,温和地道:"正好我也想去给爷请安呢。"

湛卢点头,心想:"您看起来明明是想跑的,这睁眼说瞎话的本事,倒是跟相爷一样高超。"

沈在野正坐在主屋里等着,远远看见门外有抹熟悉的影子,他挑眉,忍不住就勾起了嘴角,颇有深意地一笑:"桃花,过来。"

姜桃花面带微笑,站在门槛外头,手悄悄地扒着门框问道:"妾身可以不过去吗?"

今天的沈在野笑得格外诡异啊,比段芸心更让她感觉浑身发冷!

沈在野没说话,一双眼睛就这么盯着她。他眼里清清楚楚地写着"你不过来,后果自负"。

开玩笑!她是那种贪生怕死的人吗?

姜桃花有骨气地一扬下巴,然后飞快地朝沈在野跑了过去,坐进他怀里,一脸讨好地笑着:"爷有什么吩咐啊?"

"你来看看,就是这个人害得我冤枉了你。"沈在野伸手抱住她,将下巴放在她头顶,温柔地问,"你想怎么处置他?"

湛卢一脚就将旁边的门房踢倒在地,门房一惊,连忙跪下来,边磕头边道:"小人冤枉啊!"

姜桃花黑着脸回头看着沈在野,瞪大了一双杏眼:"你不是说交给湛卢处置的吗,为什么又扯我下水!"

沈在野微笑:"他做出的判断就是交给你定罪最好啊,你是受害人。"

"老娘不依!你又没给我加工钱,凭什么又要我出工!"

两人眉来眼去地交锋,外人看起来是浓情蜜意,也就只有他们自己知道其中夹带多少刀光剑影。

突然,姜桃花嫣然一笑,伸手搂住沈在野的脖子,俏皮地盯着堂前跪着的人,嗲声嗲气地道:"这人瞒着消息不报给爷,反而报给了别人,让妾身吃了不少苦头,若是还留着命,妾身可不依啊!"

饶是有心理准备,沈在野还是被她这语调震得一个激灵,眼里的嫌弃都掩饰不住。

　　能不能入戏一点啊？姜桃花伸手暗暗掐了他一把。沈在野轻咳一声，收敛了眼神，看向那门房。

　　门房被姜桃花这话吓坏了，哆嗦着身子，脸上全是惶恐："相爷，您听奴才说啊。那日南王派人来传消息的时候，您正在书房忙公事。奴才想着不是什么大事，所以才传去夫人那里，让夫人做主的！怎么就要取奴才性命呢？"

　　"你这话说得倒是奇怪。"姜桃花眨了眨眼，跟没骨头似的窝在沈在野怀里，一副恃宠而骄的样子，"爷在忙的时候你没禀告也就算了，可事后怎么也该知会一声吧？毕竟这相府的主子是咱们相爷，不是夫人。"

　　门房一愣，心下颇为不爽，低头咬牙道："后来事情有些多，奴才以为夫人告诉相爷了，所以才没禀告。"

　　"这么说来，还是夫人的错了？"沈在野皱眉。

　　门房不敢说"是"，可又的确是啊，只能闷头不作声。局面僵持，外头的下人这时进来通禀了一句："夫人到了。"

　　姜桃花一听，立马想从沈在野怀里跳下去。可也不知道这位大爷是不是抱舒服了，压根儿没想松手，跟抱只猫咪似的，还顺了顺她的背。

　　"别怕，你占着理呢。"

　　占着理也不能当着夫人的面坐他怀里啊，这像什么话？姜桃花瞪他，后者一脸平静地直视前方，压根儿不看她。

　　梅照雪一跨进屋子就吓了一跳，呆愣地看着座上那跟黏在一起似的两个人，脸色不太好看。

　　姜桃花死命挣扎起来，理了理衣裳给她行礼："夫人安好。"

　　梅照雪轻轻点头，什么也没说，先恭敬地给沈在野请安，再扫了旁边的门房一眼："这又是出什么事了？"

　　"夫人救命！"门房跟看见救星似的，连忙朝梅照雪叩首，"奴才罪不至死，罪不至死啊！"

　　梅照雪微微一怔，想也明白是怎么回事，微笑着看向沈在野："爷这是怎么了，怎么生这么大的火气？派护院救南王的事情，妾身觉得这门房没做错。"

　　"还没做错？"沈在野皱眉道，"他瞒而不报，让我误会了姜氏并且重罚于她，他没做错，难不成错的是我？"

　　梅照雪抿唇，低声道："当时的情况，爷正在忙，妾身身为这相府的主母，自然能替爷做些决定，所以他才来凌寒院传话。妾身觉得不是什么大事，所以在南王平安之后也就没有特意向爷邀功。"

　　瞧瞧她这话说得多漂亮，瞬间就把瞒而不报变成了低调，不想邀功。梅夫人真的不是一般的厉害！

　　沈在野侧头看了姜桃花一眼，后者连忙从看热闹的状态里回神，委屈地道："夫人这一句'不想邀功'，却让爷误会妾身不守规矩，让妾身活生生饿了两天！"

您没错,这门房也没错,爷更是没错,那错的是妾身吗,妾身就活该被冤枉?"

梅照雪抬头,温和地笑了笑:"你受了委屈,爷也安慰、补偿过了,又何必抓着这忠心耿耿的下人不放呢?"

"忠心也得看是对谁忠心啊。"姜桃花撇撇嘴,小声嘀咕,"拿着爷给的工钱,忠的却是别人,这才可怕呢。"

"桃花!"沈在野佯装斥责,"你这话岂不是怪在夫人头上了?"

"妾身委屈啊,妾身冤枉!"姜桃花睁着一双水汪汪的大眼睛,伸手拉着沈在野的衣袖,轻轻摇晃,"您说过不会让害妾身的人好过的,现在人就在这里呢,归根结底就是他害的妾身。您说,他不该死吗?"

沈在野皱眉,状似为难地看了梅照雪一眼。

梅夫人脸色不太好看,皱眉盯着桃花:"娘子最近得了宠,倒是跟以前不太一样了。"

以前还是知进退、守规矩的,今日怎么这般胡搅蛮缠?

当她乐意吗?姜桃花撇撇嘴,委屈地道:"若是跟以前一样,就得吞下这无数冤屈,那妾身宁可变一变,也得求爷做个主。"

"爷,"姜桃花转头看向沈在野,可怜兮兮地道,"当初您对妾身说过的,这一生一世都要好好保护妾身,有人犯我一寸,您还人一丈,若有违背,天打雷劈。这都是您说的啊。"

他什么时候说过了?沈在野眯眼看她,这不要命的女人真能胡诌。他压下火气,点头道:"我说到做到。"

"爷!"梅照雪皱眉,"门房再怎么错也罪不至死,您若当真为了姜氏如此残忍行事,恐怕不会有什么好名声。"

"我的名声什么时候好过?"沈在野失笑,"别人不知道,你还不知道吗?外头都说我是奸臣贼子,不是什么好人。既然不是好人,那做点坏事又怎么了?"

梅照雪背后一凉,脸都僵了,完全没想到姜氏在爷心里能有这么重要的地位,竟然为了她完全失了以往的理性。她是一早就考虑过这件事的后果的,料想不会有多严重,才任由秦氏不让门房通禀临武院,结果怎么会……

"相爷,奴才只是听命行事啊!"见夫人要保不住自己了,门房连忙跪着上前两步,豁出去似的道,"奴才本来是打算通禀临武院的,结果……"话不敢说完,他偷偷看了梅照雪一眼。

梅照雪垂眸,袖子里的手紧握,心想,人果然都是靠不住的,在受到性命威胁的时候,心里哪还有"忠诚"二字可言?她还不如养条狗!

"妾身替秦氏向爷道歉。"梅照雪低下头,轻声道,"秦氏任性也不是一日两日了,突然有这样的主意,妾身也没来得及拦住。"

"哦?"沈在野有些意外,"此事还跟秦氏有关?"

梅照雪叹道:"确切来说,这件事跟妾身本就没什么关系。门房来报信的时候,妾身正在休息,秦娘子在院子里,就直接吩咐了下去。至于她是怎么想的,妾身也不知道，后来知道的时候，也觉得不是什么大事，所以我就没告诉爷。"

姜桃花咋舌，看着一脸平静的梅夫人，心里为秦氏捏了把汗。

"既然不是夫人的过错，那也怪不到夫人头上。"姜桃花收敛了心神，笑道，"夫人温和，一向会为人着想，秦娘子本性善良，想必也没什么坏心思。以妾身之见，也不要坏了这门房的性命，直接让他交接了手里的事情，出府去吧。"

梅照雪有些意外地看了她一眼："姜娘子方才不是还说想要他的命吗？"

"救人一命胜造七级浮屠，妾身也愿意多积点德。"姜桃花靠在沈在野身边，低头朝他一笑，"况且咱们爷只是嘴硬，心却软，哪里会当真取人性命呢。"

一上来把惩罚说得严重，现在让一步，那门房反而觉得自己是受了恩了，连忙磕头行礼："多谢姜娘子，多谢相爷！"

梅照雪轻飘飘地看了他一眼，抿唇对沈在野道："既然姜娘子大度，那秦氏的事……"

沈在野淡淡地道："这次可以不追究，但如果有下次，再让我发现这府中有人动歪心思，那就是你这个当夫人的失职了。"

"妾身明白。"梅照雪颔首，起身道，"妾身这便先告退了，还要回去练习茶艺。"

"嗯。"沈在野点头，看着她退下去，挥手就让湛卢把跪着的门房也带出去。

屋子里安静下来，姜桃花站直身子，揉了揉自己的腰，皱眉嘀咕道："夫人会把这笔账算在我头上的。"

"你还怕她不成？"沈在野轻笑，抬眼看她，"论聪明，她可不及你。"

"可论玩阴的，毕竟姜还是老的辣。"姜桃花撇撇嘴，看着沈在野道，"要是以后出了什么事，爷可得护着妾身。"

沈在野勾唇，伸手将她拎过来抱着，慢悠悠地道："可不得护着你嘛，要是不护着，就该天打雷劈了。"

姜桃花背后一寒，连忙伸手抱着他的脖子，朝着他的脸"吧唧"一口："爷最好了！"

"一点也不好。"沈在野皮笑肉不笑。

"是！妾身的意思是，妾身帮了爷这么多忙，爷就宽宏大量，别跟妾身计较那只言片语的！"姜桃花严肃地道，"成大事者不拘小节，少些计较，爷会长命百岁的！"

这意思就是，跟她计较他就要短命了？沈在野感觉又好气又好笑，抓着姜桃花的脸就是一阵揉捏："说点好听的给爷听听？"

"爷英俊潇洒，是妾身见过的全大魏最好看的男人！"

沈在野眼里带笑，挑眉："当真？"

"当真，因为妾身一共也没见过几个大魏男人。"

沈在野："……"

湛卢处理了门房回来，就听见临武院里一阵惨叫，接着就是鸡飞狗跳的声音。惊愕地趴在门边看了看，他下巴都要掉地上了。一向正经的自家主子，竟然放下身段在和姜娘子打闹！

姜桃花死死地抵着一把椅子，将沈在野隔远了一点："妾身只是开个玩笑，您手下留情！"

沈在野似笑非笑地撑着椅子的扶手："我也来跟你开个玩笑，你有本事别跑。"

"妾身没本事！"姜桃花撒丫子就跑，"妾身可惜命了！"

"你分明就是最不要命的！"

湛卢在门口看得清楚，自家主子这明显是在逗着她玩儿呢。湛卢摇摇头，也有些担忧了，这样下去，真的不会有问题吗？

一炷香的时间之后，两个人都累得躺在软榻上。姜桃花气喘吁吁地说道："妾身原本还准备回去泡茶呢，现在就只想沐浴就寝。"

泡茶？沈在野皱眉，恍然间想起，又是一年品茶会的时候了。

"你要准备什么茶？"他问。

姜桃花一愣，眨眨眼道："拿了龙井。"

"为什么？"

"反正也不知道她喜欢什么茶，爷往日最爱喝这个，所以妾身就拿了这个。"姜桃花狡黠地笑了笑。

沈在野侧头看她一眼，脸色有些严肃："换一种吧。"

"哎？"姜桃花翻身，眨巴着眼看着他，"贵妃不喜欢这种？"

"……嗯。"

没想到沈在野竟然会透露消息给她，姜桃花一喜，连忙爬起来整理好仪容，回争春阁去。

贵妃不喜欢龙井，那用什么茶呢？她跟顾怀柔商量了一番，顾怀柔道："段娘子说兰贵妃喜欢苦茶，这话倒是有些奇怪，虽然去年是她赢了，嫁进了相府，但她说的未必就是真话。"

"你不用去考虑她的话，就当没听过好了。"姜桃花道，"现在排除龙井茶，有什么茶好喝又好泡吗？"

顾怀柔想了想，道："我今儿上街去找找，带些不同种类的茶回来给你选。"

虽说先前有些不愉快，但真交上了朋友，顾怀柔还是相当耿直的，二话没说就去凌寒院拿牌子了。等回来的时候，她竟然带了二十多种茶，看起来颇费了一番心思。

姜桃花瞧着，虽然嘴上没说什么，却还是转头让青苔去找两件宝贝出来，待会儿送去温清阁。

"娘子瞧瞧这种茶。"顾怀柔兴奋地捧着一个茶包出来，道，"掌柜的说这是新的茶种，叫蜂蜜花茶，里头是蔷薇花和绿茶混合的，用蜂蜜水浸泡，不仅香甜四溢，而且不论茶艺好坏，都能泡得好喝。"

这种茶赵国也有，姜桃花倒不是很陌生，想想也就接下了，让青苔先送去李医女那里查查，看有没有什么不妥。

"除了茶，还有茶点，每人也要准备一样的。"顾怀柔问，"娘子有什么拿手的点心？"

"有啊。"姜桃花胸有成竹，"桃花饼刚好和这花茶相得益彰。"

"那就好，您这儿既然妥当了，我就回去准备自个儿的了。"顾怀柔起身道，"要进宫的时候，娘子可要等我同乘。"

姜桃花点头应了，目送她出去，然后试着泡了一包蜂蜜花茶喝。

不知道兰贵妃喜欢不喜欢，反正她是挺喜欢的。这种茶应该也养颜，因为她师父就很爱喝。就算不讨喜，应该也不是什么大罪过。

第一次参加这种聚会，姜桃花本来还有点紧张，但是顾怀柔这个热心肠当天竟然主动过来帮她选衣裳挑首饰，一边弄一边告诉她宫里的规矩，她心里反而隐隐有些期待。

"只要别跟兰贵妃撞了衣裳颜色和首饰，那就没什么。"顾怀柔道，"宫里已经传来了消息，咱们避开金红色和孔雀样式的头饰就成。"

还真是讲究啊。姜桃花点头，按照她说的一一照做，然后跟着她一起出门。

看见别人的时候，姜桃花还下意识地观察了一下衣裳头饰，怕顾怀柔坑她。结果看了一圈她发现，顾怀柔是真心在帮她这个头一回进宫的人。原来敌人一旦变成朋友，还真的挺可靠的。

"姐姐今日不与妾身一起坐了吗？"看见她们，柳香君连忙迎了上来，颇为委屈地看着顾怀柔道，"往年不都是姐姐带着妹妹进宫的？"

"今年带不起了。"顾怀柔淡淡地道，"柳侍衣另有高枝，何必坐我的马车呢？借过。"

说完，她拉着姜桃花就越了过去，径直坐上外头的车。

姜桃花挑眉："你们这是彻底翻脸了？"

"嗯，娘子也记得小心她一些。"顾怀柔垂眸，"从小一起长大，她是什么样的人，我最清楚。玩起阴的来也挺硌硬人的。"

姜桃花点点头，表示明白，捏好手里的食盒就等着出发。

沈在野今日也是要进宫的，不过应该是处理朝政之事，所以姜桃花也没问。不过相府的势力可真是让人心惊，别家院子去的顶多就两三个人，可相府光是马车就有五辆，更别说里头还坐着不止一个人。

一瞬间姜桃花也算是明白为什么后院里总是腥风血雨了，这架势比后宫也不差啊。

第二十一章 下毒

品茶会在兰贵妃的芷兰官里举行。官规复杂,经过好一阵子的盘查和行礼,一群命妇才到了地方。

兰贵妃还没出来,院子里上下都是席位,错落有致,看样子是按照地位排序的。三公九卿各有官阶,同一家的女儿还分嫡庶。大家纷纷落座之后,姜桃花发现自个儿好像坐哪里都不对。

她是赵国公主,按理不比三公九卿家的女儿地位低。可是阶梯上头没有位置空出来,只有最下头空了一个席位。

情况有点尴尬。梅照雪忙着跟人寒暄,像是根本没注意到她一样,其余的人几乎都装作没看见她,自顾自地谈天说地。顾怀柔倒是发现了情况不对,可自己身边的位置已经有人坐了,她一时也不知道该怎么办。

姜桃花抿唇,虽说她抱了沈在野的大腿,甘愿当侧室没错,但她好歹代表着赵国,要是真的坐在最下头的位子,自认赵国公主还比不得九卿最末之臣的庶女,那就是丢赵国的面子。

想了想,姜桃花站在了院子中间,等着兰贵妃出来。

梅照雪的余光一直看着她,想看她会有什么反应,结果她竟然站在那儿不动了。到底是相府的人,这样闹得她也有些尴尬,于是她开口轻斥了一句:"姜氏,去找位置坐好。"

"这儿没有妾身的位置。"姜桃花一笑,朝梅照雪屈膝道,"定是还没正式来拜见过贵妃娘娘,所以娘娘把妾身的位置忘记了,妾身先等着给娘娘请安吧。"

秦解语皱眉,指着下头的位置道:"那儿不是有吗?"

姜桃花微笑:"那可不是妾身该坐的位置。"

"怎么?你在府里蛮横骄纵也就算了,真当进了官人家还会迁就你?"秦解语黑了脸,颇为不悦地道,"你这样不懂规矩,万一被娘娘怪罪,可别牵扯到我们相府。"

"哪能不牵扯呢,怎么也是相府的人。"梅照雪叹息,"娘娘出来顶多怪我管教不严,怪不到姜氏头上,所以她肆无忌惮也是应当。"

这话一说,其余在场的夫人看向姜桃花的目光都不太友善了。姜桃花仿若未闻，女人最擅长的就是嘴仗，自己有理的时候，就等能裁断的人出来再说话，免得争吵起来失了仪态，反而让人没了好印象。

值得庆幸的是，兰贵妃出来得很快。

"这是怎么了？"看着下头站着的姜桃花，兰贵妃眼神微动，"姜氏怎么不坐？"

梅照雪起身领首："是妾身的错，以往常常坐娘娘左首，今年没考虑姜氏的身份问题，忘记让位了。"

兰贵妃看她一眼，淡淡地道："你是九卿之首梅奉常家的嫡女，自然是要坐在左首的，这没什么问题。"

梅照雪一笑，领首屈膝。众人看向姜桃花，都抱着看好戏的心态。

姜桃花不慌不忙地上前行礼："妾身拜见贵妃娘娘。"

兰贵妃扫她一眼，扶着宫人的手坐下，也没让她平身，只问："娘子为何不坐？是嫌我这芷兰宫太小了？"

"娘娘过谦了，芷兰宫乃宫中仅次于正宫的宫殿，哪里会小？"姜桃花微笑，垂着眸子道，"妾身只是怕坏了娘娘在后宫的名声，所以才不敢入座。"

"哦？"兰贵妃笑了，盯着她道，"与本宫有什么相干？"

"自然是有的。"姜桃花抬手，指了指最末端的那个位置，"妾身来得不巧，只剩下那一个位置。若是坐了，外头的人难免就会说娘娘宫里尊卑不分，不及正宫规矩严明。若被有心之人听去，恐怕还会小事变大，说娘娘不懂规矩却又常常伴君左右，恐致大魏法度荒废，届时引得朝臣上奏、正宫责备，娘娘岂不是冤枉？"

顿了顿，赶在兰贵妃生气之前，她又道："上次马场与娘娘一见，妾身以为娘娘不仅雍容华贵，而且端庄大方，进退有度，是知书识礼之人，所以颇得圣宠。今日这座位虽是小事，却也代表了芷兰宫的态度。妾身不忍因小事让娘娘蒙辱，故而迟迟不肯入座，还请娘娘宽恕！"

舌灿莲花！这才是真正的舌灿莲花啊！顾怀柔听得目瞪口呆，见兰贵妃的表情从阴郁变得愣怔，最后竟然想了想，点头道："你说得有道理。"

梅照雪一惊，连忙起身道："这样说来，妾身的罪过倒是大了，那妾身便下去坐，这位置让给姜氏吧。"

"夫人是正室，哪有将位置让给侧室的道理？"姜桃花嫣然一笑，"贵妃娘娘聪慧，自然有自己的安排，您又何必这么急着替娘娘做决定？"

梅照雪神色微顿，侧头深深地看了她一眼。姜桃花不躲不避地迎上她的视线，笑意不达眼底。

兰贵妃抿唇，挥手就让宫人把最后的那矮桌和坐垫搬到自己右手边，道："姜氏身份特殊，今日就不论正室侧室了。赵国的公主来我大魏，自然当以客礼相待，就坐在这儿吧。"

众人都吓了一跳，看着姜桃花当真走上前去，心里真是想什么的都有。

"好厉害啊。"顾怀柔旁边的古侍衣小声赞叹,"这样的气势,真不愧是赵国的公主。"

换了别人,定然是下不来台,要大吵大闹得罪贵妃,抑或是被贵妃娘娘的神色吓得不敢吱声,乖乖就座。没想到姜娘子竟然还敢说这么多话,而且句句在理。

梅照雪和段芸心的脸上都没什么表情,倒是秦解语气了个半死,差点把帕子揉烂,暗自嘀咕道:"我就见不得她身上那股子妖媚得意的劲儿!"

在姜氏进府之前,爷都是最喜欢她身上的傲气和媚意的,谁知道姜氏进来之后,府里再无人说她媚,竟然都只说她傲了。自己走自己的路没关系,但是把别人挤得都没法儿走路了,这样的人就该死。

姜桃花刚坐下来,就觉得脸上跟有东西在刺一样,抬头就迎上了秦解语的视线,眼神颇为迷茫。这位主子怎么回事,又看她不顺眼了?

秦解语移开了目光,伸手开始摆弄自己面前的食盒。姜桃花见状,也就没多想,等着这品茶会开始。

"今年的品茶会还是跟往年一样,"兰贵妃扫了下头一眼,笑着道,"先尝茶点,后饮好茶。各位夫人小姐想必都带了自己亲手做的点心和茶,本官就托大,一一尝过之后,来评个高低。"

众人都应下。姜桃花也跟着低头,但她心里忍不住想,这贵妃娘娘吃饱了没事干啊,为什么会弄这样一个聚会出来?

但是之后她就看出来了,这聚会名为品茶,实际却是品人。各家来的不只有出嫁了的夫人,还有待字闺中的女儿。所谓绿叶扶持红花,那一个个梳着未嫁发髻、穿着色彩鲜明长裙的姑娘,在她们一群已嫁之人里,显得格外水灵。

先前顾怀柔好像说过,段芸心就是赢了这品茶会嫁进丞相府的,那这些姑娘这么积极参与也就不奇怪了。可是,为什么她瞧着府上这一个个的也挺积极的?

"妾身做的是翡翠糕,用绿豆沙包着红豆沙,很是开胃。"梅照雪将食盒打开。其他的人也就纷纷把盛着点心的碟子拿了出来。

秦解语做的是炸油酥,段芸心做的是中规中矩的八宝蒸蛋。一个个挨次看下去,各有各的好。

兰贵妃满意地点头,看了姜桃花一眼:"你这是什么饼?"

"桃花饼。"姜桃花笑道,"只是里头用的是最近开得正好的蔷薇,香甜酥脆。"

"那为何不叫蔷薇花饼?"兰贵妃撇嘴,嘀咕了一句,就起身拿了一个来尝。

这桃花饼好吃是好吃,但姜氏明显不是经常下厨做点心的人,看起来手艺很生疏。兰贵妃没说话,继续去尝下一个人做的。

旁边有官人过来,引着众位夫人小姐去一旁的台子上沏茶。姜桃花终于暂时松了口气,找到顾怀柔,跟她一路前行。

"您小心些啊,"顾怀柔皱眉道,"夫人看起来好像要跟您过不去了。"

"才看出来?"姜桃花歪了歪脑袋,俏皮一笑,"夫人早就与我过不去了啊。"只是今日尤其明显而已，大概是沈在野不在也无法知道具体过程的缘故吧。

顾怀柔直摇头，领着她去远一些的地方拿热水泡茶，不停地碎碎念："您现在是腹背受敌，无论对谁都要防备着点。"

"包括你吗？"姜桃花调笑了一句。

顾怀柔微微一愣，眼睛立马瞪圆了："防备我干什么？我又不会害您！"姜氏这么厉害，就算抛开救了她的情义不说，她也绝不会傻到再与她为敌。

姜桃花轻笑出声，端着泡好的茶往回走："逗你的，走吧。"

泡茶的时间有长有短，她们回去的时候，座位还有许多是空着的，兰贵妃却已经吃完了右边三公家夫人小姐的点心，正在吃秦解语的炸油酥。

"你们回来得可真早。"兰贵妃皱着眉将炸油酥吞下去几个，捏着筷子嘀咕，"这东西好吃，却太油了，正好下茶。姜氏，你的茶先泡好，就先拿来吧。"

"是。"姜桃花颔首，恭敬地将蜂蜜花茶递了上去。

兰贵妃可能是吃噎着了，喝了茶好半天才品出味道，皱眉道："怎么是甜的？"

"回娘娘，这是咱们国都刚有的新茶，叫蜂蜜花茶。"顾怀柔连忙解释，"有美容养颜之效。"

一听还有这功效，兰贵妃的眉头松了些，当喝水一样把蜂蜜花茶灌进肚去，然后道："好是好，但本官不喜欢甜的。"

姜桃花挑眉，心想，段芸心难不成真的没骗她，这兰贵妃当真喜欢苦茶？那倒是她以小人之心度君子之腹了。

放下茶，兰贵妃正想继续尝其他的点心，却忽然觉得肚子一痛，害得她差点没站稳。

"娘娘！"旁边的宫女连忙扶住她，低头就见贵妃脸色不太对劲，"这是怎么了？"

"没事，可能是吃太多了。"兰贵妃捂着肚子，站了一会儿想缓缓，结果越站脸色越差。

姜桃花惊得走了过来："娘娘？还是让太医来看看吧。"

众人连忙将兰贵妃扶进屋。

太医倒是来得很快，诊脉之后皱眉问道："娘娘方才吃了什么？"

旁边的小宫女指着姜桃花就道："最后喝的是这位夫人的茶，一喝下去就不对劲了。"

"把茶杯拿过来。"

"是。"

姜桃花心里一凉，竟有种不太好的预感，跟着在门口看了看，就见那小宫女出去又回来，皱眉道："茶杯不见了。"

外头泡茶的人三三两两地陆续回来，根本不知道发生了什么事，还在四处找贵妃娘娘。"

顾怀柔急得站在门槛处看了半天，说道："方才娘娘喝完就将茶杯放在你的案桌上了，谁也没注意，竟然不见了。"

"那就是有人看我不顺眼了吧。"姜桃花抿唇，"不过奇怪的是，我的茶里不可能有问题，在咱们泡好茶的时候，宫人不是已经检查过了吗？"

"是啊，但凡要入娘娘之口的东西，都是要经过宫人检查的。"顾怀柔皱眉，看了看内殿，小声道，"宫人都没事，怎么她就有事了？"

芷兰宫的大姑姑芳蕊从内殿出来，脸色不太好看地盯着姜桃花道："茶杯不见了，许是哪个宫人不小心收走了，奴婢会好生追查的。至于咱们娘娘是不是因为喝了您的茶才变成这样，这个也好办，奴婢立马让人将其他人的茶和茶点统统尝一遍。若是没问题，就得请夫人与奴婢去司宗府走一趟了。"

姜桃花抿唇："妾身绝无害娘娘之心，姑姑要查，就请彻查，以免让真正想害娘娘的人逃之夭夭。"

"奴婢明白。"芳蕊轻轻颔首，带着人就向外头走去。

梅照雪一众人刚刚回来，见着这阵仗，很是茫然地询问："出什么事了？"

芳蕊姑姑睨着她道："贵妃娘娘中毒了，太医正在解毒，请各位夫人将茶水、茶点都放在案上，由芷兰宫的人一一尝过，再下定论。"

"中毒了？！"一群女人纷纷捂唇。

秦解语皱眉问了一句："中毒之前吃了什么啊，直接查那东西不就好了？"

"娘娘最后饮的是姜氏的茶。"芳蕊垂了眼睛，声音低沉地道，"巧的是，一个转身，那茶杯就不见了，无处可查，只能查其他夫人的茶点、茶水，以逆推消失了的那杯茶有没有问题。"

梅照雪脸一白，连忙往大殿里走，到了外殿直接跪下："妾身管教不严，但求娘娘凤体安康，否则万死难辞其咎！"

兰贵妃有气无力地躺着，根本没有精力理她。

姜桃花站在外头看着她这动作，低声道："妾身好歹也是相府的人，被人冤枉，夫人的第一反应不是替妾身辩解，而是替妾身认罪，也不管这事儿会不会牵连到丞相府？"

"你闭嘴！"梅照雪眼里满是担忧，颇为恼怒地道，"往年品茶会从来没出过问题，今年你一来就出了岔子。"

"若是妾身有那个胆子毒害贵妃娘娘，那您也不会好端端在这儿跪着说话了。"姜桃花深深地看着她，道，"妾身什么都没做也会生祸患，那就不是妾身的问题，该问问暗处那些个不肯放过妾身的，到底有多狠。"

梅照雪正要斥责，旁边太尉家的夫人却冷笑着开口："你们后院争宠，倒敢拿到贵妃娘娘面前来闹，还害得娘娘凤体有恙。这要是传到陛下耳里，你们哪有机会争论谁对谁错啊，直接上下一起问罪了。"

"你——"

内殿的帘子忽然掀开，打断了她们的争吵。

太医出来道："不知娘娘所食何物，但的确是中了毒，已经开了解毒的方子，要辛苦娘娘吃几天清淡的食物了。至于其他的事，也不归微臣管，微臣就先告退了。"

"太医慢走。"芳蕊姑姑在门口送他。送走太医之后，几个宫人已经将点心、茶水尝遍了，没一个人有跟兰贵妃一样的中毒症状。

姜桃花捏紧了手，跪在梅照雪旁边，看着芳蕊姑姑阴沉的脸色，忍不住道："妾身的茶水不可能有问题，这芷兰宫里不是有专门的人检查过吗？"

"这个奴婢不知。"芳蕊语气冰凉地道，"若有人成心要作恶，检查也是保证不了什么的。"

姜桃花皱眉，心想，自个儿最近的危机意识是不是淡了点，莫名其妙被人坑了都没发现。而且直到现在，她也不知道问题出在哪里。她没有下毒，贵妃娘娘却中毒了，是中间有什么玄机，还是……还是贵妃娘娘看不惯她，故意刁难她？

"来人。"芳蕊朝外头吩咐，"将姜氏请去司宗府，再派人去知会陛下和丞相。"

"是。"

这宫里的情况，姜桃花是不怎么熟悉的，一时间也想不出什么脱身的法子，只能寄希望于沈在野。

然而，沈在野与兰贵妃之间的关系，她一直不是很清楚，毒蛇这次会救她吗？还是会雪上加霜地又骂她一顿？

御书房。

明德帝与沈在野下棋正下到关键之处，突然就听见宫人传来了芷兰宫的消息。

"什么？！"明德帝皱眉，立刻起身，"怎么会中毒了？"

宫人看了沈在野一眼，说了事情经过。

沈在野抿唇，问了一句："查实了是姜氏所为？"

"这……虽还没有具体证据，但芳蕊姑姑让人尝了其他的东西，都没有问题。"

明德帝脸色不太好看，带着沈在野就往芷兰宫走，边走边道："朕是信得过爱卿你的，只是你后院里的女人太多，又太乱，若是当真有人害了兰儿，那可别怪朕心狠。"

沈在野一笑，颔首道："若当真有人如此胆大包天，不用陛下处置，微臣都不会放过她。"

"哦？"皇帝侧头看他一眼，"不是说你对那姜氏宠爱得很吗，也舍得？"

"在微臣心里，女人不过是消遣之物。"沈在野道，"无事的时候，随意怎么疼宠都可以，但若惹了事，臣也不会姑息，没什么舍得不舍得的，谁作的孽，谁必须承担后果。"

明德帝抿唇，深深地看他一眼："爱卿不愧为我大魏栋梁之材。"

沈在野领首，跟着他跨进芷兰宫。

人都已经散了，只有相府的人还跪在外头。沈在野扫了一眼，姜桃花已经不在这里了，多半是被带去了司宗府。

"爱妃，"明德帝走进内殿，将兰贵妃扶到自己肩上靠着，皱眉问，"怎么样了？"

兰贵妃笑了笑："没什么大碍，就是有点难受，性命无忧。"

"若是伤及你性命，那还得了？"明德帝十分恼怒，看向芳蕊："犯上的人呢？"

"已经送去司宗府了。"芳蕊看了丞相一眼，道，"奴婢已经查过，芷兰宫里其他的——"

"盘问过检查食物的官人了吗？"沈在野严肃地道，"他们的职责就是替娘娘挡去这些意外，结果今日失职了，姑姑也不问问？"

芳蕊一愣，回答道："是奴婢疏忽，现在就去盘问。"

沈在野点头。

床上的兰贵妃却睨着他，轻笑了一声："丞相还是护着姜氏的啊。"

"娘娘明鉴，"沈在野拱手道，"臣不是护着姜氏，只是相信她没有这么愚蠢，会做当面毒害娘娘的事。若是有人在背后作怪，妄图用伤害娘娘的方式争宠，那臣也不能姑息。"

明德帝点头："爱卿说得有道理，是该查清楚的。"

"姑姑顺便再将今日所有人的点心、茶水单子送来看看吧。"沈在野道。

芳蕊犹豫地看了兰贵妃一眼，后者闭眼点头，她才下去拿了单子来。

与此同时，负责检查点心、茶水的官人也被带到外头跪着了，大声喊着："奴才们都是仔细检查过的，绝对没有问题才让她们呈到娘娘面前的，奴才们冤枉啊！"

明德帝听得皱眉。兰贵妃有气无力地道："这可是奇了怪了，东西都没问题，本宫却中毒了，难不成怪我自己倒霉？"

"你别急。"明德帝轻声安抚她。他又抬头看了沈在野一眼："丞相那么聪明，应该能看出什么端倪。"

沈在野将手里的单子扫了一遍，低头问兰贵妃："在饮姜氏的茶之前，娘娘是不是吃了秦氏的炸油酥？"

兰贵妃挑眉："丞相是怎么知道的？"

"臣对养身之道虽不十分精通，却也曾翻阅过两本相关的书。"沈在野道，"有书上写到，蜂蜜若与油炸之物混食，则易中毒，导致腹痛、腹泻。"

兰贵妃微微一愣，不悦地看着他："丞相如此该不会是为了给姜氏开脱罪名，瞎编出来的吧？"

"娘娘若是不信，可以询问太医。"沈在野垂着眼道，"臣若有半句虚言，甘愿与姜氏同罪。"

好个"与姜氏同罪"！兰贵妃冷笑出声，闭了眼道："既然丞相一心要保姜氏，那本官还有什么好说的！"

"兰儿，别闹脾气。"明德帝拍了拍她的肩膀，"丞相向来待你极好，怎么会有意为他人开脱？朕觉得，按照丞相的话来想，一切便都能解释得通了。姜氏的茶，官人检查过没问题，其他人的东西也没问题，那便只能是混合在一起食用出事的。以后检查吃食，就不用那么多官人分开做了，只让一人来查，以确保各官饮食安全。"

"陛下说得是。"兰贵妃点头，低声问，"那姜氏该怎么处置？"

看了沈在野两眼，明德帝轻笑："今日之事是个意外，姜氏与秦氏大概也不懂食物相克的道理，所以就算了吧。朕会好好补偿你的。"

兰贵妃捏了捏拳头，抿唇看向沈在野："那就请丞相好生管教贵府后院之人吧。"

"臣遵旨。"沈在野低头行礼。他全程都没看兰贵妃一眼，事情解决了，便去司宗府接人。

姜桃花蹲在司宗府临时牢房的角落里发呆，沈在野进去的时候，就看她跟只小耗子似的，缩成一团。

"还没待够？"

乍听到沈在野的声音，姜桃花立马蹦了起来，转头就飞扑过去，抱着他的腰抬头道："爷！先给妾身一点解释的时间，兰贵妃中毒之事跟妾身没关系！"

他自然知道没关系，不过看她这紧张兮兮的表情，沈在野逗弄之心顿起，板着脸睨着她道："要是跟你没关系，怎么就被关起来了？"

"妾身在这官里人生地不熟的，又不得娘娘待见，被关起来也是没办法的啊！"姜桃花跺脚，"妾身都想明白了，娘娘要是执意问妾身的罪，那就连检查食物的官人一起问罪，这样一来那些官人为了保命，肯定会想法子证明妾身的茶是没问题的。"

"哦？"沈在野挑眉，"你的茶没有问题，别人的东西也没有问题，那兰贵妃是怎么中毒的？"

"这个妾身也想过。"姜桃花皱了皱鼻子，道，"两个可能；要么贵妃娘娘有意要教训妾身，假装中毒；要么就是有的食物、茶水分开没问题，但一起吃就会中毒。"

沈在野心神微动，眯眼看着她："你既然都清楚，那方才怎么不直接跟贵妃娘娘说清楚？"

姜桃花撇撇嘴，委屈极了："妾身怎么说？贵妃娘娘在内殿诊治，就派她身边的丫鬟出来问罪，妾身说什么她都不信。反正要找人承担罪责，放过了我，她们那些做奴才的就得遭殃,所以今儿是被关定了。"

说完,她又抬头看着他,抱着他的腰撒娇:"妾身没用,就等爷来搭救了,爷这回一定要相信妾身!"

沈在野意味深长地看了她一眼,道:"你竟然会把获救的希望放在我身上,那我要是不信你呢?"

"您没这么狠心吧?"一缩脖子,姜桃花眼神古怪地看着他,"先前妾身帮您的忙您都不记得了,说好要护着妾身的!"

"那好,这次我花点心思捞你出去。"沈在野微微一笑,"你先前帮我的功劳,也就一笔勾销了,怎么样?"

"不要脸!"

"你说什么?"沈在野挑眉。

姜桃花转头呸了一声,笑嘻嘻地看着他道:"妾身说,好险!幸好爷肯相信妾身,妾身就功过相抵了吧。"

"好。"沈在野伸手搂着她,眼里满是愉悦,"那我们回府吧。"

"是……等等,就这么直接回去?"姜桃花愣了愣,"您不用去跟贵妃娘娘说清楚吗?"

"这个你别担心,之后我会说的。"沈在野一本正经地皱眉叹气,满眼惆怅,"看样子还要费不少工夫。"

也是啊,沈在野那么不喜欢提兰贵妃,现在却要为了她的事情去跟兰贵妃求情。这么一想,姜桃花瞬间觉得有点愧疚,出宫上车,一路上都乖巧地给沈在野捏肩捶背。

沈在野默不作声地享受着,嘴角微勾,突然觉得骗着姜桃花玩儿真是世界上最有趣的事情。

不过,回到相府之后,气氛瞬间就严肃起来。

虽然沈在野在明德帝面前说这只是食物相克导致的意外,但他不信就有这么巧,刚好两样相克的食物都是相府的人带去的。

梅照雪带着所有姬妾跪在临武院,姜桃花和秦解语跪在最前头,都低头不敢作声。

"先来说说吧,你们的炸油酥和蜂蜜花茶都是自己准备的?"

秦解语皱着眉小声道:"虽说的确是妾身准备的,但妾身也不知道会出这种事啊!爷明鉴,妾身的炸油酥是几天前就定下要做的,早就知会过厨房,以免有人会跟妾身做一样的。而姜氏的茶,据妾身所知,是这两天才买回来的。"

姜桃花点头:"蜂蜜花茶的确是这两日才买回来的,但妾身也的确不知蜂蜜与油炸点心不能混吃。"

顾怀柔跪在后头,犹豫了半天才道:"蜂蜜花茶是妾身买回来给姜娘子的,妾身更是不知道有食物相克之事。"

"这倒是巧了，旁人不知道，夫人也不知道吗？"沈在野看向梅照雪，"夫人的养生之道应是学得极好。"

"妾身惶恐。"梅照雪皱眉，"妾身近日一直忙于茶道，不曾过问后院之事，自然也没注意她们做的是什么点心，连单子都是秦氏过目的。"

"事事都让秦氏帮忙，你这夫人的位置不如也分她一半来坐？"沈在野微笑着道。

院子里的气氛顿时变得沉重起来，秦解语慌忙磕头："爷言重了，妾身只是偶尔帮夫人的忙——"

"那夫人的错漏，你是不是也该帮着担一担？"沈在野道，"凌寒院、海棠阁，这个月月钱用度都减半吧。"

"……多谢爷。"梅照雪叩头。

秦解语却有些不忿："这事儿怎能只让妾身与夫人承担，姜氏和顾氏也该同罪才是。"

"我没说她们无罪，"沈在野道，"只是那两个院子最近奖赏颇多，减用度也没什么作用，就各抄《家训》三十遍吧。"

"多谢爷。"姜桃花和顾怀柔也低头行礼。

秦解语虽仍有不满，却也只能按下脾气。

沈在野看起来很不高兴，府里出了这样的事，难免会影响他和陛下的关系，最近还得花些心思去弥补，自然对她们不会有好脸色。他处置完了，让她们各自退下，自己便回了书房。

众人在出去的时候都没吭声，可一离开临武院，秦解语就没忍住，上前拦住了姜桃花："姜娘子做这些事情连累大家，也不觉得惭愧？"

姜桃花上下看她一眼："秦娘子怎么就觉得事情是因我而起的？今日被害得关进司宗府的人可是只有我。"

"你作的怪，不关你关谁？"秦解语嗤笑，"想借着这事儿拖我下水，心肠也是够毒辣的！"

顾怀柔皱眉："秦娘子，话别说得太过，谁想拖谁下水还不一定呢。姜娘子已经是盛宠在身，为何要自己害自己？只有没得宠的人才会想出这些馊主意来害人吧。"

"哟，咱们顾娘子如今是攀上高枝儿了，都会跟我犟嘴了？"秦解语打量她两眼，"怎么？爷原谅了你假传怀了身孕的事儿，你就真当这事儿没发生过了？还是夹起尾巴好好做人吧，小心又遭报应了。"

"你——"

"都别吵了！"梅照雪怒斥了一声，"你们都是高门大户出身，如此胡闹像什么话，还不快回去？！"

众人噤声，各自散去。顾怀柔也想拉着姜桃花走，然而姜桃花步子放得很慢，看着其他人走了，自己却留在梅照雪身边。

"夫人，妾身还有话想说。"

梅照雪看她一眼，淡淡地问："什么话？"

"您不觉得今日这一场'好戏'有些蹊跷吗？"姜桃花歪了歪脑袋，笑道，"看样子不是您的主意，也不是妾身的主意，那是谁这么厉害，在背后引得咱们四个院子遭殃，相互怨怼？"

"你这张嘴，可真会颠倒黑白。"秦解语睨着她道，"这事儿分明就是你搞出来的，还想扣在谁头上？"

姜桃花望了望远处某个人的背影，摇头："您信也好，不信也罢，妾身奉劝一句，别真把妾身当对手，真正的对手另有其人。当心鹬蚌相争，渔翁得利。"

梅照雪一愣，皱眉看了看前头。片刻之后，她又垂眸道："这院子里就不该起争端，娘子的提醒有些多余了。"

她相信谁都不会相信姜桃花，这人太聪明，稍不注意就会被她绕进去，当了垫脚石。纵观整个后院，她要防着的也只有她，别人都不足为惧。

"既然夫人这么觉得，那妾身也没什么好说的了。"姜桃花叹息一声，抬眼看她，"若夫人以后改变主意，想与妾身聊聊，妾身随时恭候。"

秦解语皱眉，看着她带着顾怀柔离开，忍不住嘀咕："她想什么呢？您跟她有什么好聊的？"

梅照雪脸上无波无澜，目送她走得远了才道："姜娘子的意思是，这院子里没有永远的朋友，也没有永远的敌人，我总有要与她同仇敌忾的时候。"

然而眼下最大的敌人也只有她一人，她不会信姜氏说的任何一个字。

顾怀柔眉头一直没松开过，她跟着姜桃花来到争春阁，坐在软榻上道："我总觉得哪里不对劲。"

姜桃花点头："很明显是不对劲，瞧爷那生气的样子，这事儿就没那么简单。不过是后院争宠，事情竟然闹到了官里，背后的人胆子也真是大。"

"背后的人还能是谁？"顾怀柔不解地看着她，"这院子里与您过不去的，不就是秦氏和夫人吗？"

"那是表面。"姜桃花一笑，看着她道，"你还是想得太简单了，她们这次若是打定主意要害我，就不会把自己也扯下水，咱们明显是被暗中之人一箭四雕，打了个措手不及。"

她是头一次去品茶会，有些束手束脚，对中间这些情况了解得也不透彻，所以给了有心之人可乘之机都没察觉。但是秦氏和梅夫人已经参加过几次了，竟然也不小心中了招，要么是她们蠢，要么就是暗处那个人太聪明。

想到梅照雪方才那睿智的眼神，姜桃花觉得后一种可能性大一些。

"那会是谁这么厉害？"顾怀柔低头想了想，"院子里除了您与夫人，好像没人有这等智慧。"

姜桃花有点惊讶："你为什么不怀疑段娘子？她瞧着也是个聪明人啊。"

"段芸心？"顾怀柔皱眉，"她一向不争不抢的，又经常不露面，我倒是没发现她有多聪明。娘子是怀疑她吗？"

"没有丝毫证据可以证明是她做的，所以我也只是瞎猜。"姜桃花捏着手里的杯子，道，"如今这后院一共就四位娘子，爷一竿子打下来，伤着三个，只有一个置身事外，你不觉得奇怪吗？"

顾怀柔想了一会儿，摇头道："段氏与秦氏来往不多，她不可能有能力让秦氏准备炸油酥。而我们这边的蜂蜜花茶是我亲自去买的，也没见她来说什么。所以应该跟她没关系。"

"你去买茶的时候，是怎么发现这蜂蜜花茶的？"姜桃花突然问了一句。

顾怀柔老实地道："这茶闻起来很香，就放在茶庄的中央，想看不见也难啊。而且掌柜的说是专门给女人喝的，一顿夸赞，我自然要买回来尝尝了。"

真是一点问题也找不到，完全是顺理成章的事情，想必秦氏那边也是一样，因为一个契机，突然就想做炸油酥了，跟别人毫无关系。

姜桃花摇摇头，叹道："这个亏，咱们只能白吃了。不过，若任由那么一个心机深重的人继续在暗处害人，可不是什么美妙的事，得想个办法自保。"

顾怀柔点头，可是要动脑筋的事，她是帮不上什么忙的，她陪着姜桃花发了会儿愁，也就自己回去休息了。

书房里。

沈在野皱眉看着面前的人，问："你最近要休假？"

"相爷府里能有几天清净，我该做的差事也都做完了，自然要休假。"徐燕归吊儿郎当地坐在椅子里，斜眼看着他道，"宫中一出事，你怕是有一段时间不会进后院了，还不许我在阳光下走走？"

"你随意。"沈在野抿唇，"但也得寻个由头，从正门进来。"

"就说我是你远房二大爷怎么样？"徐燕归笑眯眯地问。

横空一个砚台飞过来，直砸他脑门！

徐燕归翻身伸手，稳稳当当地把砚台接住，失笑道："相爷最近脾气好生暴躁，在下开个玩笑罢了，就说是你远房表哥也行。"

"就当是我门客吧。"沈在野看着手里的册子，漫不经心地道，"反正你有点本事，别人也不会怀疑。"

徐燕归垮了脸，摸了摸鼻梁："这样算来，我是不是得住在外堂？"

"不然，你依旧可以睡房梁上。"

"……好的，外堂就外堂吧。"徐燕归耸肩，走过去将砚台放好，看着沈在野，突然正正经经地道，"如今形势正随着你的计划一步步发展，你可别出什么岔子。"

沈在野抬头看他一眼，眸子里波澜不兴："能出什么岔子？"

"女人都是很危险的。"徐燕归认真地看着他，"越好看的越危险。"

拐弯抹角的，这人也不嫌累得慌。沈在野嗤笑道："你直说姜桃花很危险不就好了？怎么，查出她有问题？"

"还没查到，赵国有点远。"徐燕归靠在桌边道，"不过早晚会查清楚的，只是就算她没什么问题，你也不该拿她特殊对待。"

"哪里特殊？"沈在野上下扫他一眼，打趣道，"你总不能因为我没把她给你，就觉得我待她特殊吧。"

徐燕归点头："这是问题之一，按照当初那位大人的吩咐，你我分工，你的女人都该归我。"

"我没碰过的女人，给你都无妨，各取所需。"沈在野垂了眸子，道，"但我碰过的女人，不管是什么原因，你都最好别碰。不是对桃花一人特殊，换了别人也一样。"

"这样啊。"徐燕归点头，"那把这个问题抛开不谈，你待她是不是有些不一样？"

"你今日来找我，就是来说这些废话的？"沈在野不悦地道，"家养的兔子和外头的兔子，我的态度能一样？"

徐燕归听了，感觉好像是这么个道理，点头道："那以后这女人要是跟计划冲突了怎么办？"

"杀了她。"沈在野一点没犹豫，嘴唇一动，冰冷地吐出三个字。

徐燕归听了点点头，放心地开门出去了。

可是，走到一半他才觉得有点不对。他跟沈在野说了这么多，结果什么也没解决啊，他肯定还是会一样宠着那女人，只要没面临生死决断，就不会舍弃她。

这怎么行？日久生情，以后会出大乱子的！转头想回去，可是，徐燕归意识到了一个问题——他是没有可能在嘴皮子功夫上战胜沈在野的，只有被他搞定的份儿。

徐燕归摸了摸下巴，做出了一个自认为很聪明的决定——既然从沈在野这里无法下手，那就去姜氏那边松松土好了。女人嘛，总是比男人好对付的，况且这方面他尤其拿手。

夜幕降临，沈在野传了话今晚要看公文，就在临武院歇息。于是各房各院也就不等了，纷纷洗漱、休息。

姜桃花穿着寝衣趴在窗边看月亮，等青苔收拾床铺。

她本来觉得离开赵国来大魏应该会轻松很多，毕竟她有控制男人的秘诀，要踩着这些人往上爬也不是没机会的。结果没想到居然遇见了命中克星沈在野，现在她不但不能做其他的事情，反而要被困在这里跟一群阴险难缠的女人做斗争。命运啊，真是太无常了！

"主子，床铺好了。"青苔转身道，"您就寝吧。"

"嗯。"姜桃花应了,正打算关上窗户,却见月亮之上好像唰地飞过什么东西。

姜桃花揉揉眼睛,仔细看了看,又什么都没有了。可能是她眼花吧。撇撇嘴,她起身回到床上躺好,看着青苔拿着烛台出去,闭上眼睛就要睡觉。

然而,就在这个时候,有人捂住了她的嘴巴,双手将她的身子死死地压在床上,让她不能叫也不能动。男人的气息扑面而来,姜桃花睁眼,很想看清他的脸,但遮光帘不知道什么时候拉上了,屋子里一片漆黑。

她不挣扎了,乖乖巧巧地躺着,等着这人松开她。

"害怕了?"沈在野的声音在黑暗里响起,他笑着道,"给你个惊喜而已,怎么吓成了这样,身子都在发抖。"

姜桃花一愣,随即感觉嘴上的手松开了,黑暗里这人压到她身上来,俯在她耳边轻声问:"想我不想?"

姜桃花伸手抱了抱他的腰,笑了笑:"想啊,自然很想,不过爷怎么这个时候过来了?"

"睡不着,还是想跟你一起睡。"

姜桃花轻笑一声,道:"这可是稀奇了,爷先前不是还很嫌弃妾身,不想与妾身同床共枕吗?"

还有这回事?沈在野的声音里满是意外:"你误会了吧,我并没有嫌弃过你。"

"这种话要看着妾身的眼睛说,妾身才信。"姜桃花撇着嘴撒娇,撑起身子道,"点个灯吧。"

"别折腾了,与其用说的,还不如用做的呢。"床上的人伸手就将她扯了回去,抱在怀里道,"春宵苦短,该好生珍惜才是。"

挑了挑眉头,姜桃花就势压在他身上,低头凑近他的脸:"既然爷这么急切,那就让妾身好生伺候您吧。"

适应了黑暗,虽然还看不清彼此的面容,但眼睛能看得见了。姜桃花一笑,眼里盈盈带光,柔情似水地望进身下这人的眼里。

徐燕归躺在床上,一时竟然有些愣怔。他遇见过的女人太多了,但像面前这样妩媚的,还是头一回见。

女人的媚如肥肉,少香多腻,最忌过头。但姜桃花身上的媚是浑然天成的,不显刻意、做作。她眼里像有漂着花瓣的溪流,卷着你轻轻地就往里头掉,半晌也回不过神。

"你叫什么名字啊?"温柔的声音在他耳边响起。

他下意识地就答:"徐燕归。"

"咦,这会儿的声音倒是不像沈在野了。"姜桃花咯咯轻笑,拉他起来往床下走,边走边问,"方才是怎么回事啊?"

徐燕归抿唇,变了沈在野的嗓音出来,道:"这是口技。足够了解一个人,就能学会他的嗓音和咬字,从而模仿。"

姜桃花眯了眯眼，将他按到椅子上坐下，然后转身拉开了遮光帘。

月光洒进来，椅子上的男人愣怔地望着她，那一张脸倒是生得俊俏，凤眼长眉，鼻梁挺直，看起来不像什么坏人。然而，他做的事可不是什么好事啊。

姜桃花勾了勾唇，回到他身边，笑得娇俏："你累不累啊，这么晚了，想不想睡觉？"

"想。"徐燕归当真打了个哈欠，他眨了眨眼，发现自己好像看不清面前这女子了，"好困。"

"那就睡一会儿吧。"

"好。"

姜桃花笑眯眯地找了条麻绳出来，直接将这人五花大绑在椅子上，然后轻手轻脚地去叫醒青苔，让她去临武院传话。

徐燕归这一觉睡得好极了，还做了个很美的梦，梦里有凌波仙子踏月而来，一张脸倾国倾城，温温柔柔地压上了他的身子。

"仙子？"他竟然有些脸红，想看清身上这人的面容，眼前却跟起了雾一样，眼睛怎么眨都看不清。

面前的仙子轻笑，身子却跟蛇一样缠上了他，越缠越紧，紧得他快不能呼吸了。

牡丹花下死，做鬼也风流！徐燕归喃喃道："死在你手上，也是不枉人间走一遭。"

"那你还是早点下黄泉去吧！"沈在野的声音伴随着一盆冷水，铺天盖地地朝他浇了下来。

仙子消失了。徐燕归猛地睁眼，却发现身上的束缚感仍在。他低头一看，自己竟然被绑在椅子上，大拇指粗的绳子绕了得有几十圈？谁这么狠啊？

徐燕归皱眉抬头，看清对面坐着的就是沈在野，他怀里还窝着个小东西，正抱着水盆，满是戒备地看着他。

屋子里就他们三个人。

"清醒了吗？"沈在野脸上的神情似笑非笑，一只手搂着姜桃花，另一只手搁在扶手上撑着下巴，睨着他道，"先前我是不是警告过你，你怎么不听呢？"

徐燕归眨眨眼，似乎是尚未反应过来："发生什么事了？"

姜桃花抱着水盆不太友好地看着他："你半夜闯进我房间，装成相爷的声音欲行不轨，所以我把你绑起来了。"

"你怎么做到的？"徐燕归目瞪口呆地看着她，不敢相信，"我半点都没察觉。"

"那是因为你蠢。"沈在野没好气地讥讽他一声，道，"别把我的话当耳边风，不然这事情传出去，丢的是你燕归门的人，竟然被手无缚鸡之力的女人绑了。"

姜桃花不满地反驳："爷，妾身还是有抓鸡的力气的！"

"你闭嘴。"沈在野把姜桃花拎起来，丢去床上盖好被子，道，"我与他是旧识，今晚他只是开个玩笑，你也不必往心里去。剩下的就交给我处置了。"

"好。"姜桃花捏着被子边，乖乖地点头，"既然是爷的熟人，那妾身也就不多说什么了。爷处置好了也早些休息。"

"嗯。"沈在野颔首，看着她闭上眼，才转身捏着匕首将徐燕归身上的绳子割了，把他拉出争春阁。

"这实在不能怪我，"被拖着走，徐燕归直叹气，"我怎么知道她这么厉害，会摄魂。"

"所以我先前说了，她不是你能对付的，你没当回事，那就活该摔跟头。"一把将人扔进临武院，沈在野手一转，匕首直压他喉头，微笑着问，"刚才都做了什么？"

徐燕归咽了口唾沫，乖乖地回答道："什么都没来得及做，就成你看见的样子了。"

"没碰着她？"

"……没。"

匕首逼近一分，疼得徐燕归立马举起双手："行了行了，知道了，以后绝对不会再冒犯姜氏了！今日吃个亏，以后长记性了！"

"你知道，在我这儿光说是没用的。"沈在野皮笑肉不笑，"留下身体的一部分吧。"

徐燕归浑身汗毛都立起来了，瞪他："你认真的？"

"自然，我动手和你自己动手，二选一。"

此时徐燕归的内心是崩溃的，他也知道这位是个说一不二的主儿。为了减轻痛苦，他还是自己接过匕首，将手臂割开一个小口，把一点血挤给他："这也算身体的一部分吧？"

沈在野嫌弃地甩了甩手，退后两步道："姜氏擅媚术，你以后见着她记得多点戒心便不会有事……不过最好还是别见了，她很记仇，你凑去她面前也不会有什么好果子吃。"

"知道了。"徐燕归倒吸着凉气把自个儿的伤口包扎好，脑子里闪过姜氏那张脸，忍不住嘀咕，"还真是越好看的女人越危险。"

沈在野轻哼了一声，把他丢进了临武院的侧堂，自己也回去休息了。

姜桃花睡了个好觉，第二天一早起来，刚去凌寒院请安，就见沈在野正向众人引见一个人。

"这位是新来相府的门客，善武，姓徐。"沈在野看着梅照雪道，"打个照面，以后也免得冲撞了。"

梅照雪笑着点头，抬眼就看见门口的姜桃花，于是道："姜娘子，快进来。"

姜桃花好奇地走进去，还是先规规矩矩地行礼，然后转头一看……这就是新来的门客？！

看着那熟悉的凤眼长眉，姜桃花嘴角微抽，愣了一会儿才颔首："先生，这厢有礼。"

徐燕归神色复杂地看着她："姜娘子客气了。"

旁边坐着的人瞬间都觉得气氛有些古怪，柳香君直口快地问了一句："两位认识？"

"不认识。"徐燕归和姜桃花异口同声地答，然后一个继续站着，另一个去找位子坐好。

沈在野揉了揉眉心，道："打过照面就行了，徐先生平时不会在府里，在的时候会帮着护院巡查四处，见着不必惊慌。"

"是。"众人都应下，沈在野便带着徐燕归出门了。

秦解语看了姜桃花好几眼，轻笑道："昨儿争春阁是怎么了，听闻爷半夜还过去了一趟。"

"没什么，妾身做噩梦了而已。"姜桃花颔首，"爷来过一趟就回去了。"

一听这话，屋子里坐着的人脸上都不太好看。柳香君皱眉道："一个噩梦就将爷叫过去，是不是太不识趣了？虽然咱们爷宠着娘子，可娘子也不能这样折腾啊。"

"是我做得不对。"姜桃花乖乖承认，"以后不会这般任性了。"

梅照雪轻声道："只希望别有人跟着学才好。爷的休息还是很重要的，毕竟他每日都在忙，你们也该多心疼爷一些。"

"妾身明白。"一众莺莺燕燕纷纷点头。

经过一阵白眼的洗礼，姜桃花带着青苔就回争春阁了，路上顾怀柔与她同行一段，忍不住问："您当真不认识那徐先生吗？"

"我们看起来像认识？"姜桃花挑眉。

"兴许是妾身多想了吧。"顾怀柔抿唇，"您与那先生见着的时候，看起来有些惊讶。"

完了，怪她没个心理准备，掩饰得不是很好，连顾氏都察觉出来了，那其他主子定然也有怀疑。不过也没什么关系，那人是门客，要在外堂住的，只要不出意外，他们应该不会再遇见了。想到这里，姜桃花笑了笑，安抚了顾怀柔一阵，就自己回去了。

结果晚上的时候，意外发生了。

瞪眼看着窗外的人，姜桃花深吸一口气，咬牙问："你又来干什么？"

徐燕归轻笑："比起娘子，在下才应该紧张呢，一不小心就要被捆起来。"

"知道你还来？"姜桃花瞪眼，"我与你无冤无仇，做什么要这样害我？"

"的确是无冤无仇，在下对娘子却有恩。"徐燕归抱着胳膊小声道，"娘子恩将仇报，恐怕不太好吧？"

姜桃花一脸看疯子的表情："我们以前见过吗？"

"见过。"徐燕归伸手就将自己的半边脸遮起来，只留一双眼睛，说道，"上次在静夜堂，您忘记给您打水的侠客了？"

姜桃花微微一愣，恍然大悟："你竟然是那个嫦娥？！"

"……是侠客。"

不管他是什么啦，姜桃花上下扫了他几眼，很是不能理解："你不是要去刺杀沈在野吗，怎么又变成他的门客了？"

"这个说来话长。"徐燕归神情复杂地道，"不过娘子要相信，在下并非坏人。"

一听这话，姜桃花就呵呵笑了两声，退后一步看着他。

"哎，娘子别这样，在下这次来，就是来解除误会的。"看着她的反应，徐燕归不好意思地摸了摸鼻梁，"上次只是跟娘子开个玩笑，还希望娘子多记点在下的好，忘记在下的过失。"

"徐先生三更半夜跑来说这些，一看就是不拘小节的人。"姜桃花眯了眯眼，"万一叫人看见，说我争春阁私通外姓男人，这罪名，是先生来背，还是我来背呢？"

徐燕归一愣，转头看了看四周，小声道："不会吧？这么晚了，又是在娘子的地盘上，谁会发现并且去告密？"

"世上没有不透风的墙。"姜桃花耸肩，伸手拉着窗户道，"先生该说的也都说了，我会记得先生打水之恩的，只不过恩怨相抵，现在我与先生两不相欠。先生还是快些回吧。"

说完，她嘭的一声关上了窗户。

徐燕归有一瞬间没回过神来，等看清眼前场景的时候，他飞快地施展轻功回了自己的屋子，抓过镜子就照。

"还是这张脸啊，没错，可她怎么会是这种态度？"

徐燕归捏着自己的下巴，很是不能理解。自己少说也勾搭过上百个女人了，就没遇见过这么难下手的。难不成她当真很喜欢沈在野，所以对别的男人都敬而远之？这就稀奇了，谁会对沈在野那样阴郁、沉闷的男人死心塌地啊？他又不会说情话，又无趣，哪有自己有意思？

第二十二章 谣言

第二天,沈在野带了徐燕归出门办事,一路上感觉旁边这人跟发了病一样地盯着他。

"你干什么?"沈在野微微皱眉,不悦地道,"看路,别看我。"

"我仔细看了看,你也没我好看啊。"徐燕归不住地嘀咕,"那肯定就是身份的问题了……"

沈在野斜他一眼,沉了声音:"我跟你说过了,别妄图在她身上动心思。"

"你这是吃醋?"徐燕归挑眉。

"不是。"沈在野很认真地道,"我还有很多事没办完,不想抽空给你上坟。"

徐燕归:"……"

哪有那么恐怖啊,他现在已经提高警惕了,绝对不会再中媚术!只要不被迷惑,区区一个女人,能拿他怎么样?

"先专心做事吧。"勒马停在一家钱庄外头,沈在野翻身下马,带着他和湛卢就往里走。徐燕归撇嘴,虽然有些不情不愿,但还是跟了上去。

三人穿的都是便衣,很快淹没在人群里,并不起眼。

大魏国都最大的两家钱庄就是融汇和贯通,融汇是储银量巨大,贯通则是机制巧妙,在三个大国都有分店,一处存钱,可在另一处取钱。

沈在野来的是贯通钱庄,他一进去就低头对掌柜的道:"瑜王府上,看银。"

掌柜的一愣,抬头就见这人出示了瑜王府的腰牌,于是恭敬地请他往里走。

贯通钱庄有一个很大的仓库,是用来寄存贵重物件的。女人的首饰、官家的金银,什么都有。瑜王因贪污一案被查,财产已经悉数上交,只余每月例银过活。然而,很明显,他还藏有家当。沈在野调查了大半个月,终于查到了这里。瑜王让他不好过了一回,他总得礼尚往来还一次,也好给景王吃颗定心丸,叫景王继续相信他。

柜子打开,里头有厚厚一沓银票,还有房屋地契。沈在野挑眉,拿出来数了数——二十处宅院,两百万两雪花银。

这瑜王殿下,真是富有啊。

沈在野不动声色地将东西放回去，抬头认真地嘱咐那掌柜的道："这是瑜王殿下的家底，切莫让别人动了，明白吗？"

掌柜的连连点头："大人放心，咱们这儿虽然看银只要腰牌，提银却要对瑜王殿下手里的玉玦，旁人拿不走。而且咱们做生意的就讲究诚信，绝对不会往外透露半个字。还请大人转告瑜王，这个月的利息也会很快送到府上。"

"好。"沈在野笑了笑，关上柜门就转身出去。

"你这是做什么？"出了钱庄，徐燕归才开口，"要把瑜王赶尽杀绝？"

"景王已经监国，可以赶尽杀绝的时候，我留他做什么？"沈在野轻笑，"只是饭要一口一口慢慢吃，做事也要一步一步慢慢来，急不得。"

徐燕归打了个寒战，皱眉道："你的心思，我是不懂的，你自己看着办吧。接下来还有什么事吗？"

"有啊，你把瑜王的腰牌还回去吧。"沈在野顺手把东西扔进他怀里，道，"别让他发现了，不然会坏事。"

"瑜王府现在守卫很森严的！"徐燕归瞪眼，"你大白天的让我去还腰牌？"

"徐门主的功夫，沈某很放心。"沈在野朝他拱手，"保重。"

"……"要不是一条船上的人，他早该动手把这人掐死了！

两人分道而行，沈在野带着湛卢去了京都衙门，徐燕归跑了一趟瑜王府，还腰牌的时候不经意地看见了一对鸳鸯佩。

那对玉佩雕得可精致了，交颈缠绵的鸳鸯，眼睛分外传神。不过这样的极品玉佩，瑜王竟然只是随意地丢在角落里，太可惜了！

想了想，徐燕归顺手就拿起这对玉佩揣进怀里，一路回了丞相府。

姜桃花坐在花园里饮茶，旁边的青苔小声问："主子，昨儿晚上咱们院子里是不是来了人？"

"你怎么知道的？"姜桃花挑眉。

"后院有脚印，是西楼发现的。"青苔抿唇，"那脚印看起来是男人的，奴婢告诫她不要说出去，想问问主子是怎么回事。"

姜桃花耸肩："也没什么事，有人半夜来找我说了两句话。"

"主子，"青苔皱眉，"最近府里已经有人开始编排您了，您还跟人说什么话？"

"不是我要说，是他非来。"姜桃花很无奈地道，"说好人不像个好人，说坏人不像个坏人，但目前没能害着我，我也不想跟他计较。至于院子里编排我的人……就算什么事都没有，她们该编排还是会编排的。"

青苔有些着急："您没发现相爷最近都不来咱们院子了吗？"

"发现了啊。他也没去别的院子，可能在忙事情吧。"

"奴婢认为忙是假，对几个院子失望了才是真，到时候失了宠，您……"

"青苔，"姜桃花微微抬眼看着她打趣道，"我以前怎么没发现呢？你太适合在宫里娘娘身边当宫女了，瞧这操心的。"

"主子！"青苔跺脚，"奴婢还不是为您担心。"

皇帝不急急死太监啊。姜桃花眨眨眼，拉起她的手道："爷的恩宠只能等，不能强求。咱们现在要做的是保全自个儿，在这后院里安身立命，你别急错了地方。"

青苔皱眉："咱们不是好端端的吗？这院子里您的地位可是仅次于夫人呢，还担心什么？"

跟小笨蛋是没办法交流的。姜桃花直摇头，撑着下巴看着远处来来往往的家丁、丫鬟，默默发呆。

沈在野不宠人，后院的一群女人就是寂寞的。女人太寂寞了，就会搞些幺蛾子出来。比如有人编起了故事，说姜桃花与那徐先生是旧识，先前有一段凄美惨烈的感情，后来她选择了荣华富贵，抛弃了徐先生，所以徐先生看着她的目光才会那么复杂。

姜桃花听得直打哈欠，心想，编也编得像一点啊，她是赵国人，徐先生是魏国人，她一过来就嫁进了丞相府，到底是哪儿来的时间跟徐燕归有一段凄美惨烈的感情的？

不过，这院子里愚蠢的人太多了，竟然很多都选择了相信这个故事，看着她的眼神也就变得有些异样了。

下人蠢就算了，姜桃花也没打算跟他们计较，可她去凌寒院请安时，竟然连秦解语都阴阳怪气地道："姜娘子最近好像精神不太好啊。"

姜桃花翻了个白眼，笑吟吟地道："爷不来后院，有几个姐妹精神能好啊？"

"也是，爷不来后院，到处都是空荡荡的。"秦解语掩唇，看着她道，"可是空也就空了，切莫做些越礼逾矩之事填补空虚才好。"

众人一阵感慨，姜桃花看了秦解语一眼："娘子何出此言？"

"有些话也不能说太明白了，丢的是咱们爷的面子。"秦解语道，"但既然进了相府，还望姜娘子多守着点规矩。以前发生的事情，就都忘了吧。"流言不可怕，可怕的就是这种半真半假、语句暧昧的栽赃，还不好跟她争辩。

姜桃花耸肩，坦然地道："虽然不知道秦娘子说的是什么意思，不过我可一直没做过什么越礼之事，自然不怕伤了谁的面子。恕我直言，做人也该有点脑子，不要人云亦云，听风就是雨。"

"你说谁没脑子？"秦解语皱眉。

"大早上的就过来吵，你们不累，我听着都累。"梅照雪终于开口了，看了秦解语一眼，又看向姜桃花，"有话说话，别夹枪带棒的。"

"是。"姜桃花颔首，抬头的时候扫了这屋子里一眼，目光幽深。

她其实是很不喜欢被动的，若是刚来相府人生地不熟的时候也就罢了，被人耍吃了亏就当学规矩。可现在她基本将这院子里的人摸了个透，那就没道理再受这些暗刀暗枪了。

目光落在一边安静如画的段芸心身上，姜桃花笑了笑："咱们都该跟段娘子学学，静下心来好好过日子，总是吵的确没意思。"能动手就尽量别动嘴。

段芸心一愣，抬眼看了看她："姜娘子这样说，倒是让我惭愧了。"

"这话说得没错。"梅照雪叹息道，"你们要是都像芸心这样温柔娴静，我不知道要省多少心。"

秦解语轻哼，低着头扯弄手绢。姜桃花一笑，端了茶水轻抿。

早会没一会儿就散了，段芸心起身，刚走出凌寒院，就听得背后响起姜桃花的声音："段娘子留步。"

段芸心回头看了看，微微一笑："姜娘子有话说？"

"我想跟娘子道个歉。"姜桃花一脸诚恳地看着她，道，"上次娘子说贵妃娘娘喜欢苦茶，我心下怀疑，也就没信你，结果倒是辜负了娘子一片好意，贵妃娘娘的确是喜欢苦茶。"

"娘子有防人之心是好事。"段芸心眼神柔和下来，温和地笑道，"只是这院子里也是有真情实意，不会害人的人在的。"

"是，这回我算是明白了。"姜桃花点头，"以后不会再冤枉好人了。"

段芸心眼神微动，抬头看了看四周，伸手将她拉到一边道："娘子若是信得过我，那我就再提醒您一句吧。小心秦娘子。"

"嗯？"姜桃花眼里尽是茫然，"秦娘子虽然爱与我吵嘴，但也没真做什么可怕的事，怎么人人都劝我要小心她？"

"娘子进府的时候，没遇见教规矩的徐嬷嬷吗？"段芸心掩唇，"在秦娘子之后进府的人，只要是跟她学规矩的，都知道要小心秦娘子。"

姜桃花微微一愣，仔细想了想，好像的确是有那么个嬷嬷，在教完她规矩之后说了句"小心秦娘子"。不过秦娘子也就是嘴巴不饶人罢了，在这院子里显得霸道了些，也不至于让人避如蛇蝎。

"她做过什么让人不得不小心她的事吗？"姜桃花问。

段芸心抿唇，犹豫了一会儿才道："这事只有少数人知道，你听了也别四处声张……咱们相府里以前死过一个暖帐，那暖帐刚得宠，爷正想把她升做侍衣，结果就莫名其妙死在海棠阁里头。秦娘子说她是旧疾复发，暴毙，但……这也只能糊弄糊弄外人。"

姜桃花咋舌，瞪眼看她："爷也没追究吗？"

"当时秦娘子正得盛宠，死的人身份也不是多贵重，再加上秦家的人将所有后事都料理好了，爷也就没怎么追究了。"段芸心轻声叹息，"若是放在现在，秦娘子会因此不得宠，说不定人命不会这样贱如草芥。"

言外之意，若是有人肯牵头翻旧账，那定能让秦氏栽个跟头。

姜桃花一脸恐惧，装作没听懂她的言外之意，缩了缩肩膀道："那倒是我莽撞了，原以为秦娘子只是嘴上功夫厉害，没想到当真是心狠手辣。多谢娘子提点，以后我定当多加小心。"

段芸心抿唇，看了她两眼："私以为娘子善良，也许能为那冤死的暖帐平反一二呢，没想到娘子竟然这样害怕。"

"惭愧惭愧。"姜桃花含笑低头，"我向来是贪生怕死之人，鲜少有同情心泛滥的时候。段娘子家世不低，在这院子里可比我有底气多了。既然同情那无辜的暖帐，为何不亲自替她翻案呢？"

段芸心一顿，微笑着道："娘子说笑了，我既不得爷盛宠，又不及秦氏家世高贵，哪儿来的底气做这事？"

"娘子无能为力，妾身亦然。既然如此，那就各人自扫门前雪，休管他人瓦上霜吧。"姜桃花颇为无奈地道，"时候不早了，我也该回去绣花了，就此别过。"

说完，她行了个平礼，带着青苔回了争春阁。

段芸心愣在原地看着她，眼神里有意外，也有探究。这院子里的人的深浅，她心里是都清楚的，只是独独这个姜娘子，怎么好似探不着底，有时候高深莫测，有时候又简单。她先前虽然小赢了一场，但也没伤着这人筋骨，真难对付。

晚上的时候，沈在野终于去了一趟争春阁。

"爷！"姜桃花开心地飞扑到他怀里，伸手将一块点心放进他嘴里，"快尝尝，好吃吗？"

沈在野挑眉，一把将她拎起来，抱到软榻上放着，然后嚼了嚼嘴里的东西，眉头直皱："什么东西？烧焦了的馒头？"

姜桃花眉毛一竖，撇撇嘴："有焦味儿？妾身折腾了很久呢，这烤馒头里夹了牛肉酱，本想着试试能不能做出个新奇好吃的点心。"

"你自己做了都没尝过？"沈在野皱着眉咽下去，嫌弃地问。

"对啊，我怕什么佐料没放对，万一吃了闹肚子。"姜桃花一脸理所当然地道。

怕闹肚子还给他尝？！

"哎哎哎，爷，有话好好说！"看见沈在野眯着眼睛举起了手，姜桃花连忙跳起来把他拳头整个儿抱住，然后挂在他手臂上笑嘻嘻地道，"妾身开个玩笑罢了，点心是没问题的，但看样子火候没掌握好，还得再练练。"

"你一天待在院子里就是做点心？"沈在野挑眉。

姜桃花撇嘴："不然呢？又不能随便出府，闷着都快发霉了。"

"想出去了问夫人要个牌子不就好了？"沈在野睨她一眼，"不过你最近似乎又惹上事了，夫人已经跟我提过府里的流言蜚语，都对你颇为不利。"

姜桃花耸耸肩，道："夫人对妾身有误会，所以出府拿牌子不是很方便，府里又乌烟瘴气的……要不爷偷偷给妾身个特权，让妾身溜出府去透透气？"

"想去哪儿透气？"扫了这屋子一眼，沈在野眉梢微挑，"你这屋子里怎么少了很多东西似的，遭贼了？"

"那倒没有。"姜桃花爬进他怀里坐着，伸过脸去就将他视线全挡住，然后笑眯眯地道，"只是有些东西摆着多余，所以收起来了。这个不重要。言归正传，爷要是方便，就给妾身个信物，妾身想去这国都四处看看风景，散散心。"

看了她两眼，沈在野道："要信物不是不可以。"

"爷有什么吩咐啊？"听出了潜台词，姜桃花立马一脸狗腿样地问。沈在野抿唇，睨着她，扬了扬下巴。

啥意思？姜桃花很茫然，想了想，踮起脚就往他下巴上亲了一口。沈在野轻哼一声，嫌弃地抹了抹，伸手就将东西扔给了她。

姜桃花就势在软榻上一滚，伸手接住沈在野扔过来的玉佩。她仔细看了看，上头有他的字和相府的标识，应该是能当腰牌用的。

"多谢爷！"心里欢喜，姜桃花麻利地找了绳子系好，挂在自己脖子上，眼珠子滴溜溜地转着，一看就是在想什么主意。

沈在野没理她，这后院就这么大，她也翻不出多大的浪来。自己该说的都说了，也是时候回去继续做事了。

"晚上记得锁好门。"临走的时候，沈在野还是忍不住回头看着姜桃花道，"若是有什么奇怪的人再过来，你不用理会。"

"是。"姜桃花笑眯眯地应了，目送他出去。

她心满意足地拍了拍自己的胸口，对外头的青苔道："明日出门，你准备一下。"

青苔点头，却有些不解地问："爷既然来了，怎么不过夜？"

"他忙事情呢。"

青苔微微皱眉，忍不住小声嘟囔："既然那么忙，过来一趟又是干什么？"

"过来一趟也是忙事情。"姜桃花一语双关地道，"不为别的。"青苔一愣，很是不懂，但自家主子已经关上了门，准备就寝了。

因着府里多了"奇怪的人"，争春阁主屋的门窗紧闭，青苔还守在门口，以保证姜桃花的安全。

然而，一更天的时候，姜桃花还是被人弄醒了。

"叫醒你可真不容易。"手里捏着根鸡毛，徐燕归笑眯眯地看着她，"怎么睡得这么沉？"

姜桃花惊愕地看了一眼门口的方向，皱眉："你把我丫鬟怎么了？"

"大晚上的，女人家怎么能在外头站着？我让她回房去睡觉了。"徐燕归一笑，露出一排洁白的牙，说道，"怎么样，我是不是很怜香惜玉？"以青苔的功夫，竟然被他摆平了，那定然是有一个很不怜香惜玉的过程的。

"你到底是什么人？"

见她终于问他这个问题了，徐燕归一笑，站起来扫了扫衣摆，负手道："在下是燕归门门主，江湖上轻功排行第一的徐燕归，不知娘子可有耳闻？"

"哦！"姜桃花一脸恍然大悟，然后很茫然地道，"没听过。"

怎么可能没听过！燕归门在江湖上赫赫有名，他可是武功卓绝、威震四方的门主啊！徐燕归一脸失落地看了姜桃花一眼，愤恨地道："这都不知道，你还是不是大魏的人？"

"不是啊。"姜桃花摇头，眼神里充满了鄙夷，"你傻吗？我是赵国人！"

对哦，她是赵国来和亲的公主，那就怪不得她不知道了。缓和了态度，徐燕归坐回她床边，低声道："燕归门是擅长暗杀和打听消息的门派，有相爷给的方便，要查这些东西出来，对我们来说易如反掌，娘子只管按照相爷的吩咐好生利用它便是。"

这么说来，姜桃花也就不奇怪这人为什么又出现了，原来当真是暗中帮助沈在野的人。她深深地皱起眉，觉得这人在府里，自己实在是太不安全了。万一哪天他真动了不该动的心思，那自己岂不是要被他拖累？

她心里正想着，就见面前这人突然掏出一对鸳鸯玉佩，递给她其中一块。他笑着道："看见这东西的时候我就在想，你戴着肯定好看。"

姜桃花嘴角微抽，接过来借着月光瞧了瞧。的确是精致非常的宝贝，这种东西一般人家可买不到，论雕工和玉种，都该是宫里才有的。

"送我？"她问。

"是啊。"徐燕归眨眨眼，"你不敢收？"

当然不敢了，这还是个对佩，被人发现了，不得直接给她定个出墙的罪名？姜桃花抬眼看他，不经意地就在这人眼里捕捉到一丝算计。

莫非是想整她？微微挑眉，姜桃花顺手就将玉佩揣怀里了："既然是先生的一片好意，我怎么能不收呢？礼尚往来，明日我正好可以出府，不如就请先生吃一顿大餐如何？"

徐燕归咧嘴一笑："好，几时，在哪里等？"

"未时一刻，贯通钱庄。"姜桃花微微一笑，"那儿附近有个飘香楼，我带先生去，先生喜欢吃什么就尽情吃，管饱。"

"多谢娘子。"徐燕归颔首，满意地起身，开了窗户就消失在外头。

打了个哈欠，姜桃花眼里泛着光，看了窗户一会儿，起身去将它合上。徐燕归，说是府上新来的门客，但其实一早就是沈在野的心腹，只是暗中替他做些见不得光的事情，所以一直不曾露面。这个人，嘴上说的都是甜言蜜语，眼里却没善意，而且看起来很不想让她好过。

她可真是冤枉，什么坏事都没做，就被好些人当成了眼中钉。姜桃花叹息一声，捏了捏那块鸳鸯佩，想了想就躺回去继续睡。

第二天一大早，青苔在梳妆台前给姜桃花梳头发，眼睛一瞥就看见了台子上的玉佩，好奇地拿起来看了看，问："这是什么时候有的？爷好像没赏过啊。"

屋子里还有清雨和西楼两个粗使丫鬟在收拾床铺，姜桃花惊慌地看了她们一眼，连忙将玉佩收起来，小声道："你就当没看见。"

青苔微微一愣，回头正好对上西楼的眼睛，这才反应过来有外人在，才低头道："奴婢明白了。"

主仆二人鬼鬼祟祟的，西楼都看在眼里。她是个聪明的丫鬟，不会甘心一辈子都在外院当粗使，知道手里的筹码要足够多才能爬去别的地方。于是她有意无意地靠近姜桃花，就听见她小声对青苔道："未时一刻，我们去贯通钱庄放东西，这东西是个祸害，不能留在府里。"

虽然听不懂自家主子在说什么，但青苔还是下意识地点了点头，然后继续给她整理发髻。

西楼瞧着，不声不响地退出主屋，等到午时用膳的时候，便飞快地去了守云阁。

姜桃花瞥着，笑而不语，过了午时就偷偷摸摸地从侧门出了府。

"咱们不是有爷给的令牌吗？"青苔小声问，"您还这样紧张干什么？"

跟做贼似的四处打量，姜桃花披着斗篷溜出了侧门才道："自然是紧张给别人看的。"

"给谁？"

"暗中不露面的人啊。"姜桃花轻笑，与她一起上了外头的马车，再睨着她道，"你傻不傻？真以为最近府里的闲言碎语都是凭空冒出来的？争春阁里明显有内鬼。"

青苔微微一愣，立马反应过来："西楼？奴婢一早觉得这丫头有些古怪，上次半夜还在您的房间外头发现她，像是在偷听。"

"什么时候？"姜桃花皱眉。

"就前天院子里发现脚印的时候。"青苔道，"奴婢问她在做什么，她说院子里好像有男人来过，奴婢太惊讶了，也就忘记追究她当时到底在做什么了。"

姜桃花点点头，道："那就多半是她了，除了你与她，也没人知道我院子里来过人。"

青苔一拍大腿，愤怒地道："她还答应了奴婢绝对不会说出去的，结果一转眼竟然出卖了您！既然知道了，咱们还犹豫什么啊，回去把她抓出来处置了吧！"

"你急什么？"姜桃花失笑，"小鱼才碰了碰钩，哪能马上收线呢？"

青苔微微一愣，不解地问："她背后还有人？不可能啊，相府里规矩严明，她以前是没在任何一个院子里待过的，怎么会帮着别人来害您？"

"人往高处走，水往低处流。"姜桃花道，"在争春阁里只有你一个主屋丫鬟，其他的人不管怎么混都只是粗使，生了异心也不奇怪。"

这样一想也有道理。青苔抿唇："那要不等回去的时候，您提拔两个人进主屋？"

"我信不过她们。"姜桃花摇头，"放在外头，只要有不对劲，我都能清楚地看见是谁,像这次一样快速地抓出来。但是在主屋就不一定了,除非是跟你一样忠心,否则我不会为了留住她们而放下戒备。"

青苔一听,万分感动地道:"能得主子如此信任,奴婢真是死而无憾!"

姜桃花微笑,心想,以青苔这脑子,想害她也是太困难了,所以她才这么放心。不过这个事情说出来对青苔太残忍,像她这样善良的人,定然会选择沉默的。

贯通钱庄很快就到了,姜桃花把位置选在这里也没别的,因为她有事要在这儿办,办完看看大鱼上钩没,若是上了,那就满载而归。

"这位夫人,存银还是存物?"伙计笑着迎上来,躬身道,"里头请。"

"我存物。"姜桃花拎了鸳鸯佩出来,隔着面巾冲那伙计一笑,"这物有点特殊,还请听好我的吩咐。"

伙计一愣,不经意对上姜桃花的眼睛,下意识地惊叹出声:"天仙……下凡啦?"

姜桃花失笑,拎着裙摆就往存物间走。伙计连忙跟上去,拿着钥匙就开了一个柜门:"您要放什么,咱们钱庄写个借条,您签个字即可。"

"借条?"

"夫人别奇怪,这是咱们钱庄的规矩。"伙计小声解释,"您存东西在这儿,就等于咱们钱庄向您借了这个东西,所以要打借条。一旦东西丢失,钱庄照价赔偿。但相应的,您得按日子交钱,才能放这儿。"

"好。"姜桃花笑着点头,接过他递来的借条看了看,微微思忖之后,让青苔写了个名字上去。

"这东西也许很快会有人来取。"关上柜门,姜桃花直接将钥匙放在那伙计手里,轻声道,"若是个打扮贵气的夫人来问,你就直言我存的东西在这儿。她要拿,你就让她拿;她若是不拿,你就继续放着吧。"

"是。"伙计呆呆地应下,认真地道,"一定会按照夫人的吩咐做的,您放心。"

收好借条,姜桃花转身就朝青苔使了眼色,后者不声不响地跑去存钱的地方,将厚厚一沓银票通过贯通,寄到赵国。

其实这才是她问沈在野要牌子出来的真正原因,她在相府得的赏赐很多,又没什么用处,不如送回去给长玦,兴许还能帮上他一点忙。这事儿自然是不能让沈在野知道的,以免觉得她吃里爬外。所以,善意的谎言是少不了的。

出贯通钱庄的时候,青苔眼尖,瞧着门口有几个鬼鬼祟祟的人,当即想上前去抓住。谁料姜桃花跟知道她在想什么一样,动作比她还快,一把就将她扯了回来,不动声色地往外走。

未时一刻,徐燕归已经到了,正摸着肚子皱眉等着。

"徐先生。"姜桃花远远地朝他颔首，指了指旁边的飘香楼。徐燕归一看见她，眉目立马舒展，跟着她一起上楼，选了个厢房坐着。

"还以为娘子不来了。"

"怎么会，答应要请客，定然要说话算话。"坐在窗边，往下看就能看见贯通钱庄的门面，姜桃花微笑，抿着茶看着面前的人，"昨儿那玉佩是哪儿来的啊？真是好精致，叫人爱不释手。"

"你喜欢？"徐燕归长眉一挑，颇为高兴地道，"另一半可是在我这里，娘子知道这是什么意思？"

姜桃花娇羞地点头，抿了抿唇："可惜我已经是相爷的人了，要辜负先生一番好意。"

"我不在乎。"徐燕归轻笑，看着她道，"只要娘子愿意，在下愿与娘子天涯海角，白头到老。"

瞧瞧，一般骗子的嘴上功夫都厉害得很，但有点脑子的人都能一眼看穿，他们也就能骗骗那些以为世上只有"爱情"两个字的傻姑娘了。

姜桃花不动声色地朝窗外看了一眼，就看见方才门口那几个古怪的人已经从钱庄里出来了，一人往相府的方向跑，另一人往飘香楼的方向来。

这些人动作还真是快呢。

姜桃花垂眸，突然捂了捂自己的肚子，表情略微尴尬地道："这倒是不巧了……我可能要暂且离开片刻，先生可能等等？"

看她这表情，徐燕归也能明白，人有三急嘛。不过在她起身离开之前，他还是眼含深情地道："在下的话，还请娘子好生考虑，回来给我一个答复。"

"一定。"姜桃花颔首，举起茶杯道，"与先生碰这一杯，就当立下誓约，即便以后不能相守，我也念先生这拳拳深情。"

"好。"对上她勾人的眼睛，徐燕归微微一顿，连忙低头将茶水一饮而尽，收敛心神。真是了不得的厉害女人，媚骨天生吗？

放下茶杯，姜桃花一笑，转身就带着青苔下楼，来到这酒楼的后院，悄悄地溜了出去。

她前脚离开，后脚就有人来飘香楼问掌柜的："可有一男一女在此用餐？"

掌柜的点头，指了指楼上："正在天字一号房里呢，客官要找他们吗？"那人想了想，摆了摆手，就在楼梯口守着。

未时两刻，就有马车在贯通钱庄的门口停下。钱庄的伙计正在招呼客人呢，抬眼就看见当真有衣着华贵的妇人进来了。

"相府的人可来过这里？"那妇人蒙着面纱问。

伙计一愣，呆呆地摇头："小的不认识相府的人……"

妇人微微皱眉，重新问："那有没有跟我差不多打扮的女子来这儿放东西？"

"有的，有的。"想起姜桃花的吩咐，这伙计连忙把妇人引进存物间，打开柜门就将一块鸳鸯佩取出来给她，"就是这个。"

那妇人眼里光芒暗闪，拿了东西就走。伙计"哎"了两声，却也没拦着，就看着这些人簇拥着那妇人离开了。

应该是认识的人吧，存的人都说取走没关系了，他也就不用管那么多。不过一看见这位夫人的眼睛，他好像突然不记得来存东西的那位长什么样子了。伙计皱着眉摇了摇头，回去继续忙碌。

姜桃花飞快地回到相府，刚从侧门溜进去，就看见沈在野带着梅照雪和顾怀柔等人正往正门的方向走。

梅照雪看起来在说什么，但距离太远了，姜桃花只能隐隐听见她的声音，却听不清内容。

"这是要去哪儿啊？"青苔被姜桃花拉到旁边躲着，伸着脑袋打量，忍不住问了一句。

姜桃花直拍胸口，没看外头也没回答她的问题，嘴里喃喃道："幸好，真是幸好。"

"幸好什么？"青苔不解，低头看着她。

她朝天翻了个白眼，道："你忘记咱们在钓鱼了？"

的确是忘记了，或者说她从来就没懂过。青苔揉了揉脑袋，整张脸上都是迷茫："钓着谁了这是？"

"谁想害你家主子，谁就会咬钩。"理了理衣裳，姜桃花站直身子，微微一笑，"现在可以回去歇着了，等他们回来，才有一场好戏看呢。"

青苔叹气，道："看样子奴婢也不用花心思想了，等着结果就是。"

什么是饵、什么是钩、谁又是会被钓上来的鱼，她没那个能力去细细分析，还是好好跟着自家主子吧。

姜桃花说的"幸好"，是幸好自己多留了个心眼，也幸好徐燕归这倒霉玩意儿送上门，两边都不想让她好过，那就活该被她耍这一场，反正这一局她稳赚不赔，别人的生死，可不关她什么事。

秦解语拿到鸳鸯佩就信心十足地往飘香楼去了，有这把柄在手里，她就能定姜桃花的罪，到时候她就是自己砧板上的鱼肉，想怎么处置就怎么处置。

然而，飘香楼掌柜的竟然敢拦着她。

"上头有什么见不得人的东西吗？"秦解语冷笑，"上门的都是生意，我要上去用餐，你拦着干什么？"

消息已经传回府了，她得先进去把人抓住，免得他们溜了。

掌柜的一脸为难，磨磨叽叽的，直到门口的伙计打了个手势，才让开身，放秦解语上去。

秦解语瞪了这掌柜的两眼，提着裙子就推开了天字一号房的门。

徐燕归正趴在桌上，好像是睡着了。秦解语一愣，连忙四处看了看，又去内室里找了一番。

姜桃花呢?

她瞪眼看着身后的人,那人小声道:"奴才一直在楼梯口守着,没见人下来。"

"肯定还在这里,你去隔壁找!"

"是。"

下人都退出去了,秦解语皱眉看着趴在桌上的徐燕归,忍不住走过去,想探探他的鼻息。

然而就在这个时候,梅照雪引着沈在野等人上了楼,边走还边小声道:"消息属实,妾身也不知道是哪个院子的人这么大胆,为了避免误会,还是爷亲眼看看为好。"

话音落下,众人踏上最后一级台阶,转头就能看见天字一号房里头的场景。

秦解语还没反应过来,手指依旧放在徐燕归的鼻息间。沈在野挑眉,从他这个角落看过去,秦解语与徐燕归靠得很近,而且,那屋子里就他们两个人。

梅照雪愣住了,张了张嘴,却把惊愕都咽了回去,只装作什么都不知道的样子,皱眉道:"竟然会是秦氏!"

沈在野脸色一沉,跨进那屋子,皱眉看着秦解语,半晌才问:"我平日对你不好吗?"

秦解语一脸茫然,半晌才反应过来相爷误会了,连忙解释:"不是您看到的这样,妾身是过来抓人的。"

"抓谁?"

她刚想吐出姜桃花的名字,却看见旁边梅氏紧皱着眉。秦解语抿唇,改口道:"自然是抓奸了,听人说相府有人红杏出墙,妾身便带人来看看。"

"这倒是有意思,"沈在野冷笑,"你抓奸,这屋子里却只有你与一个男人。"

"爷!妾身来的时候就只有他,这与妾身没有关系啊!"秦解语慌了,连忙过去拉着沈在野的手道,"这人昏迷在这儿了,另一个人不见了,妾身方才只是想看看他是死是活,所以……"

顾怀柔扫了趴在桌上的人一眼,抿唇道:"秦娘子这话显然没什么说服力,咱们也别在外头丢人了,都带回去问吧。你们不要脸,爷还要呢。"

要是放在平时,听了这话,秦解语肯定是要跟她吵起来的,但眼下情况对她相当不利,她也不知道怎么就让爷误会了,自然是一心先想着怎么解释清楚,根本顾不上其他的。她看看夫人的眼色,心知姜桃花的名字是不能提的,毕竟没有抓她个正着,手里证据也不足,空口白舌的叫污蔑,指不定还会被那小蹄子反咬一口呢。但是,若是不提她,爷当真误会要出墙的人是自己该怎么办啊?

众人纷纷打道回府,掌柜的也没认出来他们是谁,送走之后,抱着姜桃花给的银子就是一阵乐呵。

路上的时候，秦解语很想找机会问问梅照雪这情况该怎么办，但是爷不知道怎么了，竟然要与梅照雪同乘，她无奈之下，只能一直跟顾怀柔在一起。

众人回到相府，临武院的门大开，院子里的娘子、侍衣都来了，下人们倒是统统被关在外头。

秦解语跪在沈在野面前，旁边还躺着个昏迷不醒的徐燕归。

沈在野完全不知道发生了什么事，本来隐隐觉得有可能是姜桃花出了问题，过去一看，出问题的竟是秦解语。

"我亲眼看到的事，你还有什么好说？"他怒道。

秦解语皱眉，抬头道："妾身有好多话想说，今日之事，妾身是被人陷害的！"

"哦？"沈在野目光深沉，"谁陷害你、怎么陷害你的，你倒是说来听听。"

秦解语深吸一口气，捏着手道："妾身……无意中得知府上某位娘子与门客暗中来往不少，更是有半夜幽会、互赠定情信物之举，不想令爷蒙羞，又苦于没有证据，所以一直未曾吭声。直到今天，听闻有娘子出府与门客私会，收到这消息，妾身立马就去抓奸了，想着要是让别人去，以那人的狡猾程度，肯定会金蝉脱壳。于是我便亲身前往，不想却中了陷阱……"

"秦娘子这话不如说得清楚明白些。"顾怀柔笑道，"哪位娘子与门客有染，又是半夜幽会，又是收定情信物，还出门私会啊？"

秦解语抬头看了姜桃花一眼，冷着声音道："说的是谁，谁心里清楚。"

"秦娘子，您说这句话的时候别瞪我，我可以当作什么都没发生。"姜桃花笑了笑，眼神里明显不悦，"可瞪着我说这话是什么意思？捕风捉影的事情闹得全府上下沸沸扬扬。念着您先进府，资历比我老，所以我不计较，但不代表我好欺负，能一直忍这一盆又一盆的脏水！"

该硬气就得硬气，这话说得又是理直气壮的。秦解语听了反而有点心虚："谁……谁泼你脏水了？"

"这还用说？"姜桃花起身跪在她旁边，楚楚可怜地看向沈在野："妾身今儿也要求爷做主，妾身实在是委屈啊！"

沈在野看了她两眼，眼睛微闭："你有什么委屈？"

"凡事讲个证据，秦娘子却一上来就污蔑妾身私通门客，这不委屈吗？"

眉毛一耷拉，眼睛低垂，姜桃花这表情敢认天下第二委屈，没人敢认第一。

沈在野看得心中暗笑，脸上却依旧严肃："既然秦娘子指你有不轨之举，你又说秦娘子污蔑，那你们谁能拿出证据，我便信谁。"

这话听起来是万分公正的，没有要偏袒谁的意思，所以秦解语一时也无法反驳。但姜桃花反应极快，抬头就道："方才妾身就想说了，爷难道没注意到，秦娘子手里捏着个东西吗？"

众人一愣，都看向秦解语的手。秦解语自己都忘记这回事了，被姜桃花一提醒,才想起手里还捏着块鸳鸯佩。

"对啊,爷!这就是姜氏出墙的证据!"看了看那鸳鸯佩,秦解语连忙道,"这是姜氏的东西!另一半定然在徐先生身上,爷让人一搜便知!"

姜桃花挑眉,看了沈在野一眼,微笑着道:"先不论这玉佩到底是谁的,爷还是让人把另一半找出来吧。"

"好。"沈在野侧头看了一眼湛卢,湛卢立马就上前搜徐燕归的身。沈在野一脸嫌弃地看着地上那人,微微抿唇。看来吃一次亏,他根本就不长记性啊。这次的亏,怕是要比上次大得多了。

湛卢很快将另一块鸳鸯佩找了出来。秦解语瞧着,脸上不禁浮现出得意之色,扬起下巴看了姜桃花一眼,转头对沈在野道:"妾身今日出门,第一件事就是去找这玉佩,因为有人说姜氏怕奸情败露,所以将玉佩存在贯通钱庄。"

听见最后四个字,沈在野眉心一跳,看了姜桃花一眼。

"人都有一张嘴,爱怎么说就可以怎么说。"姜桃花没注意他的眼神,只是笑吟吟地道,"玉佩在秦娘子手里,娘子却说是我的,这话听着不可笑吗?"

"你……"秦解语错愕,低头看着自己手里的东西,一时竟找不到什么话来反驳。对啊,她怎么会犯傻把这玉佩拿在手里?早知道就放在钱庄,等爷一起去看了!

众人都看向她,见她一脸慌张,心下也就难免更加相信姜桃花的话。

旁边的梅照雪终于看不下去,轻声道:"这玉佩既然是从钱庄里取出来的,那总有个凭证。钱庄里的伙计也该认得是谁去存的东西,把人叫过来问问不就好了?"

姜桃花点头,十分赞同地道:"对,妾身问心无愧,随意怎么查问都可以。"

秦解语本来也该问心无愧的,但一看姜桃花竟然半点不慌张,就感觉自己可能是掉进什么坑里了,忍不住就有些迟疑。

这迟疑落在众人眼里就变成了心虚。顾怀柔轻笑道:"姜娘子什么都不怕,秦娘子又怕什么呢?要是您当真无辜,还有谁能害您不成?"

"那谁知道呢?"秦解语皱眉侧头,看着姜桃花道,"有些人心思深沉着呢,真要害人,我也躲不过。"

"有证据不让查,非说人家心思深沉要害你。"姜桃花叹息,"在秦娘子看来,爷就该平白无故定了我的罪,才算是公正?"

秦解语抿唇:"本就该如此。"

这话梅照雪听得捂了捂额头。沈在野更是冷哼一声,侧头对湛卢道:"去贯通钱庄问问,把知道事情原委的伙计带过来。"

"是。"湛卢应声而去。

秦解语不悦地道:"瞧姜氏这胸有成竹的样子,定然是一早就做好手脚了,爷查也没用。"

"秦娘子今儿倒是教会我不少脱罪的法子。"姜桃花微微一笑,看着她道,

"以后但凡犯了错,我只用说是被人陷害的,不管什么证据摆在面前,都说是别人栽赃,这样一来,我杀人都没有罪啦,真好。"

"你!"秦解语被她这话气得脸都绿了,忍不住伸手扯着姜桃花的手腕,颇为恼恨地道,"你别太嚣张了,爷不会一直纵容你的!"

"这话该我来说。"姜桃花勾了勾嘴角,反手也抓着她的袖子,眯着眼睛道,"背后害人害多了,可是要遭报应的。爷不瞎,不是看不见,只是念在往昔情分上没追究,娘子可别当真觉得自己无债一身轻。"

秦解语神情错愕,对上姜桃花的眸子,突然明白她说的是什么事情。姜氏进府这么晚,怎么会知道以前的事?那事儿连顾怀柔都不是很清楚啊。

吵闹声有些大,地上躺着的徐燕归都被吵醒了,他茫然地睁开眼看着四周:"这是哪儿啊?"

沈在野看够了戏,斜他一眼,二话不说就喊人过来:"把他关去柴房,等候处置。"

"是!"护院上前,一左一右就将徐燕归架了起来。

出了临武院,徐燕归才反应过来,看着身边的人问:"发生什么事了?"护院不语,麻利地将他锁进了柴房。

"爷!"秦解语皱眉,"您怎么不问问徐先生他今日要去见的到底是谁,就直接把他关起来了?"

"这有什么好问的?"沈在野垂眸喝茶,声音冰冷,"他既然是你们其中一人的姘头,自然是要护着人不说真话的,听来也没意思。"

姜桃花眼眸微亮,笑眯眯地看着他道:"爷实在睿智。"

"用不着夸我。"沈在野抬眼,扫了扫面前这两人,"今日这事,事关相府声誉和我的颜面,不管最后查出来是谁,我都不会轻饶。"

"爷打算怎么处置?"梅照雪皱眉问了一句。

"府里最近让我动手想休掉的人可是有点多。"沈在野抿唇,"这回就不休了,直接贬为暖帐,在院子里继续待着吧。"

暖帐!众人心里都是一惊,各自低头不语。暖帐在相府的地位跟丫鬟没什么两样,甚至更被人瞧不起,因为虽是爷的人了却没个正经主子的名分,一般都是家世极低的人才会被给个暖帐的名头。跪着的这两人可都是娘子啊,府里仅次于夫人,出身尊贵,家世显赫,要是被降为暖帐,那还不如被休了来得痛快!

秦解语有点慌张,姜桃花却依旧面不改色:"真金不怕火炼,没做亏心事也不怕鬼敲门。只要爷查出真相,那被贬的人一定不是妾身。"

如果说一开始众人对姜桃花是有八分怀疑的,那她这话一出,怀疑便只剩两分。反观秦解语,刚开始还是理直气壮的样子,现在却已经冷汗直流了。

所以说,人啊,输什么先别输气势,气势输了,局面就输了一半了。

沈在野点头,落在秦解语身上的目光更加冷冽了。秦解语是百口莫辩,焦急地看了梅照雪好几眼。

然而，梅照雪没看她，也不再给任何的指示，反而与旁边的段娘子聊了起来。

这是什么意思？秦解语很不明白，茫然失措地跪着，感觉时间一点点过去，腿都要没了知觉。

"爷。"

两刻钟之后，湛卢带着贯通钱庄的伙计回来了。

沈在野抬头，就见钱庄伙计哆哆嗦嗦地跪在一边，直朝他磕头："拜见相爷，拜见相爷！"

"你知道这是什么地方吗？"他轻声问了一句。

伙计吓得腿都在抖："小的知道。"

"那就莫要张口胡言，我问什么，你就老实答什么。"

"是！"

沈在野抬手，指了指姜桃花和秦解语："这两位夫人你可见过？"

伙计飞快地扫了一眼，也不敢细看，有些迟疑地道："钱庄每日来的夫人不少，相爷真想让小的查看，不如就让两位夫人戴上面纱。"

"好。"沈在野颔首。姜桃花很自然地取了面纱出来，秦解语停顿片刻，也跟着戴上。

伙计这才敢抬眼打量，看了一会儿指着秦解语道："这位夫人，我是见过的，可旁边这位……应该没见过。"

他就算不记得脸，也该记得衣裳。

姜桃花轻笑一声，扯了扯自己的裙子，看向秦解语："娘子现在还有什么话说？"

秦解语气急，捏着鸳鸯佩问道："他当然见过我，我去拿这玉佩的时候也去了贯通钱庄！"只是，这伙计为什么会不记得姜桃花呢？难不成被她收买了？

"啊，这个玉佩，小的记得的。"一看鸳鸯佩，伙计连忙从身上找了借条出来，说道，"这东西是一位夫人放在我们钱庄的，打了借条，一式两份，另一份应该在那位夫人身上。"

听到这里，秦解语可算松了口气："好，那就搜身，把借条找出来，她就不能抵赖了！"

沈在野接过湛卢传上来的借条，打开仔细看了看，微微抿唇："解语，你确定还要搜身？"

"要啊，当然要！"秦解语皱眉，"搜出借条她就不能再抵赖了！"

"好。"沈在野点点头，起身，走到她们面前道，"那就由我亲自来搜吧。"姜桃花微笑，很是自然地朝他张开双臂。沈在野睨她一眼，伸手将她的衣裳袋子搜了个遍。除了碎银子，别的什么也没有。

轮到秦解语的时候，他一伸手，就在她的袖袋里扯出张纸。

屋子里一阵安静，秦解语瞪大眼，不敢相信地拿过来展开一看——真的是借条！"这怎么可能！"她低喊了一声，仔细看了看上头的名字——秦解语。秦解语倒吸了一口凉气，瞪眼看向姜桃花："你动了什么手脚？！"

姜桃花耸肩："事已至此，娘子还要含血喷人？伙计都说未曾见过我了，借条在你身上，也是你的名字，玉佩也在你手上，你还被抓着和徐先生共处一室。这么多证据加起来，你还想往我身上推？"

秦解语咬牙，慌忙转头看着沈在野道："这中间一定有问题，说不定那伙计被姜娘子收买了！"

沈在野脸色阴沉，目光扫向那伙计，吓得那伙计连连磕头："小的怎么敢收钱乱说话，小的以身家性命担保，方才所说完全是实话。"

言辞恳切，表情真诚，一看就知道这伙计没撒谎。

梅照雪闭了闭眼，轻声道："把人送出去吧，话都说到这份儿上了，爷自有论断，留外人在这儿也不像话。"

"是。"湛卢领命，伸手就将那伙计拎了出去。

院子里安静下来，沈在野目光森冷地看着秦解语，后者满头是汗，百口莫辩，最后竟然直接哭了出来："妾身当真是冤枉的！"

"证据确凿，你再诡辩也是无用。"他冷声道，"现在好好交代，你与那门客到底都做了什么勾当？"

"我……"秦解语气得眼泪直掉，打着哆嗦看着姜桃花，"与他有什么见不得人的勾当的，分明另有其人，爷让我怎么说？"

姜桃花已经站起来了，听着这话，她微微一笑，低头看着她道："方才就有个问题想问了，现在既然真相大白，我也想听娘子具体说说——你总提从某处得到消息，说我做了越礼之事。那敢问娘子，这个某处是哪儿？"

被她这一提点，众人也好像纷纷明白过来。

顾怀柔拍了拍手道："对啊，什么半夜私通、互换定情信物，秦娘子是从哪儿得知的？恐怕只有争春阁的人才知道吧。"

秦解语皱眉，也没细想，张口就道："自然是听人说的，若是说出来了，姜娘子岂不要打击报复？那就寒了这些敢说真话之人的心了。"

姜桃花失笑："也就是说，娘子并非亲眼所见，却要强行给我安罪名？"

"这本来就是事实！"

姜桃花轻轻一笑，看了她手里的玉佩一眼："这才是事实。"

"……"秦解语眼睛都瞪圆了，气得抽噎不止，却毫无办法。

好个姜桃花啊，这一步步的都是提前算计好的，就要在今日钉死她！真是心机深沉，心肠歹毒！心里如此骂着，秦解语也就忘了是自己一开始想捕风捉影陷害姜桃花的了。她的计划可不比姜桃花这个温柔多少，只是她失败了，姜桃花成功了，所以恶毒的女人变成了姜桃花。

姜桃花不再看她，转头看向一直在看好戏的沈在野，笑着问："爷是不是该贬人了？证据既然都一目了然，那秦娘子认与不认应该都没什么关系。不过府里规矩严明，想必他们也没能做什么特别离谱的事情，还能继续留在府中。"

沈在野抿了抿唇，斜她一眼，然后道："事已至此，就贬秦氏为暖帐，搬出海棠阁，去下人房里住吧，月钱随减，平时帮夫人做事即可。"

即使秦解语心里一千个不甘愿一万个不甘心，但眼下已成定局，她实在是没什么办法了。秦解语咬牙不语，忽然双眼一闭倒在地上。

四周顿时又乱成一团，丫鬟婆子连忙来扶。梅照雪头疼不已，连忙让人带她离开。

"家丑不可外扬。"沈在野叹了口气，道，"门客我会处理的，他毕竟还有用，要继续留在这里。至于秦氏，就交给夫人好生看管，多加教训。"

"……是。"

众人感慨，本想来看姜桃花的好戏，没想到最后有罪的竟然是秦解语，而且合情合理，证据确凿，连梅照雪都没能帮着说上话。

第二十三章 申冤

出临武院的时候，顾怀柔低声在姜桃花身边道："我真是没想到，娘子居然这么厉害。秦氏在府上嚣张已久，从来没人能治得了她。"

"不是我厉害。"姜桃花抿唇，脸上不见多少喜色，反而是跟其他人一样担忧又感慨，"我也没想到这次出来的会是秦娘子。"

"什么？！"顾怀柔瞪眼，步子都停了下来，拉着她小声道，"您怎么会不知道？"

"这你就要问问院子里的某位娘子了。"姜桃花抬眼，看着前头围在夫人身边的段芸心。她正侧着头小声同梅照雪说话，脸色看起来很平静，眼神依旧很温柔。像察觉到后头的目光，段娘子顿了顿，还回头朝她一笑。

顾怀柔愣愣地看着，呢喃着："不会吧，你当真怀疑段娘子？"

"不是怀疑，十有八九就是她。"姜桃花嘴里小声说着，还回了前头的人一笑，"我是想钓她的，毕竟秦氏那种不用脑子的人没可能对我造成多大的威胁，上次一箭四雕的人也不可能是她。所以这次的坑，我是为段氏准备的。只是不知道背后发生了什么，出来的依旧是秦氏这个傻子。"

顾怀柔一头雾水，越听越糊涂。这事儿怎么会是姜娘子挖的坑？她还以为姜氏只是反败为胜而已，结果这一听，反而什么都不明白了。

"你回去歇着吧，最近府里有大风大浪，站得远才不会湿了鞋。"到了岔路口，姜桃花与顾怀柔作别，认真地对她道，"在这个时候，过得宁静才是福气。"

"……我明白了，多谢娘子。"

姜桃花颔首，转头就带着青苔回了争春阁。

"主子，那套衣裳，奴婢已经拿去扔了。"青苔小声道，"幸好您回来换了身衣裳，那伙计才没认出您来。"

这是一个原因，还有一个原因是她略施摄魂之术，让那伙计不记得自己的眉眼，只能靠衣裳辨人。

姜桃花微笑，今儿她是福星高照，一切都进行得很顺利，连把借条塞进秦解语袖子的机会都是秦解语自己送上门的。

怎么说呢？她料到了开头和结局，却没料到秦解语真的这么蠢。秦解语这些年想必也是紧依梅照雪而活的，不然凭她这个脑子，一早就该玩儿完了。不知道西楼去报信的地方是不是海棠阁，但后续她算是都猜对了。知道她与徐燕归有约，又是不经夫人同意，私自出府，背后那人会按捺不住找她麻烦。她给这人这个机会，定情信物放好，酒楼厢房订好，只要有人想动手，那就必定掉坑无疑。不过秦解语掉得实在是毫不犹豫，竟然完全按照她想的去做，连玉佩都拿在手里，她不遭殃谁遭殃？

叹息着摇头，姜桃花跨进了争春阁，没一会儿就听说沈在野带着徐燕归出门了。就算是心腹，惹出这种事情来，多半也不会有什么好果子吃。姜桃花笑眯眯地拍手，心想，死色狼，活该！

  被沈在野丢到马车里时，徐燕归还是一脸茫然："到底是怎么回事啊？"

  "这话应该是我问你。"沈在野冷笑，"上次割那一刀是不是不够疼？"

  徐燕归嘴角一抽，坐直了身子看着他，一脸无辜地道："我只是想跟姜氏一起用个膳，也没做逾矩的事，你就不能大度一点？"

  原来他当真是跟姜桃花一起的。沈在野摇头："你想算计她吧，想让人给她扣个出墙的罪名，赶出相府，是吗？"

  徐燕归眼睛一瞪，皱眉："你是怎么知道的？"

  "就你这不够用的脑子，想害别人都行，在姜氏那儿只有吃亏的份儿。"沈在野翻了个白眼，没好气地道，"我再警告你一次，不要做这些没用的事，她的去留只有我能决定，你是无法左右的。"

  "哦？"徐燕归不服气地抱着胳膊道，"那她要是爱上我了，愿意跟我私奔呢？"

  一看他就是不知道方才发生了什么事。沈在野又气又笑，斜眼看着他道："她若是会爱上你，你今儿也不至于被关进柴房。"

  这是什么意思？徐燕归很不明白。沈在野鄙夷地看了他好一会儿，才将方才发生的事跟他说了。

  "秦氏一向有害姜氏之心，偏巧遇上你也想对姜氏不利，姜氏那么聪明的人，往后一退就让你们两个撞了个眼冒金星。怎么样，徐门主，又被女人教训了，开不开心？"

  徐燕归瞠目结舌，想了半天才搞清楚其中的关节，忍不住低喝："她心思怎么这么复杂啊？就是给了她一块玉佩，一起吃个饭而已……"

  "你傻，就当别人也傻？"沈在野轻笑一声，道，"这些举动可都犯了七出之条，你想被浸猪笼，她可不会奉陪。"

  也是他们两人熟识，他也知道徐燕归的德行，不然今日真的会捆了这两个人一起沉到河里去。

  徐燕归靠在车壁上，气得直叹气："什么叫龙游浅滩被虾戏，我好歹也在江湖上混了快十年，竟然会玩不过一个女人！"

这话要是放在以前，沈在野是要赞同的，毕竟徐燕归的本事当真不小。但是如今见识了姜桃花的手段，他只能摇着头道："人外有人，也别总是小瞧女人。"

"嗯？"徐燕归一惊，诧异地看着他，"这话竟然能从你沈相爷的嘴里说出来？！"

最看不起女人的不就是他吗？他一向没把女人当人，就跟棋子似的摆来摆去，半点人情味儿都没的人，是受了哪位菩萨的感化，竟然能说出这样的话来了？

沈在野没理他，看着外头倒退的路，过了一会儿才道："总之，你别再去招惹她了，若还有下一回，我就公事公办，你犯什么错，就担什么罪。"

"那要是再犯像今天这样的错呢？"徐燕归好奇地问了一句。

"送去宫里阉割，或者送去河里沉了，你二选一。"

徐燕归："……"好狠的心啊！不过姜桃花也当真是厉害，这一盘棋下得妙极，难道当真一点破绽也没被人找到吗？

凌寒院。

秦解语是一路哭着过来的，身上的华服已除，发髻也散了，她狼狈不堪地闯进主屋，看着梅照雪就问："夫人为何不救我？"

梅照雪眉头还没松开，一看见她，脸色就更加难看："你要我怎么救？砸下来的石头全是你自己搬的，我拦都拦不住。"

"可是——"秦解语皱眉，"那些本就是姜氏的罪状，妾身不明白为什么全扣在妾身上了！分明是她一早准备好的陷阱，却没人看明白！"

"你这是在怪我？"梅照雪眼神微沉，"当初接到消息，是你冲动之下就跑出去的，我什么都来不及说，只能算着时辰带爷过去配合你，谁承想……"

话一顿，梅照雪也捏紧了手里的帕子，看起来颇为恼恨。

"这事儿怪不得咱们没想到，是姜娘子的戏演得太好。"旁边突然有人开口道，"她都私自出府了，谁能想到竟然只是要引秦氏上钩呢？"

秦解语一愣，这才发现旁边还坐着个人。

段芸心一如既往地温柔，目光平静地看着她道："你吃这一次亏，就当是个教训吧。"

被她这话一提醒，梅照雪像是突然想起什么，道："说得也是，就算其他罪名不论，姜氏还是私自出府了。要不是她鬼鬼祟祟的，秦氏也不至于那么冲动。"

"对！"没心思问段芸心怎么会在这里，秦解语连忙表示赞同，"就算别的罪都推到了我头上，那她也是没问您要腰牌就偷溜出府，坏了规矩。您都不用禀明相爷，直接就能将她处置了！"

梅照雪点头，想了一会儿，看着段芸心笑道："有段娘子相助，倒是让我安心不少。"

段芸心微微颔首，脸上波澜不起。

下头跪着的秦解语却愣了愣："相助？"难不成段娘子投诚夫人了？她们先

前不是各自为营吗?

"姜娘子有多厉害,今日咱们都见识过了。"段芸心一笑,看着满脸疑惑的秦解语道,"我与夫人要是不互帮互助,这院子里哪还有我们的立足之地?"

这话好像挺有道理的,但是秦解语听着心里难免不太舒服。以前都是自己陪在夫人身边,现在她刚被贬低身份,夫人就找好替代她的人了。

梅照雪自然明白她的心思,起身亲手将她拉起来:"现在姜氏与顾氏沆瀣一气,你又被贬,若不依靠段娘子,咱们的日子都不好过。你放心,就算是当暖帐,只要有我们在,这府里也不会有人敢欺负你。"

"多谢夫人。"秦解语闷闷不乐地应了,她也没别的办法,只能顺从。

姜桃花正在吃点心,就听得门外有人叫唤:"姜娘子,夫人请您去一趟凌寒院。"

这反应够快的啊。姜桃花挑眉,抹了把嘴带了东西就赶过去。

段芸心、秦解语都在,旁边还有个多嘴多舌的柳香君。

姜桃花发现梅照雪的脸色不太好看,进去就行礼:"妾身给夫人请安。"

"你若当真把我这个夫人放在眼里,不请安我也是高兴的。"梅照雪眉头微皱,"姜氏,你可知错?"

姜桃花无辜地眨眨眼,抬头看她:"妾身何错之有?"

"你今日是出府了吧?"梅照雪道,"而且没向我要腰牌。"

姜桃花一顿,犹豫了一会儿才问:"夫人有什么证据证明妾身出府了?"

梅照雪沉默,她总不能说是有人跟踪她看见的吧?毕竟她们回来的时候,姜氏可是在府里的。

"连这个也要证据,姜娘子可真是不见棺材不掉泪。"柳香君冷笑道,"你这么显眼的人,有人看见是很正常的事。"

"那谁看见了,总得跟妾身讲个明白吧?"姜桃花撇嘴道,"各位姐姐好歹比我先进府,没道理这样欺负新来的人,话不说清楚,也不找人对质,就要定妾身的罪?"

众人都沉默了,段芸心却轻声开口了:"娘子既然对证据这样执着,那就传个人证上来吧。"

说罢,旁边的丫鬟就退下去,带了个人进来。

"主子!"西楼一进来就在姜桃花身后跪下了,头垂得低低的,一点也不敢抬,"奴婢对不起主子,看见的一些东西,实在不能不说。"

果然是她啊。姜桃花点头:"你是我院子里的丫鬟,你说看见了什么,自然是有些可信的。今日大家都在,你不如就一次说个明白。"

西楼抿唇,眼珠子直转。她可是想往上爬的丫鬟,心眼儿不少,要这样当面说自家主子多少罪名,她是肯定不会做的,以后低头不见抬头见的,她至少也要给自己留条活路。于是她只道:"奴婢今日看见主子出门了,还戴了斗篷,从侧门走的。"

"这下你还有什么话说？"秦解语忍不住道，"你要的证据确凿，这也是证据确凿！"

姜桃花点头："既然人证都有，那妾身就坦言吧，今日的确出了府，去看了看这国都风光。"

"你大胆！"梅照雪呵斥道，"不经主母允许出府，便是不守家规，你不知道吗？"

"自然知道。"姜桃花抬头冲她一笑，道，"所以妾身在出府之前求了爷的恩典。爷允许了，自然也等于夫人允许了吧？"

屋子里一阵安静，姜桃花伸手掏出了沈在野给的玉佩，递到梅照雪面前，道："本是想偷偷出去散心，又不想打扰夫人，所以才向爷求的恩。说出来众位姐妹难免觉得我是在炫耀，所以本不打算提的，结果没想到……"她回头看了西楼一眼，勾唇，"没想到我院子里有这么一个忠心耿耿的丫鬟。"

相府用人，最忌有二心，所以被一个院子赶出去的奴婢，其他院子都不会收。今日闹了这么一出，西楼在这相府不可能再待得下去。

"娘子！"西楼慌了，"奴婢不知道啊，奴婢不知道您有——"

"不知道，所以以为我犯了家规，就迫不及待地去找人告状？"姜桃花摇头，"你丫头瞧着机灵，怎么就不明白呢，别的院子里哪位主子会为了要你一个丫鬟而得罪我？哪怕今日你真的帮着人定了我的罪，下场也只会是被出卖，遣送出府。"

西楼瞳孔微缩，愣怔地看了她许久，又看了看段芸心。段芸心垂着眼，正在看自己手帕上的绣花，压根儿没看她。她心里一凉，深吸一口气，朝姜桃花拜了下去："奴婢对不起娘子！"

梅照雪已经将玉佩看过了，表情有些僵硬，闷头不吭声。姜桃花也没再理西楼，微笑着问："夫人，爷的玉佩能用吗？"

"自然是能的。"梅照雪伸手把玉佩还给她，淡淡地道，"看来姜娘子深得爷心，那咱们也没什么好说的了。私自出府的事是误会，我跟你赔个不是。"

"夫人说哪里的话，您是当家主母，觉得妾身有做得不对的地方，说出来也是应当。"姜桃花颔首，再抬眼的时候，眼里的神色意味不明，"只是夫人以前不是这么急躁的人，还是按照自己的想法做事，比被人当枪使要好得多。"

梅照雪一愣，微微抿唇："你这说的是什么话！"

"妾身失言了。"姜桃花笑眯眯地道，"您就当妾身是胡说吧，既然这里没别的事，那妾身就将争春阁的丫鬟带回去好生管教了。"

梅照雪点头，段芸心也没拦着，就看着青苔跟拎鸡崽子似的把西楼拎走了。

凌寒院里一时没人说话，陷入了死一样的沉默，气氛十分尴尬。

梅照雪看了段芸心好几眼，段芸心自顾自轻笑，看向姜桃花离去的方向。

争春阁的大门关上，姜桃花往舒服的软榻上一躺，斜眼看着下头跪着的小丫鬟，道："你知道今日为什么会有这样的下场吗？"

"奴婢知错，奴婢不该背叛主子。"

"你知错能改就好。"姜桃花满意地点头，朱唇轻启："青苔，送她出府吧。"西楼咬牙，只能朝桃花磕头后离去。

守云阁。

段芸心手里拿着钱庄的借条，左思右想也不知道姜桃花这套到底是怎么下的，为什么就能把她自己撇得那么干净。

"鹤儿。"叫了身边的丫鬟来，段芸心低声道，"你去查查，看这个贯通钱庄是不是跟姜氏有什么关系。记得做得干脆点，别让人发现。"

"是。"鹤儿颔首应了，飞快地出去。

折了芙蕖，鹤儿就是守云阁的内房丫鬟了。把事交给她办，段芸心很放心，因为她擅长与人打交道，能不动声色地套出别人的话，心又细，定然能发现别人发现不了的事情。梅照雪已经折了个秦解语，近期想必不会有什么动作。为了鼓励她，自己也得花点心思才行。

屋子里灯火明灭，段芸心微微一笑，本该温柔娴静的面庞却被烛光衬得阴冷可怖。

沈在野跨进争春阁，抬眼就瞧见了软榻上熟睡的姜桃花。

今日发生那么多事，这女人不知道动了多少脑筋，如此疲惫也是正常。微微抿唇，沈在野伸手将她抱起来，往内室走去。

睡着的姜桃花退去醒时的虚假和尖锐，小嘴嘟着，脸颊红红的，看起来就是个小女孩儿。他觉得她这种时候最省心了。

沈在野将姜桃花塞进被子里，自己也跟着躺进去，垂眸看着她的眉眼，忍不住伸手轻轻逗弄。

"瘪泡……"眉头一皱，姜桃花嘟囔出声。

说梦话？沈在野一愣，接着就附耳过去仔细听。

"瘪泡，看四泥哥兔崽子！"

什么玩意儿？沈在野嘴角一抽，眯着眼睛想了好半天，嘴里喃喃着："该不会是说'别跑，砍死你个兔崽子'吧？"

跟谁这么深仇大恨啊，在梦里都要砍人家？

姜桃花吧唧了一下嘴，一个翻身就又滚到了他的怀里，抱着他的腰蹭了蹭，好似把口水都擦干净了。

沈在野嫌弃地抽了抽自己的寝衣，皱着眉，心里却觉得挺舒坦的。他忙了这么长一段日子，终于能来争春阁里歇一晚上了。不过这种事，他是不会让抱着他的这个人知道的。

一觉睡到天明，姜桃花睁眼的时候，沈在野已经不见了，她也就不知道有人来过，只觉得昨儿睡得还是挺踏实的。

"主子，府里好热闹啊。"青苔从外头端着早膳进来，咋舌道，"徐嬷嬷一大早就跟秦氏吵起来啦。"

姜桃花挑眉："徐嬷嬷？"

听段芸心说，这个徐嬷嬷先前就好像对秦氏不满，还跟死去的那个暖帐有关系。不过具体是怎么回事，她是不清楚的。

秦解语已经失势，这落井下石的好戏，她没打算看，谁知道刚用了早膳，顾怀柔竟然过来了。

"娘子知道吗？"顾怀柔满脸兴奋地道，"有不得了的消息传出来了，咱们院子里原来死过人。"

姜桃花错愕："敢情你不知道这事儿？"

顾怀柔眨眨眼，撇嘴道："我进府也晚，从哪里去知道这种事？看你这样子……难不成你知道内情？"

"我也只是听人说了两句。"姜桃花问，"现在外头都怎么说的？"

顾怀柔伸手给自己倒了杯茶，笑吟吟地道："死去的那个暖帐，是徐管事的女儿，先前因为秦氏势力颇大，也就含冤忍辱了。如今秦氏被贬，徐管事可能是觉得时候到了，便写了状纸呈到了爷那里，带着证据告秦氏因妒杀人。这可是一场痛打落水狗的好戏啊，哈哈！"

这么精彩？姜桃花咋舌，想了想却摇头道："有夫人在，秦氏背后的势力又不小，这一场戏徐管事未必能赢。"

"管他们谁输谁赢呢，只要不关咱们的事儿，我就高兴。"顾怀柔掩唇一笑，眼里亮晶晶的。

姜桃花直摇头，道："你小心些吧，秦氏的下场在这儿摆着，以后想什么都得收敛些，别全写在脸上。"

"我这只是写给你看而已。"顾怀柔一脸放心地道，"你又不会害我。"

还真是全心全意相信她了？姜桃花轻叹，幸好自己当真不想对她做什么，不然顾怀柔也不知道倒了多少次霉了。

用过午膳，姜桃花正要休息的时候，青苔却神色古怪地过来道："主子，外头有人求见。"

姜桃花心神一动，抬眼问："徐管事？"

"……您是算命的吗？"青苔忍不住道，"这都能猜到？"

"唉。"姜桃花无奈地摇头，"人既然都来了，你就去请进来吧。"

"是。"

当下后院只剩三位娘子，段芸心明显已经站在夫人那边，而梅照雪定然是要护着秦解语的，所以徐管事能来求助的，只有她一个。

姜桃花看着面前跪下的徐管事，开口问的第一句话就是："您进我这门，可带够让我甘愿帮忙的筹码了吗？"

徐管事一愣，没想到姜桃花会猜到她的意图，缓了缓神，恭恭敬敬地朝她磕了头："老身地位不高，只是个管事嬷嬷，然而在这府里也有两年了，曾经救过爷的性命，爷也颇为器重老身，娘子若愿意相帮，老身定当结草衔环以报。"

姜桃花听着，来了点兴趣："嬷嬷可愿意把当年秦娘子做的事，仔仔细细给我说一遍？"

"这个不难，"徐管事抬头，严肃地道，"只要娘子点头，娘子想知道什么，老身就说什么。"

姜桃花想了会儿，笑着点头："只要嬷嬷是占着理的，那我便愿意相帮。"

她自然是占着理的，缺的只是个有身份的人撑腰。听姜桃花这么一说，徐管事心里微松，捏着手道："事情要从一年半之前说起了。"

一年半前，相府后院之人还没这么多，秦解语一人独大。相爷宠溺，任她在后院为所欲为，秦解语便为难其他被沈在野宠幸过的女人。当时有个暖帐连续伺候了相爷两日，颇得相爷喜爱。秦解语知道之后，便将她叫去海棠阁，动了面上看不见的私刑。

这暖帐就是徐管事的女儿，名逐月。她出身不高，所以只是暖帐的名分，但为人温和、体贴，沈在野是有意升她为侍衣的。不过自秦解语动刑之后，沈在野就没再宠幸过逐月，改宠了其他人。

也不知是谁去秦解语耳边碎嘴，说逐月告状，所以相爷连海棠阁也不去了。秦解语听后大怒，再次对逐月动刑。只是这回她可能是没把握好分寸，逐月就死在了海棠阁。

出了人命自然是大事，然而秦家家大业大，迅速派人来料理了逐月的后事，顺便将消息封锁，不允许人再提。徐管事心里是无比愤恨的，恨不得马上冲进海棠阁杀了秦解语给逐月抵命！然而她没用，根本靠近不了秦氏，相爷似乎也想大事化小，安慰了她一番，就将这事儿翻过了。

一年多的时间过去了，没人再记得死去的逐月，只有徐管事这个亲娘每日活在不能替女儿报仇的煎熬里。如今，机会终于来了。

"娘子若是能护住老身，替老身说动相爷，老身愿意余生皆为娘子所差遣！"一头磕到地上，徐管事声音微微哽咽，"老身之所以还活着，就是想看杀人凶手的下场！"

姜桃花听得感慨，起身下去扶起她，低声道："既然嬷嬷肯信我，那这个忙我定然会帮。只是相爷的心思难测，秦家毕竟是九卿高门，就算秦氏如今只是暖帐，瘦死的骆驼也比马大。所以你要耐心等，不能太着急，明白吗？"

徐管事一怔，点了点头，苦笑道："老身何尝不知相爷心思难测呢？可逐月被人害死了，他竟也能不闻不问，任由凶手逍遥法外。"

这不是沈在野的一贯作风吗？姜桃花抿唇，恩爱的时候有多深情，出事的时候就有多绝情。看看顾怀柔和秦解语，包括她自己，说好听点是娘子，说不好听的就是棋子罢了。要不是偶尔趴在他胸口听见了心跳，她都要以为沈在野是没心的。

"嬷嬷最近就来我争春阁伺候吧。"姜桃花道，"外头又吵又乱，不如在我这儿剪花。"

"多谢娘子！"徐管事感激地行了礼，跟着青苔收拾东西过来，躲在姜桃花的羽翼之下。

临武院。

沈在野正捏着徐管事写的秦氏罪状发呆，外头的湛卢突然进来，恭敬地道："爷，姜娘子来了。"

"她什么时候来还会老老实实通禀？"沈在野回过神，失笑道，"让她进来吧。"

话音刚落，湛卢背后就蹦跶进来一只"姜兔子"，几步跳到他跟前，两只眼睛笑得跟弯月似的，一脸狗腿样："爷，吃蔷薇饼吗？"

沈在野扫了一眼她捧着的东西，道："不是桃花饼吗？"

"爷说它该是蔷薇饼，那就得是蔷薇饼！"姜桃花笑嘻嘻地道，"妾身决定给它改名字了！"

"得了，"沈在野伸手遮住她的脸，看不下去了，"有什么事要求我，直接说。"

姜桃花撇撇嘴，拉下他的手委委屈屈地道："妾身是那种有事相求才会来找您的人吗？"

沈在野沉默地看着她，眼里就写了一个大字——是。

"嘿嘿，真是瞒不过爷啊。"姜桃花笑着蹲下来给他捶腿，"妾身过来只是想问问，府里最近这闹得沸沸扬扬的事儿，您打算怎么处置啊？"

斜她一眼，沈在野道："这又关你什么事？"

"就是不关妾身的事，妾身才问着玩玩。"姜桃花捏着他的大腿道，"毕竟听说是死了人的大事。"

沈在野抿唇，想了一会儿，伸手将她拎起来放在自己怀里，然后把手里的东西给她看。

"徐管事这东西若是交到衙门，秦家也得吃官司，只是徐管事依旧不会得到她想要的结果。"沈在野淡淡道。

姜桃花瞧了瞧，笑道："徐管事只是相府的奴婢，对方却是当朝廷尉的女儿，官府自然不会有什么公正的决断。所以徐管事把状纸给您了，您打算怎么做？"

沈在野揉了揉眉心，疲惫地将下巴搁在她的肩上，从背后抱着她，淡淡地道："交给我，恐怕也没什么两样。秦氏就算被贬，也是秦廷尉的女儿。"

331

"爷怕得罪廷尉大人？"姜桃花挑眉。

"不是怕，"沈在野道，"是没必要为了这种事与廷尉府闹僵。"

姜桃花身子一顿，眼神微暗："那若是死的是妾身，爷会不会也说这句话？"

"你想太多。"沈在野摇头。

姜桃花嘟嘴，看着状纸上逐月的名字，还是忍不住道："爷没把她的性命当回事吗？毕竟也是您的女人。"

女人吗？沈在野轻哂，淡淡地道："逐月死得也不冤枉了，她这一命，换来秦廷尉一年多的效力，救了更多的人命。至于徐管事，我也好生补偿过了。"

死得不冤枉？姜桃花一愣，仔细咀嚼他这句话的意思，突然觉得浑身发冷。她想起顾怀柔出事的时候那半夜出入临武院的肥胖身影，也想起了孟氏被休之后传来孟家举家入狱的事，甚至想起自己坐上马车的时候景王在北门亭里等着的样子。沈在野这个人，他的恩与宠，全部是要你用东西去换的。活命的机会要拿东西去换，一旦失去了利用价值，那等着的就可能是被抛弃和死亡。

"怎么？"察觉到她的异样，沈在野微微皱眉，"你的手怎么这么冷？"

"没什么。"姜桃花咧了咧嘴，小声问，"所以这一次，爷也打算不管，将此事压下去了，是吗？"

深深地看她一眼，沈在野点头。

"嗯，妾身明白了。"姜桃花起身，离开他的怀抱，笑眯眯地行礼，"那妾身就先告退了。"

还真是用完就扔呢。沈在野撇嘴，看着她走得毫不犹豫的背影，伸手捏起桌上的蔷薇饼来尝。吃了一会儿，他眼睛微眯，突然觉得姜桃花方才的表情真的不太对劲。

"湛卢。"

"奴才在。"

"去看看争春阁那边怎么回事，徐管事是不是过去了。"

"是。"

沈在野微微垂眸，看着自己面前的册子，良久之后，长长地叹了口气。

回到争春阁，姜桃花也没给徐管事说什么坏消息，只说爷今日心情不好，没能多说。

"老身不急。"徐管事低头道，"娘子能给老身一个容身之处，老身已经万分感激。只要命在，总能等到的。"

看着她脸上执着的表情，姜桃花觉得胸口闷得慌，勉强笑了笑就躺上了软榻。她也不知道自己为什么心情这么糟糕。沈在野是个什么样的人，她早就知道的。真是奇了，她难不成还对他抱着什么期待？都是相互利用的人，她只需要在乎他手里的权力就行了，在乎其他的干什么？别说他是个冷心冷情的人，就算他是头冷心冷情的猪，她也得跟他在一起。

想通了这一点，姜桃花就觉得好受多了，收拾收拾东西，准备吃点心。

夜幕降临，姜桃花躺在床上，总觉得有点不好的预感，所以一直没入睡。果然，一更的时候，外头响起一声极轻的痛呼，接着就有人从窗户翻了进来。

"娘子好狠的心啊。"徐燕归小声道，"在下好歹又赠娘子宝物，又帮娘子除掉了劲敌，娘子为何还要在墙上扎那么多铁钉？"

姜桃花起身看着他，没笑也没怒，淡淡地道："徐先生，我最后说一次，您若是再这样半夜来争春阁坏我名声，可能您会倒大霉的。"

徐燕归干笑："娘子何必戾气这么重呢？在下是当真喜欢娘子，所以——"

"您不过是想赶我出府，就别玷污这'喜欢'二字了。"姜桃花皮笑肉不笑，伸手点了盏灯，举到他面前看着他道，"我与先生无冤无仇，先生何必要与我过不去？"

还真是被看穿了啊，怪不得骗不了她。徐燕归收敛了神色，皱眉看着她道："娘子没发现自己可能会坏了别人的大事吗？"

"沈在野的大事，我坏不了，反而会帮他。到某个时候，可能我才是被舍弃的那一个。"姜桃花认真地道，"您的担心真的很多余，而且，真的是小看了相爷。"

"娘子才是小看了自己。"徐燕归摇头，"相爷很喜欢你，待你与别人不同。"

"那先生不如与我打个赌吧。"姜桃花伸手扯了纸笔过来，低头就写下，"若是遇与我有冲突的大事，相爷选择保我，那我自愿将命交给先生。若是相爷舍弃我，选择成就大事，那先生就欠我一命！"

徐燕归心中一震，没想到姜桃花会写这样的赌约。看着面前递来的纸，他竟然有些犹豫。

"怎么？您担心的不就是这个吗？我都替您解决了。"姜桃花睨着他道，"若相爷像您担心的那样，因为我而坏了事，那您可以直接来杀了我，我不会挣扎。反之，您就是冤枉我、冤枉相爷了，把命给我，算是公平、公正。"

"你想杀了我？"徐燕归问。

"杀了您对我没好处。"姜桃花道，"不用担心，就算是我赢了，也不会当真要您的命。"

那这还是划算的！徐燕归点头，拿起笔签了名，又盖了自己的印鉴。

姜桃花颔首，将东西收起来道："您可以走了。"

好像想做的事是做成了，但是徐燕归总觉得哪里怪怪的，踏上窗台的时候忍不住回头问她："我是不是得罪你了？"

"你猜？"姜桃花扯了扯嘴角，"我很讨厌人打扰我睡觉的。"

扰人清梦之仇，简直是不共戴天！

徐燕归缩了缩脖子，道："那咱们既然达成协议了，你不会再整我吧？"

"不会，"姜桃花道，"除非是你罪有应得。"

他还能有什么罪有应得的事呢？反正也有沈在野顶着，不怕！这样想着，徐燕归还是潇洒地甩了衣袍就消失在夜色里。

"主子，"他刚走，青苔就推门进来了，"奴婢察觉到一些不对劲，院子里好像有人来过了。"

姜桃花打了个哈欠，道："是啊，刚走。"

"不是那位。"青苔皱眉，"是后院里，水井附近像是有人来过。"

姜桃花微微一愣，扯了被子就将自己裹成了毛毛虫，露出两只杏眼愤怒地道："野火烧不尽，春风吹又生啊！青苔，这次咱们弄死他们吧！"

青苔失笑："您下得去手？"

"又不用我动手，该死的迟早得死。"姜桃花撇撇嘴，伸出只爪子，抓了枕边放着的纸交给她，"这东西你尽管往外散，最好让那些高门大院的人都知道。"

"是。"

秦解语坐在屋子里等着。这地方又脏又臭，她已经几天没睡好了，脾气也就格外暴躁。一见人回来，她就伸手扯过来问："怎么样？"

下人惊慌地道："办成了，那口井半个月都干净不了，谁喝水谁遭殃。"

"好！"秦解语伸手塞了银子给他，威胁道，"别告诉任何人！"

"奴才明白……"

投毒简直是最简单直接的杀人办法，姜桃花就算再聪明，也不能不喝水吧？就算她不喝，那徐管事也一定会喝的，两个人只要有一个中招，她都能继续睡好觉！

秦解语兴奋地等着天亮，耳朵一直听着外头的动静，满怀期待。然而第二天，没有谁死了的消息传来，相府却像是出了别的大事。

今日沈在野休假，正悠闲地喝茶呢，谁知道一大早瑜王府的侍卫竟然上门了。

"相爷！"为首的人道，"瑜王府上有鸳鸯佩失窃，根据线报，盗贼藏匿在相府，还请相爷行个方便。"

那鸳鸯佩竟然是瑜王的？沈在野心里一惊，面上却和颜悦色地道："这是自然，盗贼长什么样子，我愿帮瑜王捉拿。"

侍卫拱手，递给他一张纸。沈在野打开一看，上头竟然是徐燕归的画像！

"本人今得宝物鸳鸯佩一对，低价转手，有意者可至相府外院，寻门客徐燕归。"这行字之后，还画了鸳鸯佩的图。

沈在野嘴角抽了抽，捏着纸道："这人的确是我府上的，不过，若当真偷盗，我也绝不会再留他，你们随我来。"

"多谢相爷！"一众护卫跟着他，纷纷往外院去。

到了房门口，沈在野深吸一口气，一脚把门踹开，让人进去把还在睡觉的徐燕归架了出来。

"这就是那小贼，大人带走便是。"沈在野皮笑肉不笑地道，"此后他与我相府再无任何瓜葛。"

侍卫拱手应下，立马让人将徐燕归五花大绑！

"哎？"徐燕归瞪眼，"怎么了这是？"

"鸳鸯佩呢？"沈在野眯眼问。

"在屋里……"意识到出了什么事，徐燕归咋舌，挤眉弄眼地看着沈在野，做着口型道，"不会吧？这都被抓？你救我啊！"

沈在野抱着胳膊冷笑，道："我上次就说过了，你再犯错，该什么罪名就是什么罪名，自个儿担着去吧！"

一看这缺心眼儿的就是没听话，又去招惹了姜桃花，被教训也是活该。他最近忙着官员的调度，压根儿没空理他，让人把他关牢里吃点苦头也好。

"哎！相爷！"看着他转身就要走，徐燕归连忙道，"另一半还在别人那儿呢，您也不管吗？您要是不管，那我就说与她是共犯了啊！"

沈在野微微一顿，这才想起，鸳鸯佩的另一半好像还在秦解语那儿，当时定罪，谁都不记得这一茬儿了，自然也没将那玉佩收回来。秦氏出墙这事儿虽然是已有定论了，但总不能扯出来被瑜王知道了去，不然多半又是一场麻烦。可是眼下徐燕归已经被抓着了，能有什么办法救他？

"爷，"沈在野正想着呢，姜桃花就过来了，笑眯眯地看着他问，"出什么事了？府里好生吵闹。"

沈在野眸子微亮，伸手将她拉到一边，指着手里的纸问："这事儿，你干的？"

姜桃花眨眨眼，一脸无辜地道："妾身不知，爷在说什么？"

"好了，我换个方式问你。"沈在野抿唇，"现在徐燕归被抓，要牵扯上秦氏，该怎么做才能保证相府不受牵连？"

"爷连这个法子都想不到吗？"姜桃花惊愕地看着他，"不应该吧？"

沈在野黑了半张脸，咬牙道："你有主意就快说！"

"这不明摆着吗？秦氏出墙既然是事实，您瞒是瞒不住的。赶紧找找她犯的大罪过，直接将她休出府吧。"姜桃花道，"至于徐先生这边，直接给他灌药，让他几天不能说话！等您处置好这边的事情，任由他怎么牵扯秦氏，也跟相府没有任何关系了。"

这法子又简单又直接，十分适合当下的形势。然而……沈在野眯了眯眼，道："你还是想除掉秦氏？"

"爷给她休书，她说不定还得感谢爷。"姜桃花耸肩，"不过这算不得妾身容不下她，爷要是有空，不如去争春阁看看。"

争春阁又出什么事了？沈在野皱眉，不过眼下情况也容不得他多想，侍卫要把徐燕归带走了。

"怎么才能让他几天说不了话？"

"这个更简单了。"姜桃花从袖子里掏出一瓶药递到沈在野面前，笑得露出一排洁白的牙，"灌他！"

旁边的湛卢惊愕地看了她一眼，下意识地打了个寒战。

335

沈在野失笑，接过瓶子闻了闻："你这是早有准备？"
　　"有备无患。"姜桃花嘿嘿笑了两声，"您放心，就是一般的哑药，几天后就恢复了，不会伤身子。"
　　"好。"沈在野点头，捏着瓶子就走到徐燕归身边，二话没说就给他灌了下去。
　　旁边的侍卫惊愕不已，有些慌张："相爷？"
　　"你们放心，"沈在野道，"这人该怎么定罪就怎么定罪，只是嘴巴太能乱说了，所以让他休息几日。"
　　徐燕归瞪大了眼，差点一脚踹过去："沈在野！"
　　"瞧瞧，都敢直呼我的名姓了。"沈在野叹息，看着他把药咽下去，顺手将瓶子扔了，"到底主仆一场，你也别太恨我了。"
　　谁跟你是主仆啊！徐燕归眼神都像带着刀子，再张嘴想骂，却已经骂不出来了。
　　沈在野微笑，伸着手朝徐燕归挥了挥。旁边的侍卫架起他，麻溜地离开了相府。
　　"能睡几天安稳觉了。"姜桃花拍手，高兴地道，"今天天气可真不错。"
　　沈在野回头看她一眼，敛了神色："你的争春阁又出什么事了？"
　　"也没什么大事，"姜桃花笑道，"就是有人往井里投毒而已。"
　　沈在野愣了愣，反应过来她说的是什么之后，脸都黑了："投毒？！"
　　"是。"姜桃花点头，"没能抓着投毒之人，但爷可以拷问一下其他院子里的人，兴许能有收获。"
　　这群女人是疯了吗？再闹也不该闹出人命！沈在野带着姜桃花就往争春阁走。
　　青苔已经打了几桶水上来，每一桶都拿银针试过，全部针体发黑。
　　李医女也过来了，查看了一番，进屋对沈在野道："是大量的砒霜，这口井里的水半个月之内都不宜饮用。"
　　徐管事站在一边，打量一番沈在野的神色，终于跪下来道："相爷，娘子无辜，先前一直没出这种事，是老身将祸患带了过来。那人想杀的，多半是老身。"
　　沈在野皱眉，看了她两眼，沉默不语。
　　姜桃花道："爷这么睿智，想必不用人说都能明白是怎么回事，现在就看爷要如何处置了。若是杀人未遂就可以逃脱罪责，那你们没事就往别的院子里投毒玩儿吧。"
　　"桃花！"沈在野低喝，"别乱说话。"
　　"这叫乱说吗？"姜桃花挑眉，很是不能理解，"妾身想问问爷，杀人之人要是不用偿命，那死的人是不是很冤枉？想杀人没得逞就是无罪的话，那这府里的人能不能平安活下去是不是都得看运气了？"
　　气氛瞬间凝重起来，徐管事也被姜桃花这话吓了一跳，忍不住多看了她两眼。本来她是觉得姜娘子唯利是图，只有肯给筹码，她才会帮忙。结果没想到为了帮她，她竟敢这么当面顶撞相爷，稍微不注意，可就是会失宠的！自己能给这么多筹码吗？

沈在野明显是有些恼了，斜眼看着她道："你什么时候也任性起来了？还是小孩子不成，只论对错，不思利弊？"

"是妾身不思利弊，还是相爷不思利弊？"姜桃花一脸严肃地道，"您是当朝丞相，百官之首，竟然会迎合区区廷尉，任由他的女儿杀了您府上的人，却忍气吞声不闻不问。妾身的确不知道当时秦家在背后付出过什么，但如今的秦解语屡次犯错，又不是不可替代的人了，爷还在迟疑什么？"

沈在野皱眉："陈年旧案，再翻也翻不出什么来。而如今这投毒之事，也没人因此丧命，要拿去定秦氏的罪，恐怕——"

话音还没落，一直站着的徐管事突然转身就往外跑。

众人都是一愣，沈在野最先反应过来，低喝道："湛卢，拦住她！"

"是！"

一听这动静，徐管事跑得更快，不要命地冲到后院的井边，低头就埋进水桶里去，狂灌了几大口！

"徐嬷嬷！"湛卢大惊，伸手就把她拉住，然而看她脸上的水渍，就知道她已经喝了不少。

姜桃花也提着裙子跑了过来。她被眼前这场景震得目瞪口呆，张了张嘴，竟然不知道该说什么好。这是不要命了吗？！

徐管事转头看向慢慢走过来的沈在野，挣开湛卢的束缚，跪着爬过来看着他道："相爷想要一条人命才能定罪，那这命老身给您，只求您公公正正，还逐月一个公道！老身这辈子能为她做的事情很少，以后也再没机会了，就这一次，求相爷成全！"

说完，她砰砰砰砰地磕了几个响头，抬起头的时候，脸色惨白，泪流满面。

没人看见这样的脸会不动容。这是一张充满绝望的母亲的脸。姜桃花自认为是绝对不会同情心泛滥的，然而眼下瞧着，眼眶竟也有些发红。

沈在野深深地看着她，道："你救过我的命，我答应过会让你安享余生。逐月的事情是我对不起你，但今日这事儿，就算你中毒死了，也不能全怪在秦氏头上。"

姜桃花倒吸一口凉气，忍不住骂道："你还有没有人性啊？！"

沈在野扫了她一眼，继续道："秦氏会受她该受的罪，至于你，快些把东西吐出来，让医女看看吧。"

徐管事呆愣地跪在原地，眼泪流进脸上的褶皱里，整个人都在微微发抖。姜桃花有点看不下去，连忙让李医女带她去催吐，再服些解毒药。

"爷真是我这一辈子见过的人当中最冷血无情的一个！"看着徐管事离开，姜桃花咬牙道，"若是别人也就算了，徐管事是您的救命恩人，您非得逼她到这个地步？让妾身猜猜吧，当初逐月一死，您得到的好处是不是不少？所以现在想翻案，也是拿人家的手短了！"

"姜桃花，"沈在野道，"你是不是又忘记这府里的规矩了？谁给你的胆子在这里乱说话？"

"我乱说话？！"姜桃花眼眶都红了，瞪着他道，"你有本事咬我啊！"

说咬就咬，沈在野一把拎着她过来，冲着她的脖颈就是一口。

"啊！"姜桃花疼得眼泪汪汪，一脚踩在他脚背上，愤怒地转身就跑！沈在野冷眼瞧着，好半天才哼了一声，带着湛卢离开。

晚上府里还有事，他想必也是没心思处理这些的。姜桃花将自己关在屋子里，皱着眉在软榻上打滚。

午时到了，姜桃花气得饭也没吃下去，就叫了青苔来，问徐管事如何了。

"李医女说没有大碍，"青苔道，"及时吐出来了，又喂了药，现在在休息呢。"

那就好。姜桃花点头，正想再咒沈在野两句，却听青苔又道："她说等休息好了就过来谢主子大恩。"

还谢恩？姜桃花都觉得没脸，说道："我都没能帮上什么忙，她谢什么？"

青苔一愣，拍了拍自己的脑袋："奴婢方才没来跟主子禀告？"

"禀告什么？"姜桃花摇头，"你方才不是一直在院子里狂奔来着？"

青苔跺了跺脚，连忙道："怪奴婢忙着给徐嬷嬷报信去了，忘记了您还不知道。爷方才已经将一封休书并着秦氏的罪状，一起交到京都衙门去了。现在秦氏正哭天抢地地要见夫人呢，可凌寒院大门紧闭，夫人也不愿意见她。"

啥？！姜桃花一个翻身就坐了起来："怎么会这样？"

沈在野不是说不会给逐月翻案吗？他方才还说徐管事死了都没用，结果这一转眼，就已经把秦氏处置了？这人变得还真快啊！

"奴婢也不知道发生了什么，消息是刚刚传过来的。"青苔笑眯眯地道，"您也算帮徐管事完成了心愿。"

呆愣了一会儿，姜桃花穿上鞋就出去看徐管事。

"您怎么过来了？"徐管事还躺在床上，一张脸舒展开了，看着倒是高兴了不少，"老身还说等会儿缓过神就去给您见礼呢。"

姜桃花摆摆手，干笑道："这好像不关我什么事，爷走的时候还跟我闹僵了，没道理转头就想通改主意啊。"

"娘子进府的时间不长，相爷某些脾性，您还不是很了解。"徐管事轻笑，"他向来是嘴上说得毫不留情，但若当真是有道理的事，还是会听了并且去做的。"

是这样吗？姜桃花眨眼，一时间倒有些不好意思："那我骂错他了？"

"娘子没错，您不那么说，爷也未必会想通。"徐管事扶着床起身，在床上给她磕了个头，"老身多谢娘子！"

"哎，快请起。"姜桃花不好意思地道，"这事儿我也有些稀里糊涂的，不过既然成了就好。秦氏被休，不再是相府的人，而您好歹是相爷的恩人、府上的管事，想求个公道，怎么也比以前轻松。"

"是。"徐管事终于笑了,"若逐月之仇当真能报,老身以后定会护娘子周全。"

"这个都不重要了。"姜桃花抿唇,看着她道,"我是头一次见像嬷嬷这样不要命的人。"

以前师父总说命才是最重要的东西,所以不管怎么样她都会先保命,然后谋其他。而今日徐管事的行为,当真是超出了她的认知。

"母亲对女儿都会这样。"徐管事微笑,"娘子的母亲难道不是吗?"

姜桃花微微一愣,歪着脑袋想了好半天,才道:"我母后很早就去世了,也不知道到底是什么样。新后……不提也罢。"

"老身该死,"徐管事连忙低头,"是老身说错了话,娘子莫往心里去。"

"无妨。"姜桃花笑了笑,"你好生休息吧,晚上的宴会看样子是去不了了,我会让青苔给你带些好吃的回来。"

"多谢娘子。"

既然事情解决了,姜桃花的心情自然也好了起来。她回去收拾打扮了一番,瞧着时辰差不多了,就带着青苔往前堂走。

"姜桃花!"刚走到半路,姜桃花就遇见了被家奴押着的秦解语,她怒目圆瞪地吼了一声,几乎要挣脱家奴的束缚朝她扑过来!

姜桃花一愣,惊叹道:"她这嗓门可真大!"

青苔皱眉,下意识地护在自家主子身前,满身戒备地看着秦解语。

秦解语虽换了一身新衣裳,但发髻凌乱,状似癫狂。她一双眼恶狠狠地瞪着姜桃花道:"你这蛇蝎心肠的女人,不会有好下场的!"

姜桃花眉梢微动,抬脚走过去,看着她被家奴押在地上跪下,于是跟着蹲下来看她:"你这话好生奇怪,杀人的是你,屡次想害我的是你,往我院子里投毒的也是你,现在怎么反而成了我是蛇蝎心肠?"

"你故意的!"秦解语愤恨地道,"你这么聪明,很多事从一开始就是知道的,却还故意等着我来害你,等着抓我的把柄,等着把我害成这个样子!"

姜桃花越听越觉好笑,问她:"你要是不害我,会变成现在这个样子吗?"

秦解语一愣,继而大骂:"你这个心思深沉的女人!"

"如果要老老实实站着被你害了才叫单纯善良的话,"姜桃花笑了笑,"那我觉得心思深沉挺好的。"

"你!"秦解语气得没话好骂了,含了唾沫就朝她吐过来。

青苔眼疾手快,拉着自家主子一躲,那唾沫带着恶臭,飞得老远。

"种什么因,得什么果。"站起身拍了拍裙角,姜桃花淡淡地道,"你与其恨我,不如恨那些把你当枪使的人吧。毕竟事全是你一个人做了,罪全是你一个人顶了,她们可都还过得好好的呢。"说完,她带着青苔径自走开了。

秦解语一怔,好半天也没能想明白她这句话是什么意思。

第二十四章 碰瓷

次日，三人刚进凌寒院，想要去请安，却听得丫鬟道："夫人生病了，今日不见客。"

病了？姜桃花一愣，看着那丫鬟递到自己眼前的东西，吓了一跳。那托盘上放着的是后院的账本和库房的钥匙！

"夫人吩咐，养病的一个月里，所有事务交由姜娘子打理，府里大小事也都归姜娘子管。"

啥？姜桃花有点看不懂了，这些东西可是正室最大的底气啊，梅照雪竟然这么轻易地就全部给她了？梅照雪在想什么？不怕她"篡位夺权"？

姜桃花转身带着人往回走，想了很多种可能，但是最后得出的结论都是这对她并没有什么坏处。

秦解语刚被休，梅照雪有可能是意识到情况不对，所以才躲起来。不管怎么说她都是夫人，关起门来也是夫人的待遇。

之后，姜桃花用了半个下午的时间跟府里各处交接好。

收拾了秦解语，夫人也暂时闭门养病，姜桃花心情大好，吸着鼻子四处找酒喝。恰巧徐嬷嬷那儿有陈年佳酿，趁着空闲，她连忙灌上两杯，嘻嘻哈哈地拉着青苔道："咱们做了好事儿啦！"

青苔一脸担忧地看着她："主子，您这酒量……晚上相爷过来怎么办？"

"管他呢！"姜桃花笑眯眯地伸手捏了一把青苔的脸蛋，"我好久没醉过了，你且让我放肆一回又如何？"

青苔仔细想想，主子最近一直挺累的，的确是许久没放纵过了。青苔有点心疼，也就不再劝，只在旁边守着她。

半个时辰之后，姜桃花不老实地躺在软榻上，绣花鞋已经被踢掉，衣裳凌乱，脸蛋红扑扑的。

"主子，"青苔端来醒酒茶，小声道，"您起来喝点东西然后再就寝吧？"

姜桃花嘟囔两句，翻了个身，没打算理青苔。她衣襟松开，露出细嫩白皙的肩头。

青苔叹了口气，放下醒酒茶，正准备伸手去拉，冷不防就被人从身后抱住，直接拽出了主屋。主屋大门随即关上。青苔一愣，正要反抗，却听见湛卢抱歉的声音："青苔姑娘，咱们回避一下吧。"

哈？青苔回头，瞪眼看了他半晌："你来干什么？"

湛卢将她拖到偏僻的角落，忍不住皱眉："姜娘子那么聪明，你为何这么笨？我来了，自然就是相爷来了，要不然把你弄出来干什么？"

"相爷？"青苔反应过来，倒吸一口凉气，"不行，主子喝醉了，你快让相爷走！"

"怎么？"湛卢被吓了一跳，连忙问，"姜娘子喝醉了会怎么样？"

"会胡言乱语。"青苔含含糊糊地道，"有可能说些与心里话相反的话，总之，最好是让相爷快走。"

湛卢皱眉，看了看主屋那边，说道："那你去请爷走吧，我没那个胆子。"

她更没那个胆子啊！好吧，既然请相爷走是不可能的了，青苔干脆就拉着湛卢，认认真真地给他强调："爷要是生气了，你一定记得替我家主子说好话，主子说的都不是真心话。"

"好。"湛卢点头。

屋子里只点了一盏灯，灯光昏暗，软榻上那人却像是会发光，裸露出来的肌肤上都笼罩着一层珍珠般的莹白。

沈在野抿唇，坐在软榻边，伸手就替她拉好了衣襟，声音温柔地问："醉了？"

姜桃花抬眼看他，眼里波光潋滟，笑得跟个妖精似的："我怎么会醉？"

"那可认得我是谁？"

"认得啊。"姜桃花咧嘴，"沈毒蛇啊，看你这说话就吐蛇芯子的德行，全天下也只此一家，别无分店。"

"姜桃花。"沈在野黑了半边脸，一把将她拎起来，眯着眼睛道，"你是真醉还是假醉，我说过的话又当成耳边风了？"

姜桃花伸手就将他抱住，蹭了蹭他的脖子，口齿不清地道："爷说过的话，妾身都记着呢，清楚得很——要懂规矩，不能以下犯上，不能坏爷的事，这府里爷最大，要听爷的话。"

她的声音软绵绵的，又带着股媚劲儿。沈在野轻吸一口气，微微后仰，伸手撑在软榻上，就感觉怀里这人像个蛇精，浑身软若无骨，慢慢地缠在他身上，还大胆地将手伸进他衣裳里。

"你不好奇我现在为什么在这里？"沈在野沙哑着声音问了一句，睨着她，"敢勾引我，不怕明天出事？"

为什么企图找回一个喝醉的人的理智呢？姜桃花压根儿没听懂他在说什么，嘴里自顾自地喃喃道："师父说过的，对付男人就这一招最管用。"

"你师父骗你的，"沈在野眯了眯眼，道，"这法子只对我一个人管用，别人不会上你的当。"

姜桃花动作一顿，茫然地抬头看他："真的吗？"

"真的。"沈在野一脸严肃地点头，"我什么时候骗过你？"

姜桃花小脸一垮，嘟起了嘴："我才不信呢，现在就去换个人试试……"

"你敢！"沈在野伸手将人拉回来，沉了脸，"你已经嫁人了，出墙要被浸猪笼的！"

脖子一缩，姜桃花抬眼看他，小心翼翼地问："那您出墙也会被浸猪笼吗？"

开什么玩笑，"出墙"这两个字是为女人而设的，男人何来出墙一说？酒香混着姜桃花身上的香气，实在是诱人，沈在野没空跟她长篇大论，直接好好享受这醉了的桃花精。

然而，姜桃花今儿晚上的话实在是太多了。

"爷，您一个月要同那么多女人圆房，真的不累吗？这儿疼不疼？"

"爷，我可以在院子里养兔子吗？"

"爷，您没发现我这屋子里少了很多东西吗？"

烦不胜烦，沈在野低头咬了她的唇一口。不过，说起来，他也有些好奇，问道："你屋子里的东西都去哪儿了？"

"卖了。"姜桃花咧嘴一笑，伸手指着自己的额头道，"您看看，妾身这儿写着'吃里爬外'四个大字呢。"

沈在野微微皱眉，拉下她的手压在一边，柔声问："卖了的银子拿去做什么了？"

"赵国有长玦军，爷知不知道？"姜桃花笑道，"拿去养军队了。"

沈在野心里一沉，黑了脸，看着她："姜桃花，你知不知道这种行为一定会让我生气？"

她偷偷摸摸把他给她的东西全变卖了，送回赵国养军队？赵国难道缺她这点钱不成？

"知道啊，所以我没打算真的告诉你。"姜桃花狡黠一笑，伸手戳了戳沈在野僵硬的脸，低声道，"咱们这不是在梦里吗？您就别这么较真了，来，笑一个。"

沈在野："……"

敢情两人都肌肤相亲了，她竟然还觉得在做梦？

"啊！"

主屋里响起一声惨叫，外头的青苔吓得一个激灵，起身就想进去看。湛卢连忙拉住她，让她双手捂着耳朵。主子的事情，下人也敢掺和，不要命啦？

青苔有些急，生怕自家主子犯下什么大罪过。然而湛卢在这儿拦着，她能做的只是等。

清晨，四周都明亮起来的时候，姜桃花才终于看清眼前这人是谁。

"爷，"姜桃花嗓音沙哑，有点崩溃，"您怎么在这里？！"

沈在野勾着唇，笑得分外邪气："你可终于醒了。"

短短六个字，他一字一顿，说得姜桃花浑身的汗毛都倒立起来，连滚带爬地就想退去床里面。然而，她脚踝被握住了，身子一顿，冷不防整个人就被沈在野压在了下头。

好……重……姜桃花喘了口气，闭上眼，视死如归地道："爷，您想怎么算账都可以，但是不能一上来就把妾身压死了事啊，至少给妾身一个辩解的机会！"

天杀的，这人昨晚不是应该在忙吗，为什么会跑到争春阁来？她酒喝多了的时候是会乱说话的，这人不会都听去了吧？！

沈在野微微一笑，凉凉地道："你辩解吧，我听着呢。"

姜桃花眨眨眼，翻了个身，一脸谄媚地看着他："在辩解之前，爷能不能说一说妾身都说了什么让您生气的话啊？"

她酒醒了就什么都不记得了！

沈在野眼神微动，道："你说你最讨厌的人就是我，要不是阴差阳错，你一定不会愿意伺候我。"

姜桃花嘴角一抽，委屈地看着他："爷，妾身虽说不记得自己说过什么，但这么离谱的话肯定不会是妾身说出来的，喝醉了也不可能，您何必撒谎？"

"哦？"沈在野挑眉，笑得很欣慰，"难不成你是打心底愿意留在我身边的？"

"那是当然。"姜桃花认真地点头，"丞相可是三公九卿之首，一人之下，万人之上，我是得有多傻才会不想留在您身边？"

话是实话，但是听着怎么感觉这么不舒服呢？沈在野伸手掐了她的脸一把，微恼："你这趋炎附势的小人！"

姜桃花一听，立马伸手紧紧地抱住他！

"干什么？"

"妾身'附势'呢。"嘿嘿一笑，她道，"爷这势力很大，妾身得附紧一点。"

沈在野又气又笑，伸手将她扒拉开，瞪她一眼，道："说正经的，你竟然将我给你的东西都变卖了，送给赵国养军队？"

姜桃花心里一跳，当即恨不得撕烂自己的嘴，怎么什么都说啊！喝醉了就老老实实睡觉不成吗？！

"这个，你有什么要辩解的？"沈在野眼神冰凉地看着她，"若是让人知道，这罪名可等同叛国。"

"爷说的哪儿的话啊，"姜桃花眨眼，扭着身子撒娇，"妾身是赵国过来的人，这行为顶多算是拿夫家给的礼物送回娘家，哪里叫卖国？爷赏给妾身的东西，那就是妾身的了，您不是说过任由妾身自己处置吗？"

沈在野冷笑："照你这么说，我要是给你一把刀，你拿去杀了人，那我也管不着了？"

姜桃花连忙摇头，眼珠子滴溜溜转，笑道："拿刀杀人是坏事，妾身做的可是对大魏和赵国都有利的好事啊！"

"好事？"沈在野眯眼看着她，"你继续编，这话要是能圆回来，我就不同你计较了。"

那敢情好！姜桃花立马坐起来，扶着沈在野也在床上坐好，然后一本正经地道："爷身为丞相，难道没发觉吗？因着近十年赵国国力衰退，大魏在魏赵边境的守卫也开始松懈下来，以为日暮之国不足为惧。这样下去，万一哪天赵国奇兵突发，魏国边境岂不是不堪一击？"

沈在野挑眉："你连这个都知道？"

这可算是朝堂之事，他也曾给明德帝提过边境不可松懈。然而明德帝未曾听他谏言，将魏赵边境之兵调了大半去吴魏边境，致使魏赵边境守卫形同虚设。不过，依照赵国的国情，十年之内怕是没有任何能力对大魏发起进攻的。

"妾身也是道听途说。"姜桃花道，"人得居安思危，妾身觉得赵国的军队太弱对大魏来说未必是什么好事，一旦有人借赵国的道攻打大魏，那咱们大魏该以何抵挡？妾身之所以把银钱送回赵国，养护军队，就是为了让赵国的军队强大起来，给大魏一个警示，也让陛下注意到魏赵边境守卫的重要性。"

沈在野嘴角一抽，神情古怪地看着她："你不觉得这解释很牵强吗？"她那点银子，难不成还能壮大整个赵国的军队？

"不牵强，一点也不牵强！"姜桃花捋了捋袖口，脸不红心不跳地瞎掰，"事总是要一步一步做的，妾身现在能做的有限，也只能到这个地步。爷要是觉得妾身的想法有道理，不如与妾身一起来？"

"我是大魏的丞相。"沈在野看着她道，"帮赵国养军队，你觉得我有几个脑袋？"

姜桃花干笑两声，缩了下脖子，小声道："那爷就放过妾身这一回呗？反正也不会有人发现。"

"只此一次，下不为例。"沈在野起身，一边穿衣裳一边道，"往后再让我知道你做这种事，那争春阁的月钱就全别要了。"

"爷放心！"姜桃花连忙道，"下次绝对不会让您知道的！"

"嗯？"沈在野回头瞪她一眼，冷笑，"还敢有下次？"

打了打自己的嘴，姜桃花连连摇头："没有下次！"

这不怕死的女人！沈在野心里直叹气，拂袖便走。

天渐渐亮了，段芸心已经起身，正梳妆的时候，就见鹤儿回来了。

"主子，奴婢听见了不得了的消息。"关上门，鹤儿跪在她面前道，"那贯通钱庄，爷好像也去过，就在秦氏出事的前一天。"

段芸心微微一愣，惊讶地问道："爷去做什么？你确定他们没看错？"

"奴婢确定。钱庄的伙计都不认识相爷，但他们惯常会记得客人身上的佩饰，有个伙计说有位客官的腰上挂着羊脂白玉雕两朵兰花的玉佩，价值连城。"

羊脂白玉本就难得，再加上雕的又是两朵兰花的话……段芸心抿唇："你可问了他们客人的长相？"

"奴婢打听了。"鹤儿道，"说是丰神俊朗，颇有贵气。这些东西结合起来一想，奴婢觉得定然是相爷无误。"

沈在野怎么会去钱庄？段芸心起身，在屋子里慢慢踱步。秦氏这一遭是上了姜桃花的当，按理来说应该与爷没有任何关系。但若是平时，相爷怎么可能亲自去那种地方？

"你起来，把这消息先传回段府。"段芸心抿唇，"咱们不知道爷做了什么，他们也许会猜出什么。"

"是。"鹤儿领命而去。

后院的人没闲着，沈在野自然更是忙碌，刚用了膳，就跟着去了御书房。

御书房内龙涎香缭绕，景王将瑜王贪污案的后续证据全部放在书桌上。明德帝扫了两眼，微微皱眉："这事儿还没完？"

"自然是没完。"景王叹息道，"父皇有所不知，查封瑜王府的韩将军本就是瑜王麾下的人，故而搜查出的银两宝物不多。儿臣让人彻查，发现瑜王弟还有大量房屋地契和银票都放在别处。还请父皇明鉴。"

皇帝看了他一眼："藏在哪儿了？你让人去找出来不就好了？"

"儿臣有心无力。"景王拱手，"父皇可知贯通钱庄？那地方供人存物，须有信物才能取，纵然是官府，也无法强闯呢。"

"哦？"皇帝挑眉，"还有这种事，朕怎么不知道？"

"陛下，"沈在野出列拱手道，"此事微臣去年就在奏折中提过，应治粟内史的要求，朝廷给予支持，与商人合作建立钱庄，以求与邻国贸易往来便利、畅通。"

"朕想起来了。"明德帝点头，"是有这么回事，不过最近也有言官上奏，说出了什么假银票贪污之事，你可有查过？"

沈在野低头道："已经彻查，背后主谋被景王殿下正法，郎中令段大人引咎自贬为内史，折子也放在您桌上了。"

看了看旁边堆积如山的折子，明德帝轻笑了一声："是朕最近忙着陪兰贵妃，许久不理朝政之事了，有无垠帮着，倒是轻松。"

"儿臣职责所在。"景王笑道，"父皇若是想休息，儿臣会替您将其他事情都做好。若是您休息好了，儿臣便从旁辅佐，为父分忧。"

这话说得很漂亮。明德帝脸色更慈祥了："既然如此，那瑜王的事你就继续查吧，让他把剩下的东西都交出来，若是不交，再多幽禁一月。"

"是！"

景王心里大喜，一出御书房，脸上的笑是藏也藏不住，朝着沈在野就躬身下去："多谢丞相！"

"事情都是王爷在做,有什么好谢沈某的?"沈在野微笑,"东西都在贯通钱庄,现在带人去瑜王府拿瑜王的腰牌过去强行收缴也没什么问题。之后沈某自会让朝臣上奏,言明瑜王贪污的严重性,让他再难翻身。"

"好!"景王笑得开怀,看着沈在野道,"有丞相在,本王很放心,未免夜长梦多,现在就赶紧过去吧。"

沈在野轻轻点头,跟着景王一起出宫,带人去了一趟瑜王府,之后便往贯通钱庄而去。

然而,钱庄里的东西已经不见了。

打开柜门,沈在野第一次尝到这种被人摆了一道的感觉。景王还在他身后等着,东西却没了。事情已经禀告到明德帝跟前,现在找不到证据,瑜王必定会反咬一口。

为什么会这样?

景王也傻了,愣愣地看着沈在野。

沈在野沉默良久,低头道:"是沈某办事不力。"

"……无妨。"出了钱庄,景王坐上马车,眼神复杂地看着他,"但问题是现在要怎么办。"

"没别的办法了。"沈在野抿唇,"趁瑜王尚且不能随意出府,我会将他写进宫的折子全部拦下来,王爷只要争取在这之前入主东宫即可。"

一旦景王坐上太子之位,瑜王的一切挣扎就都没有用了。

"道理是这样没错。"景王皱眉,"可父皇一向不急于立太子。"

"陛下正值盛年,身子无恙,自然不会考虑立储。"沈在野目光幽深地看了他一眼,"王爷要做的,就是让陛下主动去考虑这件事。"

对上他的眼神,景王瞬间就懂了,轻轻点了点头。

两人在路口分开。

沈在野浑身戾气地回到相府,差点撞上准备出门的段芸心。

"爷,"段芸心好奇地看着他,"您这是怎么了?生这么大的气?"

沈在野眯眼看了看她,一句话也没说,拂袖就往里面走。

这回的消息,他也不知道是谁走漏的,只是隐隐觉得应该与段芸心有关,但半点证据也没有,根本不能拿她怎么样。

贯通钱庄这两日出的事还挺多,源头是从姜桃花那里开始的吧?先前听她说这个钱庄的名字就有种不好的预感,没想到现在真的出了问题。

又是瑜王,又是姜桃花,这一切到底是巧合,还是谁的阴谋?

鉴于上次的误会,自己付出的代价实在不小,沈在野这回也没多猜,直接去问姜桃花。

争春阁里，姜桃花目瞪口呆地听沈在野讲完事情经过，一个没忍住，抱着椅子就笑了出来："哈哈哈！您是说，您天衣无缝的计划，不知道被谁泄露了？"

沈在野黑着一张脸，居高临下地睨着她，目光冰冷地问："你为什么笑？"

"没什么，没什么。"姜桃花连忙收起幸灾乐祸的表情，清了清嗓子，十分正经地道，"这事儿跟妾身没一点关系。昨天就跟爷说过了，妾身去贯通钱庄只是因为要寄银子去赵国。妾身压根儿不知道那里有什么重要的东西。"

"那也太巧了。"沈在野道，"我问过，东西就是今日清晨取走的。"直觉告诉他，应该是谁走漏了消息，让瑜王察觉了，不然今日瑜王给腰牌的时候也不会那么痛快。

姜桃花想了想，问："您去取东西的时候，都有谁知道？"

"只有我、湛卢、徐燕归。"沈在野道，"没有别人了。"

"你傻啊？"姜桃花忍不住翻了个白眼，道，"钱庄的伙计不是人？"

沈在野微微勾唇，伸手就将她拎了起来，轻声问："你说谁傻？"

姜桃花连忙伸手抱着他的胳膊和腰，笑嘻嘻地道："妾身傻，爷最聪明了！但是爷有没有想过，您这样的身份亲自去钱庄，万一被人认出来，传了出去，瑜王得知，能猜不到您去做什么吗？"

"我怎么可能想不到？"沈在野皱眉，"那钱庄上下就没有我认识的人，况且进去和出来的时候，我们都很小心。"

"那妾身就不知道是怎么回事了。"姜桃花歪头，突然问了一句，"您这院子里关系复杂，各家大人的女儿侄女都有，可有谁家是效忠瑜王的？"

沈在野看她一眼，抱着她坐在软榻上，眯着眼睛道："段始南官任治粟内史，掌管朝廷钱粮，一直力挺瑜王。"

段始南？姜桃花问道："段娘子的爹？"

"是。"

"那您为什么还将她留在府里啊？"姜桃花有些想不明白，问道，"您要相助的难道不是景王？"

沈在野斜她一眼，满眼轻蔑，没回答这个问题。

在朝堂上做人，谁都不会把路堵死了。就算他当真扶了景王登上东宫之位，跟瑜王敌对，但与段始南的这条线也不会彻底断了。每一段关系都是一种可能，这种可能也许会在将来有大作用。即便他弄死了瑜王，段始南好歹也是治粟内史。

姜桃花撇嘴，瞧着他这眼神就知道他肯定在心里骂自己笨了，不过没关系，她度量大，可以不跟他计较。

"爷要是对段娘子不是特别放心，又不能把她休了，那不如把她关起来，切断她与府外的联系。这样一来，府里的消息就很难再传到瑜王那边去了。"

听她终于说到了重点，沈在野说道："府里是有规矩的，无错便不会被罚。段氏一向很守规矩，我总不能强行给她扣上罪名。"

言外之意就是，老子想关段芸心，你给老子找个由头出来，必须有理有据，成功地把她关好了！

姜桃花垮了脸，苦哈哈地道：“爷，妾身其实一直有点怕段娘子，这事儿不如您自己……"

"咱们要算算总账吗？"沈在野微微眯眼，看着她道，"你偷挪了多少银子回赵国？"

姜桃花："……"

"或者再算算，你在我面前以下犯上了多少次？"沈在野伸手数了数，"光今日就不少，还敢骂我傻？"

"嘿嘿。"姜桃花狗腿地蹭到沈在野的旁边，伸手就给他捏大腿，"爷，咱们有话好好说，别翻旧账。有些事儿您做起来很简单的，为什么要妾身来？"

"做饭也很简单，府里为什么要请厨子？"沈在野微笑，"因为各司其职，我有我的事情要做，顾不上后院。你既然是最懂我的心的人，自然得帮忙。"

谁懂你那乌黑阴暗的心了？姜桃花撇了撇嘴，挣扎了一会儿，最终还是点了头："妾身知道了。"

"听说夫人病了，把账本和库房钥匙都给了你？"沈在野道，"那你就管好这后院吧，就算不能为我做什么事，也绝对不要再添乱。"

"是。"姜桃花恭敬地送这位大爷出门，无力地把青苔叫过来嘀咕了一阵，然后放了出去。

唉，日子实在是太艰难了。好不容易梅夫人歇了，段芸心也安静了，还以为能有阵好日子过，没想到更惨的还在沈在野这儿！如果梅照雪是千年的狐狸，那段芸心就是万年的妖，一看道行就很深，怎么抓她错处啊？

沈在野进了宫，让人通禀了一声就站在朝龙门前等着。

"相爷。"太监总管出来朝他拱手，"陛下与兰贵妃正聊得开心，您要不直接去芷兰宫请个安？"

"好。"沈在野领首，跟着太监总管进去，规规矩矩地行礼，"微臣拜见陛下、贵妃娘娘。"

"爱卿来得正好。"明德帝笑眯眯地道，"你来评理，兰儿非说这一局是她赢了，看看棋面，明明是朕赢了才对。"

沈在野低头一看，两个人竟然在下围棋。

"丞相自然是要说陛下的好话的。"兰贵妃笑吟吟地道，"他哪里评得了理？"

"丞相到底是你哥哥，帮谁还不一定呢。"明德帝大笑，"爱妃可是心虚了？"

"哼。"兰贵妃扭身，眼神幽深地看了看沈在野，"那哥哥就说说，谁赢了？"

"哥哥"二字咬了重音，听着让人颇为不舒服，但沈在野恍若未闻，看了看棋面便道："是陛下赢了。"

明德帝大笑，兰贵妃却嘟起嘴，不高兴了："哥哥太久没跟我好好说话了，怕是都不认我这个妹妹了，瞧瞧，睁眼都说瞎话了。"

沈在野笑了笑，没说话。

明德帝笑够了，倒是看出这兄妹俩好像有些嫌隙，想了想，道："朕突然想起有东西落在了御书房，先离开一炷香的时间，你们二人好好说说话吧。"

有这样疼爱她的皇帝，兰贵妃其实应该很知足了。然而她眼里依旧没什么喜意，只象征性地起身行礼，看着明德帝离开。

宫殿的门没关，所有的宫人却都退了出去。两人进了内室，还是兰贵妃先开口："丞相的心可真狠啊。"

"东西收到了？"沈在野垂眸问道。

"收到了，一看就是阴毒的玩意儿。"兰贵妃冷笑一声，靠近他两步，低声道，"你不怕我行为败露，牵扯到你吗？"

沈在野面无表情地道："他不会怀疑你，就算怀疑，也不会怪罪你。"

"所以你就这般肆无忌惮？"兰贵妃拿出一个翡翠瓶子，凤眼微眯，盯着他道，"你怎么就笃定我会帮你？"

"很简单。"沈在野垂眸，"你家人都还在我手里。"

兰贵妃脸色一僵，眼神瞬间充满恨意："沈在野，如果我现在手里有刀子，一定会毫不犹豫地捅进你心里，看看流出来的血到底是什么颜色的！"

怎么有人这么狠呢？将别人所有的情意都踩在脚下狠狠践踏，冰冷得就剩下利益和利用。这样的人，到底是为了什么而活着？

沈在野微微一笑，颔首道："进宫不得带凶器，不然臣也愿意递一把在娘娘手里。"

"你！"兰贵妃气得身子发抖，抬手就扇了他一个耳光。

清脆的声音在宫殿里响起，沈在野侧过了头，表情平静得像什么都没发生过一样。他慢悠悠地拿出手帕，动作优雅地擦了擦脸。

"陛下要回来了，娘娘还是消气吧。"低沉的声音里半点感情都没有，沈在野淡淡地道，"请娘娘务必记得，人是要往前看的，总惦记过去的错误，不是什么好事。"

听听，这话说得多么云淡风轻啊。兰贵妃失笑，眼里突然就没了神采，愣怔地看着他道："付出过的人不是你，被伤害的人也不是你。我曾经有多喜欢你，现在就有多恨你！你觉得可以忘记的东西，我不会忘，我自己犯的错，会记一辈子，并且永远不会放过你！"

沈在野感觉嘴角有些发烫，估计是被她手上的护甲划着了。他微微皱眉，终于抬眼看着她，轻轻地吐出三个字："何必呢？"

要是当真恨他入骨，那就忘记一切，把他当个陌生人对待就好了，何必带着比爱还浓烈的恨与他不死不休？这样对她来说，并不见得有什么好处。

宫漏响了一声，兰贵妃一顿，飞快拿手绢按了按眼睛，脸上重新挂上妩媚的笑容，低声道："日子还长着呢，沈丞相。"

说罢，她提着裙子就回到了外室，让宫女重新泡茶。他要她做的事，她会做。但她总有一天，会向他讨回所有的东西！

沈在野垂眸，看起来情绪不是很好。他慢慢走到外头，看着宫女送上新茶，又看着兰贵妃将那东西不声不响地加进茶里。

"聊完了？"明德帝回来了，脸上依旧带着笑，坐下来顺手就端起茶喝了一口。

兰贵妃笑着看着他，低声道："虽得陛下体贴，但臣妾与丞相实在没什么好聊的。陛下若是还有话与丞相说，妾身就先回避一下好了。"

"好。"明德帝点头，看着兰贵妃起身行礼进了内殿，才转头看向沈在野："外头有些飘雨了，咱们不如就在这儿谈吧，反正也没外人。"

"是。"

哪怕是堪称睿智的贤明君主，一旦对人过度信任，那可真是半点防备也没有。沈在野坐下来，看着他慢慢将茶盏里的茶喝完，眼里的颜色深得如同外头无月的夜。

争春阁。

看着夜空沉思的姜桃花忍不住再次感叹，沈在野能这么快当上丞相，真的不是毫无道理。那自个儿也得好好办他交代的事情了。

于是第二天，姜桃花一起身就往自己屁股和膝盖上捆东西。

"主子这是做什么？"青苔好奇地问。

拍了拍捆好的东西，姜桃花朝她抛了个媚眼："准备碰瓷。"

啥？青苔瞪眼："咱们过得好好的，为什么要去碰瓷啊？"

姜桃花苦笑一声，摇头叹息："你以为我想吗？这被人握在手里的剑呀，就是得砍人，不然没用了，被人扔得更远。"

青苔听不明白，不过还是替她拢好外袍，将那些东西都遮得严严实实的。

今儿个日头不错，花园里晒太阳的人挺多，就连一向不大出门的段芸心也扶着柳香君的手在后院露台上走动。

柳香君对段芸心钦佩有加，看着那院子里的花，忍不住赞了她一句："还是娘子聪慧。"

"嗯？"段芸心仔细瞧着脚下的路，只淡淡应了一声，似是让她继续说下去。

柳香君笑道："昔日秦娘子是何等的风光啊，在这院子里可没少欺辱人，不但曾与娘子争过宠，还曾侮辱过娘子。可现在您瞧瞧，她人在哪儿？倒是娘子您，一步步走得稳健。"

"多行不义必自毙。"段芸心捏着帕子沾了沾嘴角，"她自取灭亡，与我可没什么关系。"

"娘子说得是。"柳香君眼珠子转了转,乖巧地道,"妾身可比那顾娘子眼光好,选对了人跟着,少吃不少苦头。"

段芸心看她一眼,道:"姜氏如今在这后院不比当初的秦娘子差,顾娘子跟着她,好处也是不少,你就不羡慕?"

说不羡慕是假的,毕竟这么久了,相爷的眼睛也没往她这儿瞥过一眼。柳香君捏了捏手,却又笑道:"这种东西是羡慕不来的,娘子肯给,那就是妾身的福气。娘子不肯给,那妾身也不能有怨言啊。"

"哦?"段芸心轻笑,"你以为我是什么人,还能左右爷的恩宠?"

"娘子谦虚。"柳香君别有深意地道,"您能左右这后院人的去留,爷的恩宠,娘子自然也是有办法的。"

这是不甘寂寞,问她要恩宠来了?段芸心淡淡一笑,心下却不悦得很。这个柳香君没帮多少忙,倒是想要甜头,天下哪有那么便宜的事情?

她收回自己的手,道:"我要是有法子,自然不会亏待你的,你且安心。"

柳香君连忙笑着将她的手拿回来扶好:"前头是五十八阶,不好走,还是妾身扶着您吧。"

相府后院修得别致,为了赏月、喝酒,沈在野让人修了个五丈高的露台,露台很宽,是个晒太阳的好地方,从前庭左侧的斜坡一路走上去,可以绕过大半个相府直接上露台,但从右边下去,是个五十八级的阶梯。那阶梯修得宽,走起来也算稳当。

于是段芸心笑了笑,道:"你扶着我反而不好走呢。"

柳香君有点尴尬,她意识到自己方才的话可能是得罪段娘子了,于是想补救。

然而,还不等她开口,就听得旁边有人道:"呀,这么巧,两位也在这里晒太阳?"

段芸心抬眼,就瞧见了一身藕色束腰流仙裙的姜桃花。

"姜娘子也在?"段芸心扫了一眼四周的亭台,颔首,"倒是我眼神不好,方才过来没瞧见。"

"娘子客气。"姜桃花笑眯眯地走近,"段娘子最近喜事多,没注意别的也是正常。"

段芸心微微一怔,捏着帕子道:"姜娘子此话从何而来?最近我可没见什么喜事。"

姜桃花狡黠地眨了眨眼,凑近她,低声道:"终于有机会把秦娘子推出来让她倒了霉,娘子怎么能说不是喜事呢?"

段芸心心里一凛,神色严肃起来,后退半步:"娘子如今颇得爷的宠爱,说话难免没分寸,我不与娘子计较,但有些事情,空口无凭,还是别乱嚼舌根为好。"

"是吗?"姜桃花叹息,"我还以为聪明人可以打开天窗说亮话呢。"

看了旁边的柳香君一眼,段芸心道:"我听不懂娘子在说什么,就先走一步了。"

"段娘子别着急啊。"姜桃花连忙伸手拉住她。开玩笑,戏还没开场,猎物哪里能走?

段芸心察觉到有什么不对劲,微微沉了脸色,拂开姜桃花的手,看着她道:"秦娘子刚获罪,娘子就急急地要朝我下手了?"

这么敏锐?姜桃花咂舌,心想,这女人可比梅照雪更能洞察人心啊,要是沈在野没有要除掉她的心思,那这女人在后院里必定前途无量,可惜了,可惜了。

姜桃花朝她露了个天真无邪的笑容,道:"娘子一向聪慧,这回且来猜猜,你、我谁会赢?"

段芸心心里一沉,微恼:"娘子与我,本该都是运筹帷幄之人,这样动起手来,是不是太难看了?"

运筹帷幄?姜桃花低笑,眼里波光潋滟:"娘子这话说得就不对了,我只是个混饭吃的,娘子也不过是仰人鼻息过活。能用得上'运筹帷幄'这四个字的,只有咱们相爷。"

两双眼睛对上,气氛瞬间紧张起来。

柳香君看得莫名其妙,这姜娘子可不是个冲动的人啊,这会儿怎么突然跑来,还是一副要找碴儿的样子?

还没等她反应过来,姜娘子竟然伸手抓着段娘子去了那台阶边上。

"姜娘子!"段芸心扫一眼那台阶,吓得脸都白了,说道,"这地方摔下去可是直接要出人命的,你荣宠当头,何必要与我拼命?我死了,你不是也脱不了干系?"

姜桃花挑眉:"从这地方摔下去,顶多断几根骨头,何至于死?"

就算不至死,那也会去了半条命!都是深闺里长大的姑娘,谁受得了这个苦?段芸心连连摇头:"娘子若推我下去,我定然不会善罢甘休,就算爷偏袒你,我也会要个公道!"

"那要是……"姜桃花抬眼,冲她妩媚一笑,"摔下去的人是我呢?"

段芸心心口一跳,瞳孔微缩,还没来得及细想这话是什么意思,就见眼前藕色一晃。

作势被推,姜桃花以迅雷不及掩耳之势,直直地往下头滚去。

"姜娘子!"段芸心倒吸一口凉气。

"啊——"这皮肉之苦受得不轻,姜桃花也没客气,一边滚下台阶一边惨叫,叫得要多大声有多大声,凄厉得像浑身骨头都折了。

花园里还在晒太阳的众人齐齐回头看,就见段芸心站在那五十八级台阶之上,双手微抬,而台阶上一个藕色的人影一路摔下来,摔了整整五十八级台阶,然后砰的一声砸在地上。

顾怀柔倒吸一口凉气,立马朝身边的人喊:"快去看看!"

身边的小丫头吓得有些腿软,跌了两跤才跪到那人身边,伸着手探了探鼻息。

"姜……"她带着哭腔看向花园那边的众位主子，"是姜娘子……好像还活着。"

众人大惊，连忙都围了上去。

沈在野正在书房里写字，徐燕归坐在旁边，看着他，问了一句："你就当真放心把事情都给姜桃花做？"

"你是在质疑我的眼光？"沈在野头也不抬地说道。

"倒不是质疑。"徐燕归耸肩，"只是觉得，堂堂一个赵国公主，被你骗在相府里也就算了，还要被你百般利用，也挺可怜的。"

沈在野冷笑了一声："你要是当真觉得她可怜，做什么还为难她？"

"那不一样。"徐燕归道，"我是怕你对她用心过度。"

"你何时见我对哪个女人当真用心？"沈在野抿唇，欣赏了一下自己的书法，淡淡地道，"都是逢场作戏罢了。"

只是……姜桃花的戏，有那么一点意思。

"主子！"湛卢径直推开书房的门闯了进来。

沈在野很是不悦，抬头看着他道："你怎么也学得这般没规矩？"

"不是属下没规矩，而是……"湛卢急得直挠头，"姜娘子出事了！"

姜桃花去给他找关段芸心的理由了，自然是要弄出点事来。沈在野不慌不忙地继续下笔写"治国齐家"四个字，头也不抬地道："镇定点，慢慢说。"

"今日众人都在后院晒太阳，段娘子不知为何与姜娘子起了冲突，把姜娘子从五十八级台阶上推下来了！"

"齐"字的最后一笔突然就偏离了该有的轨迹，画出了一条长长的墨痕，毁了整幅书法。沈在野抬头，眼里骤然刮起风雪："你说什么？"

湛卢抓耳挠腮地道："您快去看看吧，大夫说不一定能救得回来。"

身子僵硬了一瞬，等反应过来这些话是什么意思之后，沈在野扔了笔就大步往外走。

徐燕归看了一眼桌上那春蚓秋蛇的书法，又看了一眼明显急了的沈在野，打趣道："不是不用心吗？走慢点也无妨啊。"

沈在野大步走着，脑子飞快地转了起来，压根儿听不见他的声音。

姜桃花不傻，绝对不是那种为了完成他的命令而奋不顾身的人，她可疼惜自己的小命了，所以顶多是看起来凶险，但一定不会有事。可再怎么说那也是五十八级台阶啊！这人选什么地方不好？落个水摔两级台阶都可以，做什么要赌命？万一有个什么差池，谁救得了她？！

他心里有气，到争春阁的时候自然也没什么好脸色，跨进门就低喝了一声："怎么回事？！"

屋子里的众人齐齐跪了下去。

段芸心跪在最前头，一向镇定的脸迎上这怒火，也顿时露出惊慌来："爷，您听我解释！"

沈在野走到床边掀开帘子，就看见了姜桃花白得像纸一样的脸。她这样的神态，他见的次数不少了，但不知道为什么，见得越多，反而越不习惯。姜桃花真是够倒霉的，从来他府上开始，身上的大伤小伤就没断过，也亏得这女人坚强，小命还在。换个人，不知道死多少回了。他伸手碰了碰她的脸颊，触手冰凉。

沈在野忍不住转头喝问了一声："怎么变成这样的？"

段芸心被吼得身子一抖，竟然有些说不出话。

旁边的顾怀柔便行礼道："王爷要给姜娘子做主啊，后院里那么多人都看着，当时是柳侍衣和段娘子站在露台上的，姜娘子摔下来，定然跟她们有关！"

冷冽的眼神瞬间落在段芸心的头顶，段芸心察觉到了，连忙以额触地："爷明鉴，妾身当真没有推姜娘子下去，是她自己……"

那些话说来荒谬，段芸心也觉得不可思议，姜氏一个正得宠的娘子，怎么可能想不开，拿命来陷害自己？但这又的确确发生了。

"她自己怎么了？"沈在野眼神幽深，"说完啊。"

咬咬牙，段芸心道："当时柳侍衣也在场，她知道姜娘子干了什么。"

柳香君一顿，硬着头皮跪出来道："妾身当时站得远，也没听见两位娘子说了什么。听见叫声回头看的时候，姜娘子已经摔下去了。"

"你……"段芸心错愕地回头看她。当时柳香君明明就在自己身边，将姜桃花说的话听得一清二楚，怎么就说站得远？怎么就说没听见？

柳香君将头垂得更低，身子微微颤抖，并未看段芸心。

要是姜桃花还醒着，定然是要笑的，想不到段芸心也会有在别人身上栽跟头的一天。这柳香君趋炎附势，极为自私，依附段芸心也只是想在她身上讨点好。她没讨到好，竟然还要被拖下水，那她自然是不干的。

然而姜桃花现在醒不了，饶是已经做了万全的准备，也尽量不让自己的脑袋磕着，但那滚落五十八级台阶也不是闹着玩的，滚到后头她自己都分不清东南西北，头也就撞了好几下，想看后头的好戏也没机会了。

这场大戏，只能交给沈在野来唱。

沈在野面沉如水，眼里卷着凌厉的风，刮得段芸心头也不敢抬。平日里众姨娘都猜不到这位爷的心思，但眼下，就算是外院的丫鬟，也感觉到了他在生气。

段芸心咬牙，相爷生气，那她再怎么辩驳都无用。思忖片刻，她以头磕地道："是姜娘子没有站稳，她来拉扯妾身，妾身甩开她，她便失足跌了下去。爷，妾身是无心的，妾身也实在没有理由要害姜娘子，请爷明察！"

她是这后院里最不争的一个，连夫人都夸赞她省心，沈在野又怎么会不知道？只要她认个错让半步，说是意外，那么……

"你们后院随便怎么闹腾，我都不曾插过手。"沈在野冷声开口，打断了她的话，"但如今险些出了人命，我是断然不会护着你的。姜氏是赵国的公主，此事自然当禀明圣上，再做处置。"

禀明圣上？众人都吓了一跳，这相府后院之事闹到御前，合适吗？梅照雪生病，不在场，她们这一众娘子侍衣，也没有跟相爷顶嘴的勇气。你看看我，我看看你，尽皆沉默不语。

"芸心暂且回守云阁。"冷静了片刻，沈在野压着火气道，"没有我的允许，就别出来了，等姜娘子醒了，再行论罪。"

柳香君微微松了口气，又有些担忧地看了前头跪着的段芸心一眼。

段芸心背脊挺得很直，起身再拜，语气平静，尾音却微颤："妾身遵命。"没有想到，她当真是没有想到，自己已经不争不抢，温柔安静地躲在最后头了，却还是被人拽了出来。姜桃花好手段，若是她今日受的伤轻些，自己还有说话的余地，可她重伤昏迷、生死未卜，这就算说到皇帝面前去，自己也讨不了好。这女人能对自己狠到这个地步，她只能表示佩服。但她想不明白，姜桃花为什么会突然针对她，还是用这种命都不要也要她遭殃的玉石俱焚的法子，她真是完全没有料到……

"都退下吧。"沈在野揉了揉眉心，在床边坐下，看着床上昏迷不醒的人，低声道，"我陪她一会儿。"

顾怀柔是高兴的，爷这回总算没有亏着姜娘子，当即行礼退了出去。其余的人虽然不情不愿，但还是三三两两地离开了。

屋子里就剩下沈在野和湛卢、青苔三人。沈在野脸色却更难看，盯着青苔问："这是谁的主意？"

青苔立马跪了下来，咬牙道："主子自己的主意，她说，不这样的话，压根儿不足以撼动段娘子的地位。"

好个姜桃花！沈在野气极反笑："她就没有想过，这样做很可能丢命？"

"回相爷，想了。"青苔指了指自家主子的身上，"能绑护垫的地方都绑了，脑袋绑不了，所以今日主子没戴什么发钗首饰，梳的也是能护着后脑的发髻。"

那还不是照样昏迷不醒？沈在野冷笑，这女人什么时候能不这么自作聪明？她只要用点小手段，他便可以把事情闹大，用得着这么拼死拼活？

湛卢看了自家主子两眼，又看了看青苔，低声道："主子陪姜娘子一会儿吧，奴才们先下去。"说完，见沈在野没吭声，他便连忙将青苔拽起来拉着退下。

外头的空气比屋子里可轻松多了，青苔长舒一口气，还是有点郁闷地道："主子是帮着相爷做事，他怎么还生气了？"

"你不懂。"湛卢笑眯眯地道，"主子这哪里是生气，分明是心疼。"

"哈？"青苔一脸见了鬼的表情，"相爷会心疼我家主子？"

这有什么不会的，沈在野也是人啊。湛卢笑着摇头，只是自家主子和姜娘子好像都不是喜欢风花雪月的人，这些细微的情绪，怕是他们自己都察觉不到的。

屋子里，沈在野沉默地盯着这张血色尽失的脸，心里不舒坦得很。这人定是要了小心机了，为他办事这么拼命，自个儿也就不好再随意打她性命的主意，置之死地而后生是个高招。但是，她这么怕疼的人，到底是哪里来的勇气去做这样的事情？沈在野伸手轻轻抚摸了一下桃花微微皱着的眉心，眼里情绪复杂。

别家的家事，是绝对不可能闹到皇帝面前去的，但丞相府很特殊，沈在野在皇帝心里地位重不说，院子里还有个赵国公主，以至这后院之事也就是两国之间的事情，所以当沈在野在御书房里痛心疾首地斥责人心险恶的时候，皇帝很果断地道："别的都还能容，但闹出人命实在过分！赵国公主如今生死未卜，那这段家的女儿按律是要被关进大牢的，不然消息传出去，赵国那边不好交代。"

好歹是赵国的公主，给大魏的丞相做妾已经委屈她，折了赵国的颜面了。如今她还在相府里被害得差点丢了性命，若不严惩凶手，那说说不过去了。于是皇帝大手一挥，让秦廷尉立案，亲自带兵去抓人。

原以为闹到御前，段芸心还能有说话辩驳的余地，毕竟沈在野偏心姜桃花，皇帝可不偏心她啊。但是官差进相府抓人的时候，段芸心才明白，原来闹到御前，她没了任何回旋余地。

皇帝可不会闲到来判相府后院的对错，沈在野说谁是凶手，那谁就是凶手，皇帝不偏心姜桃花，但他偏心沈在野啊！

"爷！"段芸心失了常有的仪态，推开官差，走到沈在野面前去，满腹委屈地道，"怎么会这样？妾身摆明是被人冤枉的！"

"你有证据能证明自己的清白吗？"沈在野平静地看着她，"现在所有目击者都说是你蓄意推的姜娘子。"

"我……"

"你还有什么要说的吗？"沈在野看着她的眼神已经冰冷至极，"芸心，做错了事没关系，但抵死不认就难免让人厌恶了。"

段芸心心里一抖，抬头看着面前这个自己一直伺候的男人，突然明白了秦氏、顾氏甚至是孟氏的心情。原来冷眼旁观看她们被处置的时候，她还在心里笑话过这些愚蠢的女人，男人在对女人没兴趣之后，哪里来的信任？既然已经败了，歇斯底里、痛哭流涕不都只会更添狼狈吗？结果现在真正轮到她自己的时候，她明白了，心里真是有千万个不甘心，恨不得抓着这男人的衣角大声问他，到底是为什么？为什么不肯相信自己？为什么那么长时间的恩情，也不能让他多相信她一点？

"爷。"门口忽然响起了梅照雪的声音。

众人都是一惊，纷纷抬眼看去，就见梅照雪脸色苍白，扶着丫鬟的手跨了进来："妾身该死，下人一直瞒而不报，妾身还不知府里出了这么大的事。"

"爷！"看着梅照雪都来看热闹了，段芸心更加绝望，满眼是泪地看着他，"妾身从来没争抢过什么，您觉得妾身会为了争宠杀人？"

沈在野目光中满含怜悯地看着她，没有说话。

庭院里气氛有些凝重，梅照雪轻咳了两声，道："段娘子看起来有挺多的话想对爷说,咱们不如就先散了吧。等她把话说完,咱们再去门口送上一程。"

"是。"众人齐声应下,纷纷朝沈在野行礼,然后往外走。

顾怀柔走在最后,跨出门的时候忍不住回头看了段芸心一眼。这个女人一度让她觉得是后院里最聪明的,原来一旦落马,跟别的人也没什么两样。说到底,也不过是被男人摆弄的可怜女子罢了。她们为了家族荣耀,为了面上的恩宠,一生之中到底是有多长的时间是为自己而活的?

"顾娘子,"梅照雪站在月门外头,看见她便道,"姜娘子可醒了?"

顾怀柔过去,老实地行礼:"还不曾醒转,夫人既然已经出来了,那不如妾身过去把钥匙和账本——"

"不急。"梅照雪叹息道,"我这病还没好呢,今日只是勉强出来看看,没想到几日不见段氏就闯了这么大的祸。"

看她一眼,顾怀柔忍不住问了一句:"夫人真的没想到吗?"

梅照雪掩唇一笑,抬眼看着前头的路,淡淡地道:"有很多事是我们想不到的,就像秦氏不知道为何便被关进了大牢,就像姜氏不知道为何就突然摔下高阶,还像段氏,聪明一世的人,能斗得过后院所有的女人,却玩不过咱们伟大的爷。"

顾怀柔愣怔了一下,满是不解地看着她。"玩不过爷"是什么意思?这件事情,与爷有什么关系?

然而梅照雪没再多说什么,扶着丫鬟的手继续往前走。

庭院里。

段芸心依旧跪着,沈在野却坐在水池边抓了鱼食投喂。

"爷当真要眼睁睁地看着妾身被抓走?"段芸心抿抿唇,道,"何必这样绝情呢?妾身这一走,段家与丞相府的情分,怕是也尽了。"

"段家与丞相府的情分,我自会想法子留住。"沈在野淡淡地道,"但你,不能继续留在这里了。"

段芸心心中微微一震,抬头看他,眼神有些复杂:"爷……是因为姜氏的事情,还是别的事情?"

"你说呢?"沈在野眼神幽深,静静地看着她,像是要将她的心思洞穿,"芸心,你知道'本分'是什么意思吗?"

段芸心的心猛地往下沉,她脸一白,愣怔地跌坐下去。要是因为姜氏的事,她可能还有挽回的机会。但听他这样说,她一瞬间就明白了,什么谋杀,只不过是个幌子罢了,原来她暗中做的事情,沈在野都是知道的。风吹过庭院,刮得她身子微颤,脸色苍白。

"妾身……愧对爷!"重重地磕头下去,额头抵在地上,段芸心嗓音沙哑地道,"但请爷相信,妾身是真心仰慕您的。"

"仰慕?"沈在野轻笑,"这个词从你嘴里说出来可真不值钱,仰慕一个人,会在背后做那些事？"

"妾身也是逼不得已。"闭了闭眼，段芸心咬牙，"妾身多希望您能偏向瑜王一些，这样妾身就不必做那么多违心的事，但……您偏偏选择了景王。"

竟然肯自己开口直说了？沈在野挑眉，半合着眼看着她："我选择谁，是我的决定。但你不同，你只是我后院里的侧室，不该管这些事情，更不该出卖我。"

段芸心叹息一声，慢慢地抬起头看着他道："爷觉得妾身有选择的余地吗？家父独断专行，生母在娘家毫无地位，妾身若是不多争取些东西，又该怎么活下去？"

"这些与我无关。"沈在野道，"你出相府，便要进京都衙门的大牢。之后的事情，便是秦廷尉该管的了。"

段芸心无奈地一笑，点头道："妾身知道，妾身就知道您不会动半点恻隐之心。这次是我，下次又会是谁呢？会不会有一天，也轮到姜娘子头上？"

沈在野心里一沉，皱眉道："姜氏只要不犯错，就不会沦落到你这样的下场。"

"爷想得也太简单了。"段芸心轻笑，"爷对她的恩宠，就是她最大的错。自她来后，这院子里的娘子接连出事，您当真觉得外头有眼睛的人看不出来吗？在您要成大事的时候，姜娘子必定会成为血祭。这样一想，妾身倒是觉得她更可怜。"

血祭吗？沈在野不由得冷笑，懒得听她多说，挥手就让湛卢把她拖出去。

"妾身还有最后一个问题。"临出门时，段芸心挣扎着回头，看着他问，"到底要什么样的女人才能得爷全心全意维护？"

沈在野勾唇一笑，道："这样的女人不会存在于世上，你且放心吧。"

暮色彻底暗下去，段芸心笑得落泪，一边摇头一边被人带了出去。没有人能得沈在野真正的垂怜，这样也好啊，这样也好。这满院子的女人早晚都会跟她一个下场，谁也不会笑到最后！如此算来，她也不是彻底输了。自己不好没关系，有人陪着她一起，就不算孤独。

第二十五章 情断

争春阁里刚醒来的姜桃花忽然打了个寒战。她端着茶看了看外头，疑惑地道："怎么感觉被人诅咒了似的？"

青苔笑道："您想多了，段娘子这事儿一解决，您在这府里就可高枕无忧，还担心什么呢？"

说得也是，她这回这么拼命，沈在野不念她的功劳也会念她的苦劳，接下来的日子肯定会好过许多。趁着这个机会，她得好好和沈在野培养一下感情，以便自己不会被突然卖掉。

她正如此想着呢，沈在野就过来了。他见她醒了，神色微松，坐下来就道："算你命大。"

"嘿嘿嘿。"姜桃花讨好地朝他笑，"妾身可机灵了，算准了不会有事，至多多睡会儿。"

看了看她唇上的颜色，沈在野算是放了心："段芸心解决了，我记你一功。"

"多谢爷！"姜桃花笑成了一朵花，蹭在他身边抱着他胳膊道，"那妾身可以好吃懒做几日吗？"

"不行。"沈在野抿唇，"还有事。"

还有？！姜桃花垮了脸，将被子扯过来往自己脑袋上一蒙，凄凄凉凉地道："人家做苦力的尚且有空休息呢，妾身这还带着伤呢。又有什么事儿？"

沈在野白她一眼，道："陛下和兰贵妃都生病了，陛下重病，兰贵妃则是旧疾复发。我在寻药，但有些麻烦，宫里的御医都束手无策。"

姜桃花一愣，陛下生病，沈在野担心什么呢？只要皇帝不驾崩，他生一场大病，反而能及时考虑立太子，不是正合沈在野的心意吗？既然不是担心皇帝……那他多半是在为兰贵妃的病情发愁吧。

她问："兰贵妃是什么旧疾？"

"心头痛。"沈在野道，"不常发病，一发起来也能要命，往年都是硬扛，但今年她身子弱了，陛下担心她扛不住，让我找药。"

"爷尽力而为也就是了，"姜桃花笑了笑，"真的没办法的话，陛下也不会怪在您头上啊。"

沈在野凉凉地看她一眼，不耐烦地道："她不能有事。"
虽然兰贵妃嘴上总是不配合，但她做的都是对他有利的事，而且有些事只有她能办到，说她是他手里的王牌也不过分。
姜桃花撇嘴，下意识地离他远了些。
"你干什么？"沈在野睨着她的动作，微微眯眼，伸手朝她勾了勾，"过来。"
"爷不是心情不好吗？"嘿嘿笑了两声，姜桃花道，"妾身就不用过去了吧？"
沈在野笑了笑："你确定？"
片刻之后，姜桃花老老实实地坐在沈在野怀里，任由他生气地掐着自己白嫩嫩的小脸蛋。
"爷，疼！"
"我不疼。"沈在野眯眼看着她，问，"还敢不敢躲了？"
"不躲了。"识时务者为俊杰，姜桃花连连摇头，乖巧地道，"妾身这不是怕凑太近了更惹您不高兴吗？"
她每次都凑得很近，哪次看他不高兴就躲了？沈在野轻哼一声，道："你向来会揣度人心，那就尽量别惹我生气。"
姜桃花嘴角抽了抽，嘀咕道："就你这阴晴不定的性子，谁知道你什么时候就生气了。"
"你说什么？"沈在野眯眼看着她，"姜桃花，好几日没教训你，是不是又忘了家规了？"
"没忘，抄了三十遍呢。"姜桃花连忙指了指那边架子上放着的一厚沓宣纸，"爷要不要看看？字迹工工整整的。"
被呛了一声，沈在野不太高兴了："我又没骂你的意思，你火气那么大干什么？"
"也不是火气大，只是觉得爷有时候不讲道理。"姜桃花歪着脑袋道，"这样是没办法天长地久的。"
天长地久？听见这四个字，沈在野好像听见了什么笑话一样，眼里满是难以置信，鼻子都皱了皱："你想跟我天长地久？"
"想啊，还想跟爷白头到老、一生一世呢。"姜桃花双眸泛光地道，"爷难道不是这么想的？"
沈在野微微一愣，呆呆地看着她，神色顿时复杂起来。难不成他真有这样吸引人，引得这一个个女人都为他要死要活的，连最有脑子的姜桃花都想跟他一生一世、天荒地老？
看着他的神色，姜桃花神情一顿，突然严肃起来："妾身开个玩笑，爷别当真。"
这玩笑也太吓人了，沈在野白了她一眼："我还以为你出了问题，再这样吓唬人，就继续抄《家训》吧。"
"妾身不敢了。"姜桃花连忙摆手，笑眯眯地道，"以后绝对不再乱说话。"
嗯，字面上听起来是没什么不对劲的，但是不知道为什么，他突然觉得心口有点发紧。看看面前姜桃花含笑的脸,他忍不住就想伸手揉捏。

"爷,"湛卢匆匆忙忙从外头进来,低声道,"陛下急召您入宫!"

瞳孔微缩,沈在野连忙站了起来。看了一眼外头明亮的天色,他深吸一口气道:"去知会景王一声。"

"是。"

姜桃花笑着目送他离开,看着那黛色的官服在风中翻飞,心想,这一去,沈在野一定会带着他自己满意的结果回来吧。

关上门在屋子里发呆,姜桃花不知道是不是被传染得阴晴不定了,心情也莫名其妙地低落下来。她躺在软榻上呆呆地看着房顶,也不知道自己在想什么。

青苔进来看了看她,下去准备点心了。

姜桃花刚准备闭眼,却见房梁上突然伸出个脑袋。

"你真不愧是燕子啊。"姜桃花轻笑一声,喃喃道,"是在我屋子的房梁上筑了巢吗?"

徐燕归轻笑一声,道:"我爱在哪儿就在哪儿,沈在野都管不着,你这儿有好戏,我自然就过来看看了。"

能有什么好戏?姜桃花躺着没动弹,眼神古怪地看他一眼:"你该不会是喜欢看人亲热吧?变态!"

徐燕归嘴角一抽,翻身下来,落在她身边,轻蔑地道:"你俩这点程度算什么,还不如春宫图刺激呢。"

姜桃花:"……"

"哎!有话好好说!"看着姜桃花举起痰盂要砸过来,徐燕归连忙道,"我不是那个意思,我的意思是说,要是想看人亲热,我才不来这儿呢。我这个人最爱看人口是心非,先前是兰贵妃最好看,现在是你了。"

姜桃花微微一愣,没听清楚他说什么,倒是注意到了一个问题,于是问道:"你认识兰贵妃?"

"认识啊,她进宫之前,一直跟在沈在野身边。"徐燕归伸腿在软榻上坐下,顺手就拿了个苹果啃,"说起来也是段孽缘。"

姜桃花心里一跳,眨了眨眼,睨着他道:"听你这口气,难不成你跟在沈在野身边很久了?"

"自然。"徐燕归轻哼,"我跟他在一起的时间,可能比你活的时间还长。"

"我十八岁了,"姜桃花皱眉,"你们在一起能有十八年了?"

"有什么不能的?"徐燕归轻笑,"只是先前关系没这么好,也是最近几年共事才熟悉起来。"

姜桃花倒吸一口凉气,张嘴就想问,徐燕归反应却比她快多了,直接抬手道:"关于沈在野过去的秘密,你就算打死我我也不会说的,别问了。"

姜桃花嘟了嘟嘴,道:"那关于兰贵妃的事呢?你能说说吗?"

"不能。"

"你这个骗子！"姜桃花眯眼，"就知道你是在吹牛，兰贵妃的身份，据说只有陛下知道，你一介江湖人士，怎么可能也知道？"

徐燕归皱眉："你别看不起人行不行？真的非要听，可以，拿一百两银子来，我就说给你听。要是沈在野知道，可是要杀了我的。"

狮子大开口啊！姜桃花沉默片刻，想了想，当即起身去拿了一百两的银票，给他："你说吧。"

看样子沈在野是真的很疼这女人啊，一百两她也能随便拿出来。徐燕归咋舌，咬完最后一口苹果，伸手将核丢了，然后开口道："既然你这么诚心，那我就告诉你吧。兰贵妃原名陆芷兰，与沈在野也算是青梅竹马，只是一厢情愿地喜欢了沈在野很多年，沈在野没搭理她。后来，她就进宫当贵妃了。"

姜桃花恍然大悟，拍了拍手道："那我猜得没错，这两人之间真的是有感情纠葛，所以兰贵妃是沈在野亲手送进宫去的？他这也太狠心了，怨不得兰贵妃恨他。"

徐燕归微微一愣，皱眉："沈在野虽然是个混账没错，但是这种事他还是做不出来的。陆芷兰是自愿进宫的，只是进宫之后就后悔了，所以全怪在沈在野身上。"

"啥？"姜桃花瞠目结舌，"她是自愿的，那为什么还要怪相爷？"

"其中的纠葛，说了你也不懂。"耸耸肩，徐燕归道，"你只需要知道，因为某些原因，沈在野对她的愧疚很深，只是没表现出来罢了。他对兰贵妃好，是要补偿，你压根儿不用吃醋。"

是愧疚？姜桃花轻笑，喃喃自语："他果然对谁都不会有最纯粹的感情。"要么是利用，要么是愧疚，这后院里的人其实根本不用相互嫉妒，沈在野当真是对谁都一样。

"哎，我是想安慰你的，你怎么更难过了？"看着她的表情，徐燕归吓了一跳，有些慌张地道，"别哭啊！你说你这么聪明的女人，怎么也会对沈在野动心呢？"

啥？姜桃花嘴角一抽，一脸莫名其妙地看着他："你哪只眼睛看到我哭了？"又是哪只眼睛看到她对沈在野动心了？她又不傻，毒蛇张嘴等着，还当她真会往里跳啊？

徐燕归微微一愣，凑过来，仔细看了看她的眼睛，眼神复杂地道："人的情绪都写在眼睛里呢，清清楚楚的，你难过还是不难过，一眼就能让人看明白。这儿只有你我两个人，你又何必不承认？"

"人的眼睛也是会骗人的。"姜桃花嫣然一笑，抬眼看着他，"不信你看仔细了……"

"别别别！"徐燕归吓得飞回房梁上，抱着房梁一脸惊恐地看着姜桃花道，"我分明给你说了不少你不知道的事，好歹也算个人情，你就算不谢我，也不能再拿摄魂之术对付我！"

摄魂之术？姜桃花挑眉一笑，手撑在软榻上，腿慵懒地交叠起来，低声道："他们都管这个叫媚术，不是摄魂之术。"

"他们说得也有道理。"徐燕归点头，"摄魂之术落在美人儿手里，那的确就是媚术。不过咱们能商量商量吗，交我这个朋友，对你有利无害，你能不能别想着法儿对付我了？"

"朋友？"姜桃花坐直了身子，认真地看着他道，"我们赵国人交朋友是有规矩的，你要是遵守，那今日你我可以交个朋友。"

"当真？"徐燕归飞身落回软榻上，欣喜地道，"你说吧，什么规矩？"

"为了表达诚意，双方要将身上最值钱的东西交给对方。"姜桃花将了将袖口，一本正经地拔下了头上最小的白玉簪子，"这是我身上最贵重的，你呢？"

徐燕归摸了摸身上，只摸出刚刚姜桃花给他的银票。

"做我们这行的人，身上是不会有什么佩饰的。"他想了想，只好将银票递给姜桃花，"那我就拿这个吧。"

真是诚心交朋友啊！姜桃花咧嘴一笑，把那不值钱的簪子给他，将自己的一百两银子原封不动地收了回来："好，那今日起，咱们就是朋友了，要互帮互助。"

徐燕归开心地点头："从今天起我们就是朋友了，你可不能再用媚术对付我了。时候不早，我就先走了，晚上还有事要做。"

"好！"姜桃花起身，看着他从窗台上飞出去，心里忍不住感叹，这个世上要是多点这样的傻子该多好啊！

徐燕归直到离开争春阁也没发现哪里不对，甚至心情还挺好的。他一向是只跟女人上床，哪有闲工夫跟女人交朋友？不过姜桃花不一样，跟她交朋友，竟然会让他从心底里高兴，大概是因为她太厉害了，肯与自己为友，以后在相府里他就不用提心吊胆了吧。总之，他觉得那一百两给得挺值的。

湛卢在琳琅阁外等着他，终于等来的时候，发现徐燕归跟平时不太一样，笑得有点傻。

"徐门主这是捡着钱了？"湛卢好奇地问。

"没有，没事。"徐燕归看了看那院落的牌匾，说道，"柳家的女儿啊，啧，其实我最近没什么胃口。"

湛卢惊奇了："您还分有没有胃口？"

徐燕归的功夫高深莫测，却是用采阴补阳的方式修炼，所以这满院子的女人对他来说，不过就是练功的工具。

"你把我当什么了？"翻了个白眼，徐燕归道，"我也是要看心情的。"

懒得跟这位主子多话，湛卢恭恭敬敬地行了礼，主子的吩咐他反正是带到了，这位做不做就不关他的事了。

段芸心一进大牢，段家就很尴尬了，朝堂上立马有景王的人落井下石，扯了不少事来同梅奉常说道，甚至在朝堂上吵个不休。

明德帝本就重病，听着更是烦躁，拍着扶手在大殿上道："这些事，都去找太子吵，太子监国，朕要安心养病！"

太子？！

这两个字一出，满朝哗然，只有沈在野不慌不忙地掀了衣摆，带着身后自己一派的人，朝龙椅右边靠后的位置跪了下去，喊道："臣等给太子殿下请安，殿下千岁千岁千千岁。"

众人一愣，纷纷抬眼看过去，就见景王穿着一身黄色四爪龙袍，头戴金冠，笑着走了出来。

"蒙父皇圣恩，封本官为太子，本官今后定当为父分忧，念天下百姓疾苦，明世间黑白是非，还望各位大人倾力相辅。"说完，他便朝着文武百官行了一个礼。

一点预兆也没有，圣旨也没有提前颁布，皇帝竟然就在这朝堂之上直接宣布景王穆无垠为太子？！不少人惊愕，甚至不理解，但眼下丞相都已经跪了下去，他们也不得不跟着跪下行礼："殿下千岁千岁千千岁！"

景王一笑，起身让众人平身之后，便站在御前，躬身道："父皇之烦忧，儿臣来解。段家嫡女意欲杀人之事，儿臣一定会给父皇一个满意的结果。"

"嗯。"明德帝垂眸，心里虽然有些不悦，但龙体有恙，他实在不想再操劳。既然已经立了太子，那事情就交给太子去做吧。

景王满脸都是喜色，朝上众人却心思各异，不少人冷汗直流。

瑜王被幽禁在府中，没想到景王竟然能在这么短的时间之内让皇帝立他为太子！如此一来，就算瑜王被放出来，那也没什么用了，东宫有主，太子监国，瑜王能有什么好下场？

在朝堂上站着的人中，很多虽然表面上看起来没有依附什么党派，但私下与瑜王府和景王府也是有来往的。与景王有来往的，现在自然在暗喜，可是与瑜王来往的那些人，不免动了叛变之心。

于是下朝之后，沈在野被众位大臣围了起来，表面在问为什么会是景王当太子，实际就是想套近乎。

"丞相。"穆无垠远远就看见了这边的情形，脸上笑得更灿烂，喊了他一声便走了过去。

众大臣纷纷朝他行礼，退到一边四散。

穆无垠抬着下巴看着，语气里都是满满的得意："本官终于等到这一天了。"

"恭喜殿下。"沈在野颔首道，"凤愿得偿，但切莫放松、大意，瑜王府里毕竟还住着个王爷。"

"本官明白，但辛苦了这么久，这几日怎么也该放松放松了。"穆无垠笑道，"无垢的事，本官之后会想法子处理。现在倒是想问问丞相，府上可有空？"

沈在野微微一愣，看了看他："太子想做什么？"

"本宫想带上太子妃和侧妃,去你府上一起享宴。"穆无垠道,"以后你我见面也未必会很方便,女人家结个手帕交什么的,倒是很不错。正好你府上新添了不少人,本宫都还没正式见过,趁着这次家宴,也该好好打个招呼。"

沈在野心里猛地一沉,垂眸:"这……最近敝府刚出了事,府上恐怕……"

"哎,正好,"穆无垠道,"本宫登了东宫之位,有龙气护体,去你府上说不定还能压压邪,哈哈哈!"

沈在野笑不出来,慢慢走了几步,才低声应道:"既然两府需要往来,那微臣就去安排,后日太子再携太子妃等人过来不迟。"

"好,你办事,本宫一向放心。"拱了拱手,穆无垠道,"那就静候丞相佳音了。"

"太子慢走。"

沈在野浑身有些冰凉,在原地站了许久,看着穆无垠的身影消失在宫墙外头,才回过神来继续往前走。

他要扶持穆无垠,府上的人早晚都会与穆无垠见面,更何况姜桃花是赵国和亲的公主,以后说不定还有什么大作用,所以穆无垠肯定会格外注意的。好不容易说服皇帝让穆无垠登了东宫之位,若是这个时候让穆无垠发现姜桃花的秘密,那他的计划就会毁于一旦,并且将招致十分严重的后果。他其实一早就该知道这个结果,只是不愿意去想。

姜桃花怎么可能与他天长地久呢?到了这种必须舍弃的时候,她只能成为他成大事路上的血祭。哪怕她刚刚为了他差点没命,也一样。

"爷。"

心里一片冰冷的时候,他脑海里却仿佛响起了那女人的声音,她笑着朝他扑过来,抱着他的腰撒娇:"爷以后可不能对妾身这么狠了!"

那双眼睛清澈见底,里头有对他的埋怨,有些微恐惧,更多的却是小心翼翼的试探。姜桃花的眼睛是他见过的人当中最好看的,她分明是个心思深沉的女人,眼里却一点污浊都没有,干干净净,透透亮亮。

沈在野闭眼,忍不住揉了揉眉心,想将她的声音和影子揉掉,却不知怎的,越揉,她的声音反而越清晰。

"爷,看在妾身还有用的分儿上,您就大人不计小人过吧?"

"爷,您简直是全天下最英俊的男人!"

"爷……"

各种声音都涌上来,仿佛要将他卷进旋涡。沈在野大怒,手猛地一挥……

"丞相?"宫人被他吓了一大跳,小心翼翼地站在远处看着他问,"您还好吗?可是哪儿不舒服?您脸色不太好,要不要请太医?"

沈在野怔了怔,突然回神,面前的一切都清晰起来,脑子里乱七八糟的东西也都瞬间消失了。

"……没事。"沈在野垂着眼,抬脚继续往外走。

他一度跟自己保证，姜桃花绝对不会是他前进道路上的阻碍，可是就在刚才，他发现了，自己一直以来都在自欺欺人，在面临成事和她之间的选择时，他竟然犹豫了。

换作以前，他应该会二话不说回去喂姜桃花一包毒药，但现在，他想的竟然是有没有别的办法能躲过这一劫。

不可能的，只要姜桃花还活着，太子与她就会有见面的机会。她活着，是对他及千万人性命的威胁，他竟然……竟然有点舍不得……

他是疯了吧？一定是的。早在最开始徐燕归看出端倪的时候就该随他去，还护着姜桃花干什么？她是很聪明，能帮他不少忙，但是少了她，他未必不能成事。她不是他不可或缺的帮手，但……为什么一想到从今以后这世上可能没了姜桃花这个人，他心里会这么沉重呢？

"爷！"

不知不觉就已经回到了相府，沈在野抬眼，看着姜桃花跟往常一样朝自己扑过来，脸上带着明媚的笑意，衣袂飘飘，伸手就将他的腰身抱得死紧。

"您可算回来啦。"姜桃花笑眯眯地抱着他就往争春阁里头走，也没注意他的神色，只神秘兮兮地道，"快来帮妾身一个忙！"

沈在野收敛了神色，跟着她走，低声问："怎么了？"

"这个！"姜桃花进内室去抱了个枕头出来捧在他面前，道，"爷帮妾身试试，看舒不舒服！"

一个新做的枕头，看起来比她先前送南王的那个还要精致，闻着也有药香。

"给我的？"沈在野抬高眉梢问。

"不是。"姜桃花摇头，"妾身做给自己的，塞的药材换了新的，不知道碾磨得好不好，怕睡下去扎着自个儿。"

所以就让他来试试？沈在野嘴角微撇，眯眼看着她："我新买了一把剑，也怕太锋利划伤自个儿，你要不帮我去试试？"

姜桃花干笑两声，将枕头放在软榻上，伸手就将他按上去："爷别那么凶嘛，先躺躺看。"

软硬适中的枕头，散发着淡淡的安神的药香，一瞬间，沈在野就觉得脑袋里放松下来，这才发现原来自己一直在头疼。

"看爷的神色，可能又是遇见什么难事了吧？"爬到软榻上，姜桃花伸手给他按头，轻笑道，"别的事妾身帮不了您，这个枕头就送您，希望您晚上睡得好些。"

沈在野心中微微一震，睁大眼看着她。

姜桃花脸上带着狡黠的笑，却有些不好意思，垂了眸子道："本来的确是打算自己用的，不过看爷睡得舒服，妾身再做一个就是了。"

这别扭的性子也不知道跟谁一样，明明就是做给他的，她嘴上还非不承认。

不知为何心里突然一紧，沈在野皱眉，伸手按了按胸口。

"怎么了？"姜桃花疑惑地看着他，"您心口疼？"

"没有。"沈在野捏了捏腰间的玉佩，眉间慢慢舒缓，终于恢复了平常的神色，"景王已经入主东宫，今日我有些高兴过头了，身子不是很舒服。"

穆无垠当太子了？姜桃花歪着脑袋道："那段氏岂不是完蛋了？先前还听人说段大人花了不少银子要保她呢。"

"那样的女子，没了也就没了。"沈在野淡淡地道，"女人太有用，也不是什么好事。"

屋子里安静了一会儿，他感觉放在自己太阳穴上的手僵硬了。沈在野明显能从姜桃花的指尖感觉到她的恐惧和疑虑，然而他没睁眼，想听听她要怎么说。

姜桃花是吓了一跳，今天的沈在野明显很不对劲，也不知道他具体是遇见了什么事，这话听起来，怎么也像是在说她一样？

不过很快她就放松下来，手也拿开了，低笑道："爷不喜欢有用的女人，那妾身就不帮您按摩了，免得显得太有用了。"

沈在野抿唇，半睁开眼睨着她："你除了给我按摩，还有不少别的用处。"

"怎么？难不成爷喜欢妾身什么都不做，就坐吃等死吗？"眼睛一亮，姜桃花扑进他怀里，小鸡啄米似的点头，"妾身也喜欢啊，爷不如就当养只兔子似的把妾身养起来吧，给肉吃就行！"

沈在野低笑："我就没见过哪只兔子还吃肉。"

"妾身这样的，怎么着也得是天上下凡的玉兔！"姜桃花扬了扬下巴，道，"玉兔要吃肉的，不信您去问嫦娥！"

"少贫嘴。"沈在野伸手将她拨开，慢慢坐了起来，顿了片刻，轻笑道，"我等会儿还有事，晚上的时候再过来。你要是想吃肉，我让厨房给你准备。"

姜桃花一笑，点头道："多谢爷，那妾身等着您。"

"嗯。"应了一声之后，沈在野起身出门。

今天的天气一点也不好，阴沉沉的，叫人心里跟着难受。湛卢抱着枕头跟在自家主子后面，不知道为什么，突然觉得自家主子的背影看起来孤单极了，就算身后还跟着他，可……他也不可能跟主子并肩往前走。

立太子的消息传开，丞相府里也是一阵沸腾，梅照雪的病突然间就好了，她精神抖擞地来争春阁问姜桃花要钥匙和账本。

"都在这里。"姜桃花一点没犹豫，老实地递交给她，"夫人身子好了，妾身也就放心了。"

梅照雪一笑，将东西递给丫鬟，竟然没急着走，而是挨着她坐了下来，道："你这段日子也很辛苦，我都看在眼里。瞧瞧，一旦主事，爷是不是许久没宠幸你了？"

"倒也还好。"姜桃花抿唇，"府里这么多姐妹，爷来我儿的次数少些也不稀奇。"

"你倒是大度。"梅照雪轻笑，"可是恕我直言，男人的心是很难测的，不趁着他还宠你的时候多抓紧机会，等恩情淡了，那就后悔也没用了。"

"多谢夫人教诲。"姜桃花听了也当没听见，只守规矩地行礼。

梅照雪起身，看了她一眼，道："瞧瞧你，也不肯与人交心，那我也没过多的话好说了。你只用记住，在这后院里过日子，靠得最多的不会是男人，男人是靠不住的。只有女人之间相互扶持，路才能走得顺。若是考虑好了，你不妨来凌寒院找我谈谈。"

"妾身明白。"姜桃花起身送她，脸上的笑依旧不达眼底，"夫人慢走。"

段芸心和秦解语都没了，梅照雪这回倒是真心想拉拢姜桃花的。然而姜桃花没那么傻，这院子里的女人才是靠不住的，男人虽然薄情，却永远是这府里地位最高的人。男人的心都没得到，还想着女人之间搭伙过日子，那怎么可能呢？

下午的时候，徐燕归又悄无声息地来了，看着她的神色很是复杂，欲言又止的，像是有什么大事。

"你直接说啊，憋着不难受？"姜桃花睨着他道，"一看你这表情就知道不是什么好事，而且跟我有关。"

徐燕归恨不得把自己的脸挡起来，这女人怎么就这么聪明呢？

"穆无垠后天会来相府，带着太子妃等人，以求两府女眷以后能继续往来。"他低声道，"听沈在野说，你是不能在太子面前露脸的。"

"是啊。"姜桃花点头，"我在穆无垠的印象里，应该已经是一个死人，要是突然活了，还变成赵国和亲的公主、如今相爷的娘子，那就是犯了欺骗太子的大罪，咱们丞相更会被发现图谋不轨。"

"那你要怎么办？"徐燕归抿唇，"我是说万一，万一沈在野打算杀了你灭口……"

"不会的。"姜桃花轻笑着摆了摆手，"他现在应该不会做这样的选择，充其量让我找借口离开丞相府一段日子，躲开太子便是，怎么可能打算灭我的口？"

要是放在以前，那还是有可能的，可是现在……一起经历了这么多事，沈在野就算是块石头，也得被她焐热了，应该不会那么轻易选择放弃她吧。

看着她这表情，徐燕归眉头皱得更紧，却什么都没再说。竟然会有人选择相信沈在野不会杀她！这个人是别人的话，徐燕归还好理解，可竟然会是姜桃花，这让他说什么好？他都能一眼看穿的事情，聪明如姜桃花，难道心里不明白吗？

"上次的赌约，娘子这是要认输吗？"突然想起来这茬儿，徐燕归连忙问姜桃花，"你上次说，遇到大事的时候，沈在野一定会选择舍弃你的，不然你就把命给我。"

"我为什么要认输？"姜桃花颇觉奇怪地看他一眼，道，"他的确会舍弃我啊，我只觉得他不会杀我，舍弃的方式有很多种，不是吗？"

好像也是这个道理。徐燕归围着桌子绕了几圈，最后无奈地道："你自己小心些吧，我先走了。"

姜桃花点点头，看着他消失在窗口，眼神跟着便暗了下来。

沈在野想杀了她？这可真是……突如其来，过了这么久，她以为他早就打消了这个念头，好歹她刚刚立了功，她以为在他心里自己的地位能上去那么一点。谁知道他的选择，竟然从开始到现在，一直没改变过。

也就是说，这一场戏里，只有她当真了，他完全没往心里去。她真是失败。

姜桃花伸手捂了捂自己的眼睛，躺在软榻上，鼻息间隐隐还能闻见那个枕头遗留的药香。

"主子？"青苔有些担忧地看着她，"您还好吗？"

"没事。"姜桃花捂着眼睛笑道，"就是给师父丢人啦，他要是知道自己的关门弟子这么没用，不但没得到别人的心，反而把自己搭进去了，不知道会不会一巴掌扇死我。"

青苔微微一怔，惊愕地看着自家主子。她嘴角上扬，笑得很开心，但是捂着眼的指缝间，怎么像是有泪流了出来，开始只是一滴，后来却越来越多，一串串地流出来，捂也捂不住。

"主子……"青苔傻了，呆呆地跪坐在软榻边看着上头的人，根本不知道发生了什么，不过看她这样伤心，倒是头一回。

姜桃花这次真真切切是伤了心，除了演给人看，其余的时候姜桃花很少哭，然而她现在觉得鼻子很酸，大概是想家了。

离开赵国已经好几个月了，千里之外，音信全断，她不知道长玦是不是还那么倔，总是闯祸；也不知道师父是不是还穿那一身大红的牡丹裙，走在街上被人围着看；更不知道她养的那株小花，现在有没有人照顾。

赵国的民谣可好听了，总是从宫墙外头飞进来，女子的声音温婉、柔软，听着让人觉得有娘亲的感觉。她每次被长玦气得不行，就会靠在那高高的宫墙下听，听着睡一觉，醒来就什么事都没了。

"青苔。"姜桃花哑着嗓子笑道，"你给我哼首曲子听吧。"

青苔一愣，连忙点头，坐在软榻边轻轻拍着自家主子的肩膀，哼了一首赵国的民谣。姜桃花听着听着睡着了，跟只小猫一样蜷缩在青苔怀里，眉头渐渐松开，手也放了下来。

青苔微微松了口气，红着眼睛想，这么一觉睡醒，主子应该就能将不好的事情全忘记了吧？就当它们都没发生过也好。

然而，傍晚姜桃花醒来的时候，眼里的沉重半分也没少。

"主子，"花灯从外头进来道，"相爷赐了晚膳，说等会儿就过来。"

"好。"姜桃花笑了笑，走到妆台前将自己的脸收拾得什么也看不出来，然后规规矩矩地坐着等沈在野过来。

沈在野还在书房里没动身。

徐燕归在他面前走来走去，走得他心里烦闷。沈在野忍不住皱眉问道："你怎么了？"

"没事。"嘴上是这么说，徐燕归还是眼神复杂地看着那后头的人道，"你真的打算在这儿弃了她？"

"你不是一早就想让我处置她吗？"沈在野垂眸，手放在袖子里，低声道，"现在如你所愿，还有什么意见？"

"我没意见，只是觉得意外。"徐燕归抿了抿唇，道，"你当真舍得？"

沈在野轻笑一声，淡淡地道："我若是舍不得，你们不是也会强行让我舍吗？倒不如免了中间的挣扎，该怎么做就怎么做吧。"

徐燕归长叹一口气，点点头："好，既然你这样决定了，我也不可能阻止。你先把解药吃了吧。"

桌上翠绿的瓶子里只有一颗解药，沈在野静静地看了它一会儿，拿起来收进袖子里，说道："等会儿再吃也不迟，万一她有什么花样，药效过了，那我还得陪她一起死，太不划算。"

"她其实当真是很喜欢你。"徐燕归撇嘴，"我都看出来了，她每天晚上都在给你绣枕头。"

手微微收紧，沈在野目光冰凉地看了他一眼："你再敢趁我不在往她那儿跑，我会打断你的腿。"

"别别别。"徐燕归连忙摆手，"我可什么都没做，你这么激动干什么？人家一小姑娘千里迢迢嫁过来也不容易，我就跟她说会儿话而已，碰都没碰一下。"

说会儿话？沈在野起身，一步步逼近他："几次？"

"……两三次吧？"

一柄软剑从沈在野的腰间飞出来，轻飘飘地停在徐燕归的脖颈边。

"几次？"

徐燕归感觉到脖子冰凉发麻，深吸一口气，立马老实了："天天都去，一共几次算不清了。"

话音刚落，软剑便跟蛇一样朝他卷了过来。徐燕归大惊，上蹿下跳地躲着，连声道："你息怒啊，我又没做什么，再说就算想做什么，我也不敢啊！那女人那么厉害，不欺负我都不错了，你还怕我欺负她？"

沈在野冷面含霜，下手极狠，一拳打在徐燕归心口，软剑瞧着就要卷上他的脸！

"你不是都要杀她了吗，"徐燕归连忙大喊，"现在算怎么回事啊？为个死人跟我算账？你还敢说你心里没她？！"

沈在野手一僵，停了动作，愣愣地看着他。

徐燕归本来还想揶揄两句的，可对上沈在野的眼神，他竟然觉得心里一震，跟着难受起来。

堂堂沈在野，叱咤风云的丞相，从小到大都是站在人群顶尖上，再难的事到了他手上都能顺利地解决，从来没有尝过失败的滋味。这么一个人，现在眼里竟然透出了绝望的神色。他没看错，就是绝望，一片黑色之中，一点亮光都没有。

"你……"徐燕归收敛了平时嬉皮笑脸的神色，真的很想问他一句"你还好吗？"。

然而沈在野没给他这个机会，收了软剑便大步往外走了。

日落西山，相府里的灯一盏盏亮了起来。沈在野穿过回廊，穿过花园，最后停在争春阁门口。他觉得自己走得算是很快的，但是不知道为什么，站在这里的时候，天已经黑透了。

"爷，您终于来啦？"门打开，有人跟往常一样朝他扑了过来，低垂着脑袋略带委屈地道，"饿死妾身了，菜都凉了，您做什么去了？"

"有点事耽误了。"沈在野没敢看她，带着她一起进去，坐在那一桌子山珍海味旁边。

姜桃花脸上带着笑，却没抬眼，只殷勤地给他摆好碗筷，然后道："多谢爷赐菜，这些菜就算冷了，应该也很好吃，看样子厨房下了不少功夫。"

"你喜欢吗？"沈在野问。

"嗯，喜欢。"姜桃花捏着筷子，低笑着问，"爷想先吃哪一盘？"

"你先吃吧。"沈在野抿唇，"我还不是很饿。"

屋子里安静了一会儿，姜桃花深吸一口气，夹了肘子肉，慢慢放进嘴里，像吃普通的菜那样吃着，咽下之后还笑道："真好吃。"

沈在野没看她，脸上一片平静，只盯着桌上的菜，看姜桃花一样尝了一点，最后喝下去一大碗汤。

"多谢爷的款待。"吃饱喝足，姜桃花起身，朝着沈在野行了个大礼，"也多谢爷一直以来的照顾。"

沈在野身子一僵，闭了闭眼："我就知道瞒不过你。"既然知道有毒，她还吃？

姜桃花没说话，头低垂着，身子跪在地上蜷缩着，看起来只是小小的一团。她才十八岁，若在普通人家，应该会是个不谙世事的小姑娘，满怀期待地等着夫君来娶她，给她幸福美满的下半辈子。可惜她生成了姜桃花，生成了赵国的公主，成了他的娘子。头上戴着金簪玉钗，身上穿着华服锦绣，命比别人富贵，却也比别人短了许多。

"起来吧。"沈在野低声道，"你既然看得透，又选择按照我给的路去走，那我也没什么好说的了。等你去了之后，我会将你厚葬。"

"多谢。"姜桃花抬头，脸上依旧带着笑，只是眼眶红得厉害，缓缓说道，"妾身连死都得谢谢爷，谢谢爷选了最没痛苦的毒，谢谢爷决定将妾身厚葬。大恩大德，妾身永世难忘。"

沈在野喉咙微紧，起身，抬脚就往外走。

"这最后一程,爷也不打算送妾身了吗?"姜桃花看着他的背影,轻声道,"放心,妾身不会记恨爷的,您还是留下来吧。"

沈在野脚僵硬在原地,背对她站着,袖子里的手紧握成拳,像在犹豫。姜桃花没催他,就跪在地上等着。良久之后,他终于转过身来,垂头看向了她:"你的毒,要一个时辰之后才会发作。这么长的时间,我陪不了你。"

姜桃花失笑,险些控制不住:"我的爷啊,您还记得有个傻子说要跟您天长地久吗?那傻子可真傻,您连一个时辰都觉得久,她却想着有没有可能跟您一辈子。"

沈在野心头一痛,深吸了一口气才道:"那不是你说的玩笑话吗?"

"爷还是不太懂女人。"姜桃花抬眼看着他,笑得眼里波光潋滟,"没有女人会把这种话拿来开玩笑,之所以说是玩笑,是因为说出来才发现只有自己是认真的,别人都没当回事。一厢情愿的事情,就只能是个玩笑,人毕竟都是要脸的。

"妾身是真的想过,也许利益相同,妾身可以帮您一辈子,取得自己想要的东西之后,也继续留在您身边,给您做桃花饼,给您绣枕头。等你我都老了,还能拌拌嘴,也算不寂寞。"

师父说过,动情是很愚蠢的行为,因为这世上能爱你一辈子的,除了父母,就只有你自己,别人的感情捏在别人手里,都是说变就变的。

姜桃花认真地听了这话,却没当真。毕竟很多戏本子上都写,才子佳人幸福一生。她嘴上说不信,心里到底是信的。然而事实证明,姜还是老的辣,师父给她算好了结局,是她自己不管不顾要往坑里跳,根本怪不得谁。

她轻叹了一口气,低笑道:"谢谢爷再次教了妾身规矩,妾身以后断然不会再胡思乱想。"

沈在野沉默,安静得像石像,半丝波澜也不起。然而没人看见他的眼睛里面有惊涛骇浪,风暴漫天。手里的东西差一点就想直接递给她,他想告诉她,他没那么狠,也没那么……绝情。已经有很多女人说过他绝情了,每一个见他最后一面的女人,都会问他为什么,然后骂他绝情绝义,不念旧恩。他对那些女人的确没有什么旧恩好念,无论她们怎么说他,他也不在意。但姜桃花……他实在不想听她说这样的话,一个字也不想听,一个音也不想听。

"你要恨我也随你,怨我也随你。"微微抿唇,他道,"来世若有机会,我会站在原地不动,等着你来复仇。"

姜桃花微微一愣,笑了:"爷怎么这么傻?"

"这是我欠你的。"沈在野看着她道,"任凭你用什么法子杀我,我都不会动。"

"别误会,"姜桃花歪了歪脑袋,笑道,"妾身说您傻不是褒,是贬。您为什么会觉得,妾身对您的恨足以让妾身下辈子都记得您,还要担上一条人命来报仇?"

沈在野身子一僵,愣愣地看进她眼里。睚眦必报的姜桃花,会不向他报仇?

"与爱相对的不是恨,是忘记。"姜桃花认真地看着他道,"恨一个人是连着自己一起惩罚,忘记一个人就轻松多啦。爷带着对妾身的愧疚活下去就好,等妾身再生之时,必定不会再记得您。"

说完,她又朝他磕了个头,额头抵着冰冷的地,一字一句地道:"妾身与爷之间,自今日起,恩断义绝!"

沈在野眯了眯眼,微恼:"你死了,墓碑上刻的也是沈姜氏,哪里来的恩断义绝?"

姜桃花不再说话,磕头起身之后,便扶着桌子走到床边,安安静静地躺了上去。

沈在野僵在原地,看了她许久,才恼怒地挥袖往外走。

争春阁里一片死寂,没人发现青苔不见了,也没人去主屋里看看姜桃花。姜桃花安静地躺着,像将亡的老人,等着黑白无常到来。

沈在野没去别的地方,直接去了药房。与姜桃花有过来往的李医女正在熬药,冷不防就被他抓了出去。

"相爷?"李医女吓了一大跳,不解地看着他,"您这是怎么了?"

"姜氏病重,命在旦夕。"沈在野声音低沉地道,"你将这个送去争春阁给她吃了,别说是我给的。之后再来书房找我。"

李医女接过一个翠绿色的小瓶子,一头雾水,压根儿没反应过来。但是沈在野根本没打算给她想明白的时间,一把就将她推出了药房。

姜娘子病了吗?为什么没人来传她,倒是相爷亲自来了?李医女边走边想。相爷的表情看起来可真奇怪,分明是他亲手给她的药,让她去争春阁,那脸上的表情怎么看起来却像是万分不情愿,被谁逼着似的。

她没看错,沈在野就是被逼的,他心里的两个小人大开战火,你来我往,闹个不停。

一个小人说:"这一次放过姜桃花,就是继续给你自己留个后患,而且她一定会记恨你,百害无一利!"

另一个小人说:"我听见你心里的声音了,你想放过她。既然心里是这么想的,那这样做了也不必后悔。"

沈在野闭了闭眼,发出一声低笑。罢了,他又不是神,一辈子总会有犯错的时候,他只是把犯错的机会都放在姜桃花身上了,未来会有什么样的后果,那也是他该受的。

说起来姜桃花已经很久没对他使用媚术了,可能她是不敢,也可能是知道没用。但是他突然很好奇,赵国的媚术是不是有一种媚人于无形的,恰好姜桃花就会?不然那么一个虚伪狡诈的女人,他怎么就……怎么就这么放不下呢?

"你把解药给她了?"徐燕归还在书房里,看着他回来,挑眉问道,"刚才我就想到了，你没道理不吃那瓶药，说些瞎话骗鬼呢？"

沈在野没理他，跨进房门，找了椅子坐下，颇为疲惫地揉了揉眉心。

"哎，但是你有没有想过……"徐燕归撇嘴道，"这样以后该怎么办？就没有什么一劳永逸能保住姜氏的法子吗？"若是有，他至于走到这一步吗？沈在野苦笑，低头看了看自己的手："你与其想法子怎么保住她，不如想想看怎么才能让她消气吧，她定然是恨死我了。"

"她又不傻。"徐燕归皱眉，"吃了解药保住性命，你又不对她第二次下手，那她就该知道你放过她了，还恨什么？"

是吗？沈在野眼睛微微亮了亮，抬头看他："你确定？"

"你不懂女人，我懂。"徐燕归轻哼一声，道，"等她养几天身子，顺便把太子的晚宴躲过去，之后你好生哄一哄就没事了，关键是哄的时候诚心些。"

像上次那样吗？沈在野抿唇，这个他倒是会，要是真这样简单——

"主子！"

还没等他想完，门外的湛卢突然冲了进来，满脸惊慌地道："主子，争春阁里没人了！"

沈在野微微一顿，抬眼看他："'没人了'是什么意思？"

湛卢急得不会说话了，干脆将李医女一把拉了进来。

李医女跪在地上，依旧一副莫名其妙的表情，声音尚算平静地道："奴婢按照相爷的吩咐过去的时候，姜娘子已经不在争春阁里了。"

沈在野瞳孔一缩，看着她手里捧着的解药，脸色霎时变得惨白，起身就往外冲。

"府里找过了吗？"他想很平静地问，然而声音微微发抖。

湛卢皱眉："正在让人找，还没找到，但是问过夫人那边了，姜娘子没有拿腰牌，应该出不去府门——"

"你傻吗？！"一听这话，沈在野暴怒，当即转身就改道往侧门走，"她哪里需要夫人出府的腰牌？凭我上次给她的玉佩就可以出府，你还不派人去追！"

湛卢大惊，连忙应声而去。

反应过来的徐燕归戴着斗笠跟了出来，一路上不停地问："怎么会这样？她中毒了还能跑啊？那毒可是老人家亲手配的，世间解药就这么一颗，她还以为别处能解毒不成？"

"你给我闭嘴！"沈在野扯了缰绳就翻身上马，他捏了捏自己发抖的指尖，咬着牙策马往南王府的方向追。

那毒唯一的解药她错过了，不到一个时辰，她必死无疑！一向聪明的人，怎么会这么冲动？她为什么不肯相信他一回，多等一等？！

她在这里无亲无故，唯一能投靠的只有南王。沈在野努力让自己冷静下来，一个时辰够他赶到南王府，还来得及，一切应该都还来得及……

然而，当对上穆无瑕一脸茫然的表情时，沈在野才体会到什么叫真的绝望。

"她没来过这里。"穆无瑕疑惑地看着他，随即皱眉，"你是不是又欺负姜姐姐了？"

沈在野没回答他，只觉得自己的身体从脚开始一点点结冰，快将他整个人都冻住了。无边无际的寒冷涌上来，让他无法呼吸。

"丞相？"穆无瑕吓了一跳，连忙让人将他扶进王府，倒了热茶，"你这是病了吗？脸色也太难看了。"

徐燕归站在暗处，无声地叹了口气，心里也跟着难受起来。屋子里的灯漏响了一声，一个时辰已经过去了。

所有人都坐在南王府的主堂里，沈在野没说话，只愣愣地看着空荡荡的门口。穆无瑕几次想问他到底怎么回事，可一看他这表情，又问不出口了。

"你家主子怎么了？"无奈之下，小王爷只能将湛卢拉到一边，低声问。

湛卢沉默，他哪里敢跟小王爷说自家主子要杀了姜桃花啊，那他不闹翻天才怪。

"你不说我也猜得到，他多半是对姜姐姐做了很过分的事情。"穆无瑕负手回头，又看了沈在野一眼，"你不用担心我会责备你家主子，他现在后悔，就是对他最好的惩罚。"

从他认识沈在野开始，就没见这人露出过这样的表情，看着也是新鲜。只是可惜了姜姐姐，不知道受不受得了沈在野的手段。

湛卢叹了口气，看着小王爷，低声道："您要是知道姜氏的行踪，就快些告诉主子吧，看他这样……奴才也难受。"

"我是真不知道。"穆无瑕摇头，"看他这么着急，我也不可能瞒着他。相府守卫那么森严，姜氏是怎么跑出来的？"

还能怎么跑啊？湛卢苦笑，自家主子以前对姜氏的恩宠到底是太过了，这一下子又来得太狠。给了她逃的机会，又逼着她逃，现在人不见了，真的只能怪自家主子。

"别折腾了！"徐燕归有些看不下去，虽然他也不好受，但沈在野这样子更让他觉得天要塌了似的，于是直接开口道，"一个时辰已经过去了，姜氏必死无疑，你在这国都里找具尸体还不简单？呆坐在这里干什么？厚葬去啊！"

沈在野身子一震，抬头看他，目光锐利得像软剑。

"你瞪我也没用。"徐燕归道，"人是你决定杀的，毒是你下的，菜是你赐的，现在成了这样的结局，你怪得了谁？一开始老老实实说舍不得她，把她送出府不就好了？非要等到现在这样的局面，才肯明明白白显露心疼？你心疼给谁看？反正姜桃花不会原谅你了，死活都一样！"

"徐公子！"湛卢忍不住挡在他面前，眉头紧皱，"您别这样跟主子说话。"

"他做得出来，我还说不得了？"徐燕归伸手指着沈在野道，"从小到大都是这样。我说过多少次别玩口是心非那一套，早晚会出事，他不信。现在怎么样，摔了跟头，还要人哄啊？他多大了？"

穆无瑕听得震惊，走到沈在野身边，看了看他的表情："丞相是因为姜姐姐死了，所以才这样的？"

沈在野垂眸，终于沙哑着声音开了口："殿下恕罪，微臣今日情绪不佳，难以控制，失态了。"

穆无瑕歪了歪脑袋，道："我没想到姜姐姐在你心里这么重要，竟至于让你如此失态，既然如此，你为何就不能对她好一点？"

"鱼与熊掌不能兼得。"沈在野勉强笑了笑，看着他道，"微臣虽然痛苦，但未必做错了。殿下也该记得，在成大事面前，女人是微不足道的。"

"微不足道？"慢慢咀嚼着这四个字，穆无瑕摇头，"丞相做什么都是对的，想法也都很周到，唯独在女人方面，注定得吃大亏。"

人与人之间所有的感情都是相互的，自己对别人好，别人才会愿意对自己好。他把女人看得太低，那自然不会有女人将他放在心上。但沈在野的心上分明已经有了姜桃花。也是可怜，在明白这件事的同时，他也永远失去了她。即使他嘴硬不承认，也只会增添自己的痛苦罢了。

"微臣先告辞了。"沈在野缓过神来，别开头没看穆无瑕，起身道，"已经快到宵禁时间，微臣会尽快派人找到姜氏，王爷安歇吧。"

"好。"穆无瑕点头，看着他匆匆离开，心里不免也有些难过。

姜氏真的就这么死了吗？

第二十六章 祸水

国都城隍庙。

青苔将自家主子放在稻草堆上，扶着她的肩膀，一边掉眼泪一边替她顺气："您先把毒血吐出来，奴婢带了水，先吃药。"

姜桃花惨白着一张脸，依言侧头。她按着自己的心口，吐出一大摊毒血。艰难地呼吸了一阵子，姜桃花便接过青苔递来的药，拼命咽了下去。

"把地上盖起来。"姜桃花沙哑着声音道，"在这儿休息半个时辰，咱们就得走。"

青苔急得哽咽："走哪儿去？已经宵禁，外头肯定有不少人在找咱们。"

"就是因为他们在找，这地方才待不得。"姜桃花闭眼，靠在她怀里缓了好一会儿，才继续道，"寻个百姓人家，给点碎银子，让人帮咱们掩护一晚上即可。沈在野就算有通天的本事，也不可能挨家挨户地找。"

"是。"一提起沈在野这个名字，青苔手都紧了，眼里恨意汹涌。也亏得自家主子一早中了媚蛊，有毒进肚子里，也只会被蛊吞噬，所以相爷没得逞。但她真的没有想到相爷会对自家主子下这么狠的手。平常的毒吃进肚子里，主子顶多睡一觉便好，但他给的这毒，让主子吐了不少毒血，脸色也越来越差。她很担心这毒连媚蛊都没办法压制，那才是真的完了。

"走吧。"休息了半个时辰，姜桃花扶着青苔起身，脑子里却一阵天旋地转，差点跌倒。

"主子！"青苔咬牙，"您到底怎么样了？跟奴婢说一声可好？"

"没事。"咧嘴笑了笑，姜桃花道，"只是赵国的蛊可能还不太认识大魏的毒，在打招呼寒暄呢，没急着动手，所以我有些难受。等它们熟悉了，彼此放下戒备了，咱们赵国的蛊肯定能一口吞了大魏的毒。"

都什么时候了，主子还有心情开玩笑？青苔急得直想哭，背起她就往外跑。

"我重不重？"姜桃花闭着眼睛问。

"奴婢背得起。"青苔声音里满是沉重，"您再坚持一会儿。"

轻笑了一声，姜桃花道："你这小丫头真不会说话，什么叫背得起，你要说主子真的很轻，轻轻松松就能背着跑遍国都，这样我才放心啊。"

青苔感觉喉咙里一阵阵地疼，背着她站在路上，差点忍不住号啕大哭。

"你别太难过了。"姜桃花的声音越来越小，"想想看你家主子今晚上肯定是能睡个好觉，而相府那位一定睡不着，咱们赢了啊……"

青苔咬牙道："您要是有事，奴婢说什么也会冲去相府取那狗贼首级！"

背后的人没了声音，手垂在她的肩膀上，无力地晃动着。

"您不阻止，奴婢就当您同意了。"深吸一口气，青苔红着眼睛就去敲一户人家的门，没去想自家主子为什么不说话。等给了人银子，找个房间安顿下来，将背后的人放在床上的时候，青苔才颤颤巍巍地探了探桃花的鼻息。

一息尚存。

青苔颤抖着嘴唇哭了出来，像刚经一场大难，差点没了家的孩子一样，靠在姜桃花旁边，哭得撕心裂肺。

丞相府。

湛卢看了沈在野好几眼，终于忍不住小声问："明日要如何同府里的人交代姜娘子之事？"

沈在野好像已经恢复了正常，神色平静，只是脸上还没什么血色，闻言便开口道："同众人说，姜娘子旧疾复发，被送去山上的寺庙里养病了。"

湛卢微微一怔，皱眉："可……"可姜娘子永远不会回来了啊。

"现在可不能引起与赵国的争端。"沈在野道，"你按照我说的去做便是。"

"是。"湛卢应声退下。

坐着发了会儿呆，沈在野起身，跟平常一样更衣，准备就寝。

他想明白了，只是个女人而已，本也是要杀掉的，他有过放过她的念头，是她自己没能抓住机会，实在怪不得他。没了就没了，他再沉浸于此事也改变不了什么，不如好好休息，准备迎接与太子的晚宴。世上的女人那么多，他就不信以后遇不见更好的。

心里慢慢地平静下来，沈在野上了床。

然而，当一股子熟悉的药香透出枕头钻进他鼻孔里的时候，沈在野就知道，今天晚上自己无论如何也不可能睡得着了。

真是冤孽。

第二天天亮，湛卢进来给他更衣的时候，皱眉道："主子，全城都搜遍了，没找到姜娘子的尸体。"

沈在野微微一愣，眼眸突然就亮了："没找到尸体？"

"可能已经入土。"湛卢低着头就将自家主子心里刚生起的希望戳破了，"城郊外新坟很多，不宜翻找。青苔一个人带着尸体定然会被百姓禀告衙门，然而现在还没动静，那她多半已经把姜氏埋了。"

眼里的光慢慢熄灭，沈在野轻笑了一声："这丫鬟可真狠，棺材都不给一副?"

湛卢抬头看了他一眼。

"罢了,你让人准备明日的晚宴吧,其他的事情不用操心,找不到就算了。"沈在野拂了拂衣袖,整理好衣襟,从容地跨出门槛,"我们还有很多事要做。"

"是。"

太子新立,正是立威的时候,恰好有段氏的案子送上门,穆无垠二话没说,直接判了她杀人未遂,终身囚于大牢。

瑜王一派士气低迷,段始南求助无门,最后还是悄悄来找沈在野。

"求丞相救救小女,她罪不至此!"段始南言辞恳切地道,"只要丞相相助这一回,下官日后愿为丞相鞍前马后效力,再不会有半点违逆之心。"

沈在野优雅地摆弄着茶杯,看也没看他,说道:"段大人这算盘打得不错,沈某帮你救人,以后还得护着你不被太子记恨?"

段始南是瑜王的人,穆无垠心里是清楚的,所以这一回判得这么果断、残酷,完全没给人求情的余地。段老狐狸明显是瞧着形势不对劲了,打着为女儿求情的旗号来投靠他,生怕太子之后找他麻烦。

"这……"段始南神情尴尬,"小女好歹伺候了相爷这么长的时间,相爷不至于对她半点情分都没有吧?"

"自然是有的。"沈在野轻笑,终于抬眼看他,"沈某也愿意为这点情分,帮大人一把。但是礼尚往来,大人若愿意帮沈某提拔两个人上来,沈某便保你段府上下的性命。"

"这个好说!"一听条件这么简单,段始南立马一口答应,"只要是下官能给的官职,丞相说给谁,下官便给谁。"

"好。"沈在野伸手递了张纸给他,上头写着两个人的名字,他看着段始南道,"大人若是真有诚意,那沈某先为段氏求情也未尝不可。之后你我关系如何,就看大人到底有没有觉悟了。"

段始南是个精于谋算的人,也很是识时务,当即跪下给沈在野行了礼,拿着那张纸便退了出去。

沈在野看了他一会儿,打开桌上放着的一本册子。

太仆之位给了秦升,郎中令的位置也安插了自己的人,段始南一投诚,太尉那位置可能就得想个办法换人了。

这朝中九卿,一开始是景王和瑜王的人占多数,如今景王为太子,手下的势力却渐渐都归附于他。那穿着四爪黄袍高兴不已的人,可能还根本没发现吧。

穆无垠的确没发现,不仅没发现,还在太子妃等人面前大肆夸奖沈在野。

"要不是有沈丞相在,本官哪里能这么快入主东宫?"看着忙忙碌碌搬摆件家具的官人,穆无垠心情好极了,"瑜王弟暗中的动作一直不少,定然是筹划了什么准备翻身。然而他已经没机会了，太子的金冠已经是本宫的了！"

太子妃厉氏笑着颔首："恭喜殿下，妾身已经备了厚礼，选的都是丞相和女眷会喜欢的东西。"

"你想得周到。"拍了拍她的手，穆无垠抬头看着天，突然有点感慨，"要是她还在就好了。"

厉氏一愣，看着穆无垠这神色，就知道他又想那个女人了。有人跟她说过，先前殿下在宫外结识了个妖媚万分的平民女子，还因此豪赌，被陛下责备。后来那女子为沈丞相亲手所杀，殿下虽感激丞相，却再也没能忘记那女子，每过一段时间，都会提起来一次。

"丞相说，成大事之后，才能喜爱美色。"穆无垠双眸里满是惋惜，"可是如今本官大事已成，却再也难遇见那样的女子了。"

厉氏低头不语，倒也不是很在意。反正那人都是死人了，她总不至于跟死人争风吃醋。

国都的某户人家。

姜桃花换上青苔刚买回来的普通衣裳，对着镜子看了看。淡黄的上衣、朱红的短褂、蓝色的长裙，这装束走在路上很快会淹没在人群里，不用担心被人盯上。

"主子，"青苔担忧地捏着手里的药瓶，"奴婢已经找人回赵国去知会了，您如今病发要吃两颗药，他们要是不提前送药来，您可就——"

"还早呢。"姜桃花摆手，"这一觉能醒过来我已经觉得是赚了，更何况还能多活好几个月。"

昨天昏睡了一天，她都要觉得自己定然没活路了。谁知道夜里媚蛊毒发，吃了药之后，整个人竟然就没事了。不过体内的毒混合在一起，每月一次的痛苦就重了一倍。新后给的一年的药，也就只够吃半年。她算了算剩下的药，还能坚持三四个月。够了，老天至少还留给她做事的机会。

"您当真没事了吗？"青苔还是不放心，"再多休息一会儿吧，现在急着出去做什么？"

"今晚不出去，以后就难有机会了。"姜桃花整理好了妆容，起身道，"我身子没问题，你要是实在不放心，继续在暗处跟着我便是。只是，今日无论出什么状况，你都别出来救我。"

青苔皱眉："您要做什么？"

姜桃花一笑，打开门道："沈在野那条路，咱们是走不通了，难不成大魏这一趟白来？自然是要寻其他的路走的。"

青苔一如既往听不明白，看着主子出门，只能隐了身形跟在后面。

姜桃花一路上跟没长眼睛一样，一会儿撞着人家的牛车，沾一身泥草，一会儿撞着端菜的伙计，洒一身汤汁油腻。新买的衣裳瞬间变得脏兮兮又破破烂烂的。

她不抬头的话，整个人就跟叫花子没什么两样。

天色已晚，各家各户都已经亮了灯，姜桃花一人在丞相府附近的官道上徘徊，安静地等待着。

太子回宫的车队很快从远处过来了，她听着声音，就在路中间选了个极好的位置，然后跟尸体一样躺了下去。

"吁——"开道的护卫看见前头有东西，立即勒马让后头的人都停了下来，然后上前查看。

"怎么回事？"穆无垠喝得半醉，兴致正高。见车停了，他忍不住掀开车帘往外看了看。

"回殿下，有个女子昏倒在路中央，马车不好过去。"护卫连忙回禀，"您看？"

穆无垠哈哈一笑，挑着眉张口就是醉话："看她长得好看不好看，不好看的话，咱们直接碾过去！"

众人都是一愣。姜桃花听着，心想，幸好父母将自己生得好，照他这说法，长得不好看的还不能活命了！

虽然知道这是玩笑话，然而护卫还是老老实实禀告："此女子甚为美艳。"

"美艳？"穆无垠来了兴致，"端过来我看看！"

厉氏无奈地叹息："殿下，那是个人，又不是菜。您喝醉了，还是早些回去歇息吧。这人昏倒在这儿，让护卫送去民间的药堂也就是了……"

在她说话的时候，护卫已经把姜桃花抱了过来。穆无垠瞧着，这女子浑身脏兮兮的，可那张脸格外干净，瞧着还有些眼熟……

"殿下。"厉氏还要再劝，穆无垠直接抬手示意她闭嘴，然后揉了揉眼睛，仔细看了看那女子。

"来人，拿盏灯来。"

护卫一愣，抬头看了看太子严肃的表情，连忙举了灯过来。

昏黄的柔光之中，姜桃花睡得格外安详。穆无垠愣怔地看着她，感觉就像又做了一场梦，又梦到了这个女子一样。只是这次不同，她的五官终于清晰起来。他伸过手去碰了碰，她也不会消失了。

"是你。"喃喃一声，穆无垠瞬间醒了酒意，伸手掐了掐自己，确定不是梦之后，立刻伸手将姜桃花抱上了车。

"殿下？！"厉氏吓了一跳，看着那女子身上脏兮兮的，下意识地惊呼了一声。

怀里的人皱了皱眉，像是要被吵醒了。穆无垠倒吸一口气，皱眉瞪向厉氏："你叫唤什么？下去，坐后面的马车。"

厉氏目瞪口呆，根本不知道发生了什么，见他生气，只能提着裙子下车，到后头与别的姬妾同乘。

穆无垠小心翼翼地将姜桃花放进马车里，低声吩咐外头的人："快些回去，请个御医来。"

"是。"

车驾重新启动，飞快地往皇宫驰去。

姜桃花算准了穆无垠会救自己，就算不为别的，也该好奇她是怎么死而复生的，所以她肯定能被他带回去。

但是她没想到穆无垠对她的执念竟然这么深，一路上不顾她身上的腌臜泥污，竟一直死死将她抱着，嘴里不停地道："我喝醉了，但是肯定不会认错，就是你，一定是你。"

他语气小心翼翼的，还带着点颤抖，听得她又意外又莫名觉得愧疚。原来，在她不用媚术的时候，穆无垠也这么喜欢她啊。这就让她有点不好意思了。要是没什么感情的陌生人，她骗起来一点压力都没有。但这种傻子……她有点不忍心。

马车已经驶进了皇宫，穆无垠一点逃走的机会都没给她，请了御医给她看诊，又让宫女伺候她沐浴更衣、梳妆打扮，最后让她穿戴整齐地躺在他的床上。

"这位姑娘好像身中奇毒。"御医给姜桃花把着脉，脸上的表情严肃极了，"微臣行医多年，这种脉象还是头一次看见。毒性不浅，但好像被什么东西压着，一旦那东西没了，必死无疑！"

穆无垠被吓得脸色苍白，连忙问："有什么法子能解吗？"

御医迟疑片刻，拱手道："微臣没什么把握，只能取这位姑娘的血回去仔细研究，太子切莫着急。"

还要取血？穆无垠坐在床边，皱眉道："她看起来如此憔悴、消瘦，你取血也取少些。"

御医愕然抬头看了他一眼，连忙应下，在姜桃花手指上扎了一针，取了一小滴血。

穆无垠嘱咐了御医一番，又让宫女去熬补药。他完全没当自己是太子，忙里忙外好一阵子才回到姜桃花身边，心疼地道："每次见你，你怎么都命在旦夕？"

姜桃花忍不下去了，皱眉睁开了眼，看了看他，道："多谢太子。"

"你醒了？"穆无垠一喜，继而一愣，"你早醒了？别害怕，这是东宫，没人敢欺负你的。"

姜桃花撑着身子坐起来，道："民女不该待在这种地方，多谢太子救命之恩，等天一亮，请送民女离开。"

这话是真心的，她还算有点良知，人家对她这么好，她就不能留在这儿坑他了。

"别。"穆无垠连忙道，"你身上有奇毒，我在让人帮你解毒呢，你走了会死的。"

"民女一早就是该死的人。"姜桃花笑了笑，"得蒙太子多次相救，无以为报，总不能还留在这里，让太子受人非议。"

穆无垠皱眉："现在没有人敢非议我，我也不怕人非议。上天好不容易给了我这次与你重逢的机会，我说什么都不会再放开你！"

姜桃花嘴角微抽，忍不住问了一句："您看上民女什么了？"

"不知道。"穆无垠理直气壮地道，"若是知道，我就未必这样喜欢你了。"

姜桃花一愣，看着他那炙热的眼神，一时间也不知道该说什么好。这人竟然是个性情中人，动起感情来这么不管不顾，怪不得沈在野只拿他当踏脚石。

"既然如此，"姜桃花抿唇，"那民女就给太子当个官女可好？民女也懂规矩，定然会小心伺候，以报太子救命之恩。"

穆无垠惊讶地看了她一眼，又低头看了看自己："你知道我是谁吗？"

姜桃花点头："您是太子。"

"知道我是太子，也知道我一直对你念念不忘，你却只问我要个官女的名头？"穆无垠很不能理解，"难道你就没想过飞上枝头当我的侧妃吗？"

姜桃花歪着脑袋思考了一会儿，突然咧嘴笑了笑："太子若是当真如此看得起民女，民女自然也愿意。"

"当真？"穆无垠一喜，伸手就抓着她的手，"你若允了，我即刻封你为……哎，对了，你叫什么名字？"

姜桃花抿唇，垂了眸子道："民女家境贫寒，父母都不识字，无名无姓，旁人都只叫我'丫头'。"

不能怪她污蔑父母，实在是一时情急也想不出什么好名字。

穆无垠听着，心下更加怜悯，低声道："那我以后唤你'梦儿'，好不好？"

姜桃花神色复杂地看着穆无垠，真的很想拒绝。这是什么鬼名字，还不如她随口取一个，也不至于被喊得浑身鸡皮疙瘩。

然而现在人家是救命恩人，她也不能不给人家面子，只能抖着身子应下："多谢太子赐名。"

"你也不用这么激动。"捏着她发抖的肩膀，穆无垠一脸心疼地道，"以后你就是我东宫的梦侧妃，有我护着你，谁也休想再动你半根毫毛。"

"……好。"

封妃之令一下，东宫里一片哗然，厉氏求见，然而穆无垠已经猜到她要说什么，直接关了门，没见。

"怎么这样荒唐？！"厉氏气得直哭，"从外头随意捡个人回来就封妃，像什么话！"

"娘娘。"官女小声道，"太子的命令，没人敢违背，您不如去找丞相说说吧，能劝得住殿下的只有沈丞相了。"

说得也是！厉氏点头，第二天等他们下朝，就带着人去将沈丞相拦住了。

"相爷。"

沈在野好像病了，宽大的官服更衬得他十分消瘦，他捂着嘴咳了两声才看着她问:"太子妃有何吩咐?"

厉氏象征性地客套两句:"相爷这是怎么了?看起来病得有些厉害。"

"无妨。"沈在野轻笑,"大概是风邪侵体。"

姜桃花是真的很厉害,人没了,光留下一个枕头,就足以让他夜夜难眠,心力交瘁。这场病多半是她的报复吧,也不知道她是不是跟只兔子似的在黄泉路上跳,一边跳一边骂他。一想起她那气鼓鼓的模样,他心口便又是一阵钝痛,许久才缓过来。

厉氏被他的样子吓着了,生怕他突然倒下去,连忙一口气将话说完:"昨日太子从宫外带回个女子,竟然就直接封了妃。此事要是传到圣上耳朵里,定然会让圣上对太子草率的行为不满。我劝不了太子什么,恳请丞相出马,让太子回归正途。"

从宫外带回个女子?沈在野一愣,低声道:"他怕是对以前那个人还放不下,瞧见面貌相似的人就立刻宠了吧。"

姜桃花一个死人,怎么就能影响这么多人呢?

厉氏没听清他说的是什么,只试探着喊了一声:"丞相?"

"太子妃放心,"沈在野道,"我这便去找太子聊聊。"

"那就请丞相直接去东宫吧。"厉氏说道,"也请丞相为我保密,切莫告知太子是我传的话。"

"沈某明白。"

太子妃走了,沈在野在原地站了一会儿,才转身往东宫走。

不知道是什么原因,他现在觉得天地间特别空旷,哪怕是在这宫里,走着也觉得寂寥。夏天已经到了,天气慢慢变得炎热,可他哪怕穿着厚厚的官服,额上也出不了一丝汗,那股子凉意就像从心底里透出来的一样,身子怎么样也暖不过来。

跨进东宫的大门,他恍惚间像听见了姜桃花的笑声。沈在野抬头一看,姜桃花跟往常一样,穿着粉色绣花的裙子,开心地朝他扑了过来。

又出现幻觉了吧?沈在野垂眸失笑,却还是下意识地朝她伸手,想让她再抱抱自己。

然而,面前的人突然顿住了,水灵灵的眼睛滴溜溜地打量了他半晌,歪着脑袋娇俏地问:"您是谁?"

幻觉里的人什么时候会说话了?沈在野愣怔住了,心里有片刻的茫然。

然而下一刻,穆无垠竟然从后头跑了过来,飞快地把面前的女子抱进怀里,满怀戒备地看着他道:"丞相怎么这个时候过来了?"

衣裙翻飞,姜桃花跟往常被他抱着的时候一样,乖巧地依偎在穆无垠怀里,一双眼睛茫然又无辜地看着他。

沈在野心里一震,上前两步,总算是明白这不是梦,心口瞬间紧缩:"你怎么还活着？！"

姜桃花被他吼得瑟缩了一下，抓着穆无垠的衣襟小声道："殿下，这不是上次给我喂毒药让我死的那个人吗，他是不是又想杀我了？"

"别怕。"穆无垠将姜桃花护在身后，皱眉看着沈在野道，"丞相何必总是针对一个弱女子？大事已成，她已经是本宫的侧妃。"

侧妃？沈在野脸色一白，愣愣地看向姜桃花，待看清她眼里冰凉的神色之后骤然清醒。

好个姜桃花，好个聪明绝顶的姜桃花！她定然是动了手脚，根本就没中毒！她逃出相府之后，急不可耐地勾搭上了太子，想用太子的庇佑来逃过他的诛杀。好样的，真是好样的……亏他还跟个傻子一样当真以为她死了，每天都在痛苦里煎熬！

先前有多痛，这会儿就有多生气。沈在野怒不可遏，伸手就朝姜桃花抓了过去。

"丞相！"穆无垠大惊，他根本不是沈在野的对手，旁边的护卫也没一个敢上来。哪怕穆无垠极力想护，身后的人也还是落到了丞相手里。

沈在野的眼里有惊涛骇浪，带着无边的杀气。

姜桃花的眼里却一片平静，带着无辜和不解，抬头看着他问："您这又是在气什么呢？我不过是一个女人，就算得了太子的宠爱，也不至于让丞相这样动怒。"

"你这恶毒的女人！"沈在野伸手掐着她的脖子，一把将她抵在后头的宫墙上，声音里满是恨意，"为什么要这样做？"

姜桃花丝毫没有怕他的意思，看了一眼身后惊呆的太子和护卫，低声道："说起'恶毒'二字，我不及相爷万分之一。我此举，也并非为了报复，只是太子待我不薄，温柔又体贴，跟着他，我很安心。"

"姜桃花。"沈在野的手慢慢收紧，"你是要逼我亲手杀了你？"

呼吸渐渐困难，姜桃花抬眼睨着他，娇俏一笑："又不是第一次了，您爱怎么杀就怎么杀吧。"

心口大痛，沈在野手上猛地用力，很想就这样直接掐死她算了！世间怎么会有这么狡猾的女人，怎么会有这么狠毒的女人，怎么会有……这么厉害的女人。她不该活着，不管从哪个方面来看，她都不该活着。然而，一看她脸色发青，他还是下意识地松了手。

"您还记得您说过的话吗？"姜桃花喘了两口气，勾着唇道，"站着不动，等着我来复仇。这话还算不算数？"

嘴里问着，姜桃花手上的动作却没犹豫，扯了尖锐的发簪下来，用力就朝沈在野的心口刺去！

沈在野一震，微微侧身，那簪子穿透朝服，狠狠地扎进了他的肩头。

后头的穆无垠倒吸一口凉气，下意识地转头先去遣散身后的人，让他们守住四周,不要让人靠近,然后才朝他们两人走过去。

"你说话不算数。"疼痛跟蜘蛛网一样爬遍了他全身,沈在野白着脸,目光阴冷地看着面前的人,"你分明说过,会忘记我,不会找我报仇。"

"您说话不也没算数吗?"姜桃花拔出簪子,妩媚一笑,"咱们谁也怪不得谁,只是两个心都这么狠的人在一起没什么好下场,相爷不如高抬贵手吧。"

这一下她其实是不必刺的,有害无益,然而等她脑子反应过来的时候,簪子上已经带着血了。原来自己不是不恨他的,这恨意还挺深。

"丞相!"穆无垠过来了,一把将沈在野扶过去,责备地看了姜桃花一眼,道:"好好说话,怎么能动手伤人?"

姜桃花垂头,低声道:"是他先想掐死我。"

沈在野冷眼瞧着她,开口道:"你这样凶狠的女子不适合留在东宫,太子若是执意要留,那沈某只能禀告陛下,说她行刺当朝重臣。"

这罪名怎么也够将她推上断头台。

穆无垠摇头:"您何必跟个女子计较?先让御医处理伤口吧,无垠难得真心喜欢上一个人,还望丞相成全。"

真心喜欢?沈在野笑了,指着姜桃花,看着他道:"殿下可以问问她是不是真心喜欢您。"

姜桃花一顿,垂着眼眸正有些犹豫,却听见穆无垠道:"她是嫁过人的,也未必有多喜欢我,但我真的很喜欢她,也愿意等她慢慢朝我敞开心扉。"

沈在野脸色黑得难看,看着太子道:"殿下可是疯了?把二嫁的女人当宝贝也就算了,连她未必真心对您,您也不介意?"

"日子还长,怎么能急在这一时?"穆无垠笑了笑,"我与她才相处多久,在她没感觉到我真心待她之前,哪里会那么轻易地真心待我?"

姜桃花有些诧异地看了穆无垠一眼,一瞬间竟然有些感动。这世上竟然还有人会这么傻?

沈在野脸色更加阴沉,气极反笑:"那沈某倒要看看,殿下这说辞在陛下面前能不能站得住脚!"

"丞相。"见他转身要走,穆无垠连忙拦住他,"您平时不是这么急躁的人,话还没说完,为何急急地就想去向父皇告状了?"

沈在野步子一顿,心里愕然,被穆无垠这一说才发现自己满身戾气,情绪一点也不掩饰地暴露了出来。真是疯了!

"……沈某最近身体抱恙,情绪是有些难以自控。"沈在野收敛了神色,终于恢复正常,"太子立民女为侧妃很不妥,更何况这女子绝非善类。您若能听沈某一言,沈某自然就不会去与陛下说起此事。"

穆无垠微微松了口气,扶着他就往主殿里走,以眼神示意姜桃花跟上。

"您还是先看看伤吧。"

御医来了，姜桃花在旁边面壁思过，听他们说伤势有些严重，她就放心了。戳不死他，能让他尝一尝痛的滋味也是好的！

包扎了一番，沈在野的脑子终于重新运转起来，扫了一眼角落里那女人，凉凉地道："太子若实在不愿休了她，那沈某也无能为力。太子已达成所愿，想必是不用沈某继续帮扶了。往后——"

"丞相何出此言？"穆无垠连忙道，"本宫能有今日，都是相爷的功劳，若功成便背弃帮助过本宫的人，那日后还有谁愿追随本宫？这女子当真只是个普通的民间女子，本宫不会做什么出格的事，只会将她养在东宫里而已。本宫向丞相保证，绝不会沉迷女色！"

沉迷女色？一想到姜桃花媚人的功夫，沈在野眼睛眯了眯："太子……已经宠幸过此女了？"

"没有。"穆无垠看了姜桃花一眼，低声道，"她身子不太好，还要养上一段时间。"

沈在野心口微松，抿唇道："既然还没宠幸，那又何必封她做侧妃？让她当个宫女就足够了。"

"可是……"穆无垠皱眉，"梦儿这样的女子，只当宫女，不是很委屈吗？"

"殿下觉得不够吗？"沈在野道，"等她被宠幸之后，您再封妃不迟。如今名不正言不顺，您也该多考虑下其他人的感受。"

好像也有道理。穆无垠点头，随即起身将姜桃花带了过来。

"不是我要负你。"他低声道，"丞相说得对，等你身子好了，与我圆房之后，我再封你为妃如何？"

"好。"姜桃花笑吟吟地应下，看着穆无垠道，"只要殿下心里有我，名分什么的，我也不在意。"

沈在野皮笑肉不笑地看着面前这一对恩爱的人，突然开口道："既然殿下肯让步，那沈某便不会再有杀此女之心，不过有些规矩她还是该学的，殿下要是不介意，可否让沈某带走她半天，好生调教一番？"

一听这话，姜桃花浑身发凉，立马摇头："我不去！"

穆无垠也有些为难，看了沈在野两眼，道："虽然丞相说话算话，但她现在到底是东宫的人，您随意带走，甚为不妥。要教规矩的话，不如送她去司教坊？"

"也好。"沈在野点头，起身便道，"沈某要出宫，正好顺路送她过去。等晚些时候，沈某会带着夫人进宫向太子和太子妃回礼。"

"……好。"话都说到这份儿上了，穆无垠也不好再阻拦，只能安抚姜桃花道，"在宫里呢，丞相不敢再动手的，你先过去，之后我就去接你。"

挣扎也没用，姜桃花只能顺从地点了点头，不情不愿地跟着沈在野往外走。

一离开东宫，沈在野浑身的冷气便又跑了出来，冻得姜桃花打了个喷嚏：

"阿嚏！"

沈在野回头冷冷地看了她一眼，一句话也没说，径直往前走。

姜桃花知道他有多生气，肯定恨不得立马把自己剁成碎块丢去喂狗。然而她就喜欢看他被气得没办法却又不能杀了她的样子，真是让人神清气爽！

路越走越偏，好像是绕进了御花园的某条小道。

姜桃花警惕地停了步子，看着前头的人道："你不要欺负我不认识路，这是去司教坊的方向？"

沈在野没理她，周身戾气不散，一把就将她扯了过去。

大魏皇宫的御花园很大，假山错落，水池环绕，树丛、草地都格外茂密。姜桃花没来得及看方向，就被沈在野直接动手扛了起来，扔进了一个假山洞。

"你要干什么？"姜桃花吓得冷汗直冒，浑身寒毛都立起来了，一脸戒备地看着他道，"穆无垠知道是你带走了我，我若是死了，账肯定会算在你头上，你别乱来！"

漆黑不见底的眸子静静地睨着她，沈在野嘴角带着嘲讽的笑意，伸手就将她抵在石壁上，头一低便将她的唇狠狠咬住。

"啊！"姜桃花疼得低呼一声，下意识地想挣扎，身上的绫罗绸缎却很快就被这禽兽扒开，雪白的肌肤露出来，在昏暗的山洞之中隐隐发光。

"你住手！"

"怎么？"温热的气息在她耳边萦绕，沈在野的声音里不带半点感情，"我的休书还没给你，你还是我的女人，哪里来的胆子让我住手？"

身子忍不住颤抖起来，姜桃花瞪大眼看着他，完全没想到他会这么禽兽！不是恨得想掐死她吗，怎么做到一转脸就又想要她的？

"这衣裳是他给你的吧？"沈在野一点点将她的宫裙扯开，眼神幽深，张口又咬住她的耳环，"这个也是他给你的吧？"

姜桃花浑身的鸡皮疙瘩都起来了，皱眉，正想说什么，却感觉他扯着了自己脖子上的红绳。

"这个，也是他给你的吧？"沈在野伸手想扯绳上的吊坠，姜桃花却慌忙压住了他的手："就算我这全身上下都是太子给的东西，那又如何？"

那又如何？沈在野冷笑一声，怒不可遏，低头就狠狠地吻住了姜桃花，像一头领地被侵犯的野兽，浑身都是暴躁的气息。纠缠之间衣衫尽落，他竟就在这光天化日之下，在皇宫的御花园中，强要了她。

姜桃花被他蹂躏得浑身生疼，倒吸一口凉气，忍不住低骂："你真是个畜生！"

"畜生也比出墙放荡之人来得好。"沈在野低笑，"你这女人可真是狼心狗肺，这么快就能转投别人的怀抱，还敢拒绝我？说我不曾把你当回事，在你心里，怕也是从未当真对我动过真情吧。"

姜桃花咬牙，伸手死死地掐着他，一字一句地道："对，咱们谁也没对谁用过真心，所以现在也跟禽兽交配没什么两样！"

听听这说的都是什么话！沈在野冷笑，半分也不想再疼惜她，一口咬上她的脖子，恶狠狠地将她抵在墙上。

背后是冰冷粗糙的石壁，姜桃花被硌得生疼。她用力想挣扎，沈在野却不管不顾地压着她的手，头一低，咬住了她肚兜上的绳子。

"啪！"绳子被扯断的时候，有东西掉在地上，听这清脆的一响，应该是摔碎了。

沈在野没注意，反正不过是个吊坠，他现在无暇顾及那些，仿佛只有在面前这女人的脸上看见痛苦的表情，他心里才舒坦些。

姜桃花神色微动，往地上看了一眼，轻轻舒了口气，算是彻底放弃了挣扎，冷眼瞧着他，就像看一个陌生人。

"怎么？先前伺候我不是挺高兴的？"沈在野嗤笑，"现在有了高枝，便这样看我？"

"是啊，"姜桃花点头，"现在我怎么看你怎么不顺眼。"

"真绝情。"沈在野眼眸深深地看着她，"还说要天长地久，你这分明是转眼就忘。"

姜桃花轻笑一声，睨着他道："爷才是健忘呢，我说过的天长地久，早就中止在那'恩断义绝'四个字里头了。您现在对我来说，就是个有权有势的陌生人罢了，还不如太子温柔体贴。"

"姜桃花。"沈在野脸色微沉，伸手掐着姜桃花的脖子，"你最好不要一直激怒我。"

"哦。"姜桃花点头，眼里半点感情也没有，"那您快些完事吧，等会儿太子还要去找我。"

捏着她手腕的手一紧，沈在野冷笑，张口就在她脖颈上头狠狠吮吸、啃咬。

真是个幼稚的人。姜桃花安静地看着他，头一次发现沈在野竟然这么幼稚。弄这些东西对他有害无益，他在赌什么气？

午时将至，沈在野终于放开了她。他整理了一下自己的衣裳，看着姜桃花道："你这样的女人，浸猪笼也是早晚的事，做什么最好别太出格。"

姜桃花优雅地将官装一件件穿上，慢慢整理着仪容，轻笑道："您既然都说了浸猪笼是早晚的事，那我还顾忌什么呢？"

沈在野皱眉，看着她不带留恋地走了出去，心情更加烦躁。他抬脚想走，脚下却踩着了什么东西。他低头看了看。断了的红绳，碎了的玉，好像是姜桃花刚刚戴的吊坠。她方才还不让他看，现在丢了，倒是一点也不在意了。

不过……这东西看起来怎么有点眼熟？

沈在野低下身去看了看，瞳孔微缩——这分明就是他给姜桃花的出府玉佩，上头还刻着"沈"字，现在被摔成了两半，狼狈地躺在泥里。

她戴的竟然是这个？沈在野心口微紧，收起碎玉，想了想就追了出去。空空荡荡的宫道上,他不知道姜桃花往哪条路上走了。他追了一会儿,捏着玉佩心中有些茫然。他刚才,是不是亲手把这最后一点的好摔碎了?

厉氏一直在宫里等着沈在野的消息,然而东宫大闹一次之后,那女子竟然没走,只是降为宫女,依旧跟在穆无垠左右。

"委屈你了。"穆无垠愧疚地道,"本想让你过好日子的。"

姜桃花一笑,垂眸道:"不委屈,这样已经挺好的了,殿下破例留民女在宫里,怕是会让陛下不满。"

皇帝不是最讨厌不能自持的皇子吗?穆无垠在她身上栽的跟头不少了,这次又是因为女人违反宫规,皇帝怕是得给他头上打个小叉了。

"无妨。"穆无垠看着她道,"你能陪在我身边,我才觉得有劲头做接下来的事。其他人的想法,你不必在意。"

"多谢太子。"姜桃花点头,随意在他的书房里行走,找个地方坐下来休息。

穆无垠完全没阻止她,目光里满是宠溺,任由她翻看一旁放着的册子也没吭声。姜桃花感觉到他对自己是完全没戒心的,看了看书房里的东西,也当真没客气,装作不识字的样子,扯着一本账本就问他是什么字。她问着问着,他就把一本账都看完了。

沈在野回了府,第一时间将湛卢叫了过来,认真地问他:"你确定那日的菜里每一道都有毒?"

湛卢点头:"奴才亲手放的,菜在争春阁里,一直有人在旁边看着,没有任何人动……爷这是怎么了?"

没有出岔子,姜桃花又吃下了菜,那她为什么还会活着?沈在野想不明白,把徐燕归拎过来问了问。

"她还活着?!"徐燕归目瞪口呆地道,"果然是个妖怪吧?"

沈在野瞥他一眼,不耐烦地道:"你能不能说点实际的?"

"……这个也没别的解释了啊。"徐燕归道,"那毒的解药只有你有,她没拿到。没有解药必死无疑,你说她为什么还活着?肯定是死得不甘心,化为妖怪回来报仇了!"

沈在野看了看自己的手,道:"她是温热的,不是妖怪,是活生生的人。"

徐燕归看他这表情,就知道两人肯定又发生了什么事。不过不知道为什么,一听姜桃花还活着,他的心情竟然也好了起来。

"人现在在太子身边?"悠闲地坐在旁边,徐燕归道,"那她就是想正面阻碍你的计划,摆明了跟你过不去。"

沈在野最终是要扶持南王上位的,现在的太子不过是踏脚石。但姜桃花要是去帮这踏脚石,情况可就未必如沈在野想的那么顺利了。

"不用你说我也知道。"沈在野垂了眸子,道,"你觉得该怎么处置她?"

"我觉得……"徐燕归轻咳两声,道,"还是你自己决定吧,反正已经杀过人家一次了,后果你也感受到了。现在相当于上天重新给你一次机会,你会怎么做?"

沈在野低声笑,抬眼看着他道:"我还是觉得杀了她最省事。"

"那你就去做吧。"徐燕归耸肩,"不过先等我去见她最后一面,之后再动手。"

沈在野不说话了,别开头看着房间的某处发呆。

徐燕归蹑手蹑脚地出去,找了马就往皇宫的方向跑。

然而,有人在他之前到了东宫。

"无瑕许久没来皇兄这里了。"穆无垠心情甚好地看着穆无瑕道,"最近在学什么?"

穆无瑕扫了屋子一眼,低声道:"在跟夫子学儒家大道,听闻皇兄收了个民女进宫,我好奇,便过来看看。"

穆无垠神色一紧,皱眉道:"消息怎么传得这么快?"

这才多久的时间,不仅丞相知道了,连南王也知道了?

"我也是听宫人随口一提。"穆无瑕道,"皇兄如今是太子了,一举一动自然都被人盯着。"

穆无垠低头想了想,起身看着穆无瑕道:"你先在这儿坐一会儿,本宫去去就来。"虽说天下没有不透风的墙,但他这东宫里怕是养了会吹风的墙。他再不警告一番,下一个找上门来的说不定就会是父皇。

"好。"穆无瑕点头,看着他急匆匆地离开,就坐在主殿里安静地喝茶。旁边有个宫女上来给他添水,穆无瑕本没在意。但靠得近了,闻见那宫女身上的香气,小王爷立马抬头看向她的脸。

"王爷好机敏。"姜桃花微微一笑,声音极轻地道,"别来无恙。"

穆无瑕轻吸一口气,扫了一眼,瞧着主殿里其他宫人都站得甚远,才低声道:"姜姐姐,丞相很担心你。"

担心她?姜桃花笑着摇头:"王爷别的都不用管,替我将沈在野放在您那儿的一万两黄金寄去赵国吧。"

穆无瑕微微一愣,倒是记起来有这么回事。沈在野说过自己与姜氏有赌约,自己一旦动了杀心,那黄金就归姜氏了。姜姐姐也真是想得通,好歹同床共枕那么久,她竟也不生气,看样子还提早料到了他会来,直接将一张折好的字条塞进他手里。

"贯通钱庄,名字和户头都在上面,有劳王爷了。"姜桃花一笑,朝他行了个礼。

南王点头,将那字条收好,看着她小声地道:"你真的不打算回相府吗?恕我直言,皇兄他……不是良人。"

穆无垠虽不像穆无垢那般贪婪，但心狠手辣，草菅人命，心里从来是没有百姓的。这样的人将来为帝，必定施暴政，导致民不聊生。他坐不上皇位，那姜姐姐跟着他岂不是走了死路？

"我心里都明白。"姜桃花朝他笑了笑，伸手给了他第二张字条，"这上头的东西，王爷回去好生看看，若是能允许，便派人来知会我一声。"

什么东西？南王很好奇，刚接过来准备打开，却见穆无垠已经回来了。

"太子。"姜桃花装作刚倒完水的样子，穆无瑕也飞快将东西收了起来。

"你来了？"穆无垠眉间有愁绪，但在看见姜桃花的时候他还是笑了笑，"这是南王爷，可见了礼？"

姜桃花一笑，规规矩矩地重新行礼："奴婢拜见南王爷。"

"免礼。"南王抿唇道，"皇兄这般喜欢的人，定然不是普通女子。不过我还有夫子给的功课没有做完，就不多耽误了。"

"如此，你就快去用功吧。"穆无垠摆手，"有空再来皇兄这儿坐坐。"

穆无瑕点头，飞快地跑了出去。

穆无垠看着他，眼神颇为慈爱："宫里也就只有他让我瞧着舒心了。"

姜桃花一愣，好奇地问："殿下为何会说这样的话？"

"我跟你说的自然都是心里话。"穆无垠拉着她在旁边坐下，道，"如今所有的皇子当中，只有南王看起来最懂事知礼，也不玩弄权术，我自然最喜欢他。"

换句话来说，就是因为南王最没威胁，所以他才能这么好声好气地跟他说话。

顿了顿，姜桃花小心翼翼地问："那若是有一天，南王也参与了夺嫡之争呢？"

穆无垠脸色微变："那他自然跟其他皇子没什么两样了。"

姜桃花点点头，算是听明白了。太子对南王好，完全不是因为血缘关系，说到底还是因为没利益冲突，所以能和平相处罢了。穆无垠对她也许是真心，对其他的人……却充满算计和防备。

穆无瑕一路走出了东宫，才打开姜桃花给他的字条。

"妾身知王爷不愿走邪僻之途、踩他人之尸骨上位。但登顶之争向来腥风血雨。妾身如今叛相爷而投太子，自有所谋，并非愿与相爷及王爷作对。若王爷能将妾身视为己方之人，劝相爷释谋杀之心，妾身当全力拥护王爷，但有驱策，莫不鞠躬尽瘁。"

穆无瑕微微一愣，皱眉。姜氏说到底只是个女子，竟然主动卷入这夺嫡之争，不是找死吗？不过这上头写的意思，她就算不找死，沈在野似乎也不会放过她。已嫁女子另投他人怀抱，沈在野定然不愿忍下这口气，所以动手也是情理之中。姜氏是料到了这种结果，所以投诚于他，表明立场，让他去劝住沈在野。

真是冤孽！穆无瑕叹了口气，将字条重新收好，看着天上道："我突然觉得长不大也好，不用面对这些感情烦扰之事。"

旁边的侍卫吓了一跳："王爷，您再过两年也该立正妃了。"

穆无瑕眼神古怪地看了护卫一眼，一本正经地道："你看看你们沈丞相，那么聪明的人都被感情的事弄得没了半条命，你们竟然还忍心让本王立妃？"

"话不是这么说的王爷，立妃才能——"

"你闭嘴吧！"穆无瑕十分严肃地道，"有这两人做前车之鉴，本王宁死不立妃！"

侍卫沉默了，心想，这得回去跟丞相好好谈谈了，王爷要是不立妃，那以后的子嗣怎么办？！

沈在野很快就收到了南王传来的东西，看着上头的字，他冷笑连连："好个姜桃花，真是够厉害的。"她这么快就知道他下一步会做什么了，竟然还捏着南王这张王牌！不得了，真是不得了！

"你想怎么做啊？"徐燕归扫了眼信上的内容，"我倒是觉得她说得有道理，也的确能帮南王爷不少忙。"

"你还没看出这女人的心思？"沈在野嗤笑了一声，"她只是在南王的树下乘凉，帮南王成事之后，自然会开出别的条件让无瑕满足她。说到底，她就是有自己的事想做，必须借助南王这条路罢了。"

徐燕归一愣，仔细想了想，道："那又如何呢？反正咱们目的是一样的，至于目的达成之后各自想要什么，那就到时候再论。"

太子已经立了，接下来的一系列计划，若是有了太子身边的姜桃花，那他们会省不少事。这笔买卖完全不亏啊。

沈在野有些烦躁，捏着那张字条道："你的意思是，当真让她去对太子用美人计？"

"这个得看她自己要怎么做了。"徐燕归耸肩，"你就当她是个死人好了，反正也是想杀了她的。"

那怎么能一样？沈在野眯眼，伸手指了指自己的头顶："你看见这儿的绿光了吗？"

"看见了，挺好看的。"徐燕归一本正经地点头。

见着自家主子表情不对，湛卢机灵地往门外一闪，留下徐燕归在屋子里被追得上蹿下跳，连声求饶："我开玩笑的！你让姜桃花为你守节不就好了？这事儿好商量嘛！"

让那女人守节？沈在野冷笑，他还不如让兔子改吃肉呢！

一把剑横在徐燕归的脖颈边上，沈在野突然想起了什么，收了剑，挑眉道："这事儿也未必不可行，反正看如今的情况也无法更糟糕了。那女人恨我入骨，定然不肯回府。既然如此，就让她在太子身边待着吧。"

"你不吃醋了？"徐燕归有点意外。

"谁吃醋了？"沈在野皱眉，黑了脸道，"这是男人的尊严问题，跟吃不吃醋没有半点关系。"

徐燕归啧啧两声，摇头叹息道："在死鸭子嘴硬这方面，相爷与姜娘子可真是天造地设的一对。"

沈在野别开头，冷哼一声，开了门就往外走。

姜桃花在宫里被灌了不少的补药，身子倒是好了一些。

穆无垠欣慰地看着她，低声道："再养两日，你就能侍寝了。"

姜桃花身子微僵，干笑了两声。虽然她很恼沈在野，但身子是自己的，她不能靠糟蹋自己来气他，也没有一身侍二主的想法，只能到时候见招拆招了。

书房里正在议事，穆无垠完全没让她回避，就由着她在自己身边站着。谋臣们对此颇有微词，穆无垠却道："无妨，她不识字，也不会出去乱说。"

姜桃花努力装成不识字的样子，一双眼睛却将穆无垠面前放着的东西看得清清楚楚——瑜王府地图。

一个谋臣低声道："殿下，事关重大，知道的人自然是越少越好，这位宫女……"

穆无垠无奈地道："你们当她不存在即可。"

姜桃花一笑，识趣地行礼："奴婢就不打扰了，先去准备午膳，殿下和各位大人先忙吧。"

"你不必走的，"穆无垠一笑，颇为认真地道，"我相信你。"

这人真是一如既往地识人不清啊。姜桃花摇头，笑着行礼退了下去。

穆无垠瞧着，颇为失落，停了好半天才继续跟众人议事。

穆无垠已经是太子了，却还想除去瑜王，这种馊主意一定是沈在野出的。瑜王其实已经对他构不成多大的威胁，穆无垠一旦动手，就得背上残害手足的罪名。这罪名虽不至于让他被废，但皇帝心里肯定会有想法。

姜桃花正想着呢，有宫人从她身边经过，低声说了一句："丞相允了，姑娘尽管等着。"

姜桃花轻轻一笑，不动声色地继续往前走。抛开感情的事情不谈，她和沈在野可真是最好的搭档，了解彼此，又同样心狠手辣，两人合作起来也是挺厉害的。

晚上的时候，穆无垠照旧坐在房间里陪姜桃花说话。姜桃花看了他半晌，低声道："殿下看起来脸色不太好，可是有什么为难的事？"

穆无垠皱眉道："我……想去一个地方，但那地方守卫实在森严，又有诸多武林高手，这该怎么办？"

姜桃花笑了笑："请个更厉害的武林高手不就好了？"

"话是这么说，但我不认识厉害的武林高手。"穆无垠很为难地道，"若是一击不中，那便后患无穷。"

姜桃花认真地看了他一会儿，问："您必须去那个地方？"

"是。"穆无垠毫不犹豫地点头，"若是不去，后患无穷。"

真是有帝王一般的狠心啊，怎么说也是亲生的兄弟，自己都坐稳太子之位了，依旧不愿给别人一条活路。这样的人适合当帝王，却不会是个好帝王。姜桃花轻笑，装作什么也不明白的样子，低声道："奴婢只是个女人家，也不知道该怎么做才好，殿下若是实在为难，不还有丞相吗？"

对啊，还有个沈在野！穆无垠眼眸一亮，起身替她掖好被子，说道："你先睡，我回主殿去了。"

"好。"姜桃花点头，看着他急匆匆地出去，打了个哈欠就闭眼睡去。这件事的结果她都不用猜，沈在野身边有个来无影去无踪的徐燕归，事情交到他手上，瑜王是必死无疑的。

瑜王的确是必死无疑，第二天午时还没到，宫外就传来了噩耗——瑜王薨了。病中的明德帝震怒，立马派人去封锁瑜王府，追查凶手。穆无垠一大早就赶出宫去慰问瑜王府的人了，倒是沈在野，趁着这机会进了宫，将零碎的证据放在明德帝的桌上。

"微臣不敢妄言，但这东西是在瑜王府里找到的，具体是何人所为，还有待查证。"

一张羊皮地图，明显是宫里的东西，上头还有司宗府的印鉴。王爷出宫开府，府里的地图都在司宗府存着，不会轻易拿出来。而凶手明显得到了这地图，所以才能轻易地去瑜王府杀人。

明德帝猛地咳嗽了两声，看向沈在野："爱卿觉得，宫里谁有可能把这地图拿出来？"

沈在野低头不语。

明德帝这话只是随意问问而已，至于答案，他心里十分清楚。太子监国，住在东宫，只有他有能力和机会去拿这东西。

明德帝低笑了两声，眼里满是失落和伤感："朕那么拼命想保住无垢，没想到他还是不肯放手。有这样的皇子，到底是我大魏的幸，还是不幸？"

他为帝王，最重亲情，因为他坚信血缘关系是最可靠的，是不会背叛的。但穆无垠来这一招，叫他心凉了半截。对自己的亲弟弟都忍心下手，那以后要是自己挡了他的路，他又会怎么做？

沈在野这样聪明的人是不会在这个关头说什么话的，明德帝冷静下来仔细想了想，最后开口道："无垢没了，后事都交给无垠去办吧，他与瑜王府的人一起斋戒一个月，停声乐歌舞，远女色，静心抄经文。"

"臣遵旨。"沈在野低头应下，一句话也没多说便退了出去。

他不会在这个时候跟太子翻脸，要的只是明德帝对太子心生嫌恶，以及最重要的——让太子守丧。

穆无垠正沉浸在心头大患终于除掉的快感里，冷不防接到圣旨，让他斋戒守丧，不得看歌舞，还要远女色。

"为什么？"他眉头皱得死紧，问沈在野，"父皇是怀疑我了？"

"没有。"沈在野摇头，"陛下听到消息之后，什么也没说，就做了这样的决定。想必是一时伤心太过，故而让太子帮着尽点心。"

穆无垠脸色难看得很，想了半晌，低声道："他就是没将我看得最重，所以连被幽禁的皇子死了，也要连带着责备我。"

"太子何以这样想？"沈在野摇头道，"若是不看重您，陛下怎么会立您为太子？"

"那不都是丞相的功劳吗？"穆无垠眯了眯眼，"若不是父皇生病，这太子之位将来会落在谁的身上，还不一定呢。"

沈在野沉默。

穆无垠越想越气，嘴里嘀咕道："他是不是知道我宫里最近收了人，竟让我不近女色。"他本来已经准备让梦儿侍寝了，这一个月的丧期下来，梦儿岂不是还要再当一个月的宫女？

"殿下消消气。"姜桃花端着茶水过来，低声道，"瑜王薨逝，按理您也该斋戒、哀悼。"

沈在野斜了她一眼，看她将茶倒进杯子，突然想起很久之前她给自己泡的茶。那茶水，他是很嫌弃的，一点也不好喝，应付普通人还行，但要入贵人的口，实在差些火候。

可是穆无垠端起茶抿了一口，眉头竟然舒展开了，微笑着道："你茶艺倒是不错。"

"殿下过奖。"姜桃花颔首，站在他旁边垂眸浅笑，怎么看怎么令人舒心。

穆无垠想想也就不气了，只看着她道："多等本宫一个月，一个月之后再封你为侧妃。"

"好。"姜桃花乖巧地点头应下，低声道，"只要殿下心里有奴婢，等多久都没关系。"

那就等一辈子去吧！沈在野冷笑，睨着她道："现在的狐狸精都这般会说话了？"

姜桃花一愣，没想到沈在野会当着穆无垠的面给她难堪，当即一脸无辜地看向他："奴婢又是哪里惹丞相不高兴了？"

"当宫女就要知道宫女的本分。"沈在野道，"当着外臣的面都在勾引太子，岂不是有些越礼？"

姜桃花嘴角微抽，低头看了看自己，又看了看他："丞相哪里看出奴婢在勾引太子？"

这还不算勾引？听听这话说的，巴不得今晚上就去侍寝似的！还"只要殿下心里有奴婢"，也不知道哪里有脸说出这句话！沈在野眯眼，正要开口，却见穆无垠站起来挡在两人中间，笑着道："丞相，无垠都已经按照您说的，让梦儿屈居宫女之位了，您就别再为难她了吧？无垠知道您是为大局着想，但……梦儿是无辜的。"

无辜的梦儿在他背后朝沈在野做了个鬼脸，翻着白眼无声地做口型："你！咬！我！啊！"

沈在野咬牙看着她，黑了半边脸，恨不得把她扯过来撕碎！然而太子还在，他只能起身道："圣意已经传达，沈某先行告辞。"

"丞相慢走。"穆无垠连忙送他出去。

穆无垠回来的时候忍不住轻声责备姜桃花："你怎么总是跟丞相过不去？"

"是他每次都想着如何弄死奴婢。"姜桃花垂眸，"若不是有殿下在，这不共戴天之仇，奴婢怎么也是要报的。"

"别胡来。"穆无垠皱眉，"他对本宫来说是很重要的人，以后很多事都得仰仗他，你切莫再与他起什么冲突。"

她也不想啊。姜桃花撇嘴，心想，最好别再见面了，各自做各自的事吧，也免得相看两相厌。

第二十七章 翻案

沈在野一路生着气出宫回府。跨进相府大门的时候，他抬头看了看四周，少了那祸害，整个相府安静了不少，没人敢再往他怀里扑，也没人敢来跟他顶嘴，更没人敢算计到他头上，让他坐立不安。真好，这才是正常的相府，是他所支配的院子。

抿了抿唇，他抬脚往里走，没走两步却发现方向不太对。

"主子，"湛卢小心翼翼地道，"那是争春阁的方向，咱们该回临武院。"

"……我知道。"沈在野皱了皱眉，低声道，"我只是想去前头的温清阁看看，不是要去争春阁。"

湛卢低头，心想："您就当别人都是傻子吧，得了，您开心就好。"

沈在野硬着头皮去了温清阁，一推开门，就看见顾怀柔在院子里老老实实地行礼："爷。"

沈在野应了一声，走进去坐下，扫了顾怀柔一眼，道："你最近怎么死气沉沉的，可是有什么不开心的事？"

顾怀柔愁眉不展道："姜娘子说养病就养病去了，昨日妾身找人送了信过去，也不知道能不能得点消息回来。这院子里少了她，妾身总觉得空荡荡的。"

几个院子里的人不争不抢了，相爷也不往后院来了。本来很多人都以为姜桃花要是没了，恩宠定然就是她们的了。结果她们现在才发现，就算没了姜桃花，恩宠也落不到她们身上。明明还是夏天，这相府里倒是寂寥得像秋天到了一样。

沈在野皱眉，淡淡地道："后院里来来往往的人那么多，你怎么就单单把姜桃花挂在心上了？"

顾怀柔一愣，看了沈在野一眼："这话，爷是在问您自己吗？"

自姜氏走后，他大病一场，到现在还在咳嗽，每日都没什么好脸色，晚上也总睡不着。这要不是把姜氏放心上了，那是为什么呢？

沈在野不悦地道："我是在问你。"

顾怀柔好奇地看他两眼，小声道："姜娘子人很好，妾身挂念她也是正常。她管事的那段日子虽然出了不少事，但府里不惹事的人好过了许多，没人克扣月钱，也没人敢肆意欺压别人。妾身听见不少下人都夸——"

"够了。"沈在野皱眉,看了她一眼道,"你何必说她这么多好话?"

"妾身这不是在说好话,只是实话而已。"顾怀柔眼神古怪地看着沈在野道,"再说姜娘子又没犯什么错,用得着妾身来说好话吗?"

沈在野垂眸,这才想起来在后院之人的眼里,姜桃花只是去山上养病了,未曾回来而已。

"……你自己好生休息吧。"站起身,他面无表情地往外走,"往后莫要在我面前提她了。"

顾怀柔愕然,捏着帕子行礼,根本不知道发生了什么。这好端端的,姜娘子怎么就又失宠了?

沈在野回到临武院,静下心来继续看公文。他还有很多事要做,不可能被姜桃花分去太多的心神,她不过是个女人罢了,能用就用,不能用的时候再说吧。

"主子,"湛卢推门进来,"厨房刚做的点心,您用些吧?用完之后,将药喝了。"

沈在野抬头看了托盘上的点心一眼,微微皱眉:"这是什么?"

湛卢低头仔细看了看托盘里的桃花饼,硬着头皮道:"普通的花饼。"他拿来的时候也没注意啊!厨房是按照相爷的口味做的点心,平时他爱吃什么,厨房就做什么,谁知道这些人精竟然做了这个!

沈在野冷哼了一声,认真地看着湛卢道:"话我只说一遍,你立刻动手,将这府里所有跟姜氏有关的东西统统扔出去,再有人在我面前提她,或者拿跟她有关的东西来,我拿你是问!"

"是!"湛卢浑身冷汗直冒,飞快地应了,立马找人锁了争春阁,禁了跟姜氏有关的食谱,里里外外忙活了许久。

沈在野心里一片沉静,再次出门的时候,瞧着这相府更空旷了。也好,他觉得姜桃花这样的毒瘤就应该挖了去,免得蔓延开来酿成更大的祸患。湛卢干得很好,应该有奖赏!

然而,当他晚上准备就寝的时候,这种想法就完全消失了。

"枕头呢?"看着床上那崭新的绣花枕,沈在野眼神冰冷地看着湛卢,"哪儿去了?"

湛卢两腿发软,战战兢兢地道:"不是您让把跟那位有关的东西都扔出去吗?那枕头自然……"

那自然也是有关的啊,还是姜娘子亲手绣的呢,还让他总是睡不着呢,这就不记得了?

沈在野伸手将湛卢扯到面前,低声道:"我让你扔其他的东西,没让你扔那枕头。给我找回来。"

湛卢傻了,心想,自己可真冤枉,这位主子一开始说的是所有东西,可没将那枕头排除在外啊!

不过主子的命令再无理取闹也得听，湛卢只能顶着沈在野冰冷的目光，飞快地跑出去找人。

"大人，那枕头您让丢，咱们就没敢留啊！"下头的人一脸无辜地道，"送给府外路过的乞丐了，现在哪里找得回来？"

给乞丐了？！湛卢正想骂他们，却觉得背后陡然一冷。

沈在野穿着一身黑色长袍，站在他身后冷冷地道："随我出去找，找不到的话，你今天晚上也别睡了。"

"……是。"

人啊，有时候就是这么奇怪，明明是自己做的决定，却总是后悔。一般的人后悔也就算了，自个儿担着就是。可像沈在野这类人，一后悔起来，身边的人就难免跟着遭殃。

天色已晚，街上都没什么人了，沈在野骑着马走街串巷。湛卢跟着，真的很想说他不必亲自出来的，可想想最近自家主子反正也睡不着，干脆就由着他去吧。

没走两条街，他就看见个小乞丐小心翼翼地抱着那药枕，正打算放在路边睡觉。沈在野眼疾手快，飞身过去就将那枕头抢了回来。

"你干什么！"小乞丐急了，一把扯着他的衣裳道，"那是我的枕头，你还给我！"

湛卢连忙上前想将他扯开，奈何这小乞丐甚为倔强，死抱着沈在野的腿不撒手，甚至张口就咬："还给我！"

"这是我的东西。"沈在野皱眉。

"你……你不要了，已经给我了，就是我的东西！"小乞丐不依，"乞丐的东西你都抢！"

沈在野感觉头有些疼，伸手拿了碎银子给他："给你这个，行了吧？枕头还我。"

"我不！"小乞丐倔强地道，"我就喜欢这个枕头，你既然都丢了，又抢什么？"

湛卢吓得浑身是汗，看着自家主子那眼神，生怕他抽出剑来把这小乞丐砍了，连忙要将他抱走。

谁知，沉默了一会儿，沈在野竟然道："我也很喜欢这个枕头，是别人丢的，不是我丢的。"

小乞丐一愣，呆呆地抬头看了看他，一脸为难地问："你很喜欢？"

"是。"

"那……"抿抿唇，他终于把手松开了，"那就还给你吧。"

看了脚下这脏兮兮的小家伙两眼，沈在野柔和了神色，低声道："湛卢，把他带回丞相府吧。"

"主子？"湛卢惊讶不已，"带这个乞丐？"

"庞将军最近不是说缺徒弟吗,给他送一个去。"

湛卢目瞪口呆,看着自家主子抱着枕头上马,连忙一把将那乞丐抱起来,丢上马带回去。

找个枕头还多捡个人,这事儿恐怕只有自家主子干得出来。庞将军手下的兵都是精挑细选的,送这么个乞丐过去,不知道他会不会生气。湛卢心里无奈地想。

枕头找回来了,沈在野更衣躺上去之后,意外地睡了个好觉。他已经太久没睡好过了,以至于湛卢根本不忍心叫他起来,等他自己睁开眼睛的时候,已经是第三天早上。

"我睡了多久?"活动了一下筋骨,沈在野问。

湛卢小声答:"一天两夜。"

"嗯,怪不得精力这么充沛。"沈在野心情倒是不错,没责备他,拿过一摞公文翻了翻,微微挑眉,"陛下让恒王去巡查城郊另修的行宫了?"

"是。"湛卢道,"在您休假的时候,陛下突然就下了旨,太子那边也是昨日才知道,有些生气。"

他能不生气吗?瑜王好不容易死了,谁知道后头还有个恒王!沈在野轻笑,合上了公文,淡淡地道:"府里娘子的位置不是空了不少出来吗,把古清影和南宫琴提作娘子吧。"

"奴才明白。"

恒王穆无痕一贯低调、沉稳,明德帝被穆无垠杀瑜王的事一刺激,难免就想多个选择。说起来,他现在看穆无痕,倒是觉得比穆无垠更顺眼呢。

东宫。

穆无垠与众位谋臣已经商议了一番,正头疼地躺在软榻上沉思。

姜桃花走过来轻声问:"殿下这是怎么了?"

"本宫突然觉得,子嗣多了可真不是什么好事。"穆无垠淡淡地道,"没了一个还有另一个,这东宫之位旁边全是虎视眈眈的人,真是让人不舒服极了。"

"圣上子嗣甚多,有妄图争权之人也是情理之中的事。"跪坐在软榻边,姜桃花笑道,"奴婢不懂什么事,但是也常听读书人说,除掉敌人最好的法子是把敌人变成朋友。"

穆无垠微微一愣,睁开眼看着她:"这话倒是有意思,怎么说的?"

"奴婢也记不太清了。"姜桃花仔细想了想,道,"不过应该是说,与其担心某个人将来会与自己为敌,不如就先将他变成朋友,这样一来,双方就不会敌对了。"

变成朋友吗?穆无垠叹道:"皇子之间,哪个能真的当朋友?"

"您先前不是还夸南王吗?"姜桃花不解地道,"他也不可靠?"

南王?穆无垠沉默了一会儿,仔细想了想,才低声道:"南王因为先前去吴国当了质子,所以父皇一直不太喜欢他。不过那孩子倒是一身正气,可靠是可靠的,但跟他交友对本宫似乎没什么好处。"

姜桃花一笑,伸手点了旁边安神的香,说道:"奴婢不懂你们这些大人物的心思,但若换了奴婢,奴婢是愿意提前帮南王一把,以求他日后拥护我的,毕竟听起来他也当真不是合适的太子人选,对您的东宫之位没有任何威胁。与其送给其他人,不如自己留着。"

她一语点醒梦中人,穆无垠翻身而起,轻轻拍了拍自己的腿:"对啊,这么简单的道理,本宫怎么没想明白呢?"

说罢,他又惊喜地看着桃花道:"你虽然什么都不懂,但这回倒是点醒了本宫,等会儿本宫就让人给你送赏赐过去!"

姜桃花一脸惊呆,目送他出去之后,才伸手捂住了脸。

跟沈在野那样的人过招久了,此时她才发现别人怎么都跟傻子一样好骗,她都不好意思了!

南王本身是没有半点过错的,无奈明德帝身边的人没一个帮他说过好话,所以导致明德帝一直对他心有芥蒂。看如今的形势,沈在野不可能明目张胆地帮扶南王,最好的法子就是先让太子拉他一把。

明德帝有意栽培恒王,虽然不知为什么,但这明显给了太子不小的压力,慌乱之下,他直接就听了姜桃花的话去帝王那儿请安。

明德帝还在养病,见他来,脸色也不是太好:"怎么有空过来了?"

穆无垠上前行礼,恭恭敬敬地道:"父皇龙体还未康复,儿臣自然要时时过来探望。"

明德帝轻哼了一声,眼神深邃地看着他:"以你的性子,无事不登三宝殿,直说了吧。"

穆无垠低笑,拱手道:"梅奉常已经提前准备清明之礼,后宫女眷有逝不过十年者,皆要入礼。儿臣查阅卷宗的时候……发现了个名字,不知道该不该写进礼单里。"

"哦?"明德帝抬了抬眼皮,"什么名字?"

"淑妃楚氏。"

明德帝微微一愣,脸色变了变,略微不悦地看着穆无垠道:"这种人的名字,你竟然来问朕,到底会不会办事?"

楚淑妃就是南王的生母,原来被送去吴国当了很多年的人质,两年前才回到大魏,谁知忽然病死了。有传言说她爱上了吴国的皇帝,所以不想再侍奉他,故而一心寻死。

对于这种不忠不贞的女人,明德帝厌恶至极,碍于没有证据,只能当她不存在,但对她的灵位都未曾安奉,连带着也不太待见南王。清明之礼,自然轮不到她头上。

"儿臣就是办事太仔细,所以才想来问父皇的。"抿了抿唇,穆无垠道,"当初楚淑妃含冤而死,冤情不达圣听,如今尸骨已寒,也不曾有人敢为她翻案。儿臣斗胆,求父皇彻查楚淑妃薨逝真相。"

　　"荒谬!"明德帝大怒,"你堂堂太子,不用心于朝政之事,反而管起朕后宫的事情来了?楚淑妃已经死了两年了,还有什么好查的?查了又有什么用?"

　　"父皇息怒。"穆无垠神色恳切地道,"楚淑妃虽然已死,但南王弟还活着,您忘记了吗?南王弟年已十六,回大魏两年,见父皇的次数还不过二十次。儿臣觉得他踏实肯学,又天真,不弄权术,实在是个好孩子,故而想起楚淑妃的冤情,想替她们母子申冤。"

　　明德帝微微一愣,皱眉不语。他一直刻意忽略穆无瑕那孩子,总觉得他不像自己,认为楚淑妃临走时已怀孕之事是虚妄不实的。但听无垠这一说,他才想起来,不常夸人的黔夫子在他面前夸了无瑕很多次,言辞恳切,希望他正视这个优秀的皇子。是他错了吗?

　　大殿里沉默了良久,明德帝终于开口道:"行了,你先下去吧,入礼的事,再容朕想想。"

　　"是。"穆无垠松了口气,恭敬地退下。他又连忙让人将南王请到东宫去。

　　"皇兄已经帮你在父皇面前说了好话,他似乎在考虑重新看待你和楚淑妃。"穆无垠邀功似的看着穆无瑕,拍了拍他的肩膀道,"你的好日子要来了。"

　　穆无瑕感觉有些意外,没想到太子会突然这么做,他下意识地看了旁边站着的姜桃花一眼。

　　姜桃花微笑,眼里神色不变,显然一早就知道此事。

　　他还以为她如今处境艰难,就算投诚了,也做不了什么事。没想到……她竟然这么厉害?穆无瑕心里万分佩服,却只能对着穆无垠拱手道:"多谢皇兄。"

　　"哎,你我是兄弟,说什么'谢'字?"穆无垠低声道,"自从我登上这太子之位,就觉得孤独得很。皇子当中,只有你能交心,往后要是没什么事,你就来我东宫多走动走动,皇兄自然也会帮你在父皇面前多说好话。"

　　"好。"穆无瑕点头,不过想了想又道,"皇兄也别总是在父皇面前提我,他会不高兴的,若牵连了皇兄,就让弟心不安了。"

　　说得也是,这个度得把握好。

　　"恕奴婢直言,"姜桃花笑眯眯地开口,"若无缘无故一直夸一个人,放哪儿都是不妥的。殿下若有意帮扶南王爷一把,不如将他擅长的东西有意无意展示给陛下,如此一来,陛下既能看见南王爷的好,也能看见殿下能发掘人好处的优点。为人君者,不就是要知人善用吗?"

　　"有道理!"穆无垠颇觉意外地看着她,欣喜地将她拉到身边道,"你怎么这么聪明?"

　　穆无瑕心里一跳,颇为紧张地看着姜桃花,生怕她在太子面前暴露了。然而姜桃花是谁啊？赵国皇宫的夹缝里长大、最会猜度人心思和演戏的人。听着穆无垠的夸奖，姜桃花红着脸笑了笑，撒娇道："殿下莫要取笑奴婢，奴婢都是跟着书房里来来往往的大人们现学现卖，真是献丑了。"

"你若是出身高门，自小学这些东西，现在肯定比那一群大人加起来都厉害！"穆无垠道，"这大概是天赋吧。"

"若是能帮到殿下，那奴婢可以再努力跟人学一学。"

一听这话，穆无垠简直是身心舒畅，要不是碍着南王在场，真想把这人拥进怀里好好疼惜一番。

"这个宫女瞧着倒是真让人喜欢。"穆无瑕突然开口道，"皇兄不如把人给我吧？"

"怎么？你也想抢？"穆无垠哭笑不得，立马将姜桃花护在身后，"少来，个个都觊觎本宫的宝贝。这宫女，本官要好好留在身边的，谁也不能给。"

穆无瑕道："原来这么重要啊。那这宫女是不是什么粗活都不用做？"

"自然。"穆无垠看了看他，笑道，"不过送客这种事还是可以的，等会儿你出去，本宫让她送你一程。"

"多谢皇兄。"穆无瑕拱手。

穆无垠眼神深邃地看着他，叹道："无瑕，你还小，梦儿比你都大呢，等她以后成了本宫的侧妃，你还得喊一声'嫂嫂'。姐弟相称是可以的，别的就不要多想了。"

姜桃花一听，连忙摆手："殿下说笑了，奴婢只是一介草民，怎么敢跟王爷称姐弟？宫里的公主会生气的吧？"

穆无垠看她一眼，笑道："怕什么？咱们大魏又没有公主，无瑕也没有姐姐，私下称姐弟，没人会怪你们。"

大魏没有公主？！姜桃花傻眼了，呆呆地看了看穆无垠，难以置信地又问了一遍："大魏从来没有公主吗？包括已经薨逝的？"

"没有。"穆无垠笑道，"父皇的四个子嗣都是皇子，从来没有公主，弄得公主反而珍贵起来，可惜没人给父皇生，若是生了，定然是父皇的掌上明珠。"

姜桃花身子僵硬，慢慢地转头看向穆无瑕。

"不知道为什么，你给我的感觉总像是我姐姐。"

"我姐姐已经死了。"

她记性很好，清楚地记得南王说过自己有个姐姐。然而现在太子说大魏从来没有过公主。这是为什么？

她面前好像有一扇尘封许久的秘密大门从这儿开始突然打开了一道缝，有无数卷着尘埃的东西飞出来，呛得她一阵咳嗽。

"怎么了？"穆无垠好奇地看着她，"有这么惊讶吗？"

"……是，是啊，奴婢一直觉得皇帝应该是有不少公主皇子的，结果竟然没有公主。"垂了眼眸，姜桃花笑道，"那奴婢倒是捡了便宜了。"

"哈哈。"穆无垠拍了拍她的背，"去送南王弟出宫吧，顺便聊聊。你们两人若是合得来，本宫就更高兴了。"

穆无瑕点头，起身告辞。姜桃花也朝太子行礼，转身便为南王引路，带他出宫。

一路上两个人都没说话，直到身边的人少了，姜桃花才轻声开口："王爷还是很喜欢吴国的礼仪吗？"

穆无瑕一愣，没想到她第一句问的是这个，迟疑地点头道："是啊，毕竟在吴国长大，吴国的一切，我都已经习惯了。"

"也习惯将吴国的公主当成您自己的亲姐姐吗？"姜桃花问。

穆无瑕有些紧张，捏了捏手道："这没什么不妥吧？毕竟在吴国的时候，那位公主挺照顾本王，认个姐姐也是应当的。"

"如果奴婢没记错，"看了看他，姜桃花笑了笑，"质子是不可能住在皇宫里的，要单独关押在别府。而公主，一般来说是绝对不会出宫的，见外臣的机会都寥寥可数，又是怎么照顾您的呢？"

穆无瑕垂了眼睑，道："其中渊源，自然是不必细说，你问这个干什么？"

"奴婢只是突然很好奇，"歪了歪脑袋，姜桃花道，"或者说一早就很好奇了。沈在野那样的人，为什么会不管不顾地选择推您上位？您与他之间的关系，为什么又那么奇怪，他好似很忌惮您，但您好似也有些怕他……方才，奴婢突然想到了一种可能。"

穆无瑕步子一顿，飞快地伸手捂住了她的嘴，皱眉道："太聪明的女人活不长，你想好好过日子，这话就别说出来了。"

姜桃花眼珠子动了动，愣愣地看着面前的少年，神情恍惚了片刻，更加坚定起来。她拿开他的手便道："好，奴婢什么都不说。只要是王爷想去的地方，奴婢必定全力为您引路。"

穆无瑕眼里神色甚为复杂，他看了她许久，突然问："你愿意为我引路，是因为沈在野，还是就因为我？"

姜桃花抬脚继续往前走，轻笑："王爷要听实话？"

"自然。"

"奴婢从来不会做亏本的生意。"姜桃花低声道，"之所以会选择您，是因为奴婢相信您会是最后成事的人，这跟沈在野有一定的关系。"

穆无瑕眼神微暗，垂眸道："果真是这样。"他只是个十六岁的孩子，果然不会有人当真看重他本身的实力，他还是沾了沈在野的光。

"这世上成大事的人都不会讲什么感情。"姜桃花回头看了他一眼，道，"王爷不必难过，合作互利，大家各取所需，这本就是大人的生存之道。"

"本王没有难过。"穆无瑕跟上她，淡淡地道，"只是觉得这世间之人，若都只能靠利益结合、结交，那做人也挺失败的。"

姜桃花微微一顿，心里叹道，这孩子情深义重，实在不适合卷进这肮脏的名利之争。可惜了，他这样的身份……

"姜姐姐送本王枕头，也是因为沈在野吗？"前头就是宫门，穆无瑕突然开口问了一句。

姜桃花挑眉，摇头道："自然不是，那枕头是奴婢真心想让您睡得安稳，所以才送的。"

紧绷着的脸突然放松下来，南王一笑，眼里满是亮光地道："那就够了。"

姜桃花怔了怔，还没来得及仔细琢磨这四个字的意思，南王已经头也不回地踏出了宫门，潇洒的背影带着一股子倔强劲儿，衣袍随风飘动，很快就不见了。

真是个奇怪的小孩子。

姜桃花打算回东宫，经过御花园的时候，却冷不防撞见了两个人。兰贵妃一脸寒霜地端着手走着，沈在野就在她旁边，也是面无表情。这两人远远看起来还挺般配，就是气氛有些奇怪。

反应过来不对劲，姜桃花连忙俯身跪去路边行礼，头垂得低低的，希望别被贵妃娘娘撞见。

然而，天不遂人愿，兰贵妃几乎是一眼就认出了她。兰贵妃惊愕不已地停了步子，看向旁边的沈在野。

沈在野的脸上什么情绪都看不出来，他淡淡地睨着那小宫女，什么也没说。

兰贵妃愣怔片刻，挥手就让身后的人都退下，然后几步走过去，将姜桃花扶了起来。

"你为什么会在这里？"

姜桃花嘴角抽了抽，低头小声道："说来话长。"

"简而言之，不过就是她攀上了太子的高枝，如今在东宫做宫女。"沈在野淡淡地道，"看样子做得还不错，太子对她言听计从。"

兰贵妃震惊地看了姜桃花一眼，又看了看沈在野，低声呵斥："你们疯了？宫里也是能乱来的地方？她可是——"

"宫中除了娘娘，没人认识她。"沈在野淡淡地打断她，"您不说就是了。"

"简直荒唐！"像是想起了什么，兰贵妃气得浑身发抖，皱眉看着沈在野，道，"你让我进宫还不算，现在连她也不要了？她好歹是赵国的公主！"

沈在野皱眉，看了姜桃花一眼，低声道："这是她自己的决定，微臣拦也拦不住，娘娘与其怪在微臣头上，不如问问这位赵国的公主是怎么想的吧。"

听着这对话，姜桃花就知道徐燕归没骗她，这两人之间看起来误会重重，兰贵妃似乎还记恨着沈在野。

"是你自己的决定？"兰贵妃转头看向姜桃花，神色古怪极了，"你们赵国不学三从四德？"

"回娘娘，自然是要学的。"姜桃花一笑，看了看沈在野，"可惜不管奴婢学得怎么好，相爷也没打算让奴婢活命。既然如此，奴婢只能以保命为先了。"

兰贵妃脸上一片惊愕，好半天才缓过神来，看着沈在野道："我原以为他的好不会是独一份的，那狠也该是独一份的。没想到他对谁都是一样，也活该他身边一个知心的女人都没有。"

沈在野轻笑："娘娘今日召臣过来，若是只为教训臣，那臣就先告退了。"

"好，你走。"兰贵妃冷笑，"不想给楚淑妃翻案，你就赶紧走！"

沈在野身子一僵，抬眼看她："娘娘有办法？"

后宫的案子，外臣是不能插手的，两年过去了，沈在野也没找到什么妥当的法子来给楚淑妃翻案，她当真是无辜的，是明德帝负了她。

兰贵妃扫了他两眼，冷声道："本官要是没办法，哪里留得住日理万机的丞相大人？陛下已经跟本官提起了楚淑妃，只要寻着合适的机会，就可以翻案。"

太子的话是有作用的，这么久了，明德帝头一次对楚淑妃的死有疑问，若是能解开这心结，又何愁他不会善待南王几分？

"二位要商议大事，奴婢就不用留在这里了吧？"姜桃花笑眯眯地道，"太子还在东宫等奴婢回去呢。"

沈在野轻笑："看来你还真的很会伺候人。"

抬眼看了看他，姜桃花没吭声。

兰贵妃听得一怔，皱眉道："丞相什么时候学会出口伤人了，您不是向来最善辞令的吗？"

"辞令是对人用的。"沈在野低笑，"对其余的东西，没必要花那么多心思。"

瞧瞧，这嘴巴真是损呢。姜桃花冷笑，依旧低头没吭声。

看了看这两人，兰贵妃皱眉："你们要吵要闹都没什么关系，但现在的情况，只有咱们三方合作才能成事。别怪我没提醒你，桃花现在至关重要，你得罪了她，万一坏事，可别再怪到别人头上。"

"娘娘要她做什么？"沈在野淡淡地道，"勾引太子，让太子帮扶南王？"

"这个不用相爷提醒。"终于找着了机会，姜桃花笑着开口道，"奴婢已经这样做了，不然太子也不会在圣上面前说南王的好话。"

沈在野眸色一深，上前一步，逼得她后退了半步，瞪着她说道："你挺熟门熟路的啊？"

"毕竟是学着媚术长大的。"姜桃花抬眼看着他冷笑，"爷也知道赵国的女子都脏，又有什么好奇怪的？"

"姜桃花！"沈在野眯眼，"这种话说多了，对你没什么好处。"

"说得好像奴婢不说这些，相爷就肯对奴婢高抬贵手一样。"姜桃花咧嘴笑了笑，眼里满是嘲讽，"您还是冷静点听听贵妃娘娘的安排吧，别误了大事！"

眼前情形好似一阵刀光剑影，看得兰贵妃目瞪口呆。她头一次看见有女人敢跟沈在野这么争吵，更奇怪的是，沈在野竟然未必吵得赢！真是见鬼了，他以前不是最不喜欢跟女人争论吗？

"你们先等等。"兰贵妃上前拦住这两个人，皱眉道，"有什么好吵的？"他们的目的既然一致，姜桃花做的也是好事，沈在野到底在气什么？

两人都慢慢平静下来，沈在野垂了眸子道："没什么好吵的，继续商量之后的安排吧。"

姜桃花笑了笑："二位尽管吩咐，奴婢照做就是。"

兰贵妃眼神古怪地看了这二人几眼，将他们带到御花园的凉亭里，细细交代了一番。

沈在野板着脸听完，淡淡地道："除了东宫方面有些问题，其余的都有十足的把握。"

姜桃花翻了个白眼："丞相既然如此不相信奴婢，那不如换个人来做？"

"你这是在威胁我？"沈在野冷笑，"当真觉得进了东宫就很了不起了？没尝过宫里头的手段就敢夸海口，别到时候死了都不知道。"

"多谢相爷关心。"姜桃花道，"奴婢自然是会死在您前头的。"

沈在野微微一愣，正要皱眉，却听得她下一句道："毕竟奴婢又不是王八，活不了那么久。"

沈在野："……"她的意思是，他是个王八？

"哎，你们干什么！"兰贵妃当真是哭笑不得，劝道，"有话好好说，怎么说不了两句就剑拔弩张的，上辈子有仇啊？"

"多半是有仇的。"姜桃花微微红了眼，看着沈在野道，"上辈子我肯定从他家的祖坟上踩过去了，不然这辈子哪儿来这么多的孽债？"

沈在野张了张嘴，目光落在她脸上，微微一顿，竟然没再反驳。

兰贵妃叹道："行了，你们两人都觉得这安排没问题的话，那就这样吧。咱们三个也不能待在一起太久，该做什么就做什么去吧。为了这次的事，大家都暂时把偏见放一放，相互照应一下。"这世道真是奇了，她分明才是脾气最古怪、最需要人劝的那个。可一遇上这两个冤家，她竟然不自觉地当起劝人的角色了，可见这两人有多古怪，简直跟一团火和一块冰一样，怎么都不能相容。

姜桃花起身，笑吟吟地行礼："那奴婢就先告退了。"

沈在野也起身道："微臣告退。"

兰贵妃点头，看着两人同时转身，一个往左，一个往右，走得头也不回。她还是头一次看见沈在野这么直接地表现出讨厌某个人，也是头一次看到有人敢跟他正面争吵。这两人背后到底发生过什么事啊？

姜桃花一路回到东宫，刚跨进门准备去给太子回禀，不承想就撞上了太子妃。

"这是打哪儿回来啊？"厉氏上下扫了她一眼，笑道，"出去的时候和太子说过了吗？"

姜桃花微微一愣，连忙行礼："奴婢受太子吩咐，去送南王出宫。"

"这样啊。"厉氏点头,"那你跟我来。"

平时太子与姜桃花都是寸步不离,厉氏连跟姜桃花说话的机会都没有,现在难得逮着她了,厉氏自然是准备好生开导开导的。

屋子里檀香缭绕,厉氏在软榻上坐下,十分温和地拉起姜桃花的手道:"你进东宫也有一段时间了,可学会了什么东西?"

眼皮一跳,姜桃花低眉顺眼地道:"学会了不少宫里的规矩。"

"是吗?"厉氏眼神幽深地看着她,"那你可明白,什么样的人才能长伴太子左右?"

"自然是像太子妃这样的人。"姜桃花乖巧地答道。

厉氏满意地点头,松开她,端起了旁边的茶杯:"那你可知道,什么样的人,是不适合待在太子身边的?"

姜桃花低头看了看自个儿,瞬间就明白了这位太子妃的意思。她看自己不顺眼应该不是一天两天了吧,只是,她不可能现在离开。

"奴婢愚钝。"姜桃花笑道,"什么人该留、什么人不该留,应该是殿下做主吧?"

厉氏脸色骤然一变,重重地将茶盏搁在桌上,冷声道:"你这是要不识趣?"

"奴婢不懂太子妃的意思。"姜桃花跪下道,"若是想让奴婢离开,您去回禀了太子,送走奴婢便是。"

要是走太子的路走得通,她还至于跟个贱婢说这么多?厉氏沉下脸,阴冷的目光上下扫了姜桃花好几遍,低声道:"敬酒不吃吃罚酒。"

身后的宫人蠢蠢欲动,姜桃花心里也是一紧,然而外头突然响起了穆无垠的声音:"梦儿被带过来了?"

门口的人没敢拦,穆无垠直接跨了进来,一见里头的场景,脸色顿时不太好看:"你们在做什么?"

厉氏微微一愣,连忙起身道:"妾身在跟梦儿姑娘聊天呢。"

"本宫从没见过聊天是一个坐着、一个跪着的。"穆无垠皱了皱眉,过来就拉起姜桃花,看着厉氏道,"她是本宫的人,你别乱动,其余的事都随你意。"

厉氏面上一僵,愣怔地看着太子带着那女人离开,等反应过来的时候,红着眼便问身边的人:"她是他的人,我就不是了吗?"

旁边的宫女连忙劝道:"太子妃别生气,那不过是个宫女而已。"

"也不过是因为还在瑜王的丧期,所以她还是个宫女。"厉氏眼里满是怨恨,"照这情形看起来,我这太子妃的位置以后都得是她的!"

"娘娘别急。"宫女小声道,"说到底现在的太子妃是您,您想让她生就让她生,想让她死就让她死,有什么好急的呢?"

微微一愣,厉氏低头仔细想了想,好像的确是这个道理。

姜桃花跟着太子回主殿,心里不免有些担心。在东宫里得罪了太子妃可不是什么好事，在成事之前，她怎么都不能丢了性命。

"殿下，"柔媚地看着穆无垠，姜桃花道，"奴婢有个不情之请。"

"怎么了？"穆无垠道，"你但说无妨。"

"殿下能将奴婢一直带在身边吗？"姜桃花道，"哪怕您晚上休息，奴婢也愿意为您守夜。"

整个东宫最安全的地方就是太子身边，既然注定要得罪太子妃，那肯定是待在离太子越近的地方越好。

听着这话，穆无垠也知道她在担心什么，信誓旦旦地道："好，我去哪儿都会带着你的。"

姜桃花微微松了口气，感激地点头。

傍晚，沈在野将太子监国立下的一系列功劳都在御前禀明。明德帝听着，总算有了点高兴的神色："他倒是能干。"

"还不是陛下栽培得好？"兰贵妃笑吟吟地道，"您啊，快些将身子养好吧，也省得几位皇子天天坐立不安的。这不，南王又送人参进宫了。"

明德帝一顿，皱眉道："宫里没人参吗，要他送？"

"宫里好像是不缺这个。"兰贵妃点头，"南王也是傻，银子就能买来的东西，他非要自己上山去采，还说那人参绝对上了百年呢。"

明德帝皱眉，想了一会儿道："拿来朕看看。"

"是。"兰贵妃颔首，一副不懂圣心的表情，让宫人把人参端了上来。

很大的一株野参，根须都完好，上头还带着些泥。

沈在野看了一眼，倒吸一口气，然后低下头。

"爱卿在惊讶什么？"明德帝撇着嘴接过人参盒子，道，"这样的人参，宫里不是没有。"

沈在野颔首："陛下所言甚是，微臣只是有些惊讶，这样的百年老参，一般都是长在很危险的悬崖峭壁上的，没想到南王竟然亲自去挖了，实在是有些……愚蠢。"

明德帝向来不爱听人夸南王，但沈在野这一骂，他心里倒觉得不公正了，说道："这也算不得他愚蠢，还是有孝心的，至少比太子什么也没送来好。"

"虽然太子未送什么，但陛下实在是什么也不缺，来问安了也就是了。"兰贵妃道，"倒是南王这样似乎有些见外了，还拿礼盒包好。到底是亲父子，也跟外人送礼似的。"

明德帝皱眉，仔细看了看手里的盒子，还当真是花了心思认认真真包好的。虽然是亲父子，但他向来与无瑕疏远，这孩子心里恐怕也没意识到自己是他的生父吧？

略微有些感慨，明德帝突然道："去让人把太子传过来吧。"

兰贵妃一愣："这个时候？太子恐怕在上晚课。"

"让他过来，朕有要紧的事。"明德帝垂了眼眸道，"你顺便也回避一下。"

能让兰贵妃回避的，肯定只有他后宫里其他女人的事情了。沈在野心下了然，和兰贵妃一起退了出去。

"接下来就看桃花做得够不够了。"走在外头，兰贵妃低声道，"他要是真听桃花的话，那今日这一场，咱们就算是大胜。"

"娘娘怎么会把希望全寄托在一个宫女身上？"沈在野说道，"太子定然是会帮南王的，微臣有把握。至于姜桃花，您不必太在意她。"

兰贵妃微微皱眉，看了他半响，忍不住道："沈丞相，你有没有发现，你在遇见与姜氏有关的事情之时，说的话都不如以往公正。"

"娘娘何出此言？"沈在野低笑，"宫女就是宫女，作用本就不大，只能旁敲侧击让太子有那个意思罢了。真正想让太子去做，还是得微臣来。"

"但愿丞相做得滴水不漏吧。"看了看天色，兰贵妃道，"你也该出宫了，一路好走，本宫就不送了。"

沈在野颔首，脚下的步子却没动，看了远处一会儿，道："微臣今晚不想出宫，就在外头等着陛下，彻夜给陛下侍药吧。"

兰贵妃一愣："你这是干什么，陛下哪里需要你侍药？"

沈在野没再吭声，看着远处穆无垠一路带着姜桃花走过来，眼神微动。穆无垠说到做到，说带着她就带着她，来御前也是一样。不过这殿门姜桃花进不去，只能在外头站着等。

兰贵妃看了看明处站着的她，又看了看沈在野，皱眉道："沈丞相该不会真的对姜氏……"

"娘娘多想了。"沈在野面无表情地道，"微臣只是想等太子带出来的结果而已。"

是吗？兰贵妃狐疑地看了他许久，扶着宫人的手，先行回芷兰宫去了。

姜桃花乖乖地站在外头等着，旁边不少宫人在悄悄地打量她，她也没什么不自在，时不时屈膝休息一下。

没一会儿，东宫来了几个宫人，道："梦儿姑娘，太子妃请你过去一叙。"

姜桃花身子僵了僵，笑道："等太子出来了，再一起回去也无妨。"

几个宫人直接上来围住了她，轻声道："太子妃吩咐让你马上过去，姑娘请。"

手被人押在背后，姜桃花挣扎都没余地，强行被他们带往东宫。

千算万算，她怎么就忘记了这一茬儿！皇帝见太子，她是必定要落单的啊，这下可好，落到太子妃手里，那等着她的会是什么呢？

"走快点。"无人的宫道上，几个宫人也不客气了，推着她道，"别磨蹭了，没用的，太子爷起码要一个时辰才会回来。你不想吃苦，就老老实实走吧。"

"不是我不想走。"姜桃花笑了笑，"问题是，这不是回东宫的路啊。"

几个官人相互看了一眼,其中一个嘟囔道:"眼睛还挺尖。"

姜桃花站住,一脸戒备地看着他们:"你们到底要带我去哪里?"

"去你该去的地方。"为首的官人道,"别怪人没提醒你,敬酒不吃吃罚酒就是这样的结局,走吧,你已经没机会了。"

瞳孔微缩,姜桃花贴着墙不肯动,说道:"我觉得我还可以跟太子妃再聊聊。"

"晚了。"官人摇头,拿根绳子过来便直接将姜桃花绑得死紧,"你知道这条宫道的名字吗?"

一般问这种问题,答案都不怎么好。姜桃花勉强笑了笑:"我对宫道的名字没什么兴趣,但是各位公公可否告知咱们即将去的地方的名字?"

知道了要去哪儿,好歹可以想一想还有没有逃脱的机会。

官人一笑,看了一眼宫道的尽头,低声道:"这条宫道叫黄泉路,通往的自然是阴曹地府。"

听起来好可怕。姜桃花干笑两声:"能说具体点吗?反正我都要死了,总要把死法告诉我,让我也好有个准备吧。"

几个官人直接将她架了起来,一边拽着走一边道:"咱们宫里头有个东西叫焚尸炉,得了传染之疾的官人都是在那儿被烧得尸骨无存的。你别再动心思了,肯定是有去无回的,而且太子根本不会知道你去了哪里,也不可能找得到你。"

够狠的啊!姜桃花吓得白了脸,眼珠子滴溜溜地转。看着前头越来越近的门,她终于慌了神。

青苔不在身边,她根本不可能从这么多人的手里逃脱,一旦被烧成了灰,那可真是什么都没了!

左右看了看,姜桃花努力放松身子,瞧准了机会就使劲往后一踢,挣脱开背后之人的束缚,然后拔腿就跑!

"你个臭丫头!"官人骂骂咧咧地追上来,倒不是很急,喊道,"前头是死路,只有焚尸炉,你要想自己跳进去,咱们绝对不拦着你。怎么还踢人呢!"

跑进那扇门,姜桃花抬眼看了看,眼里满是绝望。

真的是死路,硕大的炉子烧得四周滚烫,空气里有垃圾的恶臭和一股子奇怪的肉焦味儿,让人闻之欲呕。

炉子旁边站着个年迈的官人,手里捏着把铁锹,回过头来看着她,眼里一点生气都没有:"又来东西了?"

姜桃花吓了个半死,抬眼看了看四周。宫墙都极高,短时间内她根本没办法爬出去!再看看那老人背后的房子,她一咬牙,干脆破罐子破摔,跑进去躲了起来。

大概是知道她无处可躲,老人笑了两声,看着后头追进来的官人道:"慢慢抓,不着急,上一个还没烧透呢。"

几个官人都笑了,慢悠悠地将这一处小房子围了起来,不紧不慢地四处翻找。

姜桃花躲在床底下,吓得直发抖,看见有脚停在床边,忍不住瞳孔一缩。

四周的景象好像都变得缓慢起来,她可以清晰地看见床边的人慢慢蹲下来,一张硕大的脸看向她，眼里带着狩猎成功的阴狠，伸手就朝她抓过来。

"啊——"姜桃花惨叫着闭上眼，双手抱头，努力默念，"看不见我。看不见我。看不见我……"

都已经四目相对了，怎么才能看不见她啊？！一边自我安慰一边绝望，姜桃花静静地等着自己被抓出去，然而等了一会儿，那人竟然还没抓到她。她慢慢地睁开眼看了看，床外头那张脸不见了，却依旧停着一个人，精致的黑靴上绣了银边，透着股衣冠禽兽的气息。

"还没抓到啊？"外头的老人喊了一声，吓得姜桃花一个激灵，忍不住又往里头缩了缩。

"抓到了。"屋子里的人淡淡地应了一声，声音有些耳熟。

吓得脑子一片空白的姜桃花一时间还没想起这是谁的声音，冷不防就有手从外头进来，将她一把拖了出去。

"啊啊啊！"姜桃花大声惨叫，闭着眼睛手脚乱挥，"放开我！放开我！放开我！"

这人力气极大，伸手一拎就将她拎进了怀里，一脸嫌弃地制住她的手脚，冷声道："你确定要我放开你？"

熟悉的气息，熟悉的语气，熟悉的怀抱。姜桃花呆愣地睁眼，就见沈毒蛇正一脸冷漠地抱着自己。屋子的地上躺着四个不知道是睡过去还是昏过去了的官人，一点声音都没有。

"你……"姜桃花下意识地扯着他的衣襟，"你怎么会在这里？"

"为了送你进焚尸炉。"沈在野面无表情地抱着她往门口走，"你的命是我的，这种事得让我亲自来。"

禽兽！深吸一口气，姜桃花跟勒马似的揪住沈在野的衣襟往后拽，压低声音道："烧死我对你有什么好处？你还不放手！"

"留着你也是个祸害。"睨她一眼，沈在野淡淡地道，"看你最近的言行，也不是想活的样子。"

"我……"姜桃花咬牙，眼看着他就要拉开门了，心一横眼一闭，还是得用美人计！

姜桃花使劲一扯，直接将沈在野整个人扯着转了个身，背抵着门。伸手撑在门上，姜桃花二话不说，低头就吻住他的唇，辗转缠绵，极尽温柔。

沈在野身子微僵，却又骤然放松，任由她压着自己放肆，半垂着的眼里有奇异的光，瞧着有些悲伤。然而姜桃花压根儿没看他，只想着怎么能快速把这人搞定，好让他放她一条生路。

两人多日不曾这般亲近，沈在野甚至觉得已经暌违许久，忍不住伸手掐着她的腰，往自己身上压。

"还没抓到吗？"外头的老宫人终于忍不住，来敲门了，"你们几个人，怎么连个小姑娘都抓不住啊？"

413

敲门声就在背后响起,沈在野迅速回神,皱眉拉开身上的人,嫌弃地抹了把嘴,二话不说带着她从窗口离开了。

老宫人推门进去的时候,沈在野已拎着姜桃花大摇大摆地从院子里出去了。姜桃花当真跑得比兔子还快,别看她个子小,腿脚还真灵活,叫他都险些追不上。

"赶着去投胎?"沈在野讥道。

刚刚死里逃生,姜桃花还吓得直哆嗦呢,闻言没好气地翻了个白眼:"狗嘴里吐不出象牙!"

"你说什么?"沈在野眯眼,"是我听错了吗?"

"您听错了!"姜桃花咧嘴一笑,"妾身夸您呢,夸您牙口好。"

沈在野看着四周安全了才冷笑一声,抱着胳膊道:"我一早就提醒过你小心,看样子你是压根儿没放在心上。今日要不是我,你真的就要重新投胎了。"

"奴婢谢过相爷。"姜桃花撇了撇嘴,道,"兰贵妃让咱们相互照应,爷做得很好,要奖赏的话,可以去找兰贵妃要。"

沈在野伸手擦了擦自己的嘴角,皱眉道:"你方才侵犯了我,真的不用道歉?"

侵犯?姜桃花惊呆地看了看他,从头看到脚:"兰贵妃夸您善辞令,您也不能张口就瞎说吧?还从未听说过女子侵犯男子的!"

"你区区一个宫女,占的可是丞相爷的便宜。"沈在野一脸理所应当地道,"我也不是贪心的人,就把那一万两黄金还我吧。"

你怎么不直接去抢呢?姜桃花冷笑,扭头就走:"合约上写得清清楚楚,相爷要了奴婢的命,那黄金就归奴婢了,您还想再拿回去,是不是有失风度?"

"我没想要你的命。"沈在野垂眸,轻哼了一声,"我是——"

"梦儿姑娘!"前头突然有人跑了过来,老远就喊了一声,"是梦儿姑娘吗?"

姜桃花一愣,飞快地一把将沈在野推进旁边的草丛里,动作干脆利落,不带犹豫,然后微笑着看着跑来的人问:"怎么了?"

"可找着您了。"宫人气喘吁吁地道,"太子爷在问您哪儿去了,您快跟奴婢回去吧。"

"好。"微微颔首,姜桃花头也不回地跟着那宫人走了。

沈在野从草丛里出来,黑着脸扯掉身上的落叶、杂草,抿了抿唇,跟着往那边走。

第二十八章 刺客

明德帝与太子聊了许久,看起来又是愧疚又是心痛,便招沈在野进去。

"丞相,你协助太子,去将楚淑妃的牌位供奉进皇庙吧。"

"怎么?"沈在野一脸意外,"陛下不是……发生什么事了吗?说出来让臣弄个清楚,也才好向下头的人吩咐。"

"唉。"明德帝靠在软枕上,头一次显出了老态,缓缓说道,"朕可能真的误会楚儿了。她当年为了替朕向吴国借兵,甘愿去当人质,朕却怀疑她与吴王有染,也不相信无瑕当真是朕的血脉……这一误会,人也没了,连让朕悔罪的机会都没了。"

沈在野微微一愣,看了穆无垠一眼。

穆无垠轻叹道:"丞相可能有所不知,楚淑妃在去吴国之前就怀了南王弟,然而有人封了御医的口,将父皇蒙在鼓里,所以才委屈了南王弟这么多年。"

他自然是知道的,当年楚淑妃去吴国,没到八个月就生下了南王,怎么算,南王也该是明德帝的骨肉。

"误会解开了自然是好。"沈在野看向明德帝,"这事儿看样子还得奖赏太子一番,若不是他,陛下这么多年的心结怕也是难解。"

"是啊。"明德帝看着穆无垠道,"本以为这孩子心里没有兄弟情义,没想到到底还是本性纯良,惦记亲情。赏是定然要赏的。"

"只要父皇心里舒坦了,便是对儿臣最好的奖赏。"穆无垠笑道,"父皇还是快些把身子养好吧。"

嘴上这么说,然而说实话,穆无垠现在最大的愿望恐怕就是皇帝早点驾崩。太子之位和沈在野都已经捏在他手里,皇帝一驾崩,他立马就能登基,坐拥这大好江山。

可惜明德帝正值壮年。

明德帝欣慰地看了太子一眼,未曾察觉什么,满目慈祥地让他退下。穆无垠应了,出门才松了口气,急忙去找姜桃花。

等宫殿里只剩他们两人的时候,明德帝才看向沈在野:"爱卿觉得,太子此举为何?"

沈在野微微挑眉，瞧了瞧明德帝的表情，低笑道："太子自然是为了解开陛下的心结，不然还能为何？"

"你这狡猾的狐狸！"明德帝失笑，"他那点心思，朕还看不出来吗？你还帮他打什么掩护？"

沈在野撩了前袍跪在龙榻边，一本正经地道："陛下睿智，是微臣愚钝，当真没看出来太子有什么别的意思。他与南王爷是兄弟，兄弟相帮，不是应当的吗？"

明德帝哼笑了一声，摇头道："你瞧他对无垢那股子狠劲儿，还能真的单纯因为兄弟情帮无瑕一把？怕是觉得无瑕不会威胁到他的地位，所以才做好人吧。"

真不愧是当皇帝的人。沈在野垂眸："那陛下觉得南王是什么心思？"

"无瑕？"明德帝愣了愣，想了半天才道，"他本性纯良，能有什么心思？至多不过是想让他母妃的灵位进祖庙。"

因为见面很少，明德帝对南王的了解自然不多，印象之中他就是个好学的孩子，没别的特点。

沈在野微微皱眉，但没打算多说什么。明德帝的性子古怪，你越说一个人好，他越不会听，不如让他自己慢慢去发现好了。

穆无垠带着姜桃花走在回东宫的路上，眉头一直没松开过。姜桃花见状，便小声问了他一句："殿下在想什么？"

看了身后的人一眼，穆无垠挥手让人都退下，然后才低声道："本官觉得这太子之位未必有多舒服。"

嗯？姜桃花挑眉。他先前不是还死活想争抢吗，现在怎么不舒服了？

穆无垠叹了口气，抬头看着她道："本官若是皇帝，要立你为妃，必定就无人阻碍了。可惜父皇身体康健，起码还有二三十年好活，也就是说，本官还要当二三十年的太子，中途变数未知，前途更是难料。"

姜桃花无比错愕："殿下的意思是？"他难不成想提前弄死皇帝，自己登基啊？这也太狠心了点吧？到底是亲父子。

穆无垠摇头，没说下去，只带着她继续往前走。

犹豫了片刻，姜桃花还是小声道："奴婢倒是羡慕殿下，父皇安在，手足相亲，比孤家寡人好多了。"

"这些东西有什么用？"穆无垠低声笑，回头看她一眼，道，"你到底是太单纯，不懂帝王家。帝王家最没用的就是亲情。为了利益和荣耀，什么父子，什么兄弟，都不过是挨得近方便插刀的人罢了。"

人是生来就喜欢群居抱团的动物，血缘关系只是让人与人之间关系更亲近的冠冕堂皇的借口罢了，说到底，大家都是单独的人，谁少了谁不能活？

姜桃花笑了笑："大概是奴婢太单纯吧，但既然挨得近，为什么不是相互取暖，却非要插刀呢？"

穆无垠微微一愣，皱眉道："那自然是因为大家都想要同一个东西。"人多，东西却只有一个，那不只能争抢吗？同是皇子，没人愿意站在旁边孤零零地看着，让自己的兄弟华服高冠。

"你别想太多，好好等着本官就是。"穆无垠低声安慰了姜桃花一句，看向前头道，"等瑜王的丧期过了，本官会立你为妃的。"

姜桃花点点头，垂下眸子。怪不得沈在野会盯上这太子，他的心太不安定了，已经得了东宫之位，却还想很快登上皇位。这样急功近利的人，最容易被人利用，而且下场恐怕会很惨。

两人回到东宫时，厉氏正在门口等着。一见太子身边那丫头完好无损，厉氏当即吓了一跳："你……"

"奴婢给太子妃娘娘请安。"姜桃花一笑，朝着她屈膝，就跟什么也没发生过一样。

厉氏半晌才找回自己的声音，顶着太子疑惑的目光，低声道："殿下回来了就好，妾身准备了夜宵请殿下享用。"

"好。"穆无垠看她两眼，道，"本官也正好有事想同你聊聊。"

能聊什么？还不是那小狐狸精的事？厉氏满心不悦。

姜桃花倒也识趣，屈膝道："奴婢还要回屋去打扫，便先告退了。"

"嗯。"穆无垠点头，看着她绕进宫人住的后院，才带厉氏去了偏殿。

厉氏也是个狠角色啊，坦白讲，今日要是没有沈在野，她肯定会葬身焚尸炉。现在想起来，姜桃花都有点后怕。

然而，就算他今日救了自己一命，自己也不会念他半点恩情。一边杀她一边救她的人不是真慈悲，不过是假好心罢了。她现在能帮他们做事，他自然会待她好，就跟打猎之前要把猎狗养好是一个道理。现在的她在沈在野眼里，就只是一条能捕获大猎物的狗。

姜桃花正想着呢，沈在野突然无声无息地从窗外飘了进来。姜桃花一愣，看着他这张脸，下意识地张嘴吐出一个字："汪！"

沈在野是一本正经要来跟她商量事情的，冷不防听她发出一声狗叫，差点没绷住笑出来。

"你干什么？"他带着笑意问。

姜桃花没好气地翻了个白眼，坐回自己床上，上下打量了他一番："这话该奴婢来问吧，相爷深夜来访，所为何事？"

沈在野道："你在这东宫里很危险，还是快点脱身比较好。"

他今晚之所以想留下来，就是觉得她会出事。果然，她出了不小的事。这女人到哪儿都不会让人省心。

"相爷觉得哪里不危险？"姜桃花眼里浮上嘲讽之色，斜眼看着他，"相府吗？"

有他在的地方才是最危险的，相比起来，其他人身边都是仙境！

沈在野脸色微微一沉，颇有些恼怒地道："在怪我之前，你不能先听我解释？"

"解释什么？"姜桃花冷笑，"解释您不是真的想杀奴婢，只是为人所逼，您其实是想救我的？"

沈在野："……"

"我从来不喜欢事后的补偿，如果给个甜枣就能打你一巴掌，那我立马给你买一麻袋的甜枣，然后赏你八十个耳光！"姜桃花笑得俏皮，眼神却是冰凉的，"相爷该谢谢奴婢体质特殊，不然现在您连解释的机会都没有。"

"体质特殊？"沈在野神色微动，"我一早就想问了，你当时中了毒，为何会没事？"

"想知道吗？"姜桃花冷笑，"那您慢慢猜呀。"

屋子里安静了一会儿。

沈在野努力让自己平静下来，心里不断告诉自己是他有错在先，就不要跟这女人计较了。但是……但是姜桃花别的不会，怎么就这么会惹恼他呢？瞧着她脸上这表情，他当真很想伸手把她脸捏着揉一揉！

"我会找机会把你接出宫的。"他闷声道，"你等着就好。"

"凭什么？"姜桃花挑眉，"我现在日子过得好好的，为什么要回去继续被人变着法儿谋杀？"

"你已经是我的人了。"沈在野眯眼，"怎么？还真想改嫁？"

姜桃花笑眯眯地点头："有何不可呢？反正太子这般喜欢我，跟着他也不错。"

"你以为他是真心喜欢你？"沈在野深吸一口气，冷眼睨着她道，"不过是因为你容貌尚可，又跟他错过了几回，他才显得在意你一些罢了。你这样的女人，有脑子的男人都不会喜欢。"

"哦。"姜桃花道，"那您这么想我回去做什么呢？反正您也不喜欢我，放在后院不是很硌硬吗？"

"我乐意。"沈在野咬牙，"在拿到我的休书之前，你就算当个花瓶，也得在相府的后院里摆着！"

姜桃花安静地看了沈在野一会儿，低声道："爷可真是霸道，许自己对别人狠，却不许别人对自己狠。您这样的男人，有脑子的女人都不会喜欢。"

"是吗？"气极反笑，沈在野抱着胳膊看着她，"那你这种有脑子的女人，就喜欢穆无垠那样的男人？"

"有什么不对吗？"姜桃花轻笑，"女人要的从来不是自己的男人有多厉害、多了不起，而是要对自己温柔体贴，足够在意自己。天下都是你们男人的，但在那四四方方的院子里，女人希望你们的心是她的，这也有错？"

闻言，沈在野冷笑了一声："没想到你也这么蠢。且不说你会喜欢什么样的男人，但穆无垠是太子，你竟然会相信他的心是你的？"

姜桃花沉默了。她自然是不会这么想的，但是现在她更不会跟沈在野多解释半句。经历了死里逃生，她现在想做的只是睡一觉，而不是跟他没完没了地吵。

"殿下。"

沈在野正要再说什么，门外却远远传来穆无垠的声音："你们都下去休息吧，本宫跟梦儿说会儿话。"

屋子里两人都吓了一跳，姜桃花条件反射地便想将沈在野推出窗外，沈在野黑了半边脸，抓着旁边的窗棂直接飞上了房梁。

功夫不错啊！姜桃花咂舌，看来他书房暗室里的剑真不是摆着看的。

"梦儿？"穆无垠已经推开了房门。

姜桃花忽然回神，走上前去行礼："见过殿下。"

"你我二人的时候，不用行这些虚礼。"穆无垠叹了口气，走到她床边的椅子上坐下，抬眼看着她道，"方才我已经跟厉氏说过了，叫她不要再难为你。"

姜桃花嘴角一抽，干笑两声，心想："您也真是耿直啊，这种话直接去找厉氏说，那厉氏岂不是更不会放过小女子？"在平衡女人之间的关系方面，太子殿下终究嫩了点，该跟沈在野好好学学，要罚谁、要护谁，都得不动声色才好。

"多谢殿下怜爱。"腹诽归腹诽，该谢还是得谢。

穆无垠看着她，目光柔软又满含深情："真是委屈你了。"

她委屈？房梁上的沈在野冷笑，他堂堂丞相，竟然被逼得蹲在这种地方，他才委屈呢！三更半夜、孤男寡女的，太子想说什么难道不能在白天说？

"能得殿下偏爱，是奴婢的福气，没什么委屈不委屈的。"姜桃花温顺地道，"殿下心怀天下，不必时时刻刻顾着奴婢。"

深情地看了她一会儿，穆无垠轻笑："我总觉得你跟别的女人不一样。"

哪儿不一样？多个眼睛还是多个耳朵啊？沈在野冷笑，男人哄女人怎么总是用这种话，又老套又俗气！

姜桃花害羞低头，小声道："太子别取笑奴婢了。"

"没有取笑。"穆无垠脸上满是认真，"你就是与那些庸脂俗粉不一样，别的女人见着我，没有不贴上来的。只有你，三番五次与我错过，害我魂牵梦萦。"

沈在野和姜桃花的嘴角同时抽了抽。

男人是不是都这么贱啊，顺顺利利落在他手里头的，他不一定多珍惜，非得过程九曲十八弯，他才觉得宝贵！

"那奴婢要是高高兴兴地给殿下当侧妃，殿下是不是反而不会喜欢了？"姜桃花笑眯眯地问了一句。

穆无垠很认真地看着她，摇头道："不会，因为我很喜欢你——想与你白头到老的那种喜欢。今后不管发生什么，我都会好好对你，绝对不会辜负你！"

姜桃花很想顺着他的话应下，谢个恩也就完事了。然而忍了半天，她实在忍不住，问："一辈子这么长，殿下现在说这些是不是太虚无缥缈了？"

都以为女人这么好哄？一不写契约交押金，二不给保障留后路的，长了张会说话的嘴很了不起？偏巧世上什么壶配什么盖，就有女人吃这一套，傻兮兮地把一辈子托付，栽在这嘴皮子功夫上头了。

穆无垠愣了愣，大概是没想到她会这么问，半晌才道："如何会虚无缥缈？两人因为相爱在一起，难道不比父母之命、媒妁之言更容易长久吗？"

"奴婢也不清楚这两种情况到底哪一种更长久。"姜桃花微微皱眉，"但奴婢可以确定的是，爱情只是余生的一个开头，光靠这个就想过一辈子，有些荒唐。"

沈在野听得皱眉，心想，这女人把太子当什么了，竟然在他面前这么长篇大论。男人最不喜欢女人贪婪，这一上来就想过一辈子，谁愿意跟她……

"你说得有道理。"穆无垠想了半天，认真地点头，眼里又多了些奇异的光芒，"你果然跟别的女子不同，还从未有人跟本宫说过这样的话。"

沈在野："……"

其实姜桃花是有些后悔的，没事跟太子说这些干吗，她就是个宫女而已。但是，一看穆无垠这反应，她倒突然有些感慨："世间难得有太子这般通情达理的男人。"

沈在野眯眼看着下头这两个人，觉得姜桃花刚刚学那一声狗叫也不是平白无故的，肯定是在提前告诉他，这儿即将出现一对狗男女。真是体贴啊！

"我一直没问你。"穆无垠小心翼翼地看着姜桃花道，"你怎么会昏倒在路上，又是怎么从沈丞相手里活过来的？"

"说来话长。"姜桃花装作无意地扫了房梁上头一眼，抿唇道，"上次被那人下毒，奴婢没吞下去，之后吐了出来，便捡回了小命。但奴婢遇人不淑，嫁的人是个衣冠禽兽，一直算计奴婢不说，还企图杀了奴婢。奴婢也是没办法，这才又逃了出来。"

穆无垠的脸色很不好看，说道："又是你嫁的那个人，上次见你，你也是被他的姬妾追杀，这次倒好，直接被他追杀了。"

"是啊，幸好他死了。"姜桃花眯着眼睛笑，"死得可惨了，被刺客杀害，五马分尸！"

沈在野眼皮跳了跳。

穆无垠愣怔，低头想了想："最近国都竟然发生了这么惨的命案？"

"殿下日理万机，自然是不知道的。"心里一跳，姜桃花连忙道，"奴婢那夫君也不住国都。"

"这样啊。"穆无垠点头，看了看她，突然伸手拉住了她的手。

姜桃花身子微微一僵，看了看他的动作，有些尴尬："太子？"

"我还怕你忘不掉他，现在看来，你是能全心全意接受我的吧？"

房梁上没什么动静，姜桃花看着靠她越来越近的太子，低声道："接受是能接受……但也得等丧期之后吧。殿下忘记了？"

穆无垠伸手搂住她的腰，微微抿唇，眼神深邃："我有些忍不住了。"

姜桃花："……"

这种情况，她是想过的，也有解决的办法，那就是诱敌深入，再用媚术哄他直接入睡。然而，现在房梁上多了个沈在野，她很怕自己一动，直接就被他跳下来劈成两半！毕竟就算给人扣绿帽子，那也得在背后偷偷扣啊，这样光明正大当着人的面出墙，她还是很心虚的。

"殿下，"姜桃花轻轻推着穆无垠，勉强笑道，"您得遵守皇命的。"

"嗯。"穆无垠点头，轻轻抱着她道，"就这样待一会儿就好。"

面无表情地扯了条面巾出来戴上，沈在野将外袍脱了，只着里头黑色的长袍，目光幽深地看了下头一眼，直接从房梁上跳了下去。

穆无垠是背对着他这边的，自然看不见，姜桃花却吓得惊叫了一声，瞪眼看着这黑衣蒙面的人："你……"

穆无垠一愣，刚想回头，衣襟却被人猛地一扯，接着就是重重的一拳直接砸在他脸上！穆无垠捂着脸回过头，还没来得及喊出声，另一边脸又挨了一拳。那人下手极狠，压着他的肩膀用膝盖狠命地顶了下他的肚子，接着一个过肩摔险些将他摔进地砖里！不等他呼救，他又扳过他两只手，背在身后使劲一拧！就听见咔嚓两声，好像什么东西错了位。

"啊！"穆无垠半晌才感受到痛，他也是会武的，但在这人面前竟然毫无还手之力，顿时明白发生了什么，连忙大喊，"有刺客！"

沈在野冷笑，一双眸子冰冷得像布满结了二十年的霜，他扫了姜桃花一眼，直接破窗离开。

姜桃花看傻了眼，呆呆地站在原地，都忘记去扶太子了。他的身手竟然这么利落！当文臣是不是太可惜了？

"殿下！"外头的护卫纷纷拥了进来，七手八脚地扶起穆无垠，急忙询问，"刺客呢？"

穆无垠脸上慢慢浮肿，气不打一处来："你们还好意思问本官？早跑了，还不追？！"

"是！"

姜桃花回过神，连忙一脸关切地去拿药箱，看着穆无垠小声问："您没事吧？"

当着女人的面被这么狠揍一顿，能没事吗？穆无垠心里气得半死，却也不能对面前这人发火，只能极力压着火气忍着疼道："没事，等他们抓住刺客，定然要把他五马分尸！"

姜桃花认真严肃地点头："没错！"

然而说是这么说，穆无垠两只手的骨头都被沈在野拧得脱臼了。御医一来，事情还是压不住的，整个东宫陡然热闹起来。

厉氏已经气冲冲地跑去皇后那边告状了，姜桃花跪在主殿外头，心里竟然觉得挺舒坦的，虽然不知道原因，但是她觉得今天晚上发生的事可真有意思。

　　宫中闹刺客，整个后宫和东宫都一起戒严了，第二天下朝，文武百官挨个都来东宫慰问。

　　"太子怎么会伤成这样！"沈在野一脸怒意地问旁边的人，"刺客抓着了吗？"

　　旁边的护卫羞愧地低头："刺客武功太高，卑职已经将宫里找了个遍，未曾找到踪迹。"

　　"废物！"沈在野皱眉，转头安慰穆无垠："太子放心，沈某一定会禀明陛下，在您养伤期间，事务暂交三公代理。"

　　穆无垠皱眉："怎么能交给三公？"

　　屋子里的人都是一愣，沈在野眼神也是微动："殿下的意思是……"

　　"交给你一人即可。"穆无垠严肃地道，"别人，本宫都不放心，本宫只相信你。"

　　沈在野抿唇，眼里闪现感动之色："太子竟信任沈某至此……"

　　"这是应当的。"穆无垠皱眉道，"没有你，就没有本宫如今的东宫之位。不过，丞相，你一定要替本宫抓住凶手严惩才是！"

　　沈在野严肃地点头，道："沈某一定尽力！"

　　打他这一顿，自己心里倒是舒畅了不少。沈在野起身，往这主殿里扫了一眼。姜桃花在哪里看热闹，怕是憋笑憋得很辛苦吧？

　　"殿下，"外头有宫人匆忙进来通禀，"陛下驾到！"

　　众人都是一愣，沈在野连忙起身，出去行礼："微臣参见陛下。"

　　明德帝大怒，扶着皇后的手往里走，扫了他一眼道："你起来，陪朕去教训这个孽障！"

　　穆无垠听着声音便吓了一跳，不解地起身跪下，看着进来的明德帝，疑惑地喊了声："父皇？"

　　"你眼里还有朕这个父皇？！"明德帝挥袖打在他的顶冠上，怒道，"为了个民女，闹得你这东宫鸡犬不宁，你还有什么脸面叫朕'父皇'？"

　　穆无垠一愣，抬头看了看。厉氏正站在皇后身边，垂着眼睛没敢看他。这女人竟然将错都算在梦儿头上？穆无垠气不打一处来，连忙低头道："请父皇听儿臣一言，那刺客不知从何处而来，也不知为何只伤了儿臣而未取儿臣性命。但儿臣敢肯定，此事与梦儿无关！"

　　"你还想维护她？"明德帝大怒，"来人，把那贱婢给朕抓过来！"

　　"是。"

　　"陛下！"沈在野心里一跳，皱眉上前道，"您何以生气至此？东宫进了刺客，与太子无关，也不至于问罪无辜的宫女。"

　　他一看这情况就知定是厉氏去告过状了，想必话说得难听，才让明德帝如此暴怒。沈在野有些紧张，这个时候要是把姜桃花抓到皇帝皇后面前露了脸，以后她想再回相府，就更难了。这些关键的人物，能少见一个就是一个。

"无辜？"明德帝脸色难看得很，"她迷惑太子，令太子在她房中遇刺，这也称得上无辜？"

"不关她的事。"穆无垠急忙拱手，"只是巧合而已，没有证据证明梦儿与刺客有关，她不过是个普通百姓，怎么可能认识那样的江湖高手？"

"糊涂！"明德帝恨铁不成钢地看着他，"你平时处事尚算清醒，怎么一遇见女人就这么糊涂？朕要处死她，你难道还要为了个民女，跟朕作对？"

穆无垠哑然。

沈在野侧头看了他一眼，竟在他脸上看见了犹豫之色。竟然犹豫了？他认识姜桃花才多久，相处才几天？难不成他还愿意为她忤逆圣意？沈在野很不能理解，也更加相信，这人不适合当皇帝，太优柔寡断了！

"陛下！"外头去抓人的禁卫已经回来了。为首的庞将军皱眉道："卑职无能，那宫女跳进了接天湖，不知道游去哪里了。"

明德帝愣了愣，回头看他一眼："跳湖了？"

"是。"

沈在野一顿，刚拱手想说话，却见穆无垠站了起来，急声道："父皇，错杀无辜，岂是天子该为之事？因一民女，让父皇一世英名毁于一旦，实在不值！儿臣现在就去救人！"

"你站——"明德帝"住"字还没说出来，受伤的太子爷已经跑得不见了影子。他双臂还绑着木夹板，竟灵活地钻出了禁卫的包围。

明德帝怒极，伸手砸了旁边的茶盏，低斥道："没个轻重！"

皇后连忙劝道："陛下别气坏了身子，无垠他天性重情义，此事……也未必有厉氏说的那般严重。"

厉氏一愣，连忙跪下道："儿臣该死！请父皇息怒！"

明德帝冷笑，看着空了的宫殿门口，咬牙道："这太子之位就不该给他坐，如此冲动的性子，能成什么事？"

皇后和厉氏都吓了一跳，连忙跪下行礼。

沈在野也忙跟着躬身："微臣去将太子带回来。"

"你顺便和他说一声，"明德帝眯着眼道，"他若执意要留那女子，那便将太子的金冠交出来给恒王！"

"……微臣明白。"

厉氏只是想让明德帝出面处置了姜桃花，没想到后果会这么严重。她当即后悔了，连忙磕头道："父皇息怒，太子他忠君爱国，从登东宫之位起便一直勤奋认真，为君分忧。您不能因为一个贱婢，就将太子这么多的苦劳一把抹去啊！"

"不是你说太子被妖女迷惑，已经听不进劝谏了吗？"明德帝低头，看着她道，"既然连话都听不进了，他还当什么太子？"

"是儿臣夸张了，儿臣该死！"厉氏低着头道，"太子并非昏庸之人，那宫女也没那么厉害，只是儿臣的嫉妒心作祟罢了！请父皇宽恕太子！"

明德帝一愣，错愕地低头看她："当真？"

"请父皇降罪！"厉氏以头触地，声音哽咽。

沈在野瞧着，有些感慨。都有这么好的正妃了，穆无垠干什么还非要姜桃花不可？

明德帝的怒气也慢慢消退，看了她许久，叹道："罢了，既然如此，就让人把那宫女带回来，打五十个板子即可。你亲自监刑。"

"……谢父皇。"

沈在野微微皱眉，悄无声息地退出去找人。他没想到一时冲动会招致这样的后果，姜桃花那小身板，能经得起几下打？还是干脆带出宫去算了。

接天湖十分宽广，绕着湖走了半天，沈在野才找到那对"狗男女"。

姜桃花像是刚刚上岸，浑身湿淋淋的，脸上的表情呆傻极了。她面前的穆无垠两只手都被绑着，身上也湿透了，正红着眼看着她。

"差点以为你真的淹死了！"穆无垠低吼，"跳湖做什么？哪怕被带到父皇面前，我也能救你！"

心里像被什么东西刺了一下，姜桃花瞧着面前这狼狈的人，愣愣地问："您……跳下来救我？"

"不然呢？"穆无垠皱眉，"等着他们将你的尸体抬上来？"

姜桃花哑口无言，看了看穆无垠脸上未消的红肿，又看了看他被绑得根本用不了的两只手——他刚刚简直就是用这一双筷子一样的东西把她夹上来的。

姜桃花喉咙有些发紧，歪着脑袋打量了太子半晌，低声笑道："头一次有人这样救我。"不带任何功利之心，只因为她快死了，所以拼命来救她的人，穆无垠是头一个。

沈在野慢慢走过去，冷眼看着姜桃花脸上的表情，忍不住讽刺道："二位是打算在这里情话绵绵？"

姜桃花抬眼看了看他，挣扎着站起来，又伸手将穆无垠扶了起来，低声道："您快回去换身衣裳吧，若是让陛下看见，只会更生气。奴婢随丞相回去领罚。"

"不。"穆无垠摇头，"你随我回去，我会说服父皇，刺客的事本就与你无关。"

"丞相有分寸。"姜桃花笑了笑，笑意头一次到达眼底，"您刚当太子不久，惹怒陛下不妥。该奴婢受的，奴婢会受，只要留住命就行。"

穆无垠不放心地看她一眼，又看了看沈在野："丞相能护住她吧？"

"保命不难。"沈在野面无表情地道，"您还是快些回去吧。"

"好。"穆无垠看着姜桃花道，"我回东宫等你们。"

姜桃花点头，目光难得地温柔，沈在野看得眯了眯眼。等太子走远了，他才冷声开口："你这眼神是什么意思，爱上他了？"

"我只是觉得他这么傻的人很难得。"低头看了看自己湿透的裙子，姜桃花轻笑，"他身上有相爷没有的东西。"

"什么？"

"真心。"姜桃花指了指心口，道，"好久没人真心对我了，想想真是心动。"

沈在野黑了半边脸，冷笑道："姜桃花，如果我没记错，他只是救了你一命，我也救过你一命，凭什么他是真心，我就不是？"

姜桃花眼神古怪地侧头看他一眼，撇嘴："奴婢只见过送饭给乞丐的人被夸善良，却没见过喂猎狗的猎人被夸善良。这点道理，相爷不会不明白吧？"

沈在野微微一愣，笑着睨着她道："为了挤对我，你都不惜骂自己是狗了，那我还有什么好说的？你觉得太子是真心，那你便跟他过一辈子吧，只要你回去挨得住罚。"

当真有罚啊？姜桃花皱眉："你我好歹还在合作，就不能帮忙挡一挡？"

"让你有真心的太子爷去挡吧。"沈在野眯眼，"话是你说的，该你受的罚，你会受着。"

哎，那不是仗着有他在，所以说个好听话而已吗？姜桃花干笑两声，连忙讨好地凑到沈在野身边问："那惩罚重吗？"

"不重。"沈在野淡定地道，"五十大板，厉氏监刑。"

姜桃花愣住，扭头就走："你们先玩吧，我还是继续回湖里待着。"

"怎么？"沈在野伸手抓住她，皮笑肉不笑地道，"不是为了让太子不被陛下怪罪，自己甘愿受罚吗？这么伟大的事，可不能临阵脱逃。走，我亲自护送你回去！"

姜桃花僵着脸挣扎，死命摇头："要回你自己回！五十大板哎，打下来我还有命在？！"

"你现在跳回湖里去，也没有命在。"沈在野冷笑，"不如去求求太子，看他会不会为你违抗圣命。"

"太子是无辜的，你做什么非把他扯进来不可？"姜桃花气得翻白眼，张口就咬住沈在野的手腕，愤怒又口齿不清地道，"你一人做事，有本事一人当！"

"哦？"沈在野睨着她，"你的意思是，太子是无辜的，我就得为了保全你和太子，去向陛下请罪？"

这话听着怎么感觉怪怪的，倒像是他们不对了？姜桃花眨了眨眼，一时竟然没反应过来，不知道该怎么反驳。

沈在野面无表情地将她丢开，伸手扯下自己的外袍扔在她头上，淡淡地道："别磨蹭了，趁着陛下还没有要杀了你的意思，赶紧回去领罚，然后躲在东宫别出来了。"

姜桃花将沈在野的袍子裹在身上，撇嘴，苦着脸跟在他后头走，嘴里碎碎念道："我这是为谁辛苦为谁忙？辛苦就算了，功劳全是别人的，罚还得我一个人受，没天理！"

沈在野听得哭笑不得，也没打算跟她多说，拎着她回东宫去换了身干衣裳，才送到厉氏面前。

厉氏正哭得厉害，看着底下跪着的姜桃花，咬牙道："你可知你给太子惹了多大的麻烦？！"

"奴婢知错。"

这锅怎么也得好好背着。姜桃花叹了口气，看厉氏哭得那么惨，顺手递了一条手帕给她："太子妃息怒，奴婢回来领罚了。"

厉氏微微一愣，皱着眉将她的手挥开，沉声吩咐："拉出去打五十大板！"

"是！"旁边的人应了，上来就拉人。

姜桃花也不打算再挣扎，反正是祸躲不过，老老实实跟着他们去院子里趴下，抬眼看见沈在野在一边看热闹。

"怎么？"看着她这眼神，沈在野走过来两步，淡淡地道，"很恼我？"

岂止是恼啊，简直恨不得咬死他！姜桃花假笑了两声："奴婢再次感谢相爷的大恩大德，希望相爷以后平平安安、万事顺利。"

本是祝福的话，活生生被她说出了一种诅咒的味道。沈在野失笑，冷冷地挥手就让人动刑。

姜桃花发誓，她这辈子真的没见过比沈在野更可恶的人，分明是他冲动揍了太子，后果怎么全是她来承受？他还……还见死不救！

闭眼等着板子落下来，她在心里最后祝愿沈在野遭天打雷劈，死无全尸！

"啪。"

木板落在她屁股上，轻轻的一下，一点也不疼。姜桃花错愕，连忙睁开眼看了看。

身后两个人打得可卖力了，真正落在她身上的板子却没什么力道。姜桃花抬眼看了看前头站着的沈在野，他脸上还是一点表情也没有，冷漠地看着她道："你好歹配合一下，叫两声。"

既然准备救她，先说句软话能死吗？！姜桃花撇嘴，趴在凳子上应付似的叫了几声，抿唇看着前头那人，真是又嫌弃又无奈。这人为什么总是不能好好说话呢？把她气得半死，把他自己也气得半死，到底对他有什么好处？人活着已经很不容易了，为什么还要彼此折磨啊？

沈在野斜了她两眼，转头就走，一路出宫，眼神再也没能暖起来。

"哎？怎么样了？"徐燕归在府里等沈在野，见他回来，急忙上来问道，"你解释了没？她怎么说？"

沈在野不耐烦地将他挥开，沉声道："继续去做你的事，别来烦我。"

"又怎么了？"徐燕归锲而不舍地贴上来，看了看这人的表情，皱眉道，"你去宫里这么久，该不会还没解释清楚吧？"

"没什么好解释的。"沈在野冷着脸道，"反正在她心里，我就是千方百计要害她的人，救了她也不是出于真心。换了别人，随随便便救她一下，那就是令人动心的真情。"

徐燕归吸了吸鼻子，朝四处看了看，皱着眉头一本正经地道："怎么回事？你闻见了吗，谁家的陈醋坛子翻了？"

目光如剑，沈在野淡淡地道："你不想在这府里待了就直说。"

"哎，别呀，有话好好说。"徐燕归伸手拿出一沓纸，道，"说正经的，我又帮你查到了不少东西，你看看有没有用。"

沈在野抿唇，拿过来两张看了看，眼神微动："恒王妃的远亲？"

徐燕归点头："最近正在朝中找职位，恒王为人低调，不常用权势做私事，但这次动静挺大，想必是他的王妃闹得厉害。"

"那咱们便帮他们一把吧。"沈在野轻笑，一遇事就恢复了往常的冷静，将徐燕归手里的东西都看完，放在火盆里烧了，说道，"湛卢，去同秦太仆说一声，让他空个内史的位置出来。"

"是。"湛卢应声而去。

沈在野打开桌上放着的册子，目光深邃地扫了几眼，微微一笑，一副胜券在握的样子。

"就这个时候你还像你。"徐燕归看得惊讶，"总算有点让我觉得熟悉的影子了。"

沈在野斜他一眼，合上了册子："你瞎说什么？"

"我瞎说？"徐燕归伸手将旁边的铜镜抓过来递到沈在野面前，没好气地道，"你自己看看，一旦遇上姜桃花的事，你还像那个运筹帷幄、诡计多端的沈在野？"

沈在野眉梢微挑，一把将镜子挥开，淡淡地道："别以为把褒词和贬词放在一起用我就听不出来。你去做自己该做的事，要是觉得舌头多余，不妨割下来喂猪。"

徐燕归伸手捂了捂自己的嘴，转身就走，边走边嘀咕："果然不该让他碰女色，一碰就一发不可收拾，还嘴硬……"

不过，姜桃花不在，待在这相府实在寂寥，有时候远远看着沈在野一个人坐在书房里，他都觉得他有些可怜。孤独了这么久，他身边的确该有个人陪着吧？

受了"五十大板"的姜桃花有理由在床上待上很长一段时间，穆无垠派了个小丫头来照顾她，万分活泼地跟她说着宫里的消息。

"咱们太子爷这回可惨了，受伤了不说，还被陛下骂了好久。"小丫头眼睛水灵灵的，滴溜溜地在她身上打转，"姐姐可真厉害。"

"哪里哪里。"有气无力地谦虚了一下，姜桃花问她，"太子怎么不过来了？"

小丫头左右看了看，小声道："正生气呢，因着他双手暂时都不能动，沈丞相本想帮太子处理些公务的，谁知陛下竟然将修筑堤坝和秋季收粮入库两件大事都交给了恒王，还将恒王府的一个亲戚提做了内史。"

姜桃花微微一愣，想了想。当今圣上也是懂权衡之术的，瑜王没了便提拔恒王，总要刺激得太子不断上进才行。只是……这法子对穆无垠未必管用，比起上进，他更可能会做的就是除掉对手。

她想了想，突然觉得有点不妥，连忙看着那小丫头道："我昨天晚上做了个梦，梦见有个神仙跟我说，太子若保全手足，必能荣登九五。这也是奇了，我平时从来没梦见过神仙的。"

小丫头一愣，看了看她："姐姐说的是真的？"

"真的啊，做梦而已，我骗你做什么？"姜桃花笑了笑，"只是这种话还是不要同太子说了，咱们毕竟只是奴婢，对手足如何，还得太子自己掂量。"

小丫头似懂非懂地点头，然而转身回去主殿的时候，还是一字不漏地转达给了太子。

"竟然有这样奇怪的梦？"穆无垠失笑，"难得她在梦里都惦记着我。"保全手足吗？可就算他想保全，总有些不听话的手啊脚的要坏他的事。既然如此，那就没什么好保全的了。

恒王负责修筑国都堤坝，然而夏日炎炎，外头十分炎热，恒王是不可能亲自在场监督的。偏巧，太师建议明德帝暗中观察几位皇子做事能力如何，明德帝便微服出宫去堤坝上看了看。又偏巧，他碰见个蛮不讲理的督查官对苦力又打又骂，直接出了人命，导致怨声载道。

回宫之后，明德帝的脸色就不太好看。

沈在野知了原委，拱手劝道："皇子办差本就如此，陛下何必生气？当真让恒王去那太阳下头猛晒几日，心疼的还不是您？"

明德帝轻笑了一声，斜倚在龙椅上看着他："你的意思是，朕的皇子当中，没有一个能把差事办得妥帖的？"

"人之常情。"沈在野低头道。

"朕不信这人之常情。"哼了一声，明德帝伸手就翻出了南王的折子，扔到桌上道，"若是交给无瑕，他定然能办好。"

沈在野微微一愣，挑眉，伸手拿起折子看了看。

也不知道穆无瑕是什么时候写这东西的，竟是一份安民之册，字迹工整，条理清楚，正好可以用在修筑堤坝，颇费百姓劳力之时。他竟然没跟自己说一声就直接将其送到明德帝手里？

"南王有心了。"沈在野合上折子道，"但他毕竟年纪还小，很难成大事。"

"看来爱卿比朕还不了解无瑕啊。"明德帝轻笑，"朕虽然冷落他多年，但只要是交到他手里的差事，他都完成得很好，从未出过任何纰漏。"

"那也不排除运气好的可能。"沈在野道,"毕竟南王做的都不是什么大差事,而恒王此次是在修筑国都堤坝。"

明德帝哭笑不得,斜眼看着他道:"你就非要跟朕犟,看不起无瑕?"

"微臣不敢。"沈在野低头拱手,"只是实话实说,所有皇子当中,南王年纪最小,经事也最少,陛下切不可因一时愧疚而高看他。"

年纪小是实话,经事少也是实话,可明德帝听后不舒服了。到底是自己的皇子,看起来又是个稳妥之人,怎么就在别人嘴里被贬成了这个样子?仔细想了想,明德帝发现自己可能的确没交过南王多少差事,当即道:"既然修筑堤坝的事恒王做不好,不如就交给南王吧。"

"陛下——"沈在野一愣,张口又想反对。

明德帝直接抬手止住了他要说的话:"朕意已决。"

沈在野垂了眼眸,轻轻勾唇,低头行礼:"微臣遵旨。"

东宫。

穆无垠正阴沉着脸坐在书房里想事情,旁边的谋臣低声禀告了堤坝出的事,总算让他脸色好看了些。他笑道:"恒王本就不是能有大出息的人,要真指望他挑大梁,朝廷早完了!不过你们有没有什么办法,让他彻底不能做这差事?"

谋臣们纷纷沉默,面带为难之色。

正在这时候,外头来人禀告,沈丞相来了。

"快请进来!"

沈在野踏进书房就迎上穆无垠炙热的目光,便行礼道:"沈某刚从陛下那儿过来,陛下已经下旨,监工堤坝之事,恒王办事不力,即日起转交给南王督办。"

"太好了!"穆无垠当即拍了拍手上夹着的木板,高兴地道,"方才本官就在为此事发愁,没想到丞相已经替本官办好了,真不愧是神机妙算的相爷!"

"太子过奖。"沈在野颔首,"只是南王年幼,此事若是也办不好……那陛下未必就会觉得是皇子都无用,可能反而会认为有人蓄意挑事。"

"你放心。"穆无垠摆手道,"本官会帮南王弟一把的,若是有人要跟他过不去,本官会立马揪住,送到父皇面前去!"

沈在野点了点头,总算松了口气。穆无瑕终于有光明正大表现的机会了。

监工其实是很简单的事,但有劳力的地方就有粮饷,一般都会有人从中捞走不少油水,以致修筑堤坝的工人根本不能吃饱饭。

当姜桃花听闻是南王接手这差事的时候,她倒是放心地笑了:"他肯定能做好。"

"姐姐怎么对南王这么有信心?"旁边的小丫头好奇地看着她问。

"听闻南王是儒学大家黔夫子的入室弟子。"姜桃花搪塞她两句,"自然不会太差。"

小丫头似懂非懂。姜桃花却猛然想起上次与南王一起乘车遇见贫民的场景。南王不过十六岁，稚气还未脱干净，却难得有一身正气。沈在野总是想引他走捷径，然而他竟然能一直坚持自己的想法，不被他人左右。这样的人也是很难得的，其他人如太子，一旦有了沈在野这样的智囊辅佐，肯定是言听计从，省心又省力，慢慢地就不会自己去想事情了。南王不一样，他从一开始就不赞同沈在野的某些做法，对于正确的谏言却又能虚心采纳，很有主见。姜桃花觉得，这样的人才适合当皇帝，他缺的只是让明德帝看见他才能的机会，而不需要别人教他怎么做事。

　　沈在野显然不太明白这一点，在他眼里，南王就是个脾气古怪的孩子，遇见大事，他自然要指点一二，所以一出宫就去南王府了。
　　可惜，穆无瑕只接了圣旨，没打算听他的话，冷着脸就将他关在了门外。
　　"王爷，"沈在野无奈地靠在门上道，"微臣话还没说完，您明日便要去监工，为防万一，肯定得去堤坝上最显眼的地方站着。一旦陛下驾到，会有人知会您，您准备迎接就是。"
　　"不需要。"屋子里传来的声音里满是厌恶，"本王做事不用你教。"
　　这熊孩子！平息了一下怒意，沈在野皱眉道："恒王就是差事没做好，所以陛下才会将此事交给您，您若不做得漂亮些，如何向陛下证明您的能力？"
　　门打开了，穆无瑕一脸严肃地看着他问："沈丞相，修筑堤坝是修来给父皇看的，还是为了让它坚固牢实，护一方百姓平安？"
　　沈在野看着他，很认真地回答："对王爷来说，这只是修来给陛下看的。"
　　明德帝跟他赌气，要的只是南王做得好的表现，没人会在意那堤坝到底坚固不坚固，只要不塌就行。而中途他总得做些花样出来，比如派粮食给劳工，或者尝试一下和劳工一起修筑堤坝，体会劳工的辛苦，只有这样才能让人看到可以歌颂的地方啊，不然就平平淡淡地修完，陛下能觉得他能力不凡？
　　"看来本王同丞相果真没有什么话好讲。"穆无瑕深深地看了他一眼，"多谢丞相为无瑕争取来这机会，但是之后的事就不劳丞相费心了。"说罢，他重新将门使劲关上。
　　沈在野脸色有些难看，完全不能理解这孩子到底是怎么想的。他按照自己的法子来做，明德帝是一定会好好奖赏他一番的，他不那么做，还想怎么做？

　　沈在野沉着脸回到相府，梅照雪已做了冰糖银耳在等他，见他心情不佳，便温柔地问："爷怎么了？"
　　沈在野张了张嘴，刚想说点什么，抬头一看这张脸，叹息一声，只摇了摇头。这后院里已经没有可以同他说这些的人了。

　　姜桃花带着"伤"一瘸一拐地去给太子送茶。太子见状，连忙让她在软榻上躺下来，柔声问道："好些了吗？最近本宫太忙，一直没去看你。"

"奴婢好多了,多谢太子关心。"姜桃花看了看他桌上堆着的一摞文书,笑道,"不过听闻殿下最近总睡不着,可是有什么烦心事?"

"也没什么。"穆无垠皱眉,"太医说我这双手还要十天才能活动,写字也会比较困难,但偏巧最近事务繁多,我有些力不从心。"

姜桃花看了看他,试探性地问:"可是因为恒王?奴婢听说,陛下有意让恒王坐太子之位。"

"可不是嘛。"穆无垠无奈地笑道,"当着那么多人的面,说要把太子的金冠给恒王,半点没考虑过我的感受。不过恒王也是个扶不上墙的,他最近犯的错事可不少,只等本官够了证据,往父皇面前参上一本,他就要吃不了兜着走!"

姜桃花垂眸,仔细想了一会儿,突然小声道:"殿下可能答应奴婢一个请求?"

"什么?"穆无垠温柔地看着她,"难得你愿意求我,你说,我都答应。"

"奴婢想着,万一哪天殿下不想要奴婢了,或者是因为形势所逼,必须送奴婢走……奴婢想让殿下提前为奴婢准备一条后路。"

穆无垠一愣:"不会发生这种事的,你放心。"

"凡事都有个万一。"姜桃花看着他笑了笑,"殿下不愿意为奴婢多留一条路吗?"

穆无垠仔细想了想,她说得好像也有道理,便点头问道:"什么样的后路?"

"在驿站里准备一辆随时可以带奴婢走而没人会发现的马车,然后在怀远城买一座宅院吧。"姜桃花道,"院子里备上让奴婢能够平淡过一辈子的钱财即可。"

这要求听起来有些荒谬,大有她准备跑路的意思。然而穆无垠竟然一点也没犹豫,点头道:"这不是难事,若是有那么一座宅院能让你安心些,那本官便为你去做。"

"千万别让别人发现了。"姜桃花认真地道,"一旦被人发现,就没用了。"

"我知道。"穆无垠点头,抬手想摸一摸她的秀发,却发现自己手上还夹着木板,只能无奈地放弃,看着她笑了笑,"我会保护好你的,你放心吧。"

姜桃花抿唇,看着太子脸上的神情,忍不住多说了一句:"您要是能不与兄弟相争,安安稳稳继续当太子就好了。"

穆无垠挑眉,低笑一声:"因为你那个梦吗?没关系的,身在皇室,手足相残在所难免,我早就有了准备。"

可是你不能不带脑子啊!姜桃花很想咆哮。沈在野明显领着你在往黄泉路上走呢,你怎么就看不明白?

然而,立场不同,就算穆无垠再让她感动,她也不能当真把这话吼出来,只能一脸感动地笑了笑,然后伺候他喝茶。

第二十九章 奇毒

相府之中格局已变,沈在野提了几人上来当娘子,又新迎了九卿家的几个闺女做侍衣,看起来沉迷于女色,然而相府里头的人知道,丞相已经半个月没笑过了。

沈在野沉着脸改公文,沉着脸跟人议事,再沉着脸独自睡在临武院。湛卢都有些瞧不下去了,拉着徐燕归小声问:"姜娘子到底什么时候能回来啊?"

"这得去问你主子。"徐燕归摇头,"他不想法子,别人也帮不了他。"

湛卢觉得这话说得很有道理,当真跑去问自家主子了。

徐燕归趴在房梁上,镇定地看着湛卢被沈在野从窗口扔出去,摇头叹道:"现在的人,怎么都这么单纯呢?谁让他离那么近去问了?要问也该像我一样躲好啊!哎,沈在野,你真的不打算把姜桃花接回来了?"

冷眼扫向房梁上头,沈在野一字一句地道:"我不稀罕她回来。"

不稀罕?徐燕归挑眉:"当真不稀罕,那你每天抱着那破枕头睡干什么?扔了啊!"

底下的人不说话了,垂了眼眸回去书桌后头继续看公文。

何苦呢?徐燕归啧啧两声,道:"认个错道个歉有那么难吗?你看看太子,在外头那么正经睿智的人,在姜桃花面前还不是老老实实的?直接说出心里的话,又温柔又体贴,你看姜桃花有多受用。"

"你闭嘴!"沈在野伸手便朝房梁上扔了本书,眉目含霜,"我做事,不需要你们提醒。"

徐燕归倒挂在房梁上躲开他的攻击,摇了摇头:"既然如此,那难过也得你自己一个人受着了。"

他为什么要难过?怎么可能难过?不过是个女人而已,最近事情多,他烦的是南王不听话,所以脸色难看,跟姜桃花有什么关系?沈在野冷笑,姜桃花那样做不过是故意气他,有他在前,她若是还看得上穆无垠,那就是她眼瞎。再说,她那样利益至上的女人,跟自己一样,会把谁放在心上?

"主子,"被扔出去的湛卢又回来了,扒着窗户小心翼翼地道,"南王已经去堤坝上了,您要跟去看看吗?"

沈在野闭上眼长出一口气，起身道："替我更衣。"

虽然南王不听话，但自己无论如何还是要帮忙的。他头一次有这么大的差事，万不能出任何差错。

苦力的粮饷已经发下来了，是穆无瑕亲自去粮仓点领，又亲自护送进城外粮仓的，一粒米也没少。中途遇见不少阻碍和麻烦，穆无瑕也不是死脑筋，打点了一番，又抬出了皇命，一切便顺顺利利的。

中午时分，苦力们都聚集在一边准备吃饭。令他们惊奇的是，今日的饭食不再是稀粥，而是一碗碗实实在在的白米饭！众人都惊呆了，差点不敢拿碗。

南王府的侍卫笑道："王爷说了，该给你们吃的，一口饭也不会少，只要好好干活，天天都能吃米饭，管饱！"

这本是寻常的事，出力就该有饭吃。然而这些苦力被压榨久了，竟然喜极而泣，跪在地上连连磕头。

穆无瑕在高处看得皱眉，沈在野却笑了："王爷做得很好。"

"这叫很好？"穆无瑕侧头看他一眼，冷笑，"也是，平日里他们的口粮都落进了你们的口袋，这回本王掏出来还给了他们，相较之下，是本王做得好些。然而这本就是该做之事，没什么好夸赞的。"

"不夸赞您，如何能让陛下知道其他人的恶行？"

穆无瑕别开头，淡淡地道："就算知道其他人的恶行又如何？父皇也不会进行严惩，一旦有皇子涉罪，他更会将事情压下来。时间久了，下头的人该怎么样还是怎么样，不会有什么改变。"这才是他想当皇帝的原因，他一定会比大魏现任皇帝做得好，因为他不会犯跟他一样的错误。

沈在野只当南王的怪脾气又犯了，便没打算理会，继续看着下头磕头的盛况。

"无瑕。"后头传来太子的声音，南王和沈在野都是一愣，纷纷回头，就见穆无垠一身常服出现在眼前，后头还跟着姜桃花。

南王眼眸微亮，看了姜桃花一眼，便朝太子拱手："皇兄怎么来了？"

"反正在宫里也不能做事，就带着梦儿出来走走。"穆无垠笑道，"没想到你们都在。"

沈在野低头："听闻陛下有意巡查，沈某自然是要过来看看的。"

"是啊，也不知道父皇最近是怎么了，"找了凳子坐下，穆无垠道，"身子还没养好，倒是四处微服私访。丞相考虑问题一向周到，咱们还是小心些为好。"

南王跟着点头，目光飘啊飘的，一直往姜桃花那边瞧。

姜桃花今日心情也很不错，偷偷朝他眨了眨眼。

"皇兄身上有伤，不如就在这儿与丞相说说话吧。"南王道，"我带皇兄的宫女去看看这堤坝上的景色，如何？"

穆无垠挑眉，看了看自己身后的女子，打趣似的道："南王弟还真把她当姐姐了不成？"

"皇兄舍不得？"南王眨了眨眼，"怕我抢走她不成？"

"哈哈哈。"穆无垠大笑，"尽管带去吧，能被你当成姐姐，是梦儿的福气。不过她的伤刚好不久，别走太远。"

"知道了。"南王一笑，行了礼便带着姜桃花往下走。

沈在野冷眼瞧着，姜桃花全程都没看他一眼，要么看着南王笑，要么看着太子笑。笑得真难看！

走得够远了，穆无瑕才松了口气，看着姜桃花道："姜姐姐在宫里过得可好？"

姜桃花耸了耸肩，道："还不错，不至于让人担心。倒是王爷最近接了大差事，累不累？"

"不累。"穆无瑕撇了撇嘴，终于有点小孩子的模样，不悦地道，"就是又跟丞相吵起来了。"也不知道当初那人为什么会让沈在野跟着自己，自己与他的想法分明是一个在南，一个在北，永远想不到一起去。

"猜也能猜到你们吵了什么。"姜桃花笑了笑，看着堤坝下头的水道，"但丞相做的必定是为您好的事情，您也不必太抵触他。"

"不是抵触，实在是道不同不相为谋。"南王皱眉道，"本王觉得不管是做事还是做人，踏踏实实才是最基本的，但丞相每次都爱玩花样，刻意做些面子上的事来博得奖赏。就拿修堤坝的事来说吧，若真照他说的去做那些表面功夫，能得多少人真心实意的夸奖？还不如把最根本的粮饷问题解决了，让每个苦力都吃好睡饱，堤坝自然修得就快了。"

姜桃花安静地听他抱怨完，才笑着道："奴婢倒是觉得，丞相和王爷是天生相配的君臣。"

"此话怎讲？"

"因为您擅长做实事，而丞相总有手段将您做的事的好处展示给别人看，如同您说的，他擅长博取奖赏。"找了地方蹲下来，姜桃花捏了块小石头，在地上随意画着，"这世上的人做事，要是都踏实、低调，不声不响，其他不明真相的人是不知道你做的是好事的。这样一来，好事不表，坏事不显，世人难分善恶，自然会走捷径，选更容易的方式去做事。王爷没错，但相爷也没错，您做得对的地方，他就该替您博奖赏。赏罚有度，才能让人明辨是非。"

南王愣愣地看着地上，见姜桃花画了个"人"字出来，一捺撑着一撇，相辅成"人"。

"王爷是这一撇，相爷是这一捺。相爷虽不如王爷光明磊落、踏实、勤恳，但他必不可少。这样说，王爷能明白吗？"

心里豁然开朗，穆无瑕抿了抿唇，嘴上仍是不怎么服气："照姐姐这样的说法，坏人都是必不可少的？"

姜桃花微微一愣，失笑："虽然丞相对奴婢是挺坏的，但就王爷的立场来说，他不是坏人。"

"坏人还分立场？"穆无瑕别开头，说道，"坏就是坏。"

姜桃花起身继续往前走，摸着下巴想了想："沈在野这人是挺坏的，给我下毒想杀了我，欺我骗我又负我……但，他没有对不起王爷的地方。"

穆无瑕神情古怪地看她一眼，道："他都对你这么不好了，你还念着他的好？"

"并不是念着他的好。"姜桃花摇头，"而是懂事的人都会抛开个人恩怨给人最公正的评价，他不是一个好男人，但一定是个好人臣。"

穆无瑕愣了半晌，跟着她慢慢走了一段路，才低声道："姐姐很了解丞相。"

两人相识不过几个月，能这样了解，实在是难得。

姜桃花叹气，的确是很了解啊，彼此对彼此都很了解。然而越是了解，两个人就越难靠近。

正想开口说什么，心口却猛地一痛，姜桃花瞬间白了脸，僵住身子没敢再走。

"怎么了？"穆无瑕回头，看她脸色不对劲，连忙问了一声。

在官里已经半个多月了，青苔不在，她的药也没带！现在想起这事儿已经晚了，姜桃花慢慢蹲下来，努力想装得轻松一点，然而蚀骨的疼痛汹涌而至，疼得她快要咬碎一口银牙。她什么都来不及想，倒在地上蜷成一团。

"姜姐姐？！"穆无瑕吓了一跳。为了说话，他没带侍卫出来，往后看了看，果断地背起她就往回跑。

"找……找青苔。"姜桃花用尽力气说了这几个字，接着就疼得再也没力气开口了。

穆无瑕点了点头，一边跑一边道："本王记住了，你先坚持一会儿。"

沈在野还在高楼上与太子闲聊，余光一扫就瞧见南王背着个人朝这边来了，起身便往下看了看，皱着眉问湛卢："出什么事了？"

湛卢一脸莫名其妙："奴才一直跟您在一起呢，哪里知道出什么事了？不过看姜……看那官女的样子，好像挺难受的。"

穆无垠也站了起来，看了看情况就往下跑。沈在野抿唇跟上，心下不免在想姜桃花又在玩儿什么花样。

南王将姜桃花放在楼下的房间里，已经吩咐人去请大夫。姜桃花躺在床上，浑身被汗水打湿，脸色苍白如纸。她虽然咬着牙没吭声，但脖子上的筋已经鼓了起来，显然她是疼极了。

"梦儿！"穆无垠坐到床边便拉着她的手，着急地看向穆无瑕："出什么事了？"

"我也不知。"穆无瑕拧着眉头道，"走得好好的，她突然就疼成了这个样子。"

装的吧？沈在野抿唇，冷眼看了一会儿，发现外头的大夫已经进来了。

众人纷纷退出去，穆无瑕沉着脸把沈在野拉到一边，低声道："她说要找青苔，也不知是什么意思。"

　　青苔？沈在野皱眉，青苔不是跟她一起走的吗？现在人在哪里，除了她，还有谁知道？

　　"湛卢，"他转头吩咐，"你派人去找青苔，她应该还在国都之中。若她不肯出来，你便贴告示，说要给山上的姜氏寻药。"

　　"奴才明白！"湛卢转身就跑。

　　大夫过了许久才出来，战战兢兢地看着外头这几个贵人，拱手道："老夫医术不精，不知这位姑娘得的是什么病，只看脉象紊乱，像是中了奇毒……"

　　穆无垠恍然："上次御医也看过，说她体内有奇毒，但不知道怎么解。"

　　奇毒？沈在野一顿，上前在穆无垠耳边道："若是上回沈某下的那毒，不妨将解药喂给她试试。"

　　"好像不是那种毒。"穆无垠摇头，"若是宫中常用的毒，御医不可能看不出来。"

　　"先试试再说吧。"沈在野垂眸，直接从袖子里掏出翠绿色的瓶子，倒出解药就塞进穆无垠手里。

　　穆无垠想了想，还是拿药进去给姜桃花喂下，但药喂下去半响，床上的人不见丝毫好转，反而越疼越厉害，跟被斩了尾巴的蛇一样在床上不停地翻滚扭动，嘴里也忍不住叫出声来："疼……"

　　沈在野终于正经起来，走到床边看了看姜桃花，沉声道："太子殿下，她这毒恐怕会要了性命，既然无人能解，不如让沈某送她去寻神医，尚有一丝活下来的机会。"

　　"神医？"穆无垠皱眉，"既然有神医能解，那你直接将他带来不就好了？"

　　沈在野摇头："神医一般都性子古怪，就算是有圣旨也不愿听。要人真心救治，自然不能用皇权压人，太子若是当真信得过沈某，就把此女子交给沈某吧，定然保她性命无碍。"

　　穆无垠抬头看了看他，眼里满是不放心："丞相的意思是，要把她送走？"

　　"只有这一个办法。"

　　穆无垠摇头："虽然本官很相信丞相，但……"但沈在野三番五次要杀梦儿，他怎么可能还将梦儿交给他？

　　"啊！"姜桃花睁开了眼，目光涣散，眼泪止不住地流，嘴里喊着，"好痛……救命啊！"

　　穆无垠一惊，连忙伸手抓着她的手，结果谁知竟跟握着一块冰一样，凉得刺骨！

　　"梦儿？"连喊了她几声，穆无垠也真是急了，左右为难之下，又看了看沈在野："丞相当真能保她性命？那要用多久的时间？"

　　"最快一个月。"沈在野道，"沈某必定会让殿下看见她活得好好的，沈某以性命担保。"

得这么一句话，穆无垠当真是很放心的，只是还有些舍不得。看了姜桃花好几眼，他才点头："那丞相就快让人带她上路吧。"

"是。"沈在野领首，迅速命人准备了马车，亲自将姜桃花抱了上去，回头看着他们道，"那沈某也先行一步，等安排好了她，再回来复命。"

穆无垠点头，挥手就让自己的一个亲信跟上去，吩咐道："有什么消息，就让雷霆传信回来。"

"好。"沈在野领首应了，进了车厢便吩咐人快些回相府。

"相爷，"跑了一段路，雷霆才凑到马车边问，"要怎么回禀太子殿下？"

"我会让你跟着空车出城，一路往秋水山走。"沈在野抱着怀里的人，低声道，"你如期写信回禀太子情况即可。"

雷霆面上是太子亲信，其实却是他培养已久的人，也是该派上用场了。

雷霆应了，看着他们在相府门口下车，接着就继续驾车往城外走。沈在野抱紧了姜桃花，一路闯进临武院，把徐燕归叫过来便问："湛卢回来了吗？"

"还没有。"徐燕归惊愕地看着他怀里的人，"你当真直接把她抢回来了？！"

"闭嘴！"将姜桃花放到自己的床榻上，沈在野头上也出了层汗，他坐在床边捏着姜桃花的手，神色不太好看地道，"为什么吃了解药也没用？"

徐燕归老实地闭嘴，没回答他，换来他冷眼以对。

"哎，你这人着急起来真是不讲道理。"徐燕归哭笑不得地道，"解药没用，就说明她中的不是那种毒啊，你连她怎么了都不知道就乱喂药，指不定还会毒上加毒。"

姜桃花疼得已经意识不清了，但耳边还一直有人在吵吵，忍不住一脚踹了过去："吵死了！"

肚子上冷不防挨一脚，沈在野伸手捏着她的脚腕，咬牙切齿地道："话多的是他，你踢我干什么！"

"报应。"徐燕归幸灾乐祸地笑。不过看着姜桃花这样子，他也笑不了多畅快，凑近床边瞧了瞧，嘀咕道："这看起来比生孩子还痛，到底是怎么回事？"

沈在野已经不想说话了，眉头皱得死紧，看着床上的人不停地扭动、挣扎，干脆伸出条胳膊过去让她抱着。

姜桃花有这个习惯，一抱东西就手脚并用，像只小猫咪一样抱得紧紧的。大概是太久没被她抱过了，瞧着她这样子，沈在野的眉头倒是松了松，心里也是一暖。

看着沈在野的表情，徐燕归忍不住抖了抖身子，说道："虽然这段时间我与湛卢都在想法子让你笑，但你也不能一来就笑得这么……"这么春暖花开吧？

沈在野斜他一眼，道："你出去看看湛卢那边如何了，一旦发现青苔，立马带回来。"

"好好好。"徐燕归抬手捂着自己的眼睛,"你爱做什么做什么吧,我不看,我走了。"

谁要做什么了?沈在野皱眉,满眼嫌弃地看着他消失在门外,然后一脸冷漠地继续看着姜桃花。

他没见过她这么痛苦的样子,她整个人像从水里捞出来的一样,呼吸也越来越弱。

"别睡过去了。"沈在野坐在床边,伸手捏了捏她的肩膀,将她上半身捞到怀里,低声道,"你睡着了喂不进药,当真死在这儿,太子会找我算账的。"

姜桃花迷迷糊糊听见这句话,勉强笑了笑,有气无力地道:"我死了,不是最称你的心意吗?"

"那你要死就死痛快一点,别哼哼了。"沈在野皱眉,"很吵。"

姜桃花咬牙,当真不出声了,身子却从手一路凉下去,浑身都在冒寒气。

沈在野都忍不住打了个寒战,恼怒地问:"你到底是怎么回事?"

姜桃花没理他,只听进去了他那一句"睡着了喂不进药",闭眼咬牙挺着等青苔回来。

沈在野抿唇,一脸不悦地看了她许久,终于脱了外袍躺上了床。他刚躺好,姜桃花整个人就钻进了他怀里,身体贴着他的身体,脚缠着他的脚,努力从他身上吸取暖意。

"真跟只缺阳气的狐狸精似的。"沈在野说着,身子却没动,垂眸看着怀里的人,嘀咕了一句,"换成穆无垠,可不一定会做到这份儿上。"

屋子里没别人,姜桃花也没听见丞相爷这句幼稚至极的话,她感觉自己快死了,无边无际的疼痛和冰冷像是要把她淹没,有黑暗的手从地下伸出来,抓着她就要往黄泉路上拖!

"主子!"青苔一身狼狈地从外头冲进来,看着里头的场景,微微一愣。

"还有闲心发呆?"沈在野冷得嘴唇都白了,横眉怒道,"快救她!"

青苔连忙拿出两颗药塞进姜桃花嘴里。姜桃花努力将药咽下去,这才放松了身子,任由自己陷入混沌的深渊。

"你能解释一下吗?"沈在野撑起身子靠在床头,皱眉看着怀里的人,"她中了什么毒?"

青苔垂眸,手抓着裙摆死命拧着,低头道:"这不是毒,只是主子的旧疾罢了,每月只要按时吃药,就不会有什么大碍。"

"这是什么药?"沈在野伸手想拿她手里的药瓶,青苔却躲得飞快,他眯了眯眼,"不能见人?"

"不是。"青苔小声道,"这是很珍贵的养身之药,奴婢怕有什么闪失,那主子就不好过了。"

看了她两眼,沈在野问:"这药还有多少颗?可够她一直吃下去?"

要是她说不够，这位主子还不把她手里的药拿去研制新药吗？真让大魏的丞相知道了赵国的媚蛊，那她回去可交不了差。青苔叩头下去，认真地道："药是管够的，相爷不必操心。"

管够？徐燕归从后头伸头出来，挑眉道："这药这么好，还能养身，那不如送兰贵妃两颗？她的心疾还没找到药，一直靠毒药吊着也不是办法。"

青苔大惊，连忙摇头："这药对心疾是不管用的。"

"你刚刚不是说是养身之药吗？"徐燕归挑眉，"骗人的？"

"……没。"

"那就是药不够姜氏吃？"

"……也不是。"

徐燕归轻笑一声，伸手就将青苔那药瓶子夺了过来，道："这也没，那也没，那就是你这个当丫鬟的小气了。"说罢，他倒了两颗捏在手里，才将瓶子还给青苔，"等你家主子好了，又得兰贵妃一个人情，必定也会高兴的。"

青苔傻了眼，又不敢在沈在野面前表露出什么，只能将瓶子收回来放好，然后低着头死死抓着自己的衣裳。两颗药就是一个月啊，也不知道赵国那边的人什么时候会来大魏，万一断了药……那可真是会出人命的！

沈在野低头仔细探着姜桃花的脉搏，也就没注意青苔的表情。感觉姜桃花的脉象渐渐平复，他才轻轻松了口气。

徐燕归径直去皇宫送药了。湛卢看了一眼床上这两人，小声问了自家主子一句："您当真要在一个月之后把姜娘子送回去吗？"

沈在野眼神古怪地看他一眼，认真地问："你觉得你家主子是说话算话的人？"

湛卢不问了，老老实实带着青苔回去收拾争春阁。

第三十章 回府

沈在野抱着怀里的人，不知怎么回事，突然觉得很困，当即安安心心地睡了一觉。

争春阁的门一开，府里立马热闹起来，顾怀柔闻信就带着一大群人跑过去问："姜娘子回来了？"

"回来了。"青苔点头，勉强笑道，"感谢娘子惦记。"

"人呢？"顾怀柔拉着她的手就往里走，"太久没见她，我有好多话想问呢！"

湛卢拱了拱手，笑道："人好不容易回来，各位娘子就让她和相爷好生说会儿话，晚些再来不迟。"自家主子真是有先见之明，把人放在临武院，真是清静了不少。

柳香君阴阳怪气地小声道："姜氏一回来，爷好像就来了兴致呢，已经多久不曾去后院了，现在倒是待在里头不出来。"

顾怀柔皱眉看她一眼："柳侍衣这话说得未免太过，姜娘子大病初归，爷要陪着也是应当，咱们还是先走吧。"

后头的一群人纷纷行礼退下，柳香君撇了撇嘴，还有些不愿意走。

顾怀柔伸手就将她拉了出去，不悦地道："你别忘了自个儿的身份。"

"我就是觉得爷偏心太过罢了。"柳香君嘀咕道，"你不觉得吗？爷像对谁都没个真心似的，偏偏就对姜氏不一样。"

顾怀柔一愣，捏着帕子没再说话。其实她也有这种感觉，但……爷的心思，谁说得准呢？看起来宠爱姜氏，可说丢去山上，不还是丢去山上了吗？这么长时间不见，爷多陪陪姜氏，她倒是不觉得有什么不妥。若是姜氏在，能让爷多往后院走动走动，那对大家来说自然是好事。

日落西山的时候，沈在野终于醒了。他难得睡个好觉，睁眼就看见了枕边的姜桃花。这女人睡着的样子依旧让他觉得很顺眼，就是唇色差了些，跟个鬼似的。

想了想，他起身开门朝外头吩咐："做些清淡的晚膳。"

"是。"下人应了，正要走，却又被他叫住。

"记得小菜里还是带点肉。"

下人愣愣地点头，心想，相爷这吩咐的口气，怎么跟要拿菜喂什么小动物似的？

姜小动物没一会儿也醒了过来，一双眼里雾蒙蒙的，迷茫地看着眼前的人："你是谁？"

"你相公。"沈在野将她抱起来放到桌边的椅子上，伸手把筷子放进她手里，"用了晚膳再继续休息。"

姜桃花揉了揉眼，待看清这人的脸，脸色就不太好看："我为什么会在这里？"

"你不在这里，就该在阴曹地府了。"沈在野斜她一眼，"怎么？还惦记着你的太子？"

姜桃花微微皱眉，一脸古怪地看着他道："半个多月没见，相爷从哪儿学来这酸不溜丢的语气？糖醋白菜都不用放醋了。"

沈在野没好气地夹了一筷子糖醋白菜放在她碗里，道："吃你的饭吧，别饿死了。"

姜桃花捏着筷子想去夹，奈何手还是酸软无力，她叹了口气，道："爷也是太不会照顾人了，妾身还没痊愈呢，浑身都没力气，给一双筷子也吃不了饭。"

"抱歉，我不温柔也不体贴。"沈在野冷声道，"吃不了就别吃了。"

谁稀罕啊？姜桃花轻哼一声，爬下椅子就往床的方向走。但是，还没走两步，她整个人就被沈在野拦腰捞了回去。

"坐好。"

姜桃花一愣，抬头看了看他的下巴，有些愣怔。好像许久没这么亲近了，这感觉竟然很陌生。沈在野这怀抱一如既往地僵硬，只是他竟然当真肯喂她吃饭了。

一勺饭加半勺菜，沈在野面无表情地往姜桃花嘴里塞，边塞边道："想睡也该吃饱了再睡，你身子太弱。"

没反驳他，姜桃花乖乖地咀嚼着，时不时伸手指指桌上的盘子："我要吃那个，还有那个。"

沈在野很不高兴，自己又不是下人，还得给她加菜喂饭？然而，不高兴也是心里不高兴，他手上的动作一点不含糊，倒是比青苔伺候得还细致些。

满足地吃完饭，姜桃花滚去床上，看着沈在野道："多谢相爷恩典。"

沈在野一听这话就知道她心里还在记恨自个儿，也不在意，自顾自地拿了文书去旁边看，任她自己在床上休息。

重新躺好，姜桃花才发现这枕头竟然是自己送的那个，药香萦绕，闻着就让人觉得舒坦。这枕头竟然没被沈在野扔了？她伸头看了看，沈在野正一脸严肃地看文书，根本没注意她。姜桃花撇嘴，心想，真不愧是在朝堂上混的人，就是会做表面功夫。他都下定决心要取她性命了，还假惺惺地留个枕头在这儿干什么？

姜桃花伸手把药枕抱起来，很想说这东西不如还给她。结果她一拿起来，发现下头竟然还有东西。碎成两块的玉佩,一端还系着红绳,不知从哪儿沾了泥,看起来脏兮兮的。姜桃花微愣,呆呆地看了这东西半晌,眼神微动,慢慢将枕头放了回去。

"爷,妾身接下来必须待在相府了吗?"

"不然你想去哪里?"沈在野头也没抬,语带嘲讽地道,"还想回太子身边?没机会了。"

"您能不能说话别总带刺儿?"姜桃花皱眉,"就心平气和地说一句要我留在相府,有那么难吗?"

"没空搭理你。"沈在野头也不抬地道,"你要是不喜欢这里,就滚回你的争春阁。"

真是个讨人厌的男人啊!姜桃花嘬嘴,当真从床上滚了下来,骨碌碌地就朝门口滚去。

"你干什么!"沈在野一惊,连忙起身过去将她拎起来,上下扫她一眼,怒道,"让你滚你还真滚?"

姜桃花一本正经地点头:"相爷说话,妾身就听。您说什么,妾身都当真。"

"我……"沈在野快要被气死了,说道,"我让你去死你去不去?"

"好。"桃花点头,"不过您再等几年吧。"

这愚蠢的女人!沈在野咬牙,冷哼一声将她扔回床上:"老实躺着!"

姜桃花就势在床上滚了一圈,抱起自己的药枕,面带揶揄地看着他:"爷还留着这个干什么?"

沈在野微微一顿,别开头道:"用着舒服,自然就留下了。"

"那……这个呢?"姜桃花伸手把碎掉的玉佩拎出来,挑眉问道。

"这本就是我的东西,你丢了,还不许我收回来?"沈在野翻了个白眼,道,"我还没跟你算账,这玉佩很贵的。"

姜桃花撇撇嘴,随手将东西扔回去,道:"贵也是您亲口咬断砸碎的,关妾身什么事?这床睡得不舒服,妾身还是回自己院子去了,爷慢慢看公文吧!"说罢,她起身裹了外袍就往外走。

沈在野下意识地抬了抬手,却又皱着眉放了下来,冷眼看着她出去,哼了一声便继续看自己的东西。他是不是很不会哄女人开心?可是明明其他人都挺好哄的,为什么这个姜桃花就这么难缠?

姜桃花不爽地回到争春阁里躺着,看了一眼旁边眼里含着泪的青苔,连忙摆手:"你家主子很累了,没空看你哭,省省。"

"主子!"青苔哽咽着跪在床边,咬牙道,"只有一个月的时间了,赵国再不来人,您……"

一个月?姜桃花吓得打了个寒战,连忙撑起身子看向她:"怎么就只有一个月了?"

青苔掏出了药瓶："这药被徐先生抢走了两颗，奴婢不敢说是什么药，也就没拦住……"

姜桃花嘴角一抽，将药瓶拿过来看了看，里头当真只剩下最后两颗药了。这可怎么办啊？赵国的人也不会说来就来，她总不至于没被沈在野杀了，却死在这该死的毒上头吧？

"所以，这药其实是不够吃的？"房梁上的徐燕归问了一句。

屋子里两个人吓了一跳，青苔白了脸，惊愕地抬头往上看。

徐燕归飘然落下来，脸上的神色高深莫测。他走到床边，摊开手掌，上头还躺着一颗药，问道："青苔为什么要撒谎？"

青苔傻了，看看姜桃花，又看看徐燕归，一时间也不知道说什么好。

一看她这心虚的样子，徐燕归就更好奇了，凑近她一些，眯着眼道："按道理说，你家主子出问题了，应该告诉丞相才对啊，他那么心疼姜氏，还能不帮着想办法？"

姜桃花一愣，歪着脑袋看了青苔好一会儿，见她满头冒汗，支支吾吾说不出话，心里一瞬间就明白是怎么回事了。

"徐先生怎么一来就欺负我的丫鬟？"她笑道，"相爷什么时候又心疼我了？他巴不得我死才对，青苔说谎也没错啊。"

"巴不得你死？"徐燕归眼神古怪地看着她，长叹了一口气，"你们两个到底有完没完？就不能好好坐下来把误会都解释清楚吗？沈在野要是想你死，就不会想把解药留给你，也不会心急火燎地四处找你了。"

姜桃花愣了愣，眨眼看着他："什么意思？"

"你是不是还记恨着他要杀你这回事？"徐燕归摇头道，"开始我也以为他肯定是决定杀你的，毕竟你一旦被太子发现，太子对沈在野的信任就会荡然无存。不管从哪个方面考虑，你都是该死的。

"然而那傻子没真想弄死你，本来是该陪你一起用膳，免得你起疑的，但他硬是一口没吃，把唯一的解药给了李医女，打算救你。结果你倒好，跑得无影无踪，害得他以为你必死无疑，还大病了一场。"

姜桃花傻了，呆呆地看着徐燕归一张一合的嘴，突然觉得有些听不明白他在说什么。沈在野没想杀她？可是不对啊，他要是没想杀，那在东宫里重逢的时候为什么又那么想掐死她？

"你骗我的吧？"姜桃花皱眉，"他为什么会那么好心？"

徐燕归翻了个白眼："我骗你是有肉吃还是怎的？你随意去问问这府里的人，看看沈在野这大半个月过的都是什么日子。"

姜桃花沉默了，她一向会透过表面看事情的本质，然而这件事，她突然就看不明白了。沈在野不想杀她，是想留下她的？而且是在与利益相违背的情况下，也想保住她？他是不是脑子被门夹了？

"你要是实在不信，还可以亲自去问问沈在野，看他对你到底是什么心思。"徐燕归撇嘴道，"总之，你我打的那个赌，不是你赢了，是我赢了，你欠我一条命。"

"……这也算？"姜桃花皱眉，"我的确是从鬼门关走了一遭回来的，凭什么他就是无罪的？毒还是他下的，没错啊，谁要他事后的解药？不知道先跟我商量一下吗？这赌局就算我没赢，但也不能说我输，平局吧。"

可真会讨价还价啊！徐燕归哼笑一声，捏着那小药丸道："平局可以，你给我解释一下这是什么药吧。"

青苔头垂得很低，一声不敢再吭。

姜桃花看了看她，轻笑道："就是解毒的药，我不是中毒了吗？"

"沈在野在你身上下的毒，他已经喂你解药了。"徐燕归皱眉道，"没有用。"她那毒发作起来的样子，是他从未见过的。

姜桃花耸肩："我可以不说吗？"

"不说也没关系。"徐燕归将手里的药放回她手里的药瓶里，似笑非笑地道，"另一颗已经送到宫里御医那里去了，相信不久就能有结果。"

姜桃花挑眉，看了看青苔，无奈地道："这算不得我的过错吧？"

青苔好半天才抬起头，满眼都是愧疚地看着她道："若是相爷能救您……那，说了也无妨。"

"无妨吗？"姜桃花轻笑，眼神却万分认真，"你不怕新后怪罪你？"

青苔沉默了。她从两年前开始就跟在姜桃花身边，因着很喜欢这个主子，所以两人相处很亲近，也很融洽。她以为姜桃花不知道她是新后的人，故而对她毫无防备。然而……她竟然是知道的。怪不得主子曾经说："青苔，我可以把命托付到你手上，但是我无法完全信任你。"命给她，她不敢拿。但一旦给予完全的信任，她才会真的被新后完全知道行迹，控制得死死的。

青苔喉咙微紧，重重地朝桃花磕了两个头："奴婢对不起主子！"

姜桃花轻笑，摆摆手道："一早就知道的事，你也没能害我什么。"除了给她种了媚蛊。

青苔眼眶通红，只感觉浑身冰冷，像失去了什么重要的东西一样。一想到自家主子一直知道自己的所为，她就恨不得自尽谢罪！

"这又是闹的哪一出啊？"徐燕归看糊涂了，"你们主仆俩感情这么好，怎么会——"

"先生想知道，我可以说。"姜桃花转头看着他笑道，"你们若是能救我，我更是感激不尽。"她怕就怕，听完之后，他们根本不想救她。

徐燕归点头，端正地坐好："你说吧。"

"赵国式微，后宫干政，新后想立我长姐为皇储，我是逼不得已才选择来大魏和亲，另寻出路的。"姜桃花道，"在临走之前，新后怕我脱离她的掌控，所以让青苔给我下了媚蛊，也就是一种蛊毒，每月需要服一颗药才能抑制，否则疼上三个时辰就会七窍流血而死。"

徐燕归吓了一跳,看向她手里的瓶子:"那她是没打算让你活命?"

"没那么狠。"姜桃花轻笑,"药给了十二颗,从我出嫁开始算,一年之后就该是赵国使臣来大魏之时。届时他们就会看我听不听话,再决定要不要给下一年的解药。"

从她出嫁的时候算起?从赵国到大魏,车程有两个月时间,再算上过去的这三四个月,也该还剩六颗啊。徐燕归瞪眼:"那为什么最后只有这点了,还说只有一个月了?"

"这得感谢相爷。"姜桃花笑了笑,"媚蛊会吞噬其他的毒,他给的毒可真厉害,被媚蛊吞噬之后,倒是增强了媚蛊的毒性,让我一月要吃两颗解毒丹才能活。"

徐燕归倒吸一口凉气,道:"他不是给你解药了吗?"

"没用了啊。"姜桃花耸肩,"他那药又不能解媚蛊的毒,而他下的毒已经被吞噬了,也解不了,所以我说,咱们的赌局,应该是平局。"就算沈在野真的没想杀她,但这种不事先跟她商量的愚蠢行为,的确让她少了半条命。

徐燕归听了十分愕然,好半天才道:"也就是说,你同你们赵国最有权势的人是敌对的?"

"嗯。"姜桃花点头,"救我,就等于跟赵国的新后作对。不救我,我死了,你们丞相爷少一个容易被人捏住的把柄。徐先生,你若是沈在野,你会怎么选?"

徐燕归沉默了。他突然觉得还不如不知道的好,不知道的话,姜桃花就算是因着这毒死了,他也不过是觉得惋惜。现在要是知而不救,那恐怕就不仅仅是惋惜了。但要是救了,先不说该怎么救、能怎么救的问题,真救下来,也的确是个麻烦啊。徐燕归看着她问:"你希望我告诉丞相吗?"

"罢了。"姜桃花垂眸,"看你的反应也就能猜到他的反应了,你还不如别告诉他,也免得他再想什么法子来对付我。"

徐燕归打量了她好一会儿,点头应了:"好,那我就当没听过。"

"嗯,另外那颗药还是给我拿回来吧。"姜桃花道,"就算是官里的御医,应该也是找不到配方的,你们大魏又没人玩蛊毒,术业没专攻,就不要浪费东西了。"

"这个回头再说。"徐燕归起身道,"你先好好安慰一下沈在野吧,他这回当真被你吓坏了,偏生面上还什么都不能表露出来,憋得也是难受。"

挑了挑眉,姜桃花嘀咕道:"自作自受,关我什么事?"

徐燕归轻叹一声,觉得自己也是尽力了,这两人爱折腾,那就继续折腾吧,他还有事要做。

青苔一直跪着没起来,徐燕归一走,屋子里彻底安静下来,她就更难受了。

"你也起来吧,我饿了,去准备晚膳。"姜桃花吩咐道。

青苔心里一沉，抬眼看向自家主子："您不怪奴婢吗？"

"要怪早怪了。"姜桃花笑道，"你这小丫头心里藏不住事，全写在脸上，难为你在我身边战战兢兢这么久了。吕氏给你的命令，你恐怕也没完成过几次。"

青苔有些哽咽，浑身都颤抖起来："您是什么时候发现的？"

"你第一次给我下媚蛊的时候。"姜桃花伸了个懒腰，往床上一倒，一脸轻松地看着她道，"太明显了，你脸上满是要做亏心事的挣扎表情，所以那一次我没吃。"只是她不吃，新后吕氏便不放她远嫁。假意吃了，她的反应又没那么像，骗不了人。于是挣扎了许久，她还是把那东西吞了，老老实实地将青苔带在身边，踏上来大魏的路。

青苔咬牙："您该直接打死奴婢的，奴婢一开始就没安好心——"

"你的心比其他人好多了。"斜她一眼，姜桃花道，"行了，别愧疚了，老实说，我留你在身边也是有原因的。"

"什么？"青苔红着眼问。

"因为你比普通人还蠢。"姜桃花一本正经地道，"你想做什么我都能一眼看穿，如此一来，吕氏想控制我就难了。与其杀了你换个更聪明的来，那还不如就你了。"

青苔傻了，愣愣地抬头看着她，撇撇嘴，突然委屈地大哭起来："主子……"

"好了好了。"姜桃花哭笑不得，伸手摸了摸她的脑袋，"你做好你分内之事即可，不用怕会害着我，我自有打算。要是当真愧疚，今天晚上就给我做点好吃的。"

青苔跌坐在地上，不管不顾地哭了个够。自家主子总是刀子嘴豆腐心，所以每次要替吕氏做事，她都心虚得厉害。主子一直看在眼里吧？知道自己不忍心害她，所以才对她这么好……那她这么日日夜夜地自责，岂不是毫无用处？越想越伤心，青苔哭得那叫一个惊天动地，吓得刚进门的顾怀柔差点退出去。

"这是怎么了？"顾怀柔伸头打量了里面两眼，"姜娘子，你打青苔了不成？"

姜桃花冤枉极了，撇嘴道："我可没那么心狠，小丫头在伤心往事呢。"说罢，她又戳了戳青苔的额头："客人来了，还不去倒茶？要哭等没人了再哭。"

青苔咬着唇，眼泪汪汪地给顾清柔倒了茶，然后飞快地退了出去。

"我一直觉得青苔是个厉害的丫鬟呢。"看着她的背影，顾怀柔摇头道，"她这会儿哭起来倒像个孩子。"

"再厉害的人，也有伤心的时候。"姜桃花笑眯眯地看着她道，"顾娘子找我有事？"

顾怀柔叹了口气，坐在她床边，看着她道："没什么事，只是你好不容易回来了，我总要过来看看。这大半个月，府里的日子实在难熬，连夫人都盼着你赶快回来呢。"

姜桃花微微一愣，想起徐燕归说的话，垂了眼眸问："怎么了？"

"朝中好像出了什么事情。"顾怀柔猜测道，"应该还是一件大事，不然爷不可能天天晚上睡不着，积劳成疾，最后病倒了。我在府里这么久，还没见过爷那么憔悴无助的时候，他偏生又一句话也不愿跟人说，连夫人都被关在临武院的外头。"

姜桃花别开脸，轻笑道："他这应该是做了亏心事，怕鬼敲门吧。"

"这话怎么讲？"顾怀柔不解地看着她，"你是没见爷那样子，像天塌了一样，可不是心虚而已。"

姜桃花沉默了，盯着自己床上的枕头，突然想起沈在野床上的东西。他说："用着舒服，自然就留下了。"既然睡着很舒服，那为什么会失眠？明明很后悔杀她，但是再见的时候为什么又那么凶巴巴的？

抿了抿唇，姜桃花道："爷是这样的脾气，夫人又为什么想要我回来？"

顾怀柔摇头："这个我也不知道，只是常听夫人念叨你，说要是你在就好了，定然能知道爷在想什么。"

"这次我也不知道他在想什么。"姜桃花面无表情地往床里一滚，"我的病还没好呢，还要养上两日，你先回去休息吧。"

"啊？"顾怀柔嘴里嘀咕着，"我还说来找娘子说会儿话呢，结果你怎么也变得怪怪的了。"

"没事，过两日就好了。"姜桃花闭眼道，"你快走吧。"

顾清柔撇嘴，迟疑地起身，终究还是离开了。她一走，姜桃花翻身就坐了起来，等一阵眩晕过后，裹了被子便往外跑！

"主子，晚膳……"青苔端着菜回来的时候，屋子里却空荡荡的。

临武院。

沈在野板着脸喝完药，抓了颗梅子含在嘴里，皱着眉继续看手里的册子。

秦廷尉最近有归顺之心，想帮他拿下段始南的治粟内史之位。段芸心是没活路了，秦廷尉想要的是放过还在关押的秦解语。然而，自己手里有他的把柄，为什么要做亏本的买卖？段芸心和秦解语还是一并死了的好，也算……给徐管事一个交代。

他正想着呢，主屋的门就被人打开了。沈在野抬头，刚想说湛卢怎么不敲门就进来，结果却看见一卷被子骨碌碌地滚到他的脚下。沈在野条件反射地想一脚踩上去，那被子却忽地抖搂开，接着衣衫不整的姜桃花跳到了他怀里，撒娇似的抱着他的腰，眨巴着眼道："爷，长夜漫漫，可需要妾身伺候？"

沈在野打了个寒战，一脸见鬼的表情："你吃错药了？"这女人先前不是还浑身是刺儿，这会儿怎么这么乖巧了？

"嘿嘿。"姜桃花傻傻地看着他笑，"听闻爷最近都没睡好，妾身怕爷太劳累，想着让爷再好生睡会儿。"

沈在野身子一僵，别开了脸："我一直睡得挺好的。"

"是吗？"姜桃花眯眼，伸手将沈在野的头扳回来，盯着他眼下的黑色，挑眉道，"睡得好竟然会这样憔悴？爷在操心什么事儿呢？"

沈在野垂眸，不悦地将她的手拿开："自然是朝政之事。"

"这样啊。"姜桃花笑得满脸得意，坐在他腿上，白嫩嫩的脚丫子直往他怀里伸，"那您抽空抱抱妾身嘛，就抱一会儿。"

沈在野嫌弃地扫她一眼，皱眉道："你这大晚上的是想干什么？"他嘴上是这么说，手却很诚实，将她的腰搂得紧紧的，就怕她掉下去。

姜桃花一阵奸笑，就跟什么鬼主意得逞了似的。沈在野看得浑身直起鸡皮疙瘩，忍不住问道："你到底是怎么了？"

"没什么。"姜桃花伸手将他死死抱着，小声道，"就是太久没见了，想多抱抱您。"

沈在野眼神柔和下来，伸手摸了摸怀里这人的头发，心里一直吊着的东西也好像终于落地了。

屋子里安静下来，姜桃花没再说话，沈在野也没打破这气氛，任由她跟只猫咪一样蹭着自个儿，像久别重逢的撒娇。

良久之后，沈在野终于勾了勾嘴角，抱着她放到床榻上，低声道："别瞎折腾了，你脸色难看得跟鬼一样，还想勾引我不成？"

姜桃花撇嘴："妾身没那么想，就是看着天色这么晚了，您也该一起休息了吧？"

睨了她一会儿，沈在野道："你是想让我好好休息，还是缺个抱着睡的东西？"

"能两全其美，又何乐而不为？"

听着好有道理，沈在野颔首，慢慢将外袍褪去，陪她一起躺在床上。姜桃花跟往常一样滚过来抱住他，就跟两人之间什么也没发生过一样，温温暖暖，亲密无间。

沈在野没闭眼，看着帐顶想了一会儿，低声开口："他们跟你说什么了？"

"也没什么。"姜桃花闭着眼将脑袋埋在他肩头，"只是先前妾身不知道您想保妾身一命，倒是冤枉您了。"她本还记恨他这一点，结果发现是误会，那就好办了，两人还能好好合作下去。

"你没冤枉我。"沈在野垂眸，淡淡地道，"我是想杀了你的。"那解药，他也是犹豫了许久才决定给她的，他没将她看得很重，只是最后不知道为什么，鬼使神差地做了那样的决定。

姜桃花一愣，不悦地撇嘴："爷，恕妾身直言，事情已经成了现在这样，您就不能别这么老实，随口哄哄我吗？"

"我哄，你会信？"沈在野斜眼看着她。

认真地想了想，姜桃花摇头。

"那不就得了？"沈在野闭上眼，淡淡地道，"你我之间不需要撒谎，彼此都猜得到对方的心思，又何必大费周章地伪装？"

姜桃花叹了口气，道："妾身本来还有些感动呢，想着您心里好歹还是惦记着妾身的，就算有想杀妾身的心思，最后到底还是心软了。没想到爷只是一时冲动。"

沈在野轻哼了一声，侧过身背对着她睡。姜桃花却跟块牛皮糖似的，依旧从背后抱着他，笑得甜蜜蜜的。虽然沈在野说话不讨喜，但是有句话是对的，他们都猜得到对方的心思。比如她现在看出来了，沈在野是死鸭子嘴硬，在这场刀光剑影的对局里，不是只有她一个人入戏，他好像也动了不该有的想法，自乱了阵脚。看他也这么不好受，她就开心了，觉得总算没输得太难看。姜桃花咧了咧嘴，万分喜欢看沈在野这死鸭子嘴硬的样子，这充分表明，她的培养感情战术不是毫无效果的，想到这里，心情瞬间就舒畅了。

"后日秦解语将被处死刑。"闭着眼的沈在野语气淡淡地道，"徐管事若是还没放下，你便带她去观刑吧。"

姜桃花微微一愣，撑起脑袋看他："您与秦廷尉要决裂？"

"并没有。"

"那……"那怎么会这么痛快地要斩了秦解语？

"杀人偿命。前些天我一时兴起，给逐月翻案了。"沈在野道，"事情拖了这么久，也该有个结果。"

姜桃花眨眨眼，看了看他的后脑勺，翻身骑到他身上，压着他躺平，吧唧一口就亲在他的脸颊上："多谢爷！"

"老实躺好。"沈在野睁眼，皱眉看着她的脸色，"你的身子比兰贵妃还差，好生养着吧。"

姜桃花微微一顿，傻笑着回他旁边躺下，心想，早知道自己死一次能让他做这么多事，那就该早点"死"，说不定他还能帮自己完成遗愿呢。

段芸心和秦解语因为都曾经是相府内眷，被处刑也不会在菜市口。姜桃花清晨就带徐管事乘车到了司宗府，亲眼看这两人伏法。

徐管事平静地看着秦解语伏法。等她咽了气，徐管事却红了眼，哽咽着哭出了声。

"都报了仇了，她还哭这么惨干什么？"青苔小声问了一句。

姜桃花叹道："因为不管秦氏死多少次都于事无补，比起看凶手伏法，她更想要的应该是自己的女儿活过来。"

徐管事哭得狼狈，不过她到底是懂事的，发泄一通之后便跪在姜桃花面前，红着眼睛道："没有娘子，逐月的仇是报不了的。老身今后水里火里听凭娘子差遣，只要是娘子吩咐的事，老身必定拼尽全力。"

"好。"姜桃花点头，"我现在就有个忙要你帮。"

徐管事抬头，认真地看着她道："娘子尽管吩咐。"

这段时间里，相府后院的变化倒是不小。古清影和南宫琴升为娘子，这两人也都是九卿家的女儿，不过皆为庶女，看沈在野这拉拢的意思，想必背后的两位大人还没择主。

瑜王已薨，朝中只剩三位皇子。恒王有夺位之心，奈何还没做什么大事便被太子盯死了。倒是南王顺风顺水地开始在皇帝面前展示才华，博取好感。

按照这样的发展，沈在野很快会以帮太子为掩护，拉拢三公九卿，再找机会帮南王夺了太子之位。

然而，这后院里现在还有个最大的麻烦——梅照雪。

第三十一章 梅氏

梅奉常是九卿之首，也是最开始就支持穆无垠的人，有梅照雪统领相府后院，与其他人来往，沟通关系，顺带搅浑水，那这院子里的水就清不了。

徐管事要帮姜桃花做的第一件事，就是往各个院子里走动走动，说说她的好话，最后再挨个邀这些娘子、侍衣来争春阁聊聊。

这事儿只有徐管事能做，因为进府的人都是在她那儿学的规矩，自然都是熟悉的。熟人好说话，再加上姜桃花本就是颇为受宠的娘子，有了徐管事这个桥梁，没人不往争春阁走。

只是来的人难免各怀鬼胎。

"见过姜娘子。"新上位的古清影和南宫琴上前行礼，一个明艳若朝霞，一个清爽若晚风。

姜桃花看得忍不住感叹："咱们爷真是好福气。"

"爷最好的福气，不就是得了姜娘子吗？"古清影笑了笑，坐在旁边道，"先前身份有别，咱都没能好好看看娘子这天姿国色。如今一瞧，终于明白娘子为何最得爷欢心了。"

都是会说话的，屋子里气氛融洽得很。

顾怀柔笑道："可不是嘛，姜娘子一回来，爷的心情好像终于好了，舍得往后院走动了。"

"唉。"姜桃花叹了口气，"我福薄，得爷垂怜，可惜身子不好，此次上山养病，也没什么成效，承不了多少恩宠了。"

"怎么？"南宫琴好奇地问，"娘子到底得的是什么病啊？"

姜桃花看了她们一眼，抿唇，面露悲伤之色："我拿你们当姐妹，才同你们说这个的，你们万不可传出去。"

"好。"众人都点头，"姐姐尽管说，妹妹们保证把您说的都烂在肚子里。"

迟疑了一会儿，姜桃花招手让她们都进内室，坐在床边围成一圈，才低声道："我这身子不好，恐怕难怀子嗣了。"

三个女人倒吸一口凉气，都瞪大了眼看着她："怎么会这样？！"女人一旦不能生孩子，那还有什么用啊？

姜桃花苦笑一声，半掩着脸道："爷也是知道的，所以才送我去山上寻医，奈何……大夫说实在没办法，只能听天由命。"

先前顾怀柔说那一句话，还让另外两个人有些硌硬，毕竟谁都不希望相爷的心落在别人身上。但一听这话，她们瞬间就什么都不计较了，眼里也满是同情。

古清影还安慰道："爷知道你不能生育，还对您这样好，姐姐该高兴才是。"

"是啊，"南宫琴道，"就算不能有孩子，有恩宠也是好的。"

"男人的恩宠，没了孩子的保障，能有多长久呢。"姜桃花伤心地抹眼睛，"我也就胜在年轻貌美，还有两分本钱。可将来的日子……指不定会有多惨呢。"

顾怀柔眉头皱得死紧："大夫也没办法了吗？"

"没有了。"姜桃花叹息一声，抬眼看着她们，"梅夫人有句话说得好，这院子里靠男人是过不好日子的，只能女人之间相互帮衬。如今我正得宠，也不介意拉各位一把。但你们可愿在我将来落魄之时也拉我一把？"

这买卖多划算啊，谁会不愿意？古清影和南宫琴一口便答应下来。

顾怀柔倒是盯着姜桃花看了许久，眼里满是惋惜地说道："你的命运怎么这么坎坷？"

"有什么办法呢？"姜桃花低头捋着袖口，"都是上天安排好的，挣扎也没用。"

"好。"顾怀柔点头，"那我以后会帮你，虽不能帮你重新得宠，但让你衣食无忧还是没问题的。"

姜桃花感激地看了看她，笑着点头，又看向旁边两位娘子："既然你们答应了，那我就去同爷说，咱们雨露均沾，谁也少不了。"

"娘子真是大度。"古清影笑眯眯地道，"多谢了。"

南宫琴跟着颔首，话不多，眼里的神色倒是更诚恳。

然而，这三个信誓旦旦保证不会说出去的人刚离开争春阁没几个时辰，姜桃花不能生育的消息就传遍了半个丞相府。

"主子，"青苔抿唇，"那三位娘子可真不靠谱，亏您这么相信她们，她们却转头就把话传出去了。"

"有什么奇怪的？"拿银针试了燕窝之后，姜桃花开心地喝起来，"世上为什么没有不透风的墙呢？就是因为人的嘴巴又没被缝上，当着你的面说的是绝对不会泄露出去，可是一转身难免有与人聊天的时候，一冲动就把话传出去了。一传十，十传百，还不得闹得满府皆知？"

青苔恍然大悟："您故意的？"

"不然呢？"姜桃花看一眼这傻丫头，摇头道，"我难不成还真的蠢到会拿自己的秘密跟人交心，以求多个朋友？这人心隔肚皮的，傻子才会这么想。真正的秘密就该自己藏着，谁也不能告诉。"

青苔点头，算是又学会了一点东西。逢人只说三分话，哪能全抛一片心？

不过，府里闹得沸沸扬扬的后果也不太好，晚上的时候，沈在野黑着脸就来找姜桃花算账了。

"你在乱传什么东西？"

姜桃花眯眯地看着他问："妾身不能生育，爷会嫌弃吗？"

"少废话。"沈在野拎她起来放在软榻上，严肃地道，"在盘算什么，提前给我说清楚了！"

"妾身只不过觉得高处不胜寒，想在院子里多交几个朋友罢了。"姜桃花一脸无辜地道，"若是不这么说，谁会放下戒备，真心跟妾身好啊？"

交朋友？沈在野冷笑："你交朋友干什么？"

"夫人在这院子里广结善缘，处处逢源，妾身怎么能不学着点？"姜桃花看着他的眼睛道，"万一以后有个什么事儿，说不定还能有人帮忙呢。"

沈在野微微一顿，看清她眼里的神色，皱眉想了想："你要跟梅氏过不去？"

"不可以吗？"姜桃花微笑，"爷还不是准备跟太子过不去了？"

"你……"沈在野脸色不太好看，"你怎么知道梅氏跟太子的关系？"

"您忘了？"姜桃花挑眉，妩媚一笑，"妾身可是在东宫待了大半个月呢，该见的人都见着了，太子做事也没回避妾身，这些东西还能不知道吗？先前妾身还奇怪秦解语为什么会那样听夫人的话，如今妾身也明白了，秦廷尉与梅奉常的关系也不错吧？"

看了她一会儿，沈在野摇了摇头："穆无垠果然是难成大事，竟然对你毫无防备！"

"太子最大的缺点只是识人不清罢了。"姜桃花耸肩，"他也有谋略，只是遇见了你我这两个坏人，一个负他信任，另一个负他真心。"

相比之下，南王就厉害得多，所交之人都是有本事又靠谱的，绝对不会害他。

沈在野哼了一声，心里直叹气。穆无垠那儿让她窥见了端倪，那恐怕很多事情都瞒不住了。

"你想怎么做？"

姜桃花跪坐起来，认真地看着他道："男主外，女主内，妾身负责将梅夫人架空，爷只管做爷该做的事。"

架空梅照雪？沈在野笑了："梅氏做主母也有两年了，府里大小事务都是她在管，你有什么本事架空她？"

"爷只要答应妾身，事成之后，帮妾身一个忙就行了。"姜桃花道，"其余的，不用爷操心。"

她这么厉害？沈在野饶有兴致地看了她两眼："好，时间可不多，你别让我失望。"

"遵命！"俏皮地行了个礼，姜桃花抬头，讨好地笑道，"既然如此，那爷是不是也配合妾身一番，今晚去古娘子那儿看看呗？"

沈在野脸色微沉，道："你让我去我便去，那我成什么了？"

"那您别去古娘子那儿，千万别去！"姜桃花立马改口，瞪眼道，"您去了我跟您急！"

沈在野冷哼了一声，起身便往外走："本还想多陪陪你，看来你也是不需要。既然如此，那可别怪我无情。"

"爷慢走啊！"姜桃花挥了挥手绢，"下次再来。"

"主子，"青苔哭笑不得，"您这样，爷以后当真不来咱们这儿了怎么办？"

"怕个啥？"姜桃花拍了拍手，"他不会的。"

他不仅不会，还会配合她好好对待后院这一群女人。沈在野又不傻，她做的是跟他利益一致的事，他脑子被门夹了才会跟她对着干。

姜桃花猜得没错，沈在野虽然很不情愿，但还是去了古清影的院子。

古清影可高兴坏了，她一直没得什么恩宠，看来姜娘子当真很靠谱，应该说了她不少好话，不然相爷也不会这么快就来了。

"娘子，"贴身丫鬟东篱小声在她耳边道，"管家送了不少首饰过来，又制了新的寝衣，正好赶着送来了。"

这种事情，一向是梅照雪在管。管家会给她送这个，自然也是夫人吩咐了。古清影感激不已，将这恩情记下，然后高高兴兴地沐浴、侍寝。

徐管事看着回来复命的丫鬟，笑着朝管家道谢："有劳。"

"哪里哪里。"钱管家摆手道，"你以往帮我的地方可不少，这点小忙算什么？"

徐管事点头："古娘子对老身有恩，所以老身帮她一把，这事儿还望钱管家莫要和夫人说。"

"我明白的。"这种私下塞东西的事儿，他干得多了，自然不能让夫人知道。

徐管事笑着行了礼，便回了自己的院子。

第二天一早，古清影神清气爽地去凌寒院请安，见着梅照雪就行了大礼："多谢夫人对妾身的照拂。"

梅照雪一愣，也不知道这谢从何而来，不过古氏是刚受宠的人，她自然欣然接受了，笑着道："往后可要好生伺候爷，有什么需要，尽管跟我提便是。"

"是。"古清影高兴地在旁边坐下。

柳香君听了可就不太乐意了，说道："夫人的意思是，只有受宠的人才可以提吗？我院子里最近也缺东西呢。"

梅照雪看了她一眼，道："府里的用度都是登记在册的，伺候爷的人辛苦些，自然得的东西多一些。你与其埋怨，不如想想办法，看如何才能得爷的心。"

姜桃花坐在旁边喝茶，一声没吭。梅照雪倒是一眼扫了过去，笑道："姜娘子好不容易回来，受的罪也不少，就不必这么频繁地来请安了，好生休息就是。"

"谢夫人。"姜桃花笑了笑,"既然如此,那妾身就回去待着了。"

"好。"梅照雪目光柔和地看着她道,"你要是实在闲得无聊,可以替我管一管这府里的琐事。最近府里的开销不小,也替我想个法子省省开支。"

还真是什么难往她身上甩什么啊,这种得罪人的事,为啥要她来做?姜桃花掩唇咳嗽了两声,一脸无精打采地说道:"夫人也知妾身应该好生养着,操劳不得,这些琐事,妾身想必是帮不上什么忙的。"

"话是这么说。但这院子里如今除了你,我也不知还有谁能帮着做点事。"梅照雪叹息,"段氏和秦解语都没了,孟氏也没了。新上来的两位娘子尚不熟悉规矩,这样看来,只有——"

"夫人,妾身可以帮忙啊!"柳香君连忙抢过话头,"妾身对这府里的事算是熟悉,节省开支这样的事也不是不会做。"

梅照雪愣了愣,众人也都齐齐扭头看向她。

姜桃花抬手捂住了自个儿的眼睛,心里偷乐,人人都想推的差事,她还一个劲儿地往自己身上揽?听得梅照雪刚才的一番话,她直接推辞,心里想着这活儿多半是要落在顾怀柔身上的,谁知道半路杀出个柳香君,满腔热血,一副要干大事的样子。

梅照雪沉默了一会儿,看着她问:"你确定你能做好?"

"这有什么难的?"柳香君笑吟吟地道,"您放心好了,您的吩咐,妾身一定好好完成。"

人家都这么说了,再拒绝未免让人脸上不好看,梅照雪只能迟疑地点头,又看了姜桃花一眼。算她走运,居然还有个傻子冲出来争抢。

不过,顾怀柔很是担心,一离开凌寒院,便拉着桃花的胳膊皱眉道:"这要怎么办?以柳氏的性子,定然会搅浑水,您最近好不容易跟众人关系融洽……"

"她若有那个本事搅到我头上,就算她厉害。"姜桃花轻笑。

如今这院子里,除了梅照雪对她还有点心思,谁还敢轻易惹她?柳香君揽下这差事跟她可没什么关系,她安全得很。既然安全,那她在岸上看着就行了。

顾怀柔点头,总算放心了些。

姜桃花看了看她,道:"你晚上回去在院子里备些清凉油,再跟按摩师傅学学推拿之法,爷要是去了,也能解解乏。"

"爷会来吗?"顾怀柔一愣,"他许久没来我院子里了。"

"会去的。"姜桃花肯定地道,"你做好准备便是。"

沈在野最近要有大动作,自然会在后院里多走动。她猜也猜得到,除了梅氏,其他人都会受宠。

然而别人是猜不到的,看她这么胸有成竹,只当是她在沈在野面前替她们说了好话,争了恩宠。

后头不远不近跟着的古清影和南宫琴一听,立马就迎了上来。

"多谢娘子照拂。"古清影笑吟吟地拉着姜桃花的手道,"没有娘子,我不知还要被冷落多久呢。以后娘子有事,我必定全力相帮。"

南宫琴微微颔首,一双眼略带渴望又含蓄地看着她。

"没什么好谢的。"姜桃花看着她们道,"咱们既然已经认了姐妹,那自然是要相互帮忙的,你们也都准备着吧,说不定爷什么时候就去了呢。"

"好。"古清影笑着拍了拍她的手,"那就有劳姐姐了。"

顾怀柔安静地看着,没吭声。等这两人走了,她才低声道:"看起来可真不靠谱,她们大概也是为着恩宠才来您身边的。"

"她们为什么来的不重要,"姜桃花耸肩,"能围过来就行了。"

这相府里的主母有两大作用,一个是平衡姬妾关系,另一个是管理府中用度。用度方面,姜桃花插不了手,但把前者的差事揽过来简直太简单了,毕竟姬妾最看重的还是沈在野的恩宠。她总能猜对沈在野下一次会去谁院子里,提前不要脸地抢个功。没几天的时间,所有人都觉得相爷对她言听计从,自然就都爱往争春阁走动了。

"主子,"凌寒院里,绣屏皱眉跪在梅照雪身边道,"最近来咱们院子里请安的人可是越来越少了,几个娘子都爱往争春阁跑,只有您亲近的几个侍衣还在这儿晃荡。"

梅照雪安静地摆弄着茶具,脸上依旧一片平静:"人往高处走,这有什么奇怪的?姜氏那儿有她们要的东西,她们自然趋之若鹜。"

"可是,奴婢总觉得姜娘子这次回来像是野心勃勃要夺您的位置。"绣屏皱眉,"您没发现吗?这才几日,府里的人都拿她当神一样供着,她地位仅次于爷,那又将您放在了哪里?"

"想夺我的位置?"梅照雪笑了笑,"我先前就让她试过管这府中之事,结果如何?爷心里也该明白,她不适合当夫人。"

绣屏摇头:"可是爷现在好像比以前更喜欢姜氏了,以前还没像现在这样肯听她的话。奴婢担心一直这样下去,爷迟早被姜氏迷惑,直接将您的位置给她。"

梅照雪抬眼看了看她,绣屏连忙低头。

屋子里安静了片刻,梅照雪轻叹了一口气,道:"你傍晚的时候悄悄去给古氏送信,让她过来一趟。"

"是。"

两年多了,头一次有人妄图骑到她的头上来。梅照雪皮笑肉不笑地将茶杯叠在一起,动作优雅地将茶具收了起来。她心里想,跟她斗,姜桃花还嫩了点吧。

傍晚,沈在野让人知会南宫琴今晚侍寝。

姜桃花得意地笑了笑,心里打着小算盘道:"一点没错,下一个又轮到顾氏了。"

青苔从外头进来，凑到她旁边小声道："主子，古娘子去凌寒院了。"

"去得好啊。"姜桃花眯了眯眼，"当真是她。"

虽说她是故意让她们把自己不能生育的消息传出去的，但到底是谁说的，她还是很好奇。在她们三个人侍寝的时候，姜桃花都让徐嬷嬷以夫人的名义送了奖赏过去，南宫琴和顾怀柔都没什么反应，只有古清影谢了梅氏的恩。古清影已经跟她达成协议，又对梅照雪示好，想必不是一心一意与她站在一起的，那消息多半就是她泄露的。古清影还是当初答应得最利索的人呢，没想到出卖她时也是最利索的。所以这交朋友啊，还是等摸透了底细再交心比较好。

"柳侍衣那边怎么样了？"姜桃花问。

提起她，青苔就浑身不舒服，说道："还是那样，一直在府里晃悠，看见什么地方开支大了，当即让人家改。有人不服气，她就抬出夫人来，把人好一顿数落。夫人那边气得不行，还得夸她尽心尽力。"

就知道会是这样的结果。姜桃花乐得在床上打滚，说道："这叫搬起石头砸自己的脚。夫人还不太了解柳氏这性子，我要是她，当场就会拒绝柳氏。她本是想甩个得罪人的事给我，没想到怨气还是全积攒到了凌寒院，而且恐怕比她亲自去做还多吧。"

青苔心有余悸地点头："爷本来还想在咱们院子里修个水池的，竟然也被柳侍衣拦下了。"

这么厉害？姜桃花眨眼："修水池干什么？"

"不是您昨天说咱们院子离花园有点远，看个锦鲤都不方便吗？"青苔道，"爷听说了，就打算让人直接在后院里修个鱼池，养鱼给您看。"

啥？姜桃花傻眼了："这么宠我？他又想做什么？"沈在野一对她好就没什么好事，她心里清楚得很。

青苔摇头："奴婢不知道，爷也好久没来咱们院子里了，忙着宠别人呢，可能是怕主子伤心，所以安慰安慰您吧。"

她有什么好伤心的？有钱有权的男人三妻四妾也是平常事，沈在野那种身份的人，不可能一直围着她一个人转，她要是想不开，那就是跟自己过不去啊。

第三十二章 毁容

瞧着时辰已经快到子夜，姜桃花也没再多想，直接钻进被窝准备睡觉。青苔拿着灯出去，仔细地将门关好了。然而她忘记了关窗户。有人从窗口进来，悄无声息地爬上了床。

姜桃花被声响惊得睁开眼，身子僵了僵，伸手一摸这人的腰，便长出了一口气，抱上去撒娇道："爷要吓死妾身不成？这偷偷摸摸的，是要做什么？"

沈在野挑眉："你怎么知道是我？"

"这还不简单？"姜桃花捏着他的腰道，"妾身对这儿很熟悉，一抱就知道。"

沈在野轻哼一声，搂着她，任由她压在自己胸膛上，问道："你最近又在算计我？"

"哪有？"姜桃花嘿嘿直笑，"爷要做什么事，妾身可是一点都没插手啊。"

"那你是怎么知道我要去谁院子里的，还每次一算一个准？"沈在野眯眼，"你在我身边安插了人？"

"在您身边有人也没用啊，除非在您肚子里安插蛔虫才行。"姜桃花一本正经地道，"没错，您肚子里最大的那条蛔虫是妾身的虫！"

气氛本来有些严肃的，一听这话，沈在野失笑，伸手就掐了掐她的脸："你倒是厉害，给了那虫子多少好处？"

姜桃花扭啊扭地爬到他身上，笑眯眯地道："爷，说正经的，您准备怎么对付太子？"

沈在野笑意微顿，看了看身上的人，黑暗之中眸子还泛着清冷的光，但里头的神色怎么也看不清楚。

"你在担心他？"

"也不是担心。"姜桃花撇嘴，"他会有怎样的下场，妾身一早就清楚，只是随口问问罢了。"

随口问问？沈在野冷笑，想起她在接天湖边凝视穆无垠的眼神，心里就莫名烦躁："你怕是想救他一命吧？"

姜桃花心虚地摇头，道："妾身哪有那本事啊，只是太子毕竟对妾身有恩，爷能保他一条命的话——"

"不能。"沈在野平静地打断她的话,伸手将她从自己身上拨开,闭眼道,"那不是你能管的事情,老老实实在后院里待着吧。"

这条路看来是走不通了,姜桃花嘟嘴,不悦地背对着他躺过去。每次都是她贴上去抱,这人还说挥开就挥开,老娘不抱了不行吗?

两人安静地各自睡觉,沈在野却没能睡着,皱眉侧头,看了看旁边的人:"你闹什么脾气?"

"谁闹脾气了?"姜桃花哼哼道,"抱得手疼。妾身只是想好好睡觉而已。"

身后的人一阵沉默,姜桃花噘着嘴在心里发誓,绝对不主动抱他了!弄得好似她有多离不开他似的!谁稀罕啊?!

沈在野等了一会儿,等这人呼吸均匀,终于睡着的时候,才伸手将她抱回来,让她搂着自己。睡着的姜桃花把发过的誓忘得一干二净,吧唧着嘴又把旁边的人抱得死紧。

"傻子。"屋子里有人低笑了一声,然后便安心地拥着她入眠。

第二天一大早,沈在野已经不见了,姜桃花也没问他去了哪里,自顾自地收拾好,便去厨房逛了一圈。

府里节省开支,最惨的自然就是厨房的采买人员,往日里采买是个捞油水的活儿,如今却是个烫手山芋。这不,远远看见姜桃花往这边走,负责采买的刘管事连忙迎了上来。

"姜娘子!"

看着眼前这人,姜桃花笑了笑:"有什么事?"

"您……您是大慈大悲的观世音,求您救救奴才吧!"刘管事直接在姜桃花面前跪下了,可怜巴巴地道,"夫人让节省开支,这府里的肉和菜又都是从贵的地方进的货,奴才夹在这中间还要倒贴银子,这日子可怎么过?"

姜桃花微微挑眉,很无奈地道:"我怎么能帮得了你,我只是个娘子罢了。"

"徐管事说,您是乐于助人的。"刘管事连连作揖,"她那事儿,不也是您给做主翻的案吗?奴才这点小事……还望娘子帮个忙。"

看了他一会儿,姜桃花示意他起身,到旁边去细说。

"府里的菜和肉是从什么地方进的货?"姜桃花问。

刘管事苦着脸道:"就是从夫人娘家的远亲那儿进的,夫人说了,那儿的肉和菜最新鲜。可价格也最贵啊。偏生现在又是夫人下令节省开支,昨儿柳侍衣过来说,以后每日买菜只有十两银子,那岂不是要饿死半府的人?"

"这事儿你不如直接去找夫人说啊。"姜桃花道,"既然对方是她的亲戚,命令又是她下的,解铃还须系铃人,不是吗?"

"奴才哪里敢?"刘管事摇头,"夫人只会觉得奴才办事不力,另换人来做,那奴才该何去何从啊?"

听他说得也有道理，姜桃花笑了笑："既然夫人那儿不能说，那你不如直接去跟相爷说吧。"

刘管事一愣，有些迟疑地道："奴才哪里有机会能见相爷？"

"这个简单。"姜桃花道，"相爷最近爱去花园里逛，到时候我让青苔带你过去便是。"

"多谢娘子！"刘管事连忙行礼，"只是……万一夫人怪到奴才头上，会不会还是要赶走奴才？"

"不会。"姜桃花摇头，"你都到爷面前说话了，她若再动你，不是明摆着和爷过不去？放心吧。"

有道理！刘管事感激涕零地拱手："徐管事所言不假，娘子真是菩萨心肠！"

这话夸得她都不好意思了。姜桃花笑了笑，与他作别便回去睡回笼觉。

"夫人这真是自己跟自己过不去啊。"青苔跟在她身后感叹道，"好端端的，为什么要节省开支？"

"因为秋季相爷会查府里的账本。"姜桃花懒洋洋地道，"先前她把账本给我管的时候，府里的开支比前几个月少了一半，账面上却没什么不对劲，前后一对比，自然让她脸上不好看。"

说起来这也是因果循环，她管账的时候府里闹腾得很，各种各样的麻烦接踵而至，不过与此同时，闲得无聊乱花钱的姬妾也就少了。府里的人顶着狂风骤雨，生怕惹事上身，背地里捞的油水也跟着少了些。她倒是没特地做什么，有这样的结果，也算是福祸相依。

青苔幸灾乐祸地拍了拍手："那夫人可就得多花点心思了。"

姜桃花接着往前走，心想，梅氏现在可不只是要在节省开支上花心思，她在这府里的人心也是失尽了。

梅照雪没有意识到下人的问题，她在意的只是姜桃花与府里几个比较重要的娘子坐了一条船。先前的三足鼎立和两分局面已经被打破，重新洗牌之后，她竟然比姜氏差了一截。

"姜娘子太会做人了。"古清影嗑着瓜子道，"她不跟人争，也不跟人抢，谁跟她好，谁就会得爷的恩宠，那这府里的人还不巴巴地捧着她？不是妾身要多嘴，夫人您再懈怠，指不定哪天就让她抢班夺权了。"

"你不也是捧着她吗？"梅照雪淡淡地笑了笑，"所以得的恩宠也不少。"

古清影一愣，放下瓜子，跑到梅照雪身边道："妾身这还不是为将来打算吗？她送的恩宠，不要白不要，但妾身的心是向着夫人您的呀。令尊最近对家父提拔有加，妾身定然是会帮着夫人的。"

古清影话说得漂亮，其实也是个哪儿有好处往哪儿钻的人，还会讲什么情义？梅照雪勾了勾唇，抿了口茶水，道："如今算来，最得宠的还是你跟南宫氏，你们都是从侍衣上来的人，她怎么没同你一条心？"

"同是侍衣，也不是很熟。"古清影撇嘴，"她那人不爱说话，又有点死脑筋，真以为可以靠姜娘子一辈子呢！"

"是吗？听说她哥哥最近刚入朝。"梅照雪垂眸道，"有空还是带她过来凌寒院走走吧。"

"好。"古清影应下，笑着退了出去。

梅照雪看着案上的三个茶杯，拎起一个来，丢进了旁边的水盆。

两天之后，顾怀柔一脸尴尬地来找桃花了："姜娘子，出了点事儿。"

姜桃花正午休呢，打着哈欠看着她："又怎么了？"

"妾身的父亲先前不是调做内史了吗？"顾怀柔抿唇，"今日收到消息，又转做了宗正。"

"这是好事啊。"姜桃花道，"升官了。"

"可……"顾怀柔皱眉，"先前朝中一直有消息，这个位置该是南宫酒的，眼下南宫娘子怕是在生气，今儿遇见我都沉着脸，一句话没说就走了。"

姜桃花道："朝廷上的调度，关你们什么事呢？她大概是一时想不开，过几天就好了。对了，大魏的宗正，是不是管理皇族事务的？"

"正是。"

姜桃花心里一喜，连忙拉着她的手道："那之后你可能得帮我一个忙。"

顾怀柔点头："只要是娘子的吩咐，我必定尽力。"

那可真是太好了，姜桃花笑弯了眼，这条路一铺，她就有能力还人家的恩情了。

但是，第二天晚上，在顾怀柔沐浴准备侍寝的时候，温清阁里竟然有丫鬟失手，将一桶还没来得及兑凉水的热水朝着顾怀柔兜头倒了下去。

姜桃花赶到的时候，顾怀柔将自己锁在房里，谁也不见，连医女都只勉强给她涂了药膏，便被赶了出来。

"怎么样了？"姜桃花皱眉拉着李医女问。

李医女连连摇头："整张脸被烫伤，身上也被烫红了大片，容貌算是毁了，命还在就算不错。"

姜桃花倒吸一口凉气，女人毁了容貌，有几个还愿意继续活下去？

"你确定她命还在？！"

李医女一愣，还没来得及回答，就见姜桃花一脚将锁着的门踹开了！

顾怀柔头上盖着黑纱，正准备悬梁自尽。

"哎！"姜桃花吓了个半死，连忙让青苔把她抱下来，拿绳子将她的双手捆在背后，"你这是干什么！"

顾怀柔沙哑着嗓子道："我这一辈子从来没有这么丑的时候，活着也没什么用，不如死了算了！"

"女人难不成只能靠脸活啊？"姜桃花安慰道，"你先冷静一下，咱们再想办法，府里应该有不少生肌养颜的药——"

"没用的。"顾怀柔摇头，"我这样子，自己都看不下去，没救了！"女人的容貌何等重要，她的脸变成这样，沈在野怎么可能还会亲近她？这院子里没了恩宠，她活着还有什么意思？

姜桃花伸手想掀开她头上的纱罩看看，顾怀柔却像受了很大的惊吓，连连后退，吼道："你们都出去！"

"娘子，"李医女皱眉，"让奴婢在这儿照顾吧。顾娘子现在情绪不稳，人多了对她没好处。等她平静下来的时候您再来。"

"好。"姜桃花起身，深吸一口气，道，"我一定会让爷严惩那丫鬟，你放心吧。"

顾怀柔大哭，声音里满是绝望，听得人心跟着发颤。青苔连忙将自家主子拉了出去。

院子里，沈在野刚好带着梅照雪赶过来。

"那丫鬟人呢？"沈在野沉声道，"出了这么大的事，可不是一句'失手'就能遮掩过去的。"

姜桃花抿唇，看了梅照雪一眼，挥手让人把那丫鬟带了上来。

"相爷饶命！"小丫鬟吓得浑身发抖，"奴婢当真不是故意的！"

"不是故意的？"沈在野眯眼斥责，"那么滚烫的水，你提的时候感觉不到？竟然还朝着主子兜头倒下去！这若不是故意，那什么叫故意？！"

小丫鬟哭着道："奴婢当时有些走神，一时提错了桶——"

"这丫鬟看着好生眼熟。"梅照雪突然开口道，"但妾身有些想不起来是在哪儿见过了。你们想得起来吗？"

她后半句是看着旁边的柳香君和南宫琴等人问的。柳香君自然是一脸无辜地摇头，南宫琴顿了顿，也摇头。

"都不认识？"梅照雪微微皱眉，"奇了怪了，主子不认识。那其余的丫鬟认识吗？这小丫头平时跟谁玩得好？"

身后的绣屏连忙道："奴婢想起来了，前几日夫人在府里闲逛的时候，在花园拐角差点被两个丫鬟冲撞，其中一个就是这丫头，还有一个……好像是南宫娘子身边的碧荷。"

姜桃花一愣，侧头看向旁边站着的碧荷。后者吓得脸都白了，连忙跪下道："夫人明鉴，奴婢和涟漪没什么来往，只是那日刚好在路上碰见，所以一起走罢了。"

"是吗？"梅照雪笑了笑，"那倒是我多想了，既然是涟漪的罪过，又害得顾娘子容貌尽毁，那爷可要严惩。"

沈在野看了她两眼，沉声道："拖下去打一百板子。"

一百板子！摆明了就是没打算给涟漪留命。不过，顾清柔也丢了半条命，这惩罚算是她罪有应得，故而姜桃花没开口阻拦，眼睁睁看着涟漪被人拖了下去，一路哀号。

不过，即便知道自己要死了，涟漪也没说出别的什么话，看起来当真是她的无心之失。

然而，因着梅照雪刚刚的话，柳香君一连看了南宫琴好几眼，还低声问："真的跟你没关系？"

南宫琴皱眉，摇头道："跟我有什么关系？我与顾娘子无冤无仇，做什么要这样害她？"

"哎，不是听说她爹抢了你哥哥的宗正之位吗？"柳香君眨眼道，"你和她难道不是闹掰了？"

"没有的事。"南宫琴气得直哆嗦，"柳侍衣莫要信口开河，万一有人当真，把这罪名算在我的头上，那岂不是太冤枉？"

沈在野看了这边一眼，微微皱眉。

抬头对上他的目光，南宫琴一愣，相爷的眼里也是有怀疑的，他也怀疑是她做的？她气不打一处来，当即跪了下来，委屈地说："爷明鉴，这事儿跟妾身当真没什么关系！"

说来也尴尬，没什么证据能证明这事儿是她做的，但偏生所有人都怀疑她。南宫琴觉得憋屈极了，又没什么好解释的，急得红了眼。

沈在野摆手道："不是你做的就罢了，都散了吧，我去看看顾氏。"

"爷，"姜桃花皱眉，"顾氏现在情绪不稳，最不想见的肯定就是您，您还是别进去了，在门外跟她说会儿话即可。"

沈在野点头，叹息一声，挥手让其他人出去，自己站在门口跟里头的顾氏说话。

跨出温清阁，姜桃花仔细想了想，这前因后果是不是太巧了点？顾氏的爹刚拿到原本要给南宫酒的宗正之位，转眼顾氏就出事了，还跟南宫琴扯上了关系。

"南宫娘子。"瞧着梅照雪从旁边要追上前头的南宫琴了，姜桃花连忙喊了一声。

南宫琴红着眼睛回头，梅照雪的步子也是一顿，然后若无其事地继续往前走。

"娘子也怀疑是我？"南宫琴皱眉。

"没有。"姜桃花摇头，"我觉得不是你。"

南宫琴眉头微松，眼泪就吧嗒吧嗒往下掉："本以为您和顾娘子关系最好，要来问我的罪呢。"

"怎么会？"姜桃花抿唇，看着前头走着的梅照雪，低声道，"不过你的丫鬟为什么会跟涟漪在一起，还被夫人撞见了？"

旁边的碧荷连忙道："真的只是碰巧而已！"

"那夫人想得可真多。"姜桃花侧头看她，"你得罪过夫人？"

南宫琴皱眉，想了一会儿道："这几日古氏拉我去凌寒院坐坐，我都推了没去。"被姜桃花这么一提点，南宫琴倒是想起来了，该不会是这一点得罪了夫人，所以今日夫人这样拉她下水？好歹是正室，心眼儿怎么会这么小？

"既然有人要朝你泼脏水，那你就待在屋子里别出来了，躲过这一阵子再说。"姜桃花道，"至于顾娘子那边，我会替她找最好的大夫和药。"

"好。"南宫琴点头，朝姜桃花行礼之后，皱着眉回了自己的院子。

她刚回去没多久，凌寒院又来人请她过去。南宫琴冷哼一声，直接闭门谢客，称病不见人。

梅照雪微微不悦："这人可真是固执。"

古清影笑道："不懂事嘛，所以惹麻烦上身了。顾娘子这一遭算是毁了，姜娘子想必也不好受，应该没空再跟您争了吧？"

"她没空才怪呢。"梅照雪低笑，捏着帕子道，"府里最近不少人去爷面前诉苦，说我最近节省开支，给他们添了不少难题，活儿都要干不下去了。"

古清影一愣："这些奴才胆子这么大？"

"还不是背后有人撑腰的缘故？"梅照雪道，"既然如此，也不用节省开支了，你们该用的就用，缺什么都去账房领就是。"

"多谢夫人。"古清影笑道，"姜娘子也是太单纯了，想收买人心，可府里的用度到底还是捏在您手里呢。"

古清影在一边叽叽喳喳，梅照雪也没见多高兴，她只靠在窗边，看着外头的阴雨天。

又是一场雨要来了。

府里的用度一松，姜桃花也没客气，将悬壶堂最好的大夫和最贵的药都弄进了温清阁。

冷静了一天，顾怀柔终于算是清醒了，乖乖让大夫看诊，认真吃药抹药，只盼着能消除脸上身上的伤疤。

姜桃花坐在外室看着，心里不免觉得悲戚。女人这一辈子真的太惨了，仰着男人鼻息过活也就罢了，一旦没了好看的脸，竟然只有死这一条路。

出来的大夫都连连摇头，低声对她道："饶是用最好的去痕膏，这疤痕怕是也要三五年才能淡下去。"

姜桃花皱眉，让青苔带着大夫们下去领赏，然后坐到顾怀柔床边道："我明日给你做个好看的面具，如何？"

顾怀柔沉默，屋子里一片安静，就在姜桃花以为她不会开口说话的时候，她却低声道："这不是偶然的，我能感觉到，是有人故意害我。"

姜桃花微微一顿，皱眉："可涟漪已经——"

"被打死了，是吗？"顾怀柔冷笑，靠在床头上，头上的黑纱微微晃动，"也不知是不是杀人灭口，反正我是毁了，背后那人怕是也奸计得逞了。姜娘子，你很聪明，能帮我报这仇吗？若是能报，怀柔愿为您当牛做马，以还恩情。"

姜桃花抿唇："你都这样说了，我自然是会帮你的，只是现在也不知从何处查起。"

"那涟漪父母健在,父亲瘫痪在床,家就在国都边上的乡镇里,娘子若是有心,可以让人去查查,看能不能找到什么蛛丝马迹。"顾怀柔道,"若实在没有办法……那我也只好凭着直觉找人报仇了。"

"你别冲动。"姜桃花拉着她的手道,"我会替你去查清楚的。"

这事儿看起来是个无头案,但女人的直觉一向很准,姜桃花决定相信顾怀柔一回。

姜桃花回到争春阁时,沈在野正在里头等她,看起来心情不是很好。

"爷?"姜桃花看着他,"您这是在为顾氏的事难过吗?"

"不是。"沈在野揉着眉心道,"陛下今日微服出宫去堤坝上查看情况了,回来对南王大加夸奖。"

这不是好事吗?姜桃花不解地看着他:"那您有什么不高兴的?"

"夸奖的同时,陛下也把巡营的任务交给他了。"沈在野皱眉,"那傻子答应得可快了,我拦都拦不住。"

巡营?姜桃花摸了摸下巴:"听起来是个苦差事,不过也挺好的啊,让南王与军营里的人熟悉熟悉。"

"吃力也不怎么讨好的事,做那个干什么?"沈在野不悦地道。

姜桃花看了他两眼:"爷知道南王是怎么想的吗?"

"我如何能知道?"沈在野皱眉,"他最近避我避得厉害,也不肯多说话。"

"妾身觉得,您与南王之间缺了点沟通。"姜桃花自然地坐上他的大腿,认真地道,"南王年纪虽小,却有自己的想法,做事也有条有理。您看,修筑堤坝之事,陛下最终不是仍旧夸奖了他吗?甚至主动给了巡营的任务。"

沈在野微微一愣,垂眸思索。看起来的确是这么回事,但他不知道南王这是运气好还是别的原因。在他看来,穆无瑕太过固执,不懂权术,听他的话来做事才最妥当。

"您别总拿他当孩子看啊。"姜桃花眨眼,"帝王家出身的孩子,又经历过不少大事,也不是什么都不懂。他缺机遇,您可以给机遇,但剩下的路,您不妨放手让他自己走。"

放手?沈在野眉头皱得更紧了:"你竟然觉得他这样死心眼儿的行为是对的?"

"没什么错啊。"姜桃花耸肩,"差事是苦,但是陛下亲自给的,为什么不先做好呢?万一他推辞,惹得陛下生气,那岂不是得不偿失?"

"不用他推辞,我自然会帮他。"沈在野道,"但他半点都不肯配合……"

姜桃花失笑:"爷就是太自信,从不肯相信别人也是能成事的。您不相信南王,南王自然就不会相信您,这个道理您还不懂?"

话是这么说,可……沈在野不悦地抬头看她:"比起我,你更相信南王?"

"权谋方面,妾身自然更相信爷。"姜桃花道,"但做事方面,相信南王也没什么不对,您细想他做过的事,哪一件不是妥帖、稳当,颇受好评?"

沈在野眯眼想了一会儿，掐住她的腰，往自己怀里压了压："你这是被南王收买了还是怎么的，竟然给他当起说客了。"

因为她知道沈在野最后必定还是听南王的话，抱腿自然要抱最大的，不帮南王说好话，她还能帮谁说好话？

姜桃花一撩自个儿的裙摆，摆出了很魅惑的姿势："爷还需要妾身深入说服您一下吗？"

沈在野嫌弃地将她扯开，道："我还有事要忙，你顾好后院便行了。"

后院……想起顾怀柔，姜桃花叹了口气："爷有空还是多去陪陪顾氏吧。"

"我自然是会去的。"沈在野道，"最近几天晚上也会在她那儿歇。"

好男人啊！姜桃花咂舌，其实顾怀柔那张脸现在真的有些恐怖，他还能陪着，也算是有情有义。当然，她知道前提是顾宗正也牢牢站在沈在野这边。

"爷慢走。"

送走沈在野，姜桃花就继续在屋子里查医书找药材。可傍晚的时候，徐燕归竟然来了，脸色还很凝重。

"怎么了你？"抬头看了他一眼，姜桃花挑眉，"老婆被人抢了？"

"不是。"徐燕归叹息，"我只是没想到顾氏会这么惨，她倒是个不错的人，就是性子急了点。"

听这话，他还对顾怀柔挺了解啊？姜桃花眨眼，好奇地看着他："你该不会也总往温清阁跑吧？"

徐燕归没吭声，垂着眼眸不知道在想什么。过了一会儿，他竟然抬头看着姜桃花道："其实我挺喜欢你的。"

啥？姜桃花差点被自己口水呛着，一脸震惊地看着他，双手抱胸："你想干吗？"

"别紧张。"徐燕归道，"我只是说说自己真实的想法。你跟这院子里的女人都不一样，我的确是动过心想帮你，也想着有没有可能以后带你走。但是，看沈在野这个模样，我是没机会了。顾氏这事儿一出……我倒是挺想照顾她安度余生的。"

姜桃花目瞪口呆，说道："你……你知道你自己在说什么吗？顾氏可是沈在野的人！"

"说了你也不懂。"徐燕归眼里满是复杂的神色，"我只是闷得难受，找个人说出来而已，没指望你出什么主意。"

"你就不怕我告诉沈在野你想拐他的娘子？"姜桃花挑眉。

"不怕。"徐燕归道，"你爱告便去，沈在野是绝对不会拿我怎么样的，可能还得感激我。"

姜桃花微微眯眼，看了他一会儿，脑子里闪过每个姬妾屋子里厚厚的窗帘，又闪过徐燕归学沈在野声音的画面，突然道："这院子里的女人，不会都是由你来替沈在野行房吧？"

徐燕归身子一震，吓得左右看了看，瞪眼道："你这女人怎么什么都猜得到？猜到了也别说出来，行不行？"

还真是这样！姜桃花受到了惊吓，看了他半晌，才伸手指着自己问："那你为什么没跟我……"

"这也是我人生中的遗憾。"徐燕归轻笑了一声，"命中注定我要错过你。"

怎么回事啊？姜桃花想不明白了，放着一大堆的女人不睡，沈在野为什么要借别人的手？不举吗？根本不会，那为什么要让人给自己头上戴一堆绿帽子？

"你别瞎想。"徐燕归皱眉道，"我和他只是各取所需，我练功需要女人，他成事不能有女人，所以才会想出这样的办法。"

"原来是这样。"姜桃花干笑了两声，"那我就是个意外？"

"是。"徐燕归颔首，"只要你能活到他大事完成的那一天，你必定会成为他生命里不可缺少的人。"

算她走运吗？姜桃花愣愣地看着旁边的花瓶，一瞬间就明白了为什么沈在野三更半夜总会来找她，也明白了为什么他能对自己的女人那么狠心。因为她们根本就都不是他的女人啊！

姜桃花想了一会儿，心里竟然有点高兴。她拧了自己一下，看着徐燕归道："所以你是打算对顾氏的后半生负责，故而来跟我表明心意，一刀两断？"

"算是吧。"徐燕归遗憾地道，"你我真是有缘无分。"

"我可真是冤枉死了。"姜桃花笑道，"莫名其妙被你喜欢，又莫名其妙被你放弃，到头来你倒是痴心一片，又深情又负责任。我倒是个勾引男人还辜负人家一片真心的坏人了？"

徐燕归一愣，皱眉想了想："好像还真是这样。"

"那不行，你得补偿我。"姜桃花笑道，"起码和顾氏以后要是正式成亲，得给我发喜钱。"

成亲？徐燕归摇头："你想到哪里去了？我只是打算以后接她回燕归门养着罢了。"

姜桃花脸上的笑容一顿，她眯着眼："你也嫌弃她毁容了？"

"倒不是这个原因，而是本就没什么感情，只有责任罢了。"徐燕归道，"总不能还要我跟她白头到老吧？"

姜桃花皱了皱眉，摇头道："你既然只是这么想的，那还是别去打扰她了，没了美貌已经够让她伤心了，要是发现和自己同床共枕的人一直不是沈在野，那么她真的会想死的。"

"我比沈在野差了不成？"徐燕归冷哼，"论相貌，我可不输他。论地位，他这区区丞相，在江湖上也不算什么。"

"不是这个原因。"姜桃花摇头，"总之，你既然对她没感觉，就别去伤害她了，万一出什么事，沈在野会拿你是问的。"

徐燕归撇了撇嘴，道："还早着呢，我就是心里烦，先跟你说一声。时候不早了，我去温清阁那边了。"

"好。"目送徐燕归飞身出去，姜桃花低头继续看医书，看了一会儿才想起来，一拍桌子怒道，"我还夸沈毒蛇是个好男人，他这又是在做表面功夫啊！"

这也太狠了。看来她猜得果真没错，这大魏的丞相，他并没有想干一辈子，所以什么牵挂也没留，到时候要走，也是无牵无挂。这样的人，会不会活得太寂寞了？就像搬着帐篷四处流浪一样，帐篷不是房子，好搬，但也给不了人什么安全感。

第三十三章 定罪

夜幕降临，沈在野微服出了府，徐燕归跟往常一样去了温清阁。

顾怀柔蜷缩在床里头，听见声音便下意识地问："谁？"

"是我。"徐燕归伪装成沈在野的声音，伸手摸到她，低声道，"别担心，帘子挂起来了，我是看不见你的。"

顾怀柔一愣，伸手抱着他的身子，忍不住哽咽："爷……"

"好了好了，我没嫌弃你。"徐燕归拍了拍她的背，"别太难过了。"

眼泪一颗颗地砸在徐燕归的手上，他抿唇，抬起手摩挲着顾怀柔的脸，用拇指轻抹着她眼下，笑道："我一直记得你最好看的样子呢。"

顾怀柔觉得晚上的沈在野和白天明显不一样，温柔多了，也让她更喜欢。她点点头，蜷在他怀里小声道："咱们以后都晚上见面好了，谁也看不见谁。"

"好，"徐燕归应下，"白天我不见你。"

身子被这人抱着，顾怀柔安心地睡了过去，一片绝望的心里，总算是亮起了点点微光，相爷真的是个好人。

第二天顾怀柔醒来的时候，屋子里已经没人了。她抿了抿唇，翻箱倒柜地找出针线来，小心翼翼地开始绣手帕。

姜桃花过来的时候，见她没哭也没闹，只是头上依旧罩着黑纱，整个人看起来却精神了不少。

"你绣这个做什么？"姜桃花好奇地看了看她手里的东西，问，"想送给爷？"

顾怀柔点头，低声道："爷待我真的很好，我没什么能给他的，就想着绣个竹锦鸳鸯吧。"

姜桃花抿唇，想起徐燕归昨日说的话，犹豫了一会儿，还是开口道："如果，我是说如果，男人靠不住的时候，你有没有想过自己该怎么过日子？"

顾怀柔失笑："赵国的风俗和大魏可能不同，赵国民风开放，但大魏是男人的天下，女子一旦被休弃，回娘家是要被人厌弃的，要么忍辱苟活，要么痛快寻死，从来没有第三条路。"

姜桃花皱眉："那你跟我去赵国算了，自己做点小生意养活自己，总比在男人脚下没半点感情地活一辈子来得好。遇见合适的人，还可以再嫁。"

顾怀柔顿了顿，启唇道："相爷待我很好，我为什么要走？"

姜桃花干笑："我是说以后，如果——"

"娘子是又猜到爷的心思了吗？"顾怀柔放下手里的帕子，紧张地看着她问，"他对我好，是有原因的？以后会再辜负我？"

"不是。"姜桃花连忙摇头，"你别多想，我只是随口问问罢了。爷对你是不是真的好，你感觉不出来吗？"

顾怀柔沉默了一会儿，小声道："我总觉得白天的相爷和晚上的不一样，白天他跟冰山似的让人难以靠近，晚上却温柔得不像话……"

姜桃花错愕，扭过头伸手盖住眼睛，小声嘀咕："我就说沈在野这种性子怎么可能让这满院子的女人都那么喜欢他，原来全是徐燕归的功劳。"

"娘子说什么？"

"没什么。"姜桃花回头一笑，伸手给了她一瓶药，"这个平肌露是悬壶堂的大夫刚送来的，说是有奇效，你先用上一段时间吧，看有没有效果。"

"多谢娘子。"顾怀柔行礼接下，手指轻轻摩挲着瓶身，像满怀期待的少女一般。

徐燕归也是害人不浅啊，姜桃花轻轻叹息。她跟顾怀柔告了辞就往外走。

出去探消息的青苔回来了，低声在姜桃花耳边道："涟漪的家人都在，知道她死了，看起来倒是平静，正在准备后事。奴婢试探过了，他们口风很紧，什么也不肯说。"

"以你的直觉，他们是不肯说，还是没什么好说的？"姜桃花问。

青苔皱眉，想了一会儿才道："可能是没什么好说的吧，看那一家子的样子，的确是老老实实的乡下人。"

"那就是不肯说了。"姜桃花拍了拍手，"走，诈人去。"

青苔一愣，不服气地跺脚："主子不相信奴婢，又为什么要问？"

"因为你选的一般都是错的。"姜桃花笑眯眯地道，"跟你的选择相反的，保证能对！"

姜桃花回去安排了一番，正奸笑着呢，厨房的李管事和府里的钱管家竟然一起过来找她了。

"姜娘子，"李管事笑着将一本账目放在她的桌上，恭敬地道，"爷的意思是，厨房的采买，以后不用跟夫人报备，跟您说一声即可。"

姜桃花点头，这在预料之中，毕竟她得罪了梅照雪，没法儿继续在她手下做事。

"这是府里对外开支的账本。"钱管家也呈上了账目，低头道，"本来是该由夫人管的，但爷体恤夫人，让娘子为夫人分担一二。"

对外开支，也就是沈在野的应酬、送礼以及各院姬妾回娘家时的采办。这账目轻松，却也算个大头，沈在野竟然直接拿来给她，那梅照雪岂不是要气死？

"娘子有什么为难的地方，尽管来问奴才。"钱管家拱手道，"奴才能帮上忙的地方，一定会帮。"

姜桃花惊讶极了，她好像记得钱管家一直是帮夫人做事的。虽然心里有怀疑，但面上还是要先应下，她客客气气地让青苔将这两人送出去。

"奴婢为什么有一种这府里要变天了的感觉？"青苔回来的时候，看着姜桃花手里的账本道，"爷也真是够宠您的，您想要什么，他就给您送什么。"

姜桃花轻笑，伸手弹了弹青苔的脑门："这叫互帮互助，我替他做事呢，他搭把手有什么奇怪的？人安排好了没？"

"安排好了。"青苔点头，"但您确定这事儿跟夫人有关吗？万一诈错了……"

"女人要相信自己的直觉。"姜桃花胸有成竹地吐出这句话，然而没一会儿又干笑道，"万一直觉错了，那也不打紧，反正火烧不到咱们身上来。"

有道理！青苔颔首，飞快地退出去继续做事了。

夏末是众多女眷要回娘家探亲的时候，众人一听外支的账本在姜桃花手里，都争先恐后地过来套近乎。

"姜娘子得的恩宠真是羡杀旁人啊。"古清影掩唇道，"还是头一次见爷把账本交给妾室管，这不是明摆着给夫人难堪吗？"

"爷只是心疼夫人。"姜桃花看着她笑了笑，"账本在谁手里都一样，各位归宁的随礼，都会按照位份准备妥帖的。"

话是这么说，但每次的随礼难免不会按照亲疏远近，给这个多点，给那个少点。这可是面子的问题，回娘家随礼肯定是越多越贵重越好。

南宫琴在旁边还没开口，姜桃花便笑盈盈地转过脸来道："南宫娘子是府里第二个归宁的吧？"

"是。"南宫琴颔首，"有劳娘子多费心了。"

"无妨。"姜桃花道，"你最近受了不少委屈，爷的意思是要好生补偿你。"

什么爷的意思，分明就是她自己的意思！古清影算是听出来了，自个儿是第一个归宁的，她不问，跳过她说要给南宫琴补偿，这不摆明了不让她好过？古清影勉强笑了笑，道："娘子这是做什么，都是姐妹，您可不能厚此薄彼啊。"

姜桃花转头看了看她，笑道："古娘子怕什么呢？您还有夫人可以帮着补贴一些。"

心里一跳，古清影道："夫人如何会帮我补贴？娘子想多了。"

姜桃花挑眉，起身道："我还要整理账本，若无事，你们就先回去吧。"

古清影急了，跟在她身后道："娘子别误会，最近是夫人常让我过去说话，就是话话家常，也没说什么。"

"我没误会啊。"姜桃花一脸无辜地看着她道，"娘子去哪里走动、说什么话，都是你的自由，我有何权力干涉？"

青苔上前，拦在古清影身前，姜桃花直接就进内室了。

古清影站在外头，皱眉思虑。如今梅夫人失势，姜娘子恩宠万千却不能生育，将来她要是能坐上正室之位，那她们这些侧室生的孩子抱给她养，不就瞬间成嫡出的了？

眼眸一亮，古清影扭头就往回走。

"古娘子，"青苔还在门口拦着，"我家主子要休息了。"

"我有重要的事要告诉娘子！"古清影道，"是关于夫人的！"

姜桃花掀开帘子，像一直在等着古清影，朝她微微一笑："进来说吧。"

青苔让到了一边。古清影先是一愣，接着就提着裙子快步走进去，一脸谄媚地道："有个大事，我倒是忘记告诉娘子了。"

"现在说也不晚。"姜桃花坐下来看着她，"尽管直言。"

"几天前的傍晚，我去凌寒院的时候见过涟漪。"古清影神秘兮兮地道，"夫人后来解释说，是因为那丫鬟冲撞了她，所以在问罪。但是妾身算了算时间，涟漪去凌寒院的时候，应该是在花园冲撞那事儿的前头。"

姜桃花挑眉，一脸好奇地道："也就是说在出事之前，夫人就见过涟漪？"

"是啊。"古清影道，"我后来想起这茬儿去问夫人，她却拿话搪塞了我。"

姜桃花心里直叹气，什么叫墙头草两边倒啊，这样的人最不能与之为伍了。不过，消息还是要听的。她笑着道："你的意思是，涟漪有可能被夫人收买了？这个可不好说，夫人是正室，咱们哪能去质疑她，爷也不会相信的。"

"爷信不信，还不是娘子一句话的事儿？"古清影笑道。

"那我岂不是得罪了夫人？"姜桃花目光幽深地看她一眼，摇头道，"我可不傻，你这是帮着夫人坑我吧？"

"怎么会！"古清影连忙摇头，"我是真心要跟娘子一条船的！"

姜桃花沉默，眼里满是不信任。

古清影急了："以前的事儿，您别总放在心上啊，我当真只是跟夫人聊聊天，可没打算帮她什么的。您要是不信，那这话我去跟爷说！"

等的就是这句话，姜桃花点头笑道："那你便去吧，我不喜欢听人说空话。"

古清影一愣，没想到姜桃花当真要她去说，一瞬间还有些犹豫。然而，既然这两条船不能一起踏了，那还是选个靠谱些的吧。

"好，那我就先走了。"古清影道，"娘子等我消息便是。"

姜桃花颔首，目送她出去，道："青苔，咱们的直觉八成是没错的。"

青苔点头，又有些迟疑地道："可这事儿最后就算扣到夫人头上，以夫人的聪明，定然是能脱罪的，爷也不一定会废了她。"

"定个罪就成，咱们也不能指望很快把她拉下马。"姜桃花眯眼道，"我要的倒不是她那位置，而是人心。这院子里的每个女人都不简单，不求她们都向着我，只要她们远离梅照雪，那也算是达成了目的。"

青苔似懂非懂地点头。

今天晚上沈在野依旧说要去温清阁，然而天一黑，他还是从窗口跳进来了。

"爷这是又遇着什么喜事了？"看着他这表情，姜桃花端了茶凑过去问。

沈在野伸手接过茶放在一边，一把抱起她放在自己腿上："恒王想争秋收入库监察之事，太子今日与他在皇帝面前吵了一个时辰，最后皇帝下旨，将巡营之事交给恒王，秋收之事归南王监察。"

姜桃花微微挑眉，道："这倒是称了爷的心意。"

沈在野勾唇，眼里满是柔和星光："如此一来，我与南王也不必争吵了。陛下下的旨，跟我没关系，算是太子和恒王鹬蚌相争，最后南王渔翁得利了。"

"恭喜爷。"姜桃花伸手搂着他的脖子笑道，"心情好了，有赏吗？"

"你还想要什么？"沈在野睨她一眼，轻笑道，"现在这府里，你难道不是要什么有什么？"

姜桃花嘿嘿一笑，扭着身子道："上次碎了的玉佩啊，爷不打算补给妾身一块？"

沈在野一顿，想起那日御花园山洞里的事情，心里莫名有些发紧。面前的人好像完全不在意了，眼里一点别的神色都没有，跟只小狐狸似的妩媚又一脸讨好，大尾巴在背后摇啊摇。

沈在野犹豫了许久，垂下眼眸问："那日的事，是我没控制好，你可还怪我？"

姜桃花一愣，看了看他，又撑起身子看了看外头的天。

"干什么？"沈在野黑了半边脸，"问你话就好好回答！"

"妾身想看看月亮是不是方的。"姜桃花咂舌，"您这是在跟妾身道歉？"

沈在野别开头，不悦地道："问一句而已，我有什么好道歉的，是你出墙在先。"

姜桃花失笑，揶揄地看着他道："爷当时是吃醋了吧？"

沈在野没吭声。

"妾身那会儿是很生气，但没做任何对不起爷的事儿。"姜桃花的心情莫名舒畅，眼睛都笑成了月牙，"现在也不怪爷了，倒是很意外，爷终于肯服软了。"

沈在野伸手掐着她的腰，启唇道："别瞎高兴，要不是你这次身子出了问题，我当真没打算对你留情。"

姜桃花眨眨眼，抬头看他："妾身一早就知道，爷是永远不会放弃杀了妾身的念头的。"所以，她也永远无法全心全意地爱上这个人。

沈在野嘴唇微动，却只轻哼了一声，伸手拉开她的衣襟，看了看她肩上的伤，又撩开她的衣摆，看了看她腰上的疤。好端端的一个女人，怎么就弄得遍体鳞伤的，还是个有旧疾的？若是换个人，肯定会嫌弃死她，也就自己慈悲为怀，宽容大度。

"今天的药吃了吗？"沈在野抱着她起身往床边走，低声问了一句。

姜桃花乖乖地点头："吃过了。"

看她脸色恢复得差不多了，沈在野勾唇，眼里含着某种奇异的色彩："你要是有本事，也可以替我生个孩子。看在孩子的分儿上，我也能多保你一些。"

姜桃花身子一僵，愣怔地睁眼看他："爷……要我生您的孩子？"不是想无牵无挂吗？怎么会又有这样的想法？

"随口一提，你若不想生，也不会有人逼你。"看她这表情，沈在野垂了眼，"反正这府里也不会有其他的子嗣出现。"

姜桃花呆呆地点头，干笑了两声，伸手就去扯他的衣襟："既然想生孩子，那爷还得多努力！"虽然……再努力也可能没用。她身上的媚蛊不解，这辈子是不可能有孩子的，难得沈在野给了她这样好的机会，她却抓不住。

沈在野没看姜桃花的脸，自然没发现她突然暗淡的眼神。缠绵之时，他忍不住问："你们赵国媚术的最高境界是什么？"

姜桃花一顿，笑盈盈地道："媚术只能控人一时，师父说，最高的境界，就是控人一世，让男人一辈子都听话。"

沈在野惊得心里一跳，眯眼看着她道："你对我用了？"

"怎么会？"姜桃花带着些媚气道，"妾身不是许诺过再也不对您用那些手段吗？更何况，妾身功夫不到家，没有那样的境界。"想控人一辈子，谈何容易？就连她师父千百眉怕是都做不到。

沈在野微微放了心，轻轻在她额上落下一吻。姜桃花愣怔，接着就感觉胸前搭了个冰冰凉凉的东西。她低头一看，沈在野把那红绳穿着的玉佩重新戴在她的脖子上。那玉佩是碎过的，也不知他用了什么法子，竟然又变成了一整块，只是细看还能看见裂痕。

"只是个玉佩而已，"身上的人垂眸凝视着她，"你为什么要戴在脖子上？"

姜桃花缩了缩身子想跑，却被沈在野掐住了腰，只能可怜兮兮地抬头看他："妾身这不是怕丢嘛，挂脖子上最安全。"

"那时候你不是说，要与我恩断义绝吗？"沈在野微微挑眉，凑近她低声问，"既然恩断义绝了，你还留着这个干什么？"

"能换银子啊！"姜桃花咽了口唾沫，眼珠子乱转，心虚地道，"丢了多不划算啊！"

沈在野轻笑出声，毫不留情地抓着她，咬牙道："就你死鸭子一样硬的嘴，也好意思揶揄我？"

"啊啊啊，救命啊！"姜桃花大叫，一时间忘记沈在野是偷偷来的了。

外头的青苔一听见呼救就闯了进来，结果看见了不该看的东西。

沈在野冷眼扫向她，凉凉地问："好看吗？"

青苔麻利地捂上眼，扭头就跑，嘭的一声将门关了个严严实实。

沈在野又气又笑，咬牙切齿地看着身下的人道："你今晚别想睡觉了！"

她是无辜的啊！姜桃花哀号，声音却全被他堵回了嘴里。

第二天，沈在野精神十足地上朝去了。姜桃花颤抖着穿上衣裳，趴在软榻上苦着脸喝红枣银耳羹。

"主子，您还好吗？"青苔担忧地看着她脖子上露出来的青紫痕迹。

姜桃花一愣，顺着她的目光看了看，立马扯了扯衣襟盖住："你这未出嫁的小姑娘不懂的，他没打我。"

　　没打怎么可能留下这么多青青紫紫的痕迹？青苔摇头，只觉得自家主子是受了委屈也不肯说，心里不由得更加悲戚。主子都这样了，她怎么能背叛她？赵国那边传来的命令，她就当没收到好了。

　　"娘子！"姜桃花刚喝完最后一口，外头的花灯就兴冲冲地跑了进来，"出事儿啦，有热闹看啦。有人在府门口跪着，引来不少人围着看呢！"

　　这么热闹？姜桃花麻溜地爬起来，揉了揉腰就带着人往外跑。

　　相府里不少人收到了消息，但都不觉得这是什么大事，所以只打发了丫鬟出去看情况。姜桃花去的时候，凌寒院的绣屏正站在门口问跪着的人："你们这是干什么，关我们夫人什么事？"

　　一个老伯和一个年轻人跪在相府正门口，旁边放着个担架，上头躺着个瘫痪的农妇。两人不停地磕头道："我家涟漪死得冤枉啊，夫人不是说了会给银子吗？等了这么久，涟漪都下葬了，也没看见银子的影子啊！"

　　绣屏吓了一跳，厉声道："一派胡言！涟漪的死与夫人有什么相干？夫人为什么要给你们银子？来人啊，快把他们抓起来送衙门里去！"

　　"是！"旁边的家奴应了就想动手。

　　"慢着！"姜桃花跨出门去，看着绣屏道，"话还没问清楚，你怎能就这样把人送去衙门？若是这些人有意陷害夫人，就这样送走，岂不是让夫人担上个畏罪害人的罪名？"

　　一看姜桃花来了，绣屏有些慌乱："娘子，这点小事，奴婢们处置就是了。"

　　"顾氏与我交好，涟漪之事，相爷也交代让我查。"姜桃花笑了笑，"这几个人既然有话要说，那自然就该交给我。青苔，带走。"

　　"是。"青苔应了，一把将前头拦着的家奴挥开，拎起地上的人就往府里带。花灯连忙吩咐人把担架一并抬进去，统统送到争春阁。

　　绣屏傻眼了，连忙提着裙子往凌寒院跑。

　　"主子！"绣屏急匆匆进来，一脸焦急道，"不好了。"

　　梅照雪正在梳妆，从镜子里看了她一眼，问："怎么了？"

　　"涟漪的家人找来了，说您该给的银子没给，现在被姜氏带走了。"

　　什么？！梅照雪一愣，回头看着她："怎么会出这样的岔子？"

　　"奴婢也不明白。"绣屏皱眉道，"银子是奴婢亲手交给跑腿人的，现在出了这样的纰漏，奴婢猜，要么是那人私吞了银子，要么就是这一家人想讹诈。"

　　"不可能。"梅照雪皱眉，"先前你不是派人去看过吗，他们口风紧，明显是收了银子半个字都不说的，怎么会突然变卦？"

　　绣屏摇头，这她就不知道了，今日这一家人的态度着实奇怪，这样下去，难免会在争春阁里胡言乱语。

　　梅照雪也想到了这一点，抿了抿唇，镇定地道："你先让人去争春阁打听消息，一旦发现不对，立马让他们永远闭嘴。"

　　"是。"绣屏应了，急匆匆又往外走。

　　争春阁里安安静静的，除了青苔，所有的丫鬟都被关在外头，谁也进不去。有小丫头拉了花灯过来，眨巴着眼问："姐姐，里头怎么样了啊？"

　　花灯摇头："我也不知道，都没声音，应该是在审问吧。"

　　小丫头一愣，点了点头，趁着花灯朝院子里张望的时候，悄无声息地跑了。

　　顾怀柔收到消息，终于跨出了温清阁的门，急切地赶来争春阁："怎么回事？有人说是夫人在背后要害我？"

　　姜桃花拉住她到一旁坐下，顺手递了一盒珍珠粉给她，说道："你别急，我钓鱼呢。"

　　顾怀柔愣了愣，看向旁边坐着的三个人："这是涟漪的家人？"

　　"你觉得是吗？"姜桃花微笑。

　　涟漪的母亲是瘫痪在床的，然而面前这位农妇坐在椅子上，好好的，什么情况？顾怀柔看不明白了，皱眉看向姜桃花，问："你在做什么？"

　　"人是别人借给我的。"姜桃花道，"涟漪的家人口风很紧，我没法子，只能让人把他们暂时关起来，然后请这三位侠士来吓唬一下心里有鬼的人。"

　　顾怀柔恍然："想不到娘子还认识江湖上的人。"

　　姜桃花干笑，她自然是不认识的，但有人认识她。那人也想为顾氏报仇，很爽快地就把人借过来了。现在是万事俱备，就看鱼咬不咬钩了。

　　顾怀柔叹了口气，道："你为我如此费心，倒让我不知以何为报。"

　　"放心吧。"姜桃花道，"总有要你帮我的时候，现在咱们先好好等等，你这会儿可有心情去凌寒院一趟？"

　　"凌寒院？"顾怀柔愣怔，"去做什么？"

　　"不是有传言说夫人要害你吗？"姜桃花笑了笑，"那你就去问问夫人好了。"

　　姜氏怀疑那件事是夫人做的？顾怀柔想了想，伸手摸了摸自己的脸，点头。

　　没一会儿，凌寒院里就热闹起来。

　　顾怀柔状似疯癫地朝主屋的方向吼："梅照雪！你既然敢做，为什么不敢认？我的一辈子都毁在你手里了，都毁了！你晚上睡得着觉吗？！"

　　梅照雪坐在屋子里，眉头紧皱。

　　旁边的绣屏道："看样子那几人当真是说了，主子，咱们现在怎么办？爷一旦回来……"

　　"爷不是还没回来吗？"梅照雪笑了笑，"你去争春阁，把姜氏带过来，然后让那几个人闭嘴就好了。"

真不愧是稳坐夫人之位的女子，现在还能这么镇定。绣屏钦佩地点头，立马按照吩咐去做。

顾怀柔哭个不停，引得后院里的人都来看热闹了。姜桃花带着青苔姗姗来迟，眼神里满是深意地朝梅照雪行礼："见过夫人。"

"免礼。"梅照雪蹙眉看着院子里的顾怀柔，"我最近都不常出门，好端端的，怎么就有人哭着说是我害了她了？姜娘子，你知道原因吗？"

姜桃花一笑，脸上一副了然的表情看着她道："妾身自然是知道的，夫人不知道？"

梅照雪捏着帕子的手紧了紧，轻笑道："我自然是不知道的，有什么话，不如敞开了说清楚，也免得有人在背后议论我的不是。"

"等爷回来，这事儿自然是可以说清楚的。"姜桃花道，"夫人何必着急？"

"我不着急。"梅照雪气定神闲地坐下来，温和地道，"顾氏也别哭了，都进来坐着等吧，孰是孰非，总会有个结果的。"

顾怀柔抿唇，擦了眼泪踏进主屋，几个看热闹的娘子、侍衣也都纷纷进去找位子坐下。

"姜娘子可知道，这府里以下犯上的罪名是很重的？"梅照雪轻声问了一句。

姜桃花点头，看着她笑道："妾身自是知道，那夫人可知道，杀人的罪名也不轻？"

梅照雪微微一愣，眯了眯眼："府里出过杀人的事，罪名的确不轻，但也得证据确凿才能定罪。若没有证据，空口白舌地污蔑人，相信爷会秉公办理。"

"夫人放心，"姜桃花颔首，"证据，妾身已经拿到了。"

"我很放心。"梅照雪转头看向门口，"害顾氏的人不是我，无论你怎么说，罪名也算不到我头上。"

两人说话都是温温柔柔的，不知为何，在座的人听着却浑身发冷。最得宠的姜娘子，终于要和正室杠上了吗？

不知道是不是因为有好戏看，沈在野今日回来得特别早，被丫鬟引着踏进凌寒院的时候，他还有些惊讶："你们的早会还没散？"

"爷说笑了。"梅照雪道，"这都什么时辰了，要是早会，一早就散了。只是这污蔑大会，没您来可散不了。"

姜桃花也笑盈盈地道："都等着爷来主持公道呢，爷快坐。"

沈在野挑眉，刚在主位上坐下，就见姜桃花站起来道："今日有人跪在相府门口喊冤，妾身将人带进来问了才知道，是涟漪的家人，说涟漪枉死，而夫人答应给的银子却没给。"

"银子？"沈在野莫名其妙地看了梅照雪一眼，"夫人为什么要给涟漪的家人银子？该抚恤，也是怀柔做主才对，更何况她是因罪而死，不该抚恤。"

梅照雪垂眸："爷还听不明白吗？姜娘子的意思是，妾身收买了涟漪去害顾氏，结果涟漪死了，妾身没给她家人银子做补偿，所以人家来闹了。"

"还有这样的事？"沈在野沉了脸，"人呢？带上来吧。"

"是。"姜桃花应了，转头就让青苔去带人。

梅照雪端着手等着，过去这么久了，她派去的人好像也没来回话。她心里有些不安，转头看了绣屏一眼。绣屏会意，低下头就想溜出去。

"你去哪里啊？"姜桃花突然开口，看着绣屏道，"这会儿谁动谁就有嫌疑，为了夫人着想，你还是站回原处最好。"

沈在野看了过去，吓得绣屏连忙道："奴婢只是看茶水没了想去添水。"

"现在谁有心思喝水呀，"古清影甩着帕子道，"你还是好生站着吧。"

"是。"绣屏抿唇，垂头站回梅照雪身边。梅照雪没吭声，神情却不如方才镇定了，该不会又出了什么幺蛾子吧？

说幺蛾子，幺蛾子就到。府里的护院押着几个家奴进来。一看他们的脸，梅照雪脸色就变了。

"相爷，"护院跪下拱手道，"奴才们在争春阁抓着几个打斗的人，这几人身上有凶器和毒药，都一并收缴了。"

沈在野一愣，看着那几个家奴道："怎么会有打斗？还有凶器和毒药？你们是哪院的家奴？"

"相爷饶命！"三个家奴跪在地上连连磕头，"奴才们是后院里的，只是去争春阁看看而已！"

"看看而已？"姜桃花站起来，走到一个护院旁边，伸手掀开他端着的托盘上的红布，明晃晃的匕首和两纸包的毒药赫然入眼，"趁我不在，带着这些东西去争春阁看看？你们可真会说话。"

梅照雪垂了眼眸，捏着帕子的手指微微泛白。

后头涟漪的"家人"来了就跪下："求相爷做主！有人要杀人灭口！"

沈在野看了这三人一眼，目光落在两个男子的手上，挑眉，下意识地看向姜桃花。

姜桃花一脸义愤填膺："爷，此事您一定要查个清楚才是！"

"我知道。"沈在野轻咳一声，沉着脸问，"你们为什么会被人灭口？"

那老伯一边磕头一边道："我们不过是来要银子的，先前有人来买涟漪的命，说给二十两银子，让我们准备收尸！我们日子过得苦啊，实在没办法，也就同意了，谁知道现在涟漪死了，银子却没到我们手里。那人说了是夫人买的命，咱们就只好来找夫人了！"

"哪个夫人？"沈在野问。

老伯摇头："这个我不知道，只听他们称'夫人'。"

整个相府，除了梅照雪，还有谁能被称为"夫人"？众人瞬间都了然，纷纷看向梅照雪。

"一派胡言！"梅照雪冷笑一声，终于按捺不住站起来，"先不说别的，哪个丫鬟的命值二十两银子？一听就是故意污蔑！"

"夫人竟然觉得二十两银子一条人命贵了？"姜桃花难以置信地看着她，"难不成您只给了十两？"

"我……"梅照雪顿了顿，抬眼看着她道，"你别想诓我，此事与我毫无关系，又怎么会是我给银子？"

"既然和夫人毫无关系，那府里为什么会有家奴去下杀手呢？"姜桃花不解地低头看了看跪着的三个家奴，"是谁指使你们的？"

家奴们面面相觑，都低了头没吭声。

"给你们最后一次机会。"沈在野沉声道，"若是不回答姜娘子的问题，那就一并拖出去打一百个板子！"

家奴都是拿钱办事，怕得罪人所以不敢说，但一听不说会没命，哪里还有什么犹豫的，争先恐后地道："是夫人的吩咐，说有人在府里造谣，让奴才们……去处置了。"

"好一个有人造谣！"顾怀柔忍不住冷笑出声，"官府杀人尚且要定罪呢，咱们相府的主母可真了不起，一句'人家造谣'，都没查清楚，就要取人性命！"

梅照雪挺直了背，站着没吭声，脸色却已经发白。这境地，简直是辩无可辩！早知道她抵死不认好了，又何必那么冲动去杀人灭口？！都怪顾怀柔，突然来哭，让她慌了神，情急之下做了个错误的决定。

"照雪，"沈在野侧头看着她，"你还有什么好说的吗？"

梅照雪启唇道："姜娘子看来是要钉死妾身了，那妾身还能说什么？"

"夫人这是认罪了？"姜桃花挑眉。

"我还有不认的余地吗？"梅照雪轻笑，"娘子有备而来，手段高明，我甘拜下风。"她只是想不明白，涟漪这一家人，到底是收了什么好处，竟然临时叛变，还闹得这么大。这罪，她认就认了，杀人未遂，左右涟漪不是她打死的，顾怀柔的伤就算在她头上，区区宗正的女儿，能把她如何？但是她不甘心，她很有自信能赢姜桃花，却没想到还是输了。

沈在野的脸色很难看，他一挥手就将茶盏摔了！清脆的一声响过后，屋子里霎时鸦雀无声。

"照雪，你进府的时间是最长的。"他看着她，厉声道，"奉常家的嫡女，相府的主母，竟然做出戕害姬妾、谋杀人命的事情来！你梅家的脸面不要，我相府的脸面却不能被你这样丢！"

梅照雪身子颤了颤，低着头，腰背却依旧挺直："妾身有负爷的厚望。"

顾怀柔跌坐下来，愣怔地看了梅照雪好一会儿，突然就跟真的疯了似的朝她扑了过去，一把掀开自己头上的黑纱，道："夫人啊！温和宽厚的梅夫人啊！妾身从未得罪过您，您如何会对妾身下这样的狠手？！"

旁边的丫鬟见状连忙拦着她，沈在野伸手就将她抱住，盖上她的黑纱，低声道："你冷静一点。"

"您让妾身怎么冷静！"顾怀柔哭得凄惨，抓着沈在野的衣襟道，"妾身不只想在晚上看见您啊，妾身想一直看着您，哪怕您以后不会再喜欢妾身了也没关系！可是现在呢？妾身根本没有脸见您！"

姜桃花一愣，沈在野也是一愣，拍着她的肩道："我会给你一个交代。"

"怎么交代？拿什么能换回妾身的脸？！"顾怀柔咬牙切齿地看着梅照雪，道，"她死了我的脸也好不了！"

正室夫人，又是奉常家的嫡女，自然是不可能因为这点事就被定死罪的。

姜桃花抿唇，伸手将顾怀柔从沈在野那儿接过来，小声道："你先冷静一下，听爷说。"

顾怀柔哪里听得进去，抱着姜桃花哭得身子发抖。

沈在野看得直皱眉，负手站在屋子中间想了好一会儿，最后道："梅氏失德，戕害人命，不堪再为主母，先贬为娘子，关在凌寒院反思。等我与梅奉常和顾宗正见面商议之后，再行定罪。"

梅照雪身子晃了晃，红着眼抬头道："爷觉得这院子里有比妾身更适合做正室的人？"她父亲可是九卿之首！沈在野不傻，为何要因为顾家那样的小门小户，跟梅家过不去？她的正室之位一旦没了，父亲岂会善罢甘休？

姜桃花一脸平静地看着她脸上略微狰狞的表情，心想，梅照雪也算是个会猜男人心思的女人。只可惜沈在野不是一般的男人，她知道的事情也太有限，所以才以为靠着父亲就能免罪。然而，沈在野必定会连梅奉常一起动的。

"你手段如此狠毒，还能居正室之位？"沈在野摇头，"好好反省吧。"

说罢，他又看了顾怀柔一眼："你也别太难过了，桃花会帮你继续找药的。"

顾怀柔心里哪能不怨？自己成了这般样子，梅氏却好好的，叫她心里如何好受？然而她也知道，这后院里的事牵扯太大，没那么简单，相爷愿意为她讨个公道，就已经难得了。

"妾身明白了。"顾怀柔抹了抹脸，转身就走。

姜桃花伸手没能拉住她，只能看着沈在野叹气："爷还是多劝劝怀柔吧。"

"放心，"沈在野道，"今晚我会去温清阁的。"

说是他去，最后还不是徐燕归在操劳？姜桃花撇嘴，看了看神色有些扭曲的梅照雪，赶紧提着裙子跑路。

几个动手的家奴被沈在野赶出了府，涟漪的"家人"也被打发了出去。等处理好这一切，沈在野便黑着脸站到姜桃花面前。

"你跟徐燕归还一直有来往？"

姜桃花眨眼："爷怎么会一来就问这个？就算不问妾身是怎么做的，好歹也问问妾身接下来想干什么吧？"

"你那点心思，我会不知道？"沈在野伸手把她拎起来，眯眼道，"今日来的涟漪家人，手心手指都有茧，气息平稳，一看就是练家子，还颇有江湖气息。你别告诉我他们是你找来的。"

姜桃花干笑两声，抱着他的胳膊道："是徐燕归给的人啊。妾身足不出户的，去哪里找这些人？爷既然看出来了，怎么不怪妾身陷害夫人？"

沈在野嗤笑："她若真是冤枉的，就不会是那样的表现了。你摆明了在诈她，她却没反应过来，就这么稀里糊涂地认了罪，说来也是愚蠢。"

"爷好厉害哦！"姜桃花拍手称赞道，"这都被您看出来了！"

"少来这一套！"沈在野眯眼，"你和徐燕归到底是怎么回事？"上次才警告过他，看来是没什么作用啊。

姜桃花小心翼翼地道："徐先生好像对顾娘子有那么点意思，先前跑来跟妾身说想帮顾娘子，妾身自然就和他分工合作了，爷不知道这事儿？"

沈在野错愕，震惊地看着她："徐燕归和顾怀柔？"

姜桃花小鸡啄米似的点头："对啊对啊，他还说想照顾顾娘子一辈子！"

沈在野神色微动，想了一会儿就往外走，看样子是打算去找徐燕归算账。

姜桃花拍拍胸口，小声嘀咕："这不能怪我出卖他啊！"

沈在野不会拿徐燕归怎么样，但两人在这后院里各取所需，一向都有同一个默契，那就是不跟后院里的女人有什么牵扯。若姜桃花说的是真的，那徐燕归就越界了。

"你这是什么表情？"徐燕归被人从房梁上扯下来，一脸惊恐地看着沈在野。

"你喜欢顾怀柔？"沈在野开门见山地问。

徐燕归心里一跳，一听就知道这话是谁说的，他哭笑不得地道："哪有的事？我只是觉得她可怜，说以后会好好照顾她罢了。姜桃花做什么添油加醋告我的状？"

沈在野认真地看了他一会儿，问："你真的对她没别的意思？"

"没有，没有。"徐燕归摆手，"天下美人儿那么多，我都喜欢不过来，就一毁容的小可怜而已，我能放多少心思在她身上？"

"那你怎么把归燕门的人借给姜氏了？"

徐燕归耸肩："她说她需要啊，最近他们又没什么事干，我就让他们来帮忙了。"

"也就是说，"沈在野皮笑肉不笑地道，"你还是私下跟姜氏有来往？"

徐燕归背后一凉，连忙拿面前的桌子挡着他，干笑道："也没什么来往，就顾氏的事儿跑了一趟……我什么也没做！"

"我上次同你怎么说的？"沈在野拍了拍自己的长袍，抽出腰间的软剑，朝他笑了笑，"看来不管用。"

"哎，你不能这样的！"徐燕归拔腿满屋子乱窜，最后抱着房梁看着他道，"我为你辛辛苦苦做了那么多事，你竟然为个女人这样对我？"

说起做事，沈在野暂时把剑放了放："梅奉常的把柄，拿到了？"

"拿到了。"徐燕归点头，"还有他夫人红杏出墙的证据，你要不要？"

沈在野眼里起了一丝玩味，颔首道："你拿都拿到了，那自然是要的。可还有别的什么东西？说出来让我看看有没有价值，再考虑要不要放过你。"

有价值的东西？徐燕归挑眉："姜桃花在赵国的往事，你要不要听？"

沈在野神色微动，将软剑收起来："你查了这么久才查到？说说看吧。"

"不能怪我慢，赵国离咱们这儿不是远嘛。"徐燕归翻身下来，轻飘飘地落在地上，"不过查到的消息都是千真万确的，包括赵国皇室的各种秘密。"

"挑重点的说！"

徐燕归被他吼得缩了缩，撇着嘴跑到旁边坐下，抱着茶杯道："姜桃花原来是有一门亲事的，跟一个叫李缙的人，算是指腹为婚。"

沈在野一愣，眉头瞬间皱起来："那她为什么还来大魏和亲？"

"这不怪她，得怪李缙。姜氏母妃死得早，新后继位后，她就更不被赵国皇帝重视。李缙为了荣华富贵抛弃了她，娶了她将被立为皇储的长姐。"

沈在野抬眼看他："你的意思是，姜桃花被他抛弃了？"

徐燕归点头："可以这么说吧。听闻她一直带着弟弟住在赵国皇宫的宫墙边，日子过得不是很好。那个李缙却从来不闻不问，没伸出过援手。"

沈在野脸色沉了沉，道："这样的男人，姜桃花还会惦记？"

"惦没惦记我不知道。"徐燕归耸肩，"但两人的感情曾经还不错。"他发誓，他真的不是在报复姜桃花出卖她，传递这个消息给沈在野，本就是他的职责啊！

沈在野垂了眼，手指微微捻着，不知道在想什么。许久之后，他又问："如此说来，新后和她算是有旧仇？"

"是。"徐燕归点头。

"那她为什么还会允姜桃花来和亲？"沈在野道，"比起在宫里受苦，和亲可是一条富贵路。"

想起那日姜桃花说的话，以及那最后的两颗药丸，徐燕归选择别开头："这个我就不知道了。"

"你不是说打听到了很多消息吗？还有皇家的秘密。"沈在野冷眼看着他，"连这点东西都不知道？"

"哎，你好歹问点对大事有利的消息，话题全围着姜桃花转是什么意思？"徐燕归板着脸道，"在野，你变了，你以前没那么在乎女人的！"

沈在野微微一顿，抿了抿唇，当真低头反省了一下。是他太过在意姜桃花吗？但赵国的消息，除了跟她有关的比较有价值，其余的消息，他拿来干什么？

"你再仔细查查吧。"他道，"姜桃花的旧疾估计跟新后也有点关系。"

徐燕归浑身鸡皮疙瘩都起来了，低头不敢看沈在野，生怕这人看出什么端倪。都说女人的直觉准，沈在野一个大男人，怎么也这么敏锐？太可怕了！虽然他也很心疼姜氏，但若当真把媚蛊的事情告诉沈在野，沈在野恐怕又会陷入两难的境地，说不定忙帮不上，还会让两人的关系再破裂一次。毕竟是关于大局和她的性命的抉择，沈在野怎么做都不对，还不如不知道。

　　但庆幸的是，他收到消息，赵国使臣已经在来大魏的路上了。

第三十四章 逼宫

争春阁。

姜桃花要忙晕了，刚准备好几个娘子的归宁礼，又安排了厨房采买，接着便搜罗新的好药送去温清阁，然后与院子里的几个娘子聊了一会儿，美其名曰增进感情。

梅照雪被降位份，正室之位就空了出来。虽说不会太快有人坐上去，但若真的有人要坐，那一定只会是姜桃花。所以那些会看风向的人一时间都来朝她示好，送了不少礼物。姜桃花乐得收礼物，但是收礼的同时还得给这些人灌输让娘家为相爷效命才能得恩宠的思想，可累着她了，也不知道沈在野给不给她加月钱！

她正躺在软榻上想喘口气呢，沈大爷就又回来了。

姜桃花打量了他两眼，可惜地道："看样子相爷下手也是不够狠。"

沈在野脸上没什么表情，慢慢走过来，坐在她身边，挥手将其他人都赶了出去，开口道："姜桃花，你喜欢过什么人吗？"

姜桃花微微错愕，挪了挪身子枕在他大腿上，不解地道："怎么突然问这个？"

"你只回答有还是没有。"

姜桃花沉默了。自然是有的，当年李缙还没背叛她的时候，两人也曾相处愉快。只可惜那不是个什么好东西，不过也多亏了他，让她看清了男人的本质，媚术短时间内精进了不少。

沈在野低头看着她的表情，冷哼一声，道："看来的确是有惊心动魄的往事。"

"活这么多年了，谁没点故事啊？"姜桃花笑了笑，"爷难不成还是个喜欢活在过去的人？不问妾身当下，倒是问起妾身的往事了。"

沈在野转头看向别处，手却轻轻摸着她的头发道："我只是很意外罢了。"

"意外什么？"

意外你这样的女人竟然会被别的女人抢走男人。当然，这话，沈在野是不会说出来的。刚刚听见徐燕归说这件事的时候，他其实不是吃醋，也不是在意，就是莫名其妙地生气，也不知道自己到底在气什么。不过现在摸着她的头发，看着她这一脸古灵精怪的表情，他又觉得有些舒心。

"没什么，等会儿我让人把凌寒院里放着的账本都送来。"沈在野道，"你还忙得过来吗？"

"忙是忙得过来。"姜桃花撇嘴，扯着他的衣袖道，"但您给加月钱吗？"

沈在野轻笑一声，睨着她道："账本都在你手里，月钱还不是你自己做主？"

对哦！意识到这点，姜桃花连连点头："妾身会好好为爷分忧的！"

"嗯。"沈在野应了，伸手就想将她垂在鬓边的碎发理到耳后。

姜桃花愣了愣，眨眼看着他温柔的眼神，有些不适应："爷？"

沈在野手一顿，恢复了正常的神色，起身道："你先忙吧，我还有些事。"

"好。"目送他出去，姜桃花愣愣地抱起旁边的枕头嘀咕道，"今儿吃错药了？"那一瞬间的眼神，她还以为他爱上她了呢。

梅照雪被降位份的事情很快传出了相府。梅奉常自然是不依的，与沈在野和顾宗正对峙了许久，要沈在野给个说法。沈在野自然是不会做什么主的，只让这两人争论到底该给梅氏定什么罪。毕竟都是九卿高官，闹大了也不好看，梅奉常最后让步，同意梅照雪降为娘子，面壁思过一月，不再做其他惩处。

消息传回后院，姜桃花连忙去安慰顾怀柔。众人也都看清了风向，纷纷跟着姜桃花行事。梅照雪一人在凌寒院思过，无人问津。

"她爹也就仗着有太子撑腰罢了。"古清影甩着帕子站在温清阁里道，"太子如今势头也不是很好，手伤未痊愈，跟恒王犟着呢，谁知道以后会是谁的天下？顾娘子，你也别太难过，做了坏事的人，迟早是会有报应的！"

姜桃花一顿，回头看了她一眼，这人还真是什么话都敢说啊！

看见姜桃花的眼神，古清影才意识到自己可能说错话了，连忙捂了捂嘴："妾身不是那个意思……总之，顾娘子宽心些吧，也免得咱们姜娘子这么操心。"

顾怀柔抿唇，靠在床头淡淡地道："这院子里家世地位是最重要的东西，梅氏的父亲能帮爷的地方很多，得这么个结果，我也无话可说。"

古清影一愣，像才想明白似的，道："原来是这个道理，怪不得……"怪不得姜娘子要她们好好劝说娘家人帮着相爷做事，原来真的都是为了她们好！古清影感动不已地看了姜桃花一眼，暗暗动了心思，从温清阁回去就写家书，并且让人将自个儿的娘亲请过来说话。

南宫琴和其他几个想上位的侍衣自然也没闲着，一时间沈在野莫名其妙地收到许多人的示好，先前态度还有些模糊的官员也纷纷真诚地来投靠他。稍微想想就知道这是怎么回事，沈在野微笑，也没去找姜桃花说什么，将她的好意全数收下，然后飞快地利用起来。

南王陪着皇帝微服私访，在京城里晃荡。

明德帝自从大病了一场，越发不喜欢待在宫里了，总爱微服私访，想看看这天下到底是什么模样。以前都是护卫陪同，今日他心血来潮，将穆无瑕带了出来。

"你每天都待在王府里，也该闷坏了吧？"明德帝慈祥地看着穆无瑕道，"今日就陪父皇一起去逛逛吧。"

穆无瑕一愣，拱手道："回父皇，儿臣并未一直待在王府，国都四处儿臣都十分熟悉。"

"哦？"明德帝有些意外，"无垠他们不都常常待在自己的地界不动弹吗？你倒是爱跑。"

"闲来无事。"穆无瑕垂眸道，"父皇有什么想去的地方，儿臣都可以为父皇带路。"

"好！"明德帝大悦，拍了拍他的背道，"是朕太忽略你了，没想到你倒是朕所有皇子当中最懂体察民情。这天下虽然是朕的天下，但要想万古流芳，还是得顾好百姓才是。"

穆无瑕一愣，张嘴欲言，却忍下了没说出来。

这点神色，明德帝自然是看得懂的，挑眉便道："你有什么想说的就直说，今日你我只是父子，不论君臣。"

"这种话说出来，父皇怕是会认为儿臣大逆不道。"穆无瑕抬头，一双眼里满是坦诚地道，"但父皇既然让儿臣直言，那儿臣便斗胆一问：父皇顾好百姓，只是为了让君名流芳百世？"

明德帝一愣，神色一沉："做帝王的人，没有不想流芳百世的。朕愿意为此花费心思，让百姓过上好日子，有什么不对吗？"

穆无瑕抿唇，低头又问："那倘若有一日，父皇的名声与百姓的性命相冲突，父皇会怎么选？"

"这怎么可能？"明德帝不悦地道，"就算真有这种可能，为了大局着想，肯定是帝王的名声更重要。"

穆无瑕抿唇，摇头道："父皇的想法，儿臣果真还是无法接受。"先前他就因为与明德帝政见不合而被责罚过两次，也因此更加不受明德帝待见，但是穆无瑕不觉得自己有错。明德帝太过自私，这样的皇帝是不可能流芳百世的。为了好名声，做一时的表面功夫，哪里经得起后世传颂？

明德帝有些恼了，但一想到是自己先让他说的，也就压下了火气，冷声道："所以你成不了太子，就是因为不懂怎么当好一个皇帝。"

穆无瑕低头不语。

"陛下，前头就是文坛了。"车外有人恭敬地道，"您要下来看看吗？"

文坛是国都的儒学大家开设的教坛，就在城隍庙附近。没钱上私塾的孩子都会在这里听课，也有不少官员受教于此，是最好掌控文人思想的地方。明德帝下车，穆无瑕跟在他身后，两人刚踏进文坛的大门，就见许多人纷纷拱手行礼。

明德帝吓了一跳，低头看了看自己，皱眉道："朕没穿龙袍，他们是怎么认出来的？"

穆无瑕愣了愣，正犹豫呢，旁边就来了个书生，朝他一揖道："穆师兄，师父今日恰好在，你要去请安吗？"

明德帝侧头看着那书生，心想，这倒新鲜，不称呼王爷，倒是敢直称皇姓！

"我知道了。"穆无瑕颔首道，"先四处看看，等会儿再去向师父请安。"

"好。"书生拱手，又朝明德帝行了个简单的礼，便往别处去了。

明德帝眯眼，扫了扫四周，这才发现这些文人是在朝穆无瑕行礼，而不是认出了他的身份，便问："你跟这文坛有关系？"

穆无瑕拱手道："儿臣时常来替师父授课，故而与他们也算熟识。"

明德帝震惊了："在这儿授课的人都是名人大家，你小小年纪凑什么热闹？"

穆无瑕有些僵硬地低头，也不知道该怎么解释。旁边有个衣着破烂的书童听见了，当即笑道："先生说过，勿以年纪度人。穆先生虽小，但精通儒学，文采斐然，实乃众人学习之榜样，大人若是不信，可以听一听穆先生讲学。"

明德帝愕然，看着自己面前低着头一声不吭的皇子，好半响才道："你有如此造诣，怎么从未跟朕提起过？"

"与朝政无关，也没什么好说。"穆无瑕笑了笑，"儿臣年纪还小，等有了师父那般造诣，再向父皇禀明也不迟。"

明德帝直摇头，带着他就往里走："你既然会授课，那朕就应当听一听，来给朕授一堂课吧。"

穆无瑕犹豫地看了看明德帝："父皇当真要听？"

"自然当真。"明德帝跨进讲堂，找了位置坐下，微笑着道，"朕很想看看朕最小的皇儿到底有多少本事。"

"好。"穆无瑕点头，转身便去敲了外头的钟。

讲堂里瞬间挤满了人，却十分安静，大家井然有序地坐着，认真地看着上头的人。

穆无瑕一撩袍子就在蒲团上坐下，没有拿书，扫了下头一眼便道："今日我们要讲的，是为君之道。"

明德帝身边的太监听了吓了一跳，正要开口说什么，却被明德帝抬手制止了："这孩子有很多话想跟朕说，让他一次说个够吧。"

穆无瑕没看自家父皇，端正地坐着，一脸严肃地道："为君当以仁治天下，是为仁政。孟子主张'民贵君轻'，意思是百姓为天，天子为子，在位之人当为天下百姓谋福祉，才能长治久安。"

"这话的意思是百姓比皇帝还重要？"明德帝挑眉，忍不住插嘴道，"那皇帝当得有什么意思，让百姓来当不就好了？"

众人齐齐回头看向他，目光里满是惊愕。

明德帝吓了一跳，声音也小了些："不能提问？"

"提问自然可以。"穆无瑕笑了笑，恭敬地道，"'民贵君轻'的意思并不是说单单某一个百姓比皇帝还重要，而是说天下百姓的利益比皇帝个人的利益更加重要。当皇帝者要善待子民，才能得子民拥戴，才能稳固皇位。"

明德帝沉默，说是这么说，但哪一任皇帝不自私？想的都是如何让自己的子孙后代继续稳坐皇位，可没人烦恼该怎么让百姓过上好日子。

"儒家的主张，是'重民而治'。"穆无瑕继续道，"重民者，民贵君轻，君要察民间疾苦，重视教化，以礼治国。如此一来，百姓生活安乐，自然服从命令，百姓服从命令，自然有利于君王的统治。"

明德帝皱了皱眉，却还是伸手拿起旁人手边的《论语》翻看。

穆无瑕是黔夫子的入室弟子，学的都是儒家仁义孝悌之言，他天赋极高，也会结合实例进行讲授，所以即便他年纪小，白胡子的老头儿也得恭恭敬敬地朝他行礼，听他授课。

"在下拙见，以为君主坐拥天下，该求的应是受万民爱戴。想让万民爱戴，就得真正从根本上为百姓考虑。"穆无瑕抬头，满目诚恳地看着明德帝的方向，"也只有这样才能流芳百世。"

明德帝深深地看着他，脸上看不出什么表情，安静地听他讲了半个时辰的课，手里的《论语》都被他摩挲得有些卷边了。穆无瑕只有十六岁，在他跟前不过两年的时间，他一直觉得无瑕只是个倔强、脾气古怪的孩子。今日听他这一堂课，虽然不是全部赞同，但他突然发现，自己这最小的儿子，倒是比其他几个皇子更有明君的资质。如果……如果无垠不能成事，那让无瑕当太子似乎也不错。

回宫后，明德帝赏了南王一堆东西，正准备跟他说说话，却见穆无垠急急忙忙地过来了。

"父皇！"穆无垠满脸是泪，跪下就道，"恒王弟出事了！"

"什么？！"明德帝一惊，连忙问，"怎么回事？他不是在巡营吗？"

"是，儿臣刚刚收到消息，恒王弟在巡营的时候撞见了逃兵，带人前去追捕，不想却中了山上猎人的陷阱，腿被兽夹夹断了！"

明德帝眼前一黑，身子晃了晃，好半天才缓过神来，一拍桌子，怒道："怎么会出这样的事？护卫呢？是哪个营的逃兵？又是哪座山的陷阱？统统给朕把人抓起来！"

"父皇息怒！"穆无垠低头道，"儿臣已经派人去将恒王弟接回来了，只是他伤势严重，还在昏迷，高热也一直不退……"

"让宫里最好的御医准备着，他一回来就立刻医治！"明德帝急得直砸扶手。可是，急得不行的时候，他突然冷静下来，抬头看了太子一眼。最近太子和恒王争权，他都看在眼里，结果恒王这么快就出事了。这是不是太巧了？连着先前瑜王的事想一想，他突然觉得心底发凉。

"无垠，"明德帝低声道，"恒王出事的时候，你在做什么？"

穆无垠一愣，没想到明德帝会问到他头上来，拱手低头道："儿臣一直在府里养伤，也是刚刚才得到消息。"

"是吗？"明德帝起身走下来，站在他面前道，"手足相残的事，朕真的不希望再发生。朕只有四个儿子，如今无垢没了，无痕又断了腿，你也伤了手……最近真是多灾多难。"

穆无垠连忙道："父皇放心，儿臣会照顾好皇弟们的，只是有些天灾，儿臣也无能为力。"

"是天灾还是人祸，朕也不傻。"明德帝垂眸看着他道，"朕重血缘，也希望朕的儿子们能相亲相爱。若真有人心狠手辣到连自己的兄弟都不放过，这样的人也登不上朕的位置，你明白吗？"

穆无垠背后一寒，皱眉低头："儿臣明白。"这不都是他逼的吗？恒王那种废物，要低调就低调一辈子好了，却野心勃勃要夺他的太子之位，又一副假正经的模样。偏生父皇还吃他那一套，觉得他能干。不断他一双腿，以后这东宫之位自己还能坐得稳吗？虽然梦儿劝过他不要迫害手足，但眼下这形势，他不害别人，别人就要抢他的东西。与其自己吃亏，还不如让别人不好过。

明德帝深深地看了穆无垠一眼，没再说什么，挥手让他下去。

穆无垠离开乾元殿，径直去找沈在野："恒王废了双腿，想是不会再觊觎东宫之位了，本官的位置是不是终于稳妥了？"

沈在野面露犹疑之色，还是轻轻点头："眼下没人比您更适合当太子。"

穆无垠看着他的表情，皱眉问："还会有什么问题吗？"

"不知殿下有没有想过陛下的心思？"沈在野叹息，"恒王的伤虽然不会算到您头上，但是陛下心里难免会有些想法。"

说起这个，穆无垠倒是想起了明德帝方才的话，连忙道："丞相料事如神，父皇的确是有责怪我的意思，话也说得颇重，这该如何是好？"

"您对南王好些即可。"沈在野道，"陛下对您有看法，也会因着您顾念手足的行为而有所改观。"

"可是……"穆无垠抿唇，皱眉道，"虽说南王没有要夺位的心思，但他毕竟也是皇子，本官对他太好，会不会养虎为患？"

"这便要殿下自己掂量了。"沈在野笑道，"陛下正值盛年，您这太子少说也还要当个十几年才有机会问鼎皇位，其间会发生什么事，谁也说不好。"

穆无垠有些按捺不住："父皇当了二十多年的帝王，应该也够了吧？"

"殿下！"沈在野沉了脸，"莫要妄言！"

穆无垠心头一震，连忙拱手道："是无垠口无遮拦，还请丞相当作没听见。"

"沈某自然可以当没听见，但您这心思要是让陛下知道，丢的可就不只是太子之位了。"沈在野一脸严肃地道，"这样的心思切莫再有。"

"无垠知道了。"穆无垠颔首，笑着支开话头，与他谈论别的事。

但这想法像种子，很快在他的心里生根发芽，长出藤蔓。

沈在野装作没看懂他的心思，说了会儿话，便准备出宫回府。

临走的时候，穆无垠倒是还问了他一句："梦儿怎么样了？"

"殿下放心。"沈在野笑了笑，"半个月之后，您定然能看见她完好无损地站在您面前。"
　　"无垠相信丞相。"穆无垠满怀感激，"那我就等着了，望丞相多费心。"
　　"殿下言重了，臣自当尽力。"沈在野颔首，大步跨出了东宫。

　　恒王出事，明德帝对太子颇有责备，最近也不让太子陪侍身边了，反而将南王带在身边，时不时与他争议一番儒家的治国之道。要是别的皇子，穆无垠还会忌惮，但一看每次都跟父皇吵得面红耳赤的是穆无瑕，他也就不在意了，反倒是认认真真打起了皇位的主意。
　　眼瞧着夏天已经到了尾声，姜桃花吃着新鲜的柚子，看着对面沈在野脸上阴险的笑，忍不住打了个寒战："您又在想什么阴谋诡计？"
　　"嗯？"沈在野抬头扫她一眼，皮笑肉不笑地道，"你说什么？"
　　"妾身的意思是，看爷这么专注，想必又是在筹谋什么宏图大业了。"姜桃花笑着凑过去喂他一瓣柚子，"可否方便跟妾身透露一二？"
　　沈在野张嘴咬了柚子，任由她蹭到自己怀里，十分自然地将她抱着，看向桌上的东西道："还有半个月你就能去见太子了。"
　　姜桃花一愣，有些意外："爷还真的打算让妾身回太子身边？"
　　"你想回去吗？"沈在野戏谑地看着她，眼里别有深意。
　　姜桃花和他对视了一会儿，大概猜到他在想什么了。恐怕不是要她回到太子身边，而是要她去见太子最后一面。眼下太子的手伤刚好，恒王已经是个废人，这样的情况之下，沈在野哪里来的自信能在半个月之内扳倒太子？姜桃花低头看了看桌上放着的东西。那是一本册子，上头写着很多人的名字，她一眼就扫到了"太仆秦升"四个字。秦升是沈在野的人，但他似乎是因为太子的提拔而成为太仆，现在不知为何已经不常与相府往来了。他名字的上头，有一道未画下来的墨痕，看样子沈在野是想把这名字划掉的，却不知为何中途停下了。
　　"爷这是什么意思？"姜桃花眨眼，"这个人不是您的人吗？"
　　"是我的人。"沈在野笑了笑，"但他名义上已经是太子的人了。"
　　既然是太子的人，那他闯的祸就只能太子来担。
　　姜桃花很茫然："您能说清楚点吗？"
　　"要是让你知道了，"沈在野轻笑着道，"你不会想救太子吗？"
　　姜桃花一愣，飞快地垂了眼眸："妾身哪里来的本事？您决定不救，那妾身也是毫无办法。"
　　"是吗？"沈在野玩味似的看着她，"他对你那般好，你没动心？"
　　姜桃花翻了个白眼，道："后院的女人对您也都挺好，怎么没见您动心？"
　　好像是这个道理。沈在野放心地一笑，轻轻在她额上一吻，低声道："西域进贡了几头雪狼，陛下准备在秋收节的时候拿出来给文武百官观赏，现在就养在宫里。"

想起自己初来大魏时遇见的狼群，姜桃花心里一跳："您……"

"这是太子的主意，我阻止过他了。"沈在野很是无辜地道，"他不听，那我也没什么办法。"

姜桃花深吸一口气，捂了捂眼睛。她已经明示暗示过穆无垠很多次了，好好当他的太子，什么也别做，一定能安安稳稳等到登基那一天，可这人怎么就这么不安分呢？

雪狼被关在曲幽宫，离皇帝的寝宫甚远，又有重兵看守，要跑出来很不容易。然而，穆无垠正在与众谋臣商议，到底什么时候把那几头雪狼放出来。

"太子已经决定好了吗？"一个谋臣拱手道，"一旦要做，就要做个彻底，否则事情败露，您与臣等都再无翻身之机。"

"放心，本宫已经安排妥当了。"穆无垠笑道，"南宫卫尉负责宫廷守卫，已经跟本宫通过气，一旦事成，也少不了他的好处。现在只等时机成熟，秦太仆一声狼哨，便能改朝换代。"

天赐的好机会，他怎么可能不抓住？正好有西域进贡的雪狼，一旦出什么事，只需推到宫廷护卫不当上，后世之人难不成还会怪在他的头上？父皇驾崩，他这太子就可以名正言顺地登基，一点污水也不沾，又是一朝好皇帝。这等机会千载难逢，天时、地利、人和他都占了，先前难搞定的大臣沈在野也被他收在帐下，穆无垠找不到劝自己不动手的理由。

成败在此一举！

宫中气氛莫名紧张，穆无瑕站在乾元殿门口看向东宫的方向，眉头微皱。

"太子想做什么？"他问旁边的沈在野，"我总觉得他不安好心。"

"微臣不知。"沈在野无辜地摇头，"您若是好奇，不妨去问问。"

穆无瑕深深地看他一眼，正色道："我不希望你帮他做背后害人的事。"

"王爷放心。"沈在野笑道，"微臣这回绝对没有帮忙，也不支持太子殿下的行为。善恶终有报，平时还是多积德行善为好。"

穆无瑕忍不住笑了，摇头道："你若是能放下屠刀，那太阳便打西边出来了。我不求你做什么好事，只要别危害苍生。"

"微臣明白。"沈在野颔首，看着这小家伙背脊挺直地往前走，一身银色四爪龙袍竟也穿得气宇轩昂。

孩子终归是会长大的，而南王殿下的成长似乎比他预料中的更快、更好。

三日之后，深夜，皇宫。

曲幽宫的侍卫都被人调走了，秦升一声狼哨，三头雪狼露着獠牙便往明德帝的寝宫方向走。

这个夜晚宫里格外安静，明德帝正在兰贵妃的宫里辗转反侧，拉着兰贵妃的手问:"爱妃觉得南王是个什么样的孩子?"

兰贵妃一愣,微微不悦地道:"臣妾对南王了解不多,无从评价。"

"但你似乎不是很喜欢他。"

这是自然,沈在野喜欢的东西,她都不会喜欢,然而……帮还是要帮的,庆幸的是,帮南王的法子,正好是说他的坏话。

"南王年纪太小,又总是与您作对。"她道,"臣妾自然不喜欢他了,最近陛下是怎么了,总留南王在宫里过夜。"

"他母妃已经薨了,他又未及弱冠。"帝王叹息,"朕想让他多跟在朕左右,也尝尝有人疼爱的滋味。"

"何必呢?"兰贵妃摇头,"他也该习惯了,现在施以恩宠,他难免不学好。"

瞧她说人家坏话的样子,逗得明德帝直乐:"你多想了。"就从他这段时间对无瑕的了解来看,这孩子心地纯良,知世故但不随世故,是个一身正气的好孩子,就算不能做皇帝,也会是个忧国忧民的好王爷。

兰贵妃正想再说点什么,门外冷不防响起宫女的惨叫声。凄厉的惨叫划破夜空,听得人浑身发寒,明德帝和兰贵妃都吓了一跳。野兽的低吼声在外头响起,还有牙齿咀嚼东西的声音,但惨叫只有一声便没了。

"留香?"兰贵妃试探性地喊了一声,外头却一点动静都没有。

"怎么回事?"明德帝皱眉起身,扶着兰贵妃的手便往外走,"禁卫统领呢?高德?发生什么事了?"

殿门打开,一阵血腥味从外头飘了进来。兰贵妃倒吸一口凉气,看着地上宫女的尸体,又看了看那三头满嘴是血的雪狼,当即惊叫一声昏了过去。

"兰儿!"明德帝也被吓着了,下意识地将殿门关上,然后大喊,"来人啊!来人!"

这声音响彻整个芷兰宫,却没一个人前来救驾。雪狼猛地开始撞门,偌大的殿门被撞得摇摇欲坠。

明德帝战战兢兢地将门闩插好,软着脚跌在地上,又突然想到了什么,爬起来,将窗户也关了,然后气急败坏地道:"好好关着的畜生,怎么会被放出来了?!秦升呢?他不是最会训狼吗,人呢?!"

"微臣在。"秦升的声音在窗外平静地响起。

明德帝一愣,连忙扑过去将窗子打开,看着他道:"爱卿是来救驾的吗?快让人过来,贵妃昏倒了!"

秦升一脸镇定地看着他,微微一笑:"微臣只管请狼来,不管送狼走。您也当了二十多年的皇帝了,这位置,不如也让人来坐坐?"

明德帝心里一沉,难以置信地看着他,脑子里一片空白,半晌才反应过来他这话是什么意思:"他……他竟然真的敢这样做?好端端的孩子,怎么会如此大逆不道,连十年也不愿意等?!"

"人一辈子也就几十年而已。"秦升笑道,"陛下对太子未免太苛刻了。"

一头雪狼悄无声息地走到秦升背后,趁着帝王不注意,张着血盆大口便扑上了窗台!

"啊!"明德帝大惊,立马关上了窗户,用身子抵着,抖着手艰难地将窗户闩上。

"你们这些叛贼!"明德帝气得浑身发颤,怒道,"简直反了,反了!"

"陛下还有别的选择的。"秦升对着窗户道,"您若愿意痛快一些,开门让狼进去,微臣保证一口毙命。若是还要垂死挣扎,那等会儿就别怪狼嘴下不留情了。"

死亡的恐惧第一次这么逼近,堂堂帝王没了倚仗,竟被困在这宫殿之中无能为力!明德帝既气恼又害怕,在宫殿里转了几圈之后,将兰贵妃抱到床上,自己也躺了上去。

"朕会留下遗诏。"毕竟是帝王,他冷静下来,道,"你们以为朕死了,皇位就是太子的了?休想!朕会告诉文武百官,朕不认穆无垠这个太子!"

秦升愣道:"陛下这又是何必?您死了,尸体若是会讲话,微臣会让您尸骨无存。堂堂帝王,何必闹得死无全尸的下场?"

"朕不会让你们得逞的!"明德帝咬牙拔下头上的龙簪,抖着手便在墙壁上刻字,"你们这些乱臣贼子,会不得好死!"

秦升没再说话,三头狼却在不停地撞门和窗户。接下来的一刻钟里,明德帝抖着手刻完了遗诏,用床帐挡好之后,长出了一口气。

是他识人不明,没看清楚穆无垠的狼子野心,这人连亲弟弟都舍得残杀,自己竟然还相信他会孝顺自己?一早就该处置了他,一早就该立别的皇子……现在说什么都晚了,他的一世英名,可能统统要葬送在这狼腹之中了。咳出了两口血,明德帝平静地躺回床上,抱着兰贵妃,安静地等着门被撞开的那一刻。

然而,就在殿门要支持不住的时候,外头竟然响起了一声急唤:"父皇!"

稚嫩清朗的声音瞬间将明德帝从一片混沌之中拉了回来。他瞳孔微缩,连滚带爬地冲去门口,从殿门缝隙里,看见了带人赶来的穆无瑕。在他眼里一直是个孩子的穆无瑕,此时拿着南宫卫尉的佩剑,一剑便砍向一头雪狼的眼睛。狼嚎震天,禁卫纷纷冲进来,当即将三头雪狼射杀。

"父皇!"穆无瑕紧张地踢开殿门,扶住摇摇欲坠的明德帝,急声道,"您没事吧?"

明德帝说不出话来,只能死死地抓着他的胳膊,红着眼摇头。

穆无瑕愤怒地道:"三更半夜为何所有禁卫都被调离了芷兰宫?!"

明德帝拉着他在旁边坐下,半晌才找回自己的声音:"太子要篡位。"

"什么?!"穆无瑕皱眉,低头一想,咬牙就骂,"这个骗子!"

沈在野又骗他!还说什么不会帮太子,若不是有他相帮,宫里的禁卫怎么可能那么容易就被调走,秦升又怎会听太子差遣?

这话落在明德帝耳里，便成了责怪太子的意思。他慢慢缓了缓气，看向旁边的南宫远道："禁卫去了何处？"

南宫卫尉连忙跪下道："微臣今日接到圣旨，调人去皇后宫里看守，现在才赶来救驾，微臣失职！"

明德帝失笑，手一下下地砸在旁边的矮桌上："好个太子啊！朕将玉玺交给他，他竟然敢假传圣旨，做出这等大逆不道的事！"

"父皇，"穆无瑕皱眉道，"您赶快下旨，调兵进宫护驾。以那人的为人，一个计谋失败了，又会有下一个，您必须快些！"

"好。"明德帝点头，看向南宫远便道："立马调所有禁军护驾，再从御林军抽调三千人进宫，捉拿太子！"

"是！"南宫远应了，立马退下去传令。

明德帝连连叹气，拉着穆无瑕的手道："没想到竟只有你来救朕。"

"儿臣听见狼嚎，想过来看看，却发现宫中禁卫都不见了。"穆无瑕皱眉道，"找了许久才找到南宫卫尉，救驾来迟，还望父皇恕罪！"

"你救驾有功。"明德帝道，"没有罪，等抓住了太子，朕会好好地赏你！"

"现在还不是说这些的时候。"穆无瑕看着外头的黑夜，很是紧张，"南宫卫尉要是不快点，儿臣怕有人会再来害您。"

明德帝一愣，看了看旁边的禁卫，摇头道："应该不会吧，朕这儿好歹有这么多人——"话音没落，芷兰宫外铁甲之声整齐地响起。禁卫们一惊，纷纷长剑出鞘，护在帝王和南王面前。

明德帝倒吸一口凉气，扶着南王的手便往外看。

东宫禁卫统领云震率护卫列在芷兰宫门口，一看见他，便拱手道："卑职前来护驾！"

明德帝看了看他背后那些护卫出鞘的刀剑，冷声道："你东宫来护什么驾，怕是想趁乱篡位吧？"

云震一顿，扫了一眼宫内禁卫的数量，二话不说便挥手示意身后的人进去。

"站住！"明德帝怒斥，"不准进来！"

护卫们一愣，脚步只是一顿，却没停，齐刷刷地跨进了芷兰宫。

明德帝瞳孔微缩，瞬间就明白了，看着云震，气极反笑："太子为何不亲自过来？都敢逼宫了，还不敢露面不成？"

云震没吭声。这种时候，太子怎么可能露面？他要的就是不为弑父篡位的污名所染，好干干净净地登基。今夜雪狼失败了，那他就必须将皇帝围死在这芷兰宫里，事后再将罪名推到别的皇子身上。

"送陛下上路吧。"他道。

东宫护卫身披铁甲，手持利剑，压得只着锦衣的禁卫连连后退。穆无瑕挡在明德帝面前，剑指云震，淡淡地道："东宫护卫何其无辜，都是有父有母之人，你们一己私念，却要他们无辜牺牲，甚至背上千古骂名？"

云震道:"卑职只是听命行事。"

"那好。"穆无瑕长剑一划,笑了笑,"本王若是取了你的性命,是不是就救了这些无辜的护卫?"

云震心里一跳,下意识地看了看四周的人,又放了心:"王爷说笑了,您这样的年纪,还是去旁边玩儿吧。"他身前好歹也有一百护卫,南王不过十六岁,能拎起剑就很费力了吧,还想杀他?简直是笑话!

然而,他还没来得及笑出来,一片杀气陡然袭来!云震抬眼一看,南王竟踩着前头护卫的脑袋,飞身而起,直冲他而来!

云震脸色一白,慌忙抽刀抵抗,刀剑相碰,竟震得他虎口发麻。

穆无瑕眼里满是坚决,拔剑便刺向他的要害。旁边的护卫看着,居然没有一个主动上去帮云震。

"还不让他们退下?"穆无瑕将长剑搁在云震的脖颈上,沉声道,"再进一步,你便人头落地!"

云震半跪在地上,哑然失笑:"卑职今日来,就没打算活着回去,哪怕您砍了卑职的头,卑职也得送陛下上路!"

愣住的护卫纷纷回神,继续与禁卫们纠缠。穆无瑕急了,掉转长剑用剑柄飞快地将云震击晕,然后杀出一条血路回到明德帝面前。双方人数差距悬殊,幸好云震不省人事,剩下的护卫群龙无首,动作间满是迟疑。明德帝大声呵斥,他们一时也不敢真的冲进主殿。

穆无瑕守在殿门口,谁若冲进来,他便斩了谁。然而他到底年纪小,体力渐渐跟不上。

庆幸的是,半个时辰之后,沈在野和南宫远带着大批救兵回来了。

"臣等救驾来迟!"沈在野满脸怒容,看着芷兰宫里的情况,挥手便道,"将乱臣贼子一律就地诛杀,留领头一人问罪!"

穆无瑕惊愕地看着他,没想到他这时候会来,下意识地就道:"你想做什么?"

沈在野满脸沉痛地看着南王身上的伤,一副忠君爱国的表情,严肃地道:"微臣刚刚得知太子有弑君篡位之心,故而前来救驾!"

穆无瑕眼里满是不信,刚想说"你这是贼喊捉贼吧",结果身后的明德帝却万分高兴地道:"爱卿终于来了,有你在,朕就放心了!"

穆无瑕:"……"

沈在野和南宫远带着三千人很快就平定了叛乱。明德帝整理了衣冠,重新坐上主位,看着下头跪着的人,咬牙道:"太子造反,罪无可恕,你们即刻将他捉拿归案,判斩立决!"

众人都是一愣,沈在野也有些意外:"陛下?斩立决……"

明德帝点头:"这样的皇子留下来,对朝廷、对朕都没有丝毫的好处。他敢弑父,朕为什么不能杀子?立马去办!"

"臣遵旨。"沈在野应了。

他刚准备退下，明德帝又道："南王今日有奇功，且英武不凡，超出朕之预料，朕打算封他为亲王，丞相也一并拟旨吧。"

沈在野挑眉，瞬间明白了明德帝的心思。他这是被太子弄怕了，不敢再立储君。说到底，穆无瑕被判这么重，还是因为他威胁到了明德帝的性命。在明德帝的眼里，没有什么比自己更重要。沈在野微微一哂，行礼应下，恭敬地退了出去。

穆无瑕看着沈在野的背影，神色很是复杂，一时间也想不明白今夜到底是怎么回事。沈在野什么都没有跟他说，但看他那样子又分明是什么都知道的。他是不是成了沈在野棋盘上的一颗棋子？这样的感觉真是不太美妙。

天渐渐亮了，明德帝一夜未眠，等到了时辰，便直接起驾上朝。

南王第一次有幸被带进朝堂，看着陆续就位的文武百官，倒是有一种久违的感觉。

"昨夜宫中发生了大事，爱卿们可知是何事？"人都到齐的时候，明德帝沉声开口，一把就将手里捏着的玉佛珠串扯断。硕大的玉珠瞬间朝台阶下滚去，噼里啪啦的声音响彻整个朝堂。

百官心里都是一震，无人吭声，甚至连大气都不敢出。消息灵通些的人更是汗流浃背，目光扫向平日太子的位置。那儿站着的是南王。

最后一颗珠子停下来之后，沈在野出列，打破了死寂："请陛下息怒。"

"息怒？"明德帝站起来，一步步走下台阶，"朕的皇宫里，禁卫被别人调走，雪狼直接闯宫要咬死朕，甚至有胆大包天的东宫护卫直接造反要谋害朕，丞相竟然叫朕息怒？！"

"哐！"御前放着的金龙雕像被一脚踹翻在地，巨大的声响吓得朝堂上所有人都跪了下去。

沈在野跪在最前头，恭敬地道："微臣彻夜审问，东宫护卫统领云震已经认罪，但不肯说是受何人指使。太仆秦升已经逃窜出宫，御林军尚在追捕。"

群臣哗然，东宫的护卫统领还能受何人指使？就算他不招供，皇帝又不是傻子，还能不明白其中缘由？

"竟然会出如此荒唐之事！"御史大夫年立国皱眉看向沈在野，"敢问丞相，具体经过到底如何？"

沈在野垂眸道："南宫卫尉昨晚收到圣旨，将禁卫全调去了皇后寝宫附近，曲幽宫的守卫也被人调走。太仆秦升控制雪狼袭击芷兰宫，幸得南王发现不对劲，带南宫卫尉回来救驾。然而东宫护卫统领云震胆大包天，竟直接带护卫逼宫弑君，庆幸援军及时赶到，才没能让他们得逞。"

朝堂上一片震惊之音，梅奉常拱手道："如此看来，倒像是太子要篡位弑父，可是陛下，太子已经是储君，登基也是迟早之事，为何会铤而走险，做出这等大逆不道之事？"

"这就要问太子了。"明德帝冷哼，朝高德吩咐："把人带进来！"

高德应了，出殿宣旨。

没一会儿穆无垠和云震就一起被押到御前。

"父皇！"穆无垠双眼通红，一到明德帝跟前便磕头，"儿臣冤枉啊，儿臣昨晚一直在东宫，什么都不知道！"

明德帝气极反笑："你什么都不知道？你若是不知道，云震他怎么敢这么做？"

云震低头："回陛下，此事是卑职一人所为，卑职只不过想让太子早些登基。太子被蒙在鼓里，的确是一无所知。"

"好个护主的奴才！"明德帝大怒，"都当朕是傻子吗？秦升呢？他也是个好奴才，想让朕把皇位早些交出来，他怎么不也来说说？！"

穆无垠跪在地上，身子微微颤抖，眼睛闭得死死的。怎么就成这样了呢？他分明什么事都安排好了，就算雪狼的法子不成，云震也有十足的把握杀了皇帝。宫门设了关卡，援军根本不可能那么快赶到。他当真是想不明白！先前来向他投诚的南宫卫尉，怎么一转眼就变卦了？十拿九稳的事，现在一败涂地，他该怎么办？皇帝当不成，连太子也当不成了！早知道……早知道还不如听梦儿的，再安心等上十几年！

"卑职无能，没能抓住秦升。"南宫远拱手道，"卑职愿意领罪。"

明德帝冷哼一声，一甩袖子回到龙椅上，看着他道："你领什么罪？人是太子派的，旨是太子传的，朕不过说说而已。就算抓不到秦升，太子谋逆之罪，也是证据确凿！"

穆无垠一愣，想起自己假传的那道圣旨，心里更是懊恼。那样的把柄落在别人手里，他是难逃一死。再狡辩也没什么用，他干脆抬头，看着座上的明德帝道："儿臣有话，不知父皇可愿意听？"

明德帝眯眼："你说吧，往后就没有说话的机会了。"

穆无垠嗤笑一声，跪坐下来，看着他道："儿臣走的，是父皇曾经走过的路。父皇都能走，儿臣为什么不能走？"

明德帝心里一震，气得手都抖了："你这孽畜，朕何时做过这样混账的事？"

"父皇不记得了吗？"穆无垠满脸嘲讽，"也对，毕竟您已经坐上皇位，弑兄杀父之事，就该好好埋起来，装作看重血缘的样子，叫我们几个皇子好好相处。可是父皇，您没有梦见过您的父皇和皇兄吗？您口口声声说儿臣做错了的时候，有想过您自己也是这么做的吗？"

"你闭嘴！"明德帝满眼惊恐，难以置信地看着他。

那都是二十多年前的事了。那时候穆无垠刚刚出生，他也分明将知情的人都灭了口，怎么还会被人知道？！这些年来他一直习惯扮演严肃而慈爱的父皇角色，没想到今日这副面具却被自己最喜爱的皇子撕开，露出血淋淋的真相。

"来人！"慌乱震怒之中，明德帝直接下令，"将太子拖下去，问出造反同谋，一并诛杀！"

"陛下！"梅奉常皱眉，"您不再问问吗？万一太子是被冤枉的——"

"他还能被谁冤枉？！"明德帝怒道，"这样的话都敢说出来，又证据确凿，你还替他说话？"

梅奉常连忙低头，不敢再吭声。

穆无垠大笑："父皇这是心虚了吧？您杀了儿臣，就是杀了您自己！"

"住口！"明德帝低吼道，"朕从小教你仁爱礼让，你却残杀手足，企图弑君，还怪在朕的头上！"

"上梁不正下梁歪，"穆无垠道，"您自己就是个弑君杀兄之人，还指望儿臣能学好？教那些东西有什么用？儿臣是您生的，您是什么样，儿臣就是什么样！"

"你这孽障！"明德帝气急，从龙椅上冲下来，一脚踹在穆无垠的胸口，怒吼道，"还不快把这畜生带下去！"

"是。"南宫远应了，挥手就让禁卫将太子和云震押走。

沈在野冷眼旁观，看了一场好戏之后，才慢悠悠地拱手道："陛下息怒，气坏了龙体可就是社稷之祸了。"

"冤孽啊！"明德帝颤巍巍地回到龙椅上，突然就像老了十岁，"朕上辈子一定是欠了他的，不然怎么会碰上这么个冤孽！"